AF290578

plaisir
d'amour

FSC
www.fsc.org
MIX
Papier aus ver-
antwortungsvollen
Quellen
Paper from
responsible sources
FSC® C105338

RHENNA MORGAN

Guardian's Bond

Ancient Ink

Rhenna Morgan
Ancient Ink Teil 1: Guardian's Bond

Aus dem Amerikanischen ins Deutsche übersetzt von
Jaz Winter

© 2018 by Rhenna Morgan unter dem Originaltitel
„Guardian's Bond (Ancient Ink Series, Book 1)"

© 2022 der deutschsprachigen Ausgabe und Übersetzung by Plaisir d'Amour Verlag, D-64678 Lindenfels
www.plaisirdamour.de
info@plaisirdamourbooks.com
© Covergestaltung: Sabrina Dahlenburg
(www.art-for-your-book.de)
© Coverfoto: Shutterstock.com
ISBN Print: 978-3-86495-526-6
ISBN eBook: 978-3-86495-527-3

Dieses Werk wurde im Auftrag von Harlequin Books
S.A. vermittelt durch die Literarische Agentur Thomas
Schlück GmbH, 30161 Hannover.

*Für Abegayle und Addison.
Im Leben gibt es so viel Magie,
aber ihr beiden seid die mächtigsten
und schönsten Demonstrationen davon,
die ich finden konnte.
Ich liebe euch, für immer und ewig.*

KAPITEL 1

Sicher bei dem Hüter. Beschützt vor der Dunkelheit.

Immer und immer wieder wiederholte Priest die schützenden Worte in seinem Kopf und verschmolz seine Magie mit den uralten Symbolen, die er in Jades Nacken und ihre Wirbelsäule hinunter auf ihre Haut tätowierte. Schwarze und rote ineinander verwirbelte Glieder mit grauen Schattierungen verbanden jeden der heiligen Talismane miteinander. Niemand würde sie verletzen. Weder sie noch Tate, solange er atmete.

Sein Unterarm schmerzte von dem steten Griff um die Tätowiermaschine, aber das konstante Dröhnen und die Vibrationen der Nadeln vertieften seine Trance, während er arbeitete. Unter seiner freien Hand zitterte Jades Körper von dem Ansturm schmerzinduzierter Endorphine. Seit fast vier Stunden hielt sie die Schmerzen aus.

Sicher bei dem Hüter. Beschützt vor der Dunkelheit.

Er wischte die überschüssige Tinte von dem komplizierten Design fort. Dieselben verschlungenen Schriftzüge und Symbole die seine Schultern, seinen Rücken und sein Schlüsselbein zeichneten. Diese Tätowierung war wahrscheinlich das Einzige, das ihm damals das Leben und seinen Verstand gerettet hatte. Wenn die Eltern von Jade und Tate ihn nach dem Verrat seines Bruders nicht bewacht und ihn nicht mit diesen heiligen Symbolen markiert hätten, hätte die Dunkelheit ihn vollständig verzehrt.

„Priest?" Jade stützte sich auf ihre Ellbogen auf der gepolsterten Liege und blickte über ihre Schulter. „Bist du fertig?"

Das Kunstwerk war perfekt. Es war ein ausreichender Anfang, sie vor der Bedrohung zu verbergen, von der er spürte, dass sie näher kam. Da war eine Bösartigkeit, die er zuerst durch einen Ruf zur Anderswelt gespürt hatte. Niemals seit seiner Ernennung zum Hohepriester war er so unvermittelt dorthin gerufen worden. Ohne Vorwarnung oder Grund.

Priest legte sein Equipment beiseite und schälte sich die Latexhandschuhe von den Fingern. So unheimlich, wie die Erinnerung gewesen war, würde es sich selbst dann nicht nach genug Schutz anfühlen, wenn er Jades Körper mit Tinte bedecken würde. „Fürs Erste."

Jade grinste, drehte sich auf der gepolsterten Liege um und schnappte sich ihr blaues Tanktop von der Theke neben ihnen. „Wie sieht es aus?"

Ehe er antworten konnte, ertönte die kleine Glocke an der Eingangstür und Tate stapfte herein. Seine Hände waren mit einer weiteren Ladung Fast-Food-Frühstück beladen, das Priest so sehr verabscheute. Den Kaffee allerdings, davon konnte er jetzt reichlich gebrauchen.

Durch die geöffnete Eingangstür konnte man die Morgensonne in den Schaufenstern der Hauptstraße von Eureka Spring glitzern sehen. Nur ein paar Autos und Harleys fuhren die Straße entlang. Das war nicht überraschend für einen Donnerstag, doch heute Abend oder morgen früh würde sie von Touristen und Bikern, die das Frühlingswetter ausnutzten, überfüllt sein.

Tate schloss die Tür mit einem Fußtritt und legte den Riegel vor. Die neonfarbene Wanduhr im Stil der 1950er-Jahre zeigte an, dass es fast elf Uhr war. Nur noch eine Stunde, bis der Laden öffnete.

„Tate, sieh dir das an." Jade drehte sich vor dem Ganzkörperspiegel vor ihr hin und her und hielt den blauen Handspiegel höher, um Priests Arbeit aus einem besseren Blickwinkel betrachten zu können. „Meins ist genauso krass wie deins und das von Priest."

Tate ignorierte Jade, stellte die orange-weißen Papiertüten und den Getränkehalter aus Pappe beiseite und schlenderte zum Fenster mit Blick auf die Straße hinüber. „Hey, Priest. Hast du heute einen frühen Termin?"

Eine prickelnde Wahrnehmung tanzte über seine Haut. Es war weder Gefahr noch etwas Böses. Beides hätte die Dunkelheit, die in ihm gefangen war, aufgewühlt. Stattdessen lag sie still und schlummernd wie ein Mitternachtsnebel. Er wandte sich vom Reinigen seiner Werkzeuge um. „Der erste Kunde kommt um zwölf. Ich beende die Arbeit an dem Biker aus Fayetteville, die ich letzte Woche angefangen habe. Warum?"

Tate drehte sich so weit zu ihm, dass er seinen Blick erwidern konnte. „Weil da draußen eine kleine alte Dame und zwei andere Leute in meinem Alter auf dem Parkplatz sind. Sie starren dauernd hierher."

Jade lehnte sich zu Priest hinüber. „Bist du sicher, dass du keinen frühen Termin gemacht hast?"

Verdammt, ja, er war sich sicher. Termine vor Ladenöffnung und nach Feierabend waren nur für Kunden, die mehr als Kunst brauchten. Für diejenigen, die Schutz, Frieden oder Trost benötigten, die er in seine begehrten Designs verwob. „Geh vom Fenster weg."

Tate blieb stehen und beobachtete weiterhin den Parkplatz. „Sieht so aus, als ob die alte Dame herkommt."

„Geh vom Fenster weg. Sofort." Zwei Wochen hatte er gewartet, den Hüter so oft, wie er es sich zutraute, um Führung gebeten. Um einen Einblick in die Gefahr zu bekommen, die er spürte, oder eine Erklärung für Jades anschließende erschreckende Vision zu finden. Die einzige Antwort des Hüters war, dass Boten geschickt werden würden, um ihn zu führen. Doch sein Instinkt schrie, dass er sich hüten und vorbereiten sollte. „Bleibt hinter mir. Sagt nichts, bis ich weiß, wer sie sind."

„Aber ich habe die Tür abgeriegelt. Wir sind sicher und …"

Ehe Tate seinen Satz beenden konnte, klappte der Riegel um. Die Überreste von Luft, die Priest benutzt hatte, um den Mechanismus zu öffnen, ließ die Werbeanzeigen aus Papier an der Pinnwand neben der Tür flattern.

„Ich will wissen, wer sie sind, aber ich möchte euch aus der Schusslinie halten", sagte Priest.

Schritte auf der Holztreppe der erhöhten Terrasse des Ladens ertönten; leichte Tritte, die für jemanden ohne das scharfe Gehör eines Raubtieres unbemerkt geblieben wären.

Der Türknauf klickte, und das Glockenspiel an der Decke ertönte, als die alte Dame eintrat. Ihre Kleidung wirkte eher wie etwas aus Jades Kleiderschrank – bequeme Baumwollhose in der Farbe eines Wanderdrosseleies und ein gut sitzendes weißes T-Shirt. An ihrem Hals baumelten drei Amulette an jeweils einem einfachen schwarzen Lederband.

Amulette mit Symbolen, die er seit seiner Geburt verehrte.

Sein Blick wanderte zu ihrem. Ausdrucksstarke graublaue Augen, an die er sich aus seiner Jugend erinnerte, starrten ihn an. Das schulterlange Haar der Frau umrahmte ihr zartes Gesicht.

„Naomi."

„Eerikki", flüsterte sie. Die Emotionen in diesem Wispern waren so tief und voller bittersüßer Erinnerungen, dass seine Knie fast nachgaben. Unzählige Nächte hatte er sich gefragt, ob sie in Sicherheit war. Ob sie und ihre Kinder die Nacht überlebt hatten, in der sein Bruder so viele ermordet hatte – einschließlich Naomis Gefährten.

Bevor er die Überraschung abschütteln konnte, die ihn an seinem Platz festnagelte, kam sie auf ihn zu und umarmte ihn. „Ich habe gehofft, dass du am Leben bist. Seit Jahren versuche ich, dich durch meine Visionen aufzuspüren, aber ich konnte dich bis vor ein paar Wochen nicht finden."

Sie war der Bote, der ihm versprochen worden war.

Endlich.

Seine Arme schlangen sich fester um sie und die Bürde, die er allein schulterte, seit die Eltern von Tate und Jade gestorben waren, lüftete sich ein wenig. Es war, als ob die Anwesenheit von jemandem aus seiner eigenen Jugend die Schwerkraft veränderte und seine bedrängte Seele beruhigte.

Die leisen Schritte von Jade und Tate ertönten auf den Fliesen hinter ihm, und ihre neugierigen Blicke bohrten sich regelrecht in seinen Rücken.

Widerwillig ließ Priest seine alte Freundin los, trat beiseite und brachte damit seine Weggefährten ins Blickfeld.

Naomi musterte die beiden. „Das sind deine Kinder?"

Inzwischen sollte er sich daran gewöhnt haben. Jeder stellte die gleiche Frage und doch traf sie ihn jedes Mal wie ein Messerstich. Er liebte seine Schützlinge. Er würde alles dafür tun, um sie zu beschützen, sie anzuleiten, und bereute nie ihren Platz in seinem Leben. Doch er sehnte sich nach seiner eigenen Gefährtin. Nach seinen eigenen Kindern.

Ein gefährlicher Wunsch angesichts der verdorbenen Magie, die in ihm gefangen war.

„Nein", sagte er. „Es sind die Kinder von Lisana und Rani. Lisana und Rani haben mich nach dem Angriff meines Bruders geheilt."

Naomi wurde blass, versuchte jedoch, ihre Reaktion mit einem schwachen Lächeln zu verbergen. Er konnte es ihr nicht verdenken. Der bloße Gedanken an seinen Bruder Draven zerriss ihn noch immer innerlich.

Er zeigte auf seine Schützlinge. „Naomi Falsen, das sind Jade Mitchell und Tate Allen. Sie leben bei mir, seit ihre Mütter verstorben sind."

Mit ausgestreckter Hand trat zuerst Tate nach vorn. „Nicht viele Leute kennen Priests wahren Namen."

Dieses Mal wirkte ihr Lächeln echt und ihre Augen leuchteten vor Freude auf. Die Art von Freude, die Priest längst vergessen hatte. Sie ergriff Tates Hand mit ihren beiden Händen. „Ich kannte Eerikki schon lange bevor der Hüter ihn zum Hohepriester ernannt hat. Mein Gefährte Farron war vor seiner Seelensuche sein Mentor, und danach hat er ihm als Primo der Krieger gedient."

Tate ließ ihre Hand los und streckte seine Brust ein wenig weiter hervor. „Ich bin aus dem Haus der Krieger."

Kaum hatte er die Worte ausgesprochen, fiel Tates Begeisterung in sich zusammen, weil die Realität von Naomis Information sich ein wenig verzögert mit Priests Geschichtslektionen in seinem Verstand verbunden hatte. Wie Priests Versagen, Dravens Pläne zu entdecken, ehe es zu spät war. Es hatte die Anführer jedes Hauses ebenso wie unzählige Clanmitglieder das Leben gekostet.

Naomi tätschelte Tates Schulter. Ihre zierliche Gestalt im Gegenzug zu Tates enormer Körpergröße ließ die Gestik nahezu witzig wirken. „Es ist okay. Lass los. Mein Gefährte hat sich seinem Schicksal gestellt, auf dem gleichen Weg, wie Eerikki und der ganze Rest von uns es auch tun wird."

„Du meinst Priest", sagte Tate.

Naomi drehte sich zu Priest und runzelte die Stirn.

„Die Welt hat sich verändert", erklärte Priest. „Eerikki ist nicht unbedingt ein Name, der sich gut einfügt. Rani hat in den Siebzigerjahren angefangen, mich Priest zu nennen." Er hob die Schultern. „Das ist hängen geblieben."

„Aha." Sie musterte ihn von Kopf bis Fuß, um für sich herauszufinden, wie dieser Name zu seiner Erscheinung passte. Als er vor fünfzig Jahren sein Amt antrat, war er vielleicht noch unschuldig, doch inzwischen reflektierte er die harten Jahre dazwischen. „Es ist hängen geblieben, weil es passt. In jederlei Hinsicht. Aber um deiner Mutter willen werde ich den Namen verwenden, den sie dir gegeben hat, es sei denn, wir sind außerhalb unseres Clans.“

Die Entscheidung war getroffen. Sie richtete ihren Blick auf Jade und studierte ihre Aura. „Du bist eine Seherin. Wer ist der Primo deines Hauses?“

Jade ließ ihren Kopf sinken. Alles, was Priest tun konnte, um sein eigenes Zusammenzucken zu unterdrücken, war, für sie zu antworten. „Wir haben keinen Anführer. Unsere Zahl ist gesunken. Die meisten der letzten Generation haben ihre Suche abgelehnt.“

Naomi runzelte die Stirn und öffnete ihren Mund, als wollte sie etwas mitteilen, schloss ihn dann aber genauso schnell wieder und kramte in ihrer Handtasche herum. „Gib mir eine Minute. Ich möchte, dass du jemanden kennenlernst.“ Sie zog ihr Handy heraus und tippte eine Nachricht so schnell ein, dass sie mit Jade und Tate locker in einem SMS-Wettbewerb hätte mithalten können.

Das gleiche warnende Summen, mit dem er sich in den letzten Wochen herumgeschlagen hatte, strich ihm über die Schultern. Beide, Mann und Wildkatze, spürten eine Veränderung am Horizont hereinbrechen. Es war, als ob die Antworten, die er suchte, im dunklen Schatten in der Nähe kauerten, bereit, ins Licht zu drängen. Ob die Veränderung, die er spürte, gut oder schlecht war, blieb abzuwarten, aber die Empfindungen waren zu groß, um sie zu ignorieren. Da war dieser emotionale Aufruhr, der davor warnte, dass das, was auch immer vor ihm lag, einen enormen Schlag für ihn im Gepäck haben würde.

Mein Gefährte hat sich seinem Schicksal gestellt, auf dem glei-

chen Weg, wie Eerikki und der ganze Rest von uns es auch tun wird.

Wenn er sich recht erinnerte, war Naomi und Farrons Sohn acht oder neun Jahre alt gewesen zur Zeit von Dravens Verrat. Und doch war Priest nie berufen worden, sich seiner Seelensuche anzuschließen. „Deine Familie hat das Haus der Krieger immer angeführt. Wo ist dein Sohn?"

Sie wandte ihr Gesicht ab und ließ ihr Handy zurück in ihre Handtasche fallen. Ihre Aura verschwamm, das leuchtende Gold des Hauses der Seher verblasste, als hätte sich eine Wolke davor geschoben. „Mein Sohn und seine Ehefrau konnten nicht herkommen."

Seine Ehefrau. Nicht seine Gefährtin. Ein weiterer Beweis, dass ihr Sohn wie so viele andere seine Gaben scheute.

Ehe er sie weiter befragen konnte, öffnete sich die Ladentür und ließ die Glocke darüber klingeln. Ein großer und seltsam vertraut aussehender Mann mit kurzem, dunkelblondem Haar und einem Bart betrat den Laden. Seine Hand lag noch immer auf dem Türknauf. Er sah sich im Raum um, sein muskulöser Oberkörper wirkte angespannt, bis sein Blick bei Naomi hängen blieb. „Alles sicher?"

„Das wird es jetzt sein." Naomi warf dem Mann ein erleichtertes Lächeln zu und winkte ihn herein. „Hol deine Schwester und komm rein."

Priest war verwundert über ihre Wortwahl. „Warum sollte es nicht sicher sein?"

Der Mann duckte sich nach draußen, ließ die Tür geöffnet, und leise Stimmen murmelten von der erhöhten Veranda dahinter.

Naomi neigte dezent ihren Kopf in Richtung Jade und Tate. „Das erkläre ich später. Nachdem ihr meine Enkelkinder kennengelernt habt."

Nun, das erklärte die Vertrautheit.

Ihr Enkelsohn schritt erneut durch die Tür, trat beiseite und hielt sie für die Frau hinter ihm auf. In der Sekunde, in der sie vollständig sichtbar wurde, erstarrte Priest.

„Eerikki, das sind mein Enkelsohn Aleksander und meine wunderschöne Enkelin Kateri. Kateri, Alek, das ist der Hohepriester unseres Clans, Eerikki Rahandras. Allerdings nennt er sich jetzt nur noch Priest.“

Enkelin.

Wunderschön.

Kateri.

Irgendein dunkler Winkel in seinem Geist registrierte, dass Naomi mit ihren unbeschwerten Worten mehr mitgeteilt hatte, aber das waren die drei einzigen, die zählten. Doch die Frau vor ihm war nicht nur schön. Sie war perfekt. Sie trug einen fließenden braunen Rock, und ihre weiße Bluse war an der Taille gebunden. Ihr schlanker Körper vermittelte Zerbrechlichkeit, aber aus ihren intelligenten blaugrauen Augen strahlte eine immense Stärke. Ihr Haar fiel weit über ihre Schultern, ein sanftes Blond in der Farbe von endlosen Weizenfeldern.

Aber es war mehr ihre Aura, die ihn ergriff. Sie hatte keine Farbe, die eins der Häuser repräsentierte, dennoch war diese Aura voller Kraft. Sie schimmerte, als würde der Mond direkt hinter ihr scheinen.

Sein Tier bewegte sich und schnupperte die Luft.

Meine Gefährtin.

„Eerikki?“ Naomi drückte ihre Finger knapp über seinem Ellbogen auf seine Haut. Sie zitterte. „Ist irgendetwas falsch?“

Nichts war falsch. Nicht mehr.

Siebenundsiebzig Jahre war er allein gewesen, aber jetzt war *sie* hier.

Jetzt war es an ihm, sie für sich zu gewinnen. Sie zu beschützen, für sie zu sorgen und ihr Vergnügen zu bereiten.

Die Dunkelheit in ihm stieg empor, und grobe, verheerend lebendige Bilder schossen durch seinen Kopf. Er über ihr. Sein Schwanz, der sich tief in ihrem Körper vergrub, und ihre Brüste, die bei jedem seiner Stöße hüpften. Ihre leisen Lustschreie erfüllten seine Ohren.

Kateri schlich nach vorn und streckte ihre Hand aus. Eine Lebensader und eine Versuchung. „Meine Nanna hat mir viel von dir erzählt.“

Er sollte zurücktreten. Das Böse war zu nah, erwachte mit einem verheerenden Hunger und züngelte an den Rändern seiner Beherrschung.

Diese Frau zu verletzen, wäre sein Ende.

Die Vernichtung seiner Seele.

Er umfasste dennoch ihre Hand. Der Hautkontakt durchdrang ihn so tief wie seine Verbindung zur Anderswelt. Er brauchte mehr. Er wollte spüren, wie sich ihre Hände gegen seine Brust pressten, wie sich ihre Fingernägel in seinen Rücken bohrten und wie ihre Handflächen seinen Schaft bearbeiteten.

Sanft an ihrer Hand zerrend, zog er sie an sich.

Sie stolperte leicht, wehrte sich jedoch nicht dagegen und drückte ihre freie Handfläche über sein klopfendes Herz. Sie hob ihr Gesicht zu seinem. Ihre schönen Augen waren weit aufgerissen und ihr Mund war leicht geöffnet. Ihre zartrosa Lippen waren bereit für seinen Kuss.

Sein Panther war hocherfreut und schnurrte. Diese unbändige Reaktion kroch seine Kehle empor und erfüllte den Raum.

Zwei Sekunden. Nicht mehr als das, und seine Gefährtin wurde ihm aus den Armen gerissen und hinter den unbekannten Mann gezogen. Um ihn herum hing ihr erschrockenes Keuchen noch in der Luft.

„Was zur Hölle?“ Die knappe Stimme des Fremden schoss durch den ansonsten ruhigen Raum. Priests Katze brüllte auf und forderte die Freilassung. Das

Kribbeln und Brennen, das nur wenige Sekunden vor jeder Verwandlung auftrat, sauste unter seiner Haut entlang. Sein Atem kroch in heißem Zischen durch seine Kehle. Er stapfte vorwärts und seine Beute spiegelte jeden Schritt nach vorn mit einem Schritt zurück wider.

Logik versuchte, an die Oberfläche zu kommen, ein Aufflackern des Wissens wie der Mann hieß und wer er war, krallte sich in Priests Hinterkopf.

Es spielt keine Rolle, wer er ist, flüsterte die Dunkelheit. *Er hat sie uns weggenommen. Töte ihn.*

Durch den tödlichen Fokus seines Tieres registrierte er eine Bewegung. Eine Frau blockierte sein Ziel mit ihrem Körper. „Beweg dich nicht, Alek. Nicht einen Schritt."

Priest blieb stehen. Er kannte diese Stimme, vertraute ihr. Er kämpfte gegen den immer dichter werdenden schwarzen Dunst an den Rändern seines Blickfeldes an und konzentrierte sich auf die Frau direkt vor ihm.

Naomi.

Eine Unschuldige.

Eine Älteste und eine Freundin.

Ihre Worte durchdrangen den mörderischen Nebel, höchstens ein Nadelstich, und hallten wider, als flüsterte sie aus den Tiefen einer Höhle. „Sie ist seine Schwester, Eerikki. Ihre Eltern wurden vor zwei Wochen getötet. Er will sie nur beschützen."

Ihr Bruder.

Einer aus seinem Clan.

Sicher.

Er hat sie berührt, konterte die Dunkelheit.

Seine Katze knurrte zustimmend.

Eliminiere ihn. Nimm das, was uns rechtmäßig gehört.

Naomi kam näher. „Alek, bring deine Schwester zum Auto. Wartet dort auf mich."

Die beiden setzten sich Richtung Tür in Bewegung,

erstarrten jedoch bei dem warnenden Knurren, das durch Priests Kehle rollte. „Nein!"

„Er wird sie zurückbringen." Naomi senkte ihre Stimme und schlich in tödliche Distanz. „Dein Begleiter ist wütend. Fühlt sich beleidigt und verletzt. Es ist ihm egal, dass er ihr Bruder ist. Er weiß nur, dass er ein Fremder ist, den er nicht kennt. Aber das weißt du, Eerikki. Nimm dir Zeit, um dein Gleichgewicht wiederzufinden. Tate und Jade können sie begleiten. Tate ist ein Krieger. Du kannst ihm vertrauen, dass er sie beschützen wird."

Als hätte sie ihn mit ihren Worten zu sich gerufen, schlich Tate näher an Priest heran. Die misstrauische Natur seines Kojoten spürte offensichtlich, dass Priest seinen Panther kaum im Zaum halten konnte.

Er schwieg, doch seine bernsteinfarbenen Augen brannten vor Neugierde und Verwirrung.

In all den Jahren, in denen sie bei ihm waren, hatte Priest noch nie die Kontrolle verloren, war seit Jahren nicht mehr so tief in seine Dunkelheit versunken.

Immer noch beschützend vor Kateri stehend, starrte Alek Priest an.

Solch unschuldiger Mut. Er hatte keine Ahnung, welche Folter Priest mit nicht mehr als einem bloßen Gedanken ausüben konnte.

Mach ihm ein Ende. Die dunkle Ermutigung tanzte nur allzu verlockend in seinem Kopf und ließ Feuer über seinen Rücken lecken.

Hinter Alek beobachtete Kateri ihn mit großen Augen.

Nicht ängstlich. Sie war überrascht, ja, und neugierig angesichts der Neigung ihres Kopfes, aber sie hatte keinerlei Angst. Sie schluckte und bewegte die Hand, die die Schulter ihres Bruders umklammerte.

Sein Panther sträubte sich bei diesem Anblick, und sein Kiefer schmerzte, weil er seine Zähne in den Usurpator versenken wollte, der ihre Berührung sichtlich genoss.

„Geh“, befahl er Tate und wagte es nicht, den Blickkontakt mit seiner Gefährtin zu unterbrechen, aus Angst, er würde das letzte bisschen Beherrschung verlieren, das er noch hatte. Seine Muskeln lösten und spannten sich. Sein Blut pulsierte mit einer Heftigkeit, die ein schmerzendes Pochen hinterließ. Naomi hatte recht. Wenn er sein Gleichgewicht nicht wiederfinden würde, würde er Alek dort abschlachten, wo er stand. „Bleib in der Nähe, aber lass sie nicht aus den Augen. Niemand fasst sie an.“ Die Dunkelheit und sein Biest verschmolzen mit seiner eigenen Stimme und entfesselten einen ungezähmten Anspruch. „Sie ist mein.“

KAPITEL 2

Das konnte nicht real sein. Nichts davon. Katy tappte die Holzstufen vom Tattoo-Shop hinunter. Ihre Schritte waren fast lautlos im Vergleich zu denen der drei Leute hinter ihr. Die frische Frühlingsluft am Morgen küsste ihre schweißfeuchte Haut, und die Sonne zeigte sich noch scheu am Horizont. Normal. Sicher. Die gleiche Welt, in der sie aufgewachsen war.

Nur dass die Welt nicht wirklich so war, wie sie es sich vorgestellt hatte. In den letzten zwei Wochen hatte ihr Wissenschaftlerverstand darauf bestanden, dass die Dinge, die Nanna ihr erzählt – sogar gezeigt – hatte, nicht möglich war. Aber dieser Mann. Eerikki. Priest. Wie auch immer er sich nannte. Das konnte ihre Logik nicht ignorieren. Sie hatte gehört, wie diese animalischen Laute über seine Lippen gerollt waren, und hatte die Kraft gespürt, die von ihm ausgegangen war. Elektrisch wie das Knacken und Kribbeln kurz vor einem Gewitter. Das war kein Trick ihres Verstandes. Auch keine Einbildung oder Wunschdenken, während sie versucht hatte, die Seherfähigkeiten ihrer Großmutter oder die Verwandlungsfähigkeit für sich zu erklären.

Und erst sein Körper …

Sie erschauderte bei der Erinnerung an die harten Muskeln, die sie kürzlich unter ihren Händen gespürt hatte. Die Hitze, die von ihm ausgegangen war. Mit seiner kantigen Biker-Erscheinung, dem offenen schwarzen Haar bis über seine Schultern und der olivfarbenen Haut verkörperte er jede dunkle, tiefe Fantasie. Hätte ihr Bruder sie nicht hinter sich gezerrt, hätte sie sich ohne Zweifel gern an ihn gedrückt und wie eine rollige Katze geschnurrt.

Was eine völlig unlogische Reaktion gewesen wäre.

Sie ließ den Handlauf zitternd los, betrat den in den

Jahre gekommenen Asphaltparkplatz und betete, dass sie ihren mit Adrenalin überladenen Körper ohne zusätzliche Unterstützung navigieren konnte.

Hinter ihr fragte die Frau, die sie formell noch nicht kennengelernt hatte: „Hast du Hunger? Wir haben hier einige tolle Cafés auf der Main Street.“

Katy blieb auf der Westseite der Straße stehen und rieb sich über die Arme, um die Kälte abzuwehren. Der Verkehr hatte zugenommen, seit sie auf den Parkplatz gefahren waren, aber die malerischen Ladenfronten schmiegten sich an die sanft abfallende Straße, und die riesigen knospenden Bäume, die sie auf beiden Seiten säumten, schienen die geschäftige Gegend in einen ruhigen Frieden zu erden.

Und, Junge, brauchte sie jetzt Frieden. Trotz des Grollens von Motorrädern und plappernder Touristen, die die Straße auf und ab liefen, beruhigten sie die frische Luft und das Vogelgezwitscher wie nichts anderes. Die Natur war das, was sie erdete, wenn nichts anderes es konnte. Es lag an der Einfachheit und der seelenberuhigenden Schönheit der Natur. Vor zwei Wochen war sie nur noch ein paar Formalitäten davon entfernt gewesen, den Grundstein für ihre Zukunft zu legen, hatte den Bachelor für Umweltwissenschaften und das begehrte Umweltschutzpraktikum, für das sie gekämpft hatte, so gut wie sicher gehabt.

Doch dann waren ihre Eltern ermordet und ihr ordentliches Leben auf den Kopf gestellt worden. „Können wir draußen sitzen?“

Aleks tiefe, abgehackte Stimme ertönte eine Sekunde, ehe sich seine Hand um ihre Schulter legte und sie zum Parkplatz umdirigierte, wo sich sein roter Jeep Wrangler befand.

„Wir gehen.“

Bevor Katy sich auch nur dagegen wehren konnte, stand Tate zwischen ihnen und den ordentlich aufge-

reihten Autos. Als sie ihn zum ersten Mal im Laden
gesehen hatte, hatte sie ihn für eine Mischung aus einem männlichen Model und einem Hipster gehalten.
Sein langes Haar war zu einem niedrigen Pferdeschwanz zurückgebunden, und für diese honigblonde
Farbe würden viele Frauen einige Hundert Dollar hin-
blättern. Jetzt, da sie seinen etwas dunkleren Bart bemerkte, der seine gefletschten Zähne umrahmte, während er Alek anknurrte, wirkte er reinweg wie ein Raubtier. Mit den zurückgezogenen Schultern, den seitlich
angelegten angespannten Armen und auf die Fußballen
gestützt, schien er kurz davor zu stehen, Alek zu Boden
zu ringen.

Jade schob Aleks Hand von Katys Schulter und stellte
sich zwischen Katy und Alek. Sie war kleiner als Katy,
bestenfalls ein Meter siebenundfünfzig, aber ihr weiches
blaues Tanktop und die eng anliegende Jeans betonten
feste Muskeln und Kurven, die Katy neidisch machten.
„Lass die Finger von ihr." Sie musterte die zwei Männer
und schüttelte ihren Kopf, als hätten sie beide ihren
Verstand verloren. Die gleichen silbernen Clan-
Talismane, die auch ihre Großmutter in kleinen Zöpfen
in ihrem dunklen Haar verflochten trug, glitzerten im
Sonnenlicht.

„Jesus, weißt du denn gar nichts über unsere Rasse?",
fragte sie Alek. „Priest sagte, niemand darf sie anfassen.
Tates Kojote nimmt das wortwörtlich."

Vielleicht hätte Katy ihrem Bruder doch folgen sollen.
Oder zumindest etwas mehr Abstand zwischen sich
und Tate schaffen sollen.

Stattdessen trat sie vor und ihre unbezähmbare Neugier überwältigte das Bedürfnis nach Vorsicht. „Dein
Tier ist ein Kojote?"

Tate maß den Abstand zwischen ihr und Alek und
entspannte sich so weit, dass er ein Nicken von sich gab.
Erst nach einigen weiteren Atemzügen und nachdem er

sich aus seiner Kampfposition aufgerichtet hatte, wandte er sich Alek zu. „Deine Familie war mit dem Haus der Krieger stets eng verbunden. Warum weißt du nichts über uns?"

Alek runzelte die Stirn und biss so fest die Zähne aufeinander, dass die Muskeln an seinem Kiefer sich anspannten und wirkten, als würden sie gleich reißen. „Ich weiß es nicht. Nanna sagte, unser Vater hat versprochen, es uns nicht zu erzählen. Er meinte, er hätte seine Seelensuche nie gemacht, oder wie auch immer ihr das nennt. Irgendetwas davon, dass er seine Gaben nicht haben wollte. Nach dem, was ich letzte Woche gesehen habe, beginne ich zu verstehen, warum nicht." Er funkelte Katy an. „Wir sollten gehen. Nanna kann ihr Wiedersehen mit Mr. Superwichtig beenden und uns anrufen, wenn wir sie abholen sollen." Er stieß ein ironisches Lachen aus und schüttelte den Kopf. „Oh, Moment mal. Sie ist ein Falke, richtig? Dann kann sie zu uns fliegen, sobald sie fertig ist."

Auf gar keinen Fall würde sie jetzt gehen. Nicht, wenn sie die Gelegenheit hatte, Informationen aus zwei Leuten herauszukitzeln, die eindeutig wussten, wovon sie da sprachen. Auch wenn sie kein solides Motiv dafür hatte, mehr erfahren zu wollen, bestand die Wissenschaftlerin in ihr darauf, tiefer zu graben. Vor allen Dingen, um eine vernünftige Erklärung für die Dinge zu finden, die ihre Nanna einfach nur als Magie zusammengefasst hatte. „Willst du keine Antworten?"

„Ich möchte, dass meine Schwester nicht so endet wie unsere Eltern. Hast du gesehen, wie diese Leute sich verhalten?"

Erinnerungen an blutbespritzte Wände und den kupfernen Gestank, der das Wohnzimmer ihrer Eltern erfüllt hatte, waren noch genauso plastisch, wie die Realität es gewesen war, und das stachelte ihre sorgfältig vergrabene Wut an. Die Kontrolle zu verlieren, war inakzeptabel und die schlimmste Beleidigung, die sie ihren Eltern antun konnte, nach dem, was sie erlitten hatten. „Was ich will, ist Gerechtigkeit. Und die werden wir nur bekommen, wenn wir mit den Menschen sprechen, die uns dabei helfen können, ihn zu finden. Es ist mir egal, ob sie Flecken haben oder sich in Einhörner verwandeln können. Ich bleibe."

„Gerechtigkeit wofür?" Jade richtete ihren Blick zu Alek, und Verwirrung trübte die grünen Tiefen, die perfekt zu ihrem Namen passten. „Was ist mit euren Eltern passiert?"

Mit fest zusammengepresstem Mund starrte Alek Jade für einige Sekunde an, dann drehte er sich mit einem gemurmelten Fluch, den Katy durch den Wind nicht verstehen konnte, zur Straße um.

„Unsere Eltern wurden vor zwei Wochen getötet." Zwei Wochen, die sich wie ein ganzes Leben anfühlten, und doch zitterte ihre Stimme noch immer vor kaum zurückhaltbarer Wut. „Es war blutig. Grausam."

Jade warf Tate einen Blick zu, als wollte sie abschätzen, ob er dem Thema besser folgen konnte als sie. „Was?"

„Ermordet", erwiderte Alek und drehte sich so weit zu Tate um, dass er ihn finster anstarren konnte. „Von einem Volán. Glaubst du wirklich, ich neige dazu, jemandem von deiner Rasse zu vertrauen, nach dem, was mit ihnen passiert ist? Nach dem abgefahrenen Scheiß, den ich gerade bei Eerikki, oder wie auch immer er sich nennt, gesehen habe?"

Tate grinste und zog die Augenbrauen empor. „Er heißt Priest. Und ich hasse es, dich darauf hinweisen zu müssen, aber wenn du Naomis Enkel bist, bist du auch ein Volán. Noch dazu einer aus der Krieger-Primo-Familie."

„Krieger-was?", fragte Katy.

Jades Blick glitt zu einem Pärchen, das hinter Katy den Bürgersteig entlangschlenderte. Sie räusperte sich und bedeutete Katy, aus dem Weg zu gehen. Erst als das Paar außer Hörweite war, sprach sie wieder, hielt jedoch ihre Stimme immer noch gedämpft. „Krieger-Primo. Jedes Haus hat einen Anführer, der dem Hohepriester dient und sein Volk leitet. Deine Familie hat das Haus der Krieger so lange angeführt, wie man sich erinnern kann.“

Alek schnaubte, vergrub seine Hände in den Hosentaschen und starrte in die Ferne. „So ein Bullshit.“

Katy verstand das Gefühl, hatte diesen Unfug-Gedanken öfter wiederholt, als sie zählen konnte, seit Naomi zum ersten Mal dieses mysteriöse Familiengeheimnis geteilt und sich vor ihren Augen in einen Falken verwandelt hatte. Aber das hier was das erste Mal, dass sie Alek mit dem Konzept ihrer Rasse hadern sah.

Ja, er hatte ebenso getrauert und mit der Wut gerungen wie sie, seit sie ihre Eltern abgeschlachtet im Haus vorgefunden hatten, aber er schien der Idee von Magie aufgeschlossener gegenüberzustehen. Er hatte sogar begierig darauf gewirkt, mehr darüber zu erfahren. Beziehungsweise war es gewesen, bis er Priest begegnet war.

„Nenn es, wie du willst“, sagte Tate. „Aber das ist die Realität. Wenn du nicht akzeptieren willst, was dir zusteht, wird der Hüter die Ehre jemand anderem übertragen.“

„Wer ist der Hüter?“, fragte Katy.

„Wow.“ Jades Augenbrauen hoben sich und sie strich durch ihr weiches schwarzes Haar. Nachdem sie Katy und Alek einen Moment lang nachdenklich betrachtet hatte, stemmte sie beide Hände in die Hüften und sah die Main Street rechts und links entlang. Dann warf sie einen mahnenden Blick zu Tate und Alek hinüber, wie es eine rügende Mutter mit ihren irrenden Söhnen tun würde. „Okay, könntet ihr beide euren Scheiß so lange im Griff behalten, bis wir einen Platz gefunden haben, wo wir reden können?“

„Mir geht es gut“, erwiderte Katy. „Es sind die Männer, die hier ausflippen, nicht die Frauen.“ Obwohl, wenn sie ehrlich zu sich selbst war, hatte sich Aleks Verhalten schon verschlechtert, bevor ihre Eltern getötet worden waren. Es war, als ob die stille Geduld, die er gezeigt hatte, während er aufgewachsen war, plötzlich einen Sprung bekommen hätte und der langsam größer wurde.

Jade verzog ihre Lippen zu einem Grinsen, das von einer frechen Haltung sprach, die Katy unter normalen Umständen zu schätzen gewusst hätte. „Nicht gerade eine Eigenschaft unseres Clans, aber dennoch wahr.“ Sie blickte Tate erneut an und dieses Mal bemerkte sie echte Besorgnis und eine Frage in seinen Gesichtszügen. „Alles okay mit dir?“

Tate hielt lange genug inne, um Alek, der sich noch immer weigerte, die anderen anzusehen, abschätzend zu mustern. „Ja. Halt ihn einfach auf Abstand.“

Das erregte Aleks Aufmerksamkeit. Er drehte seine Schultern in Tates Richtung und ging vorwärts, doch Katy hob ihre Hand und stoppte ihn, ehe er zwei Schritte machen konnte. „Hör auf damit.“ Sie senkte ihre Stimme. „Was auch immer mit dir los ist, lass gut sein. Sie werden mir nicht wehtun. Niemand wird mich verletzen. Aber ich will Antworten, die sie haben. Wenn du nicht damit klarkommst, warte im Auto. Sobald ich fertig bin, komme ich zu dir.“

Es brauchte nahezu fünfzehn Sekunden und kostete Alek eine Menge Stolz, den er runterschlucken musste, aber schließlich senkte er den Kopf. Die winzige Zustimmung ließ seine Mimik hart und verkniffen wirken.

Jade seufzte und deutete zum oberen Ende der Hauptstraße, wo sich auf der gegenüberliegenden Seite eine Kneipe mit davor geparkten Motorrädern befand. „Lass uns ins *Cat House* gehen. Vor dreißig Minuten wäre Frühstück noch toll gewesen, aber im Moment klingt ein Drink besser als Kaffee, und wir können auf der Terrasse sitzen.“

Keine fünfzehn Minuten später saßen sie an einem der Balkontische mit Blick auf die Main Street. Es hatte einen weiteren angespannten Moment gegeben, nachdem Tate den Platz neben Katy eingenommen und sie quasi zwischen dem Balkongeländer und ihm selbst eingesperrt hatte. Doch nach einem beruhigenden Blick, den sie ihrem Bruder zugeworfen hatte, und Jades beschwichtigender Haltung hatte Alek schlussendlich neben Jade auf der gegenüberliegenden Seite Platz genommen. Wenn die Kellnerin es eigenartig fand, dass sie alle zum Mittag harten Alkohol bestellten, zeigte sie es nicht.

Eureka Springs war wirklich eine wunderschöne Stadt. Die sanften Hügel, skurrilen Geschäfte und Gebäude aus einer friedlicheren Zeitepoche bildeten einen Ort, den sie gern erkunden würde. Aber obwohl sie das dichte Laub und die verwinkelten Gassen mochte, wollte sie jetzt viel lieber Antworten. Katy stellte sicher, dass niemand sie belauschen konnte, ehe sie mit Jade begann. „Kannst du dich auch verwandeln?“

Mit einem Lidschlag änderte sich die wachsame Anspannung, die Jade fast ununterbrochen erfasst hatte, seit Alek Katy aus Priests Armen gezerrt hatte, in ein Strahlen voller Glück. „Das kann ich. Meine Seelensuche war vor etwas mehr als einem Monat.“

„Was ist dein Tier?“

Ihr Lächeln wurde breiter. Stolzer. „Meine Begleiterin ist ein Luchs.“

Alek lachte. „Du meinst wohl eher, du bist eine Katze.“

Katy warf ihm einen warnenden Blick zu. „Ein ausgewachsener eurasischer Luchs würde bis zu deinen Oberschenkeln reichen und kann bis zu fünfundsiebzig

Meter weit sehen. Er ist auch hervorragende Jäger. Ich würde ihn also kaum eine Katze nennen.“

Tates Erwiderung war nicht annähernd so subtil. Das leise Knurren seines Kojoten umgab sie alle.

„Lass gut sein, Tate“, erwiderte Jade und richtete ihre Aufmerksamkeit auf Katy. „Woher weißt du so viel über Luchse?“

„Ich habe ein Semester Zoologie für Fortgeschrittene besucht, ehe ich mich dann doch für Umweltwissenschaften als Hauptfach entschieden habe.“ Sie funkelte ihren Bruder an und war beschämter, als sie gern zugeben wollte. „Ich weiß nicht, was in letzter Zeit mit dir los ist, aber ich habe genug von deinem beschissenen Verhalten.“

„Ich habe kein beschissenes Verhalten, ich bin einfach nur müde.“

„Glaub mir, du legst ein beschissenes Verhalten an den Tag. Die ganze Zeit. Und wenn du nicht gerade jemandem den Kopf abreißen willst, liegst du wie ohnmächtig im Bett.“

Jade und Tate wechselten einen Blick miteinander, der von jahrelangem Zusammensein und unausgesprochenem Verständnis sprach.

„Was?“ Katy fragte sie beide. „Hat das etwas zu bedeuten?“

Jade senkte den Kopf und tippte mit dem Daumen gegen die verkratzte Holztischplatte.

„Wie alt bist du, Alek?“, fragte Tate.

Alek zögerte, schien eine Falle oder einen Streich zu erwarten. „Fünfundzwanzig, warum?“

„Miese Laune? Viel Schlaf?“

Alek warf Katy einen Blick zu und zuckte mit den Achseln. „Scheint wohl so zu sein. Ja.“

Tate nickte. „Die meisten Volán werden zwischen ihrem einundzwanzigsten und sechsundzwanzigsten Lebensjahr zur Seelensuche berufen. Die meisten nicht nach dem fünfundzwanzigsten, und Männer zeigten fast immer die Warnzeichen von Wut und Müdigkeit. Wenn du sonst eigentlich kein Riesenarschloch bist, dann würde ich sagen, dass du sehr nah dran bist.“

Zum ersten Mal, seit er wegen Priest zum beschützenden Überbruder geworden war, verblasste ein wenig von Aleks Tapferkeit. Es war eine besonders überraschende Reaktion, wenn man Tates unverhohlenen verbalen Spott bedachte.

„Du weißt nicht wirklich viel über unsere Rasse, oder?“, fragte Jade leise.

Alek schüttelte den Kopf und begegnete kaum ihrem Blick. „Nanna hat uns von der Magie und den wichtigsten Häusern erzählt. Sie sagte, sie sei eine Seherin, und hat uns gezeigt, dass sie sich verwandeln kann, aber ansonsten … Ich glaube, sie hatte Angst, mehr zu erzählen.“

„Du hast gesagt, dass du auf eine Seelensuche gegangen bist“, hakte Katy nach. „Hast du da gelernt, dich zu verwandeln?“

„Irgendwie.“ Jade starrte eine Sekunde lang auf den Tisch, ihr Blick distanzierte sich, während sie um die richtigen Worte zu ringen schien. „In der Anderswelt begegnest du den Teilen von dir selbst, die der Hüter für notwendig hält, um dieses Reich der Magie zu durchqueren. Sobald man dies getan hat, wirst du einem Haus und der Magie zugewiesen, die damit einhergeht. Erst nach deiner Prüfung wirst du deinem Begleiter begegnen.“

Seltsam. Diesen Begriff hatte sie schon mehrmals gehört, seit ihre Großmutter die gestaltverändernde Gabe ihrer Rasse preisgegeben hatte, und es ergab immer noch keinen Sinn. „Ich kapiere den Teil mit dem Begleiter nicht.“

„Wenn du denkst, dass es jetzt schon seltsam ist, warte, bis du einen hast.“ Tate lachte und verschränkte seine muskulösen Unterarme auf dem Tisch. „Sieh es einfach so: Heute gibt es nur dich. Wenn du für dich selbst denkst, hörst du nur deine Stimme. Nachdem du einen Begleiter erhalten hast, hörst du zwei. Deine eigene und die deines Tieres. Auf diese Weise stellt der Hüter sicher, dass unsere Rasse im Einklang mit der Natur und der Magie bleibt."

Faszinierend. Weit hergeholt und völlig verrückt, aber dennoch in der Theorie absolut faszinierend. „Und es gibt vier Häuser, richtig? Seher, Krieger, Heiler und Magier."

Jade nickte. „Die Magier sind allerdings sehr selten. Sehr mächtig und sehr hoch angesehen. Oder das waren sie. Wir kennen keine, die noch leben."

Alek rutschte auf seinem Sitz hin und her, fühlte sich sichtlich unbehaglich. „Das Primo-Ding. Du hast gesagt, unsere Familie führte die Krieger an. Was bedeutet das?"

Obwohl er seine Frage an Jade gerichtet hatte, war es Tate, der antwortete. „Der Gefährte eurer Großmutter war der letzte Anführer der Krieger. Sofern der Hüter nichts anderes entscheidet, bleibt der Primo innerhalb der Familienlinie. Keine Ahnung, was er tun wird, nachdem dein Vater seine Gaben ja abgelehnt hat."

„Und was machen Primos genau?", wollte Katy wissen.

„Sie sind die Stärksten ihres Hauses und Mentoren für die Menschen, die sie anführen. Aber sie dienen auch als Berater von Priest und teilen ihre Magie auf dem Presect mit ihm."

„Auf dem was?"

„Hä?"

Sowohl Tate als auch Jade schmunzelten bei den perplexen Reaktionen, aber es war Tate, der darauf antwortete. „Wenn sich die Jahreszeiten ändern, trifft sich unser Clan zu einem heiligen Ritual namens Presect. Es ist wirklich einfach. Ein simpler Austausch, um die Magie der Erde zu ehren, auszubalancieren und sie wachsen zu lassen. Nur haben wir keine Primos mehr. Und wenn sie Priest nicht helfen, sind die Riten nicht so effektiv. Wir brauchen sie. Dringend."

„Und was passiert ohne die Primos?", fragte Alek. „Stirbt die Magie unserer Rasse aus?"

„Nicht nur unserer", erwiderte Jade. „Die Magie der Erde."

Katy stöhnte, stützte die Ellbogen auf dem Tisch ab und legte ihre Stirn in ihre Handflächen. „Magie der Erde. Das ist verrückt."

Tate lachte. „Ernsthaft? Du hast gesehen, wie sich deine Großmutter in einen Falken verwandelt, und du warst Priest sehr nah, während er seinen Panther bekämpft hat. Willst du mir erzählen, du glaubst nicht an Magie?"

Er hatte recht. Sie hatte gesehen, wie Nanna sich verwandelt hatte. Sie hatte beobachtet, wie sie sich einer Trance unterzogen und dem gefolgt war, was die Visionen sie gelehrt hatten. Das hatte sie direkt zu Priest geführt.

Und Priest … niemand konnte die Macht in ihm ignorieren. Sie hatte sie in der Sekunde gespürt, als sie über die Schwelle des Ladens getreten war. Katy hatte sich auf eine Weise zu ihm hingezogen gefühlt, die ihr Verstand noch immer nicht vernünftig einordnen konnte.

Sie legte ihre Unterarme auf den Tisch und seufzte. „Ich weiß nicht mehr, was ich glauben soll. Vielleicht haben die Volán Magie, aber du kannst mir nicht erzählen, dass jeder da draußen sie hat. Das normale Leben ist genau das. Normal."

Jade neigte den Kopf ein wenig zur Seite und musterte Katy mit ruhiger Intensität. „Vielleicht ist deine Definition von Magie zu begrenzt."

„Was meinst du mit zu begrenzt?"

Jade suchte den Parkplatz unterhalb von ihnen ab. Ihr

Blick verweilte auf den verschiedenen Gruppen von Gästen, die neben ihren Fahrrädern herliefen und lachten, als hätten sie alle Zeit der Welt, den Tag zu genießen. „Die Magie ist überall, wenn man offen dafür ist. In der Geborgenheit, die man fühlt, wenn man mit Freunden zusammen ist. In der Stille eines Frühlingstages oder im Donnergrollen eines heftigen Gewitters. Das gilt nicht nur für die Volán, sondern auch für die Singura.“

„Die Singura?“, wollte Alek wissen.

„Menschen ohne Begleiter“, grinste Tate. „Im Grunde das, was ihr geglaubt habt, zu sein.“

Während sie sich für die Erklärung erwärmte, deutete Jade auf ein Paar auf der unteren Terrasse. Die Frau hockte auf dem breiten Schutzgeländer, das die Terrasse von dem Parkplatz trennte. Der Mann stand zwischen ihren gespreizten Knien und hatte die Arme besitzergreifend um sie geschlungen. Es war ein intimer Moment. Kraftvoll in seiner Einfachheit. „Sieh sie dir an. Du kannst so etwas nicht sehen und nicht an Magie glauben.“

Wärme blühte unter Katys Haut auf bei der allzu lebendigen Erinnerung daran, wie sich Priests Muskeln unter ihren Handflächen angefühlt hatten und wie seine Anwesenheit sie in einen schützenden Kokon gehüllt hatte.

Und sein Duft! Sie presste die Knie unter dem Tisch zusammen und unterdrückte ein Stöhnen. Sie konnte ihn immer noch an sich riechen. Eine Mischung aus Sommersturm, Leder und dunklen Wäldern. Ihre Stimme wurde leiser, tief und heiser, als sie antwortete. „Das ist einfach nur Anziehungskraft. Eine chemische Reaktion des Körpers.“

Jade grinste. „Ist das so?“

Sie ist mein.

Die Erinnerung an diese Worte durchströmte sie wie

eine exotische Liebkosung. Besitzergreifend auf einem Niveau, das sie zugleich ersehnte und abwehrte. Sie räusperte sich und verschränkte die Finger auf dem Tisch, um einen distanzierten Ausdruck zu erzwingen. „Bevor wir gegangen sind, hat Priest gesagt, ich wäre sein. Was hat er damit gemeint?“

Jade sah Tate an und schien stumm um Führung zu bitten. Tate schüttelte den Kopf. „Ich kann es nicht genau sagen.“

„Aber du denkst, dass du es weißt.“

Er zögerte und warf Alek einen Blick zu, als wollte er abschätzen, wie gut er sein Temperament im Zaum hatte. Dann richtete er seine mitfühlenden bernsteinfarbenen Augen auf Katy. „Es steht mir nicht zu, es zu erklären. Priest wird es dir sagen.“

„Aber so, wie er sich verhalten hat … wie er die Kontrolle verloren hat …“, drängte Katy. „Sicher kannst du verstehen, warum ich Antworten will.“

Tate musterte sie eine Weile nur, Rücksicht und Besorgnis zeichneten seine hübschen Gesichtszüge. „Natürlich verstehe ich das. Es ist trotzdem etwas, worüber *er* mit dir sprechen sollte. Aber ich kann dir so viel sagen …“ Er hielt inne, schien sich seine Worte sehr gut zu überlegen, nicht nur wegen ihr, sondern auch wegen ihres Bruders, der erschreckend regungslos neben ihr gestanden hatte. „Von allen Menschen, die auf dieser Erde wandeln, gibt es niemanden, der sicherer lebt als du.“

KAPITEL 3

Die weißen Wände des Studios waren mit Priests Lieblingskunstwerken bedeckt. Seine Tattoo-Liege, eine Spezialanfertigung, war immer noch für die Schutzsymbole präpariert, mit denen er Jades Rücken versehen hatte. Handschuhe, Gläser gefüllt mit Tintenkappen, Reinigungsalkohol, vorbereitete Pads und all das andere Equipment, das er für seine Arbeit nutzte, reihten sich entlang der Seitenablage nebeneinander auf.

Stück für Stück kehrte der private Raum, in dem er all seine Arbeit verrichtete, wieder in seinen Fokus. Die tiefe Trance, in die er mit Naomis Hilfe geflohen war, ließ ihn betäubt, aber glücklich zentriert zurück. Und das bedeutete, dass Kateris Bruder in Sicherheit war — vorerst.

Ein leiser Atemzug ertönte in seiner Nähe, gefolgt von einer vorsichtigen Bewegung. „Du warst ziemlich lange weg", flüsterte Naomi beinahe. Ihre Stimme klang besorgt und sanft zugleich. „Wie fühlst du dich?"

Als müsste er sich strecken und sein Biest für eine ganze Weile rennen lassen. Letzteres jedoch war innerhalb der Stadt und bei Tageslicht unmöglich, denn die schiere Größe seines massiven Panthers würde die Singura garantiert in Panik versetzen. „Besser", sagte er stattdessen. Er rollte seine Schultern und reckte den Kopf von einer Seite zur anderen, um die Sehnen in seinem Nacken zu lockern. „Wie spät ist es?"

„Halb zwei."

Fuck.

Zwei Stunden war er fort gewesen. Weitaus länger, als er beabsichtigt hatte oder es sich leisten konnte, während seine Gefährtin unbeaufsichtigt geblieben war. Priest zwang seinen Verstand schneller wieder zurück ins Hier und Jetzt, als es angesichts seines Beinahe-

Kontrollverlustes ratsam war. Er erhob sich vom Gästesofa, auf dem er zusammengebrochen war, und sah sich in seinem Laden um.

„Ich habe das Schild vor der Mittagszeit auf *Geschlossen* umgedreht“, erklärte Naomi von dem Stuhl aus, auf dem normalerweise Jade hinter der Kasse saß. „Ich habe Papier gefunden und auch einen Zettel an die Tür geklebt, auf dem ich erklärt habe, dass du einen Notfall hattest und alle Termine für heute abgesagt sind.“ Sie hielt lange genug inne, um mit den Schultern zu zucken. „Vielleicht nicht gerade so professionell, wie du es gern gehabt hättest, aber ich wollte nicht riskieren, dass jemand deine Meditation unterbricht.“

Das war klug gewesen, denn selbst die kleinste Provokation hätte ihn hochgehen lassen, angesichts des Zustandes, in dem er sich befunden hatte. „Es spielt keine Rolle. Sie werden wiederkommen.“

Das taten sie immer.

Priests Designs waren in dieser Gegend legendär und sehr begehrt. Es war ironisch, wenn man bedachte, dass die heiligsten Tätowierungen, die er machte, oft fertiggestellt wurden, ohne dass der Empfänger überhaupt wusste, welches Geschenk er erhalten hatte.

„Wo ist Kateri?“

Naomi hob das Handy hoch, das sie auf die Vitrine gelegt hatte, in der Jades Amulette zum Verkauf auslagen, und wedelte damit. „In Sicherheit bei Jade und Tate. Sie bekommt anscheinend einen Crashkurs über unseren Clan.“

Priest schnaubte, weil sie Aleks Namen absichtlich ausgelassen hatte und damit einmal mehr bewies, was für eine kluge Frau sie war. Er schlenderte zum Kühlschrank im hinteren Teil des Ladens. Seine Magie lokalisierte Tates und Jades Aufenthaltsort durch die Tätowierungen, die er ihnen gestochen hatte.

Zwei Blocks die Straßen hinunter.

Er schnappte sich eine Flasche Wasser und trank sie fast komplett aus. Vermutlich ein klug gewählter Ort, den seine Schützlinge ausgesucht hatten, um seine Gefährtin dorthin mitzunehmen. Nach seiner Reaktion auf Kateri und auf Aleks Einmischung würden die meisten Leute eine Menge Whiskey brauchen, um ihre Nerven zu beruhigen. Allerdings sträubte sich sein Panther gegen die Vorstellung, dass seine Gefährtin unbekannten Männern ausgesetzt und er nicht da war, um sie fernzuhalten.

Aber was wäre, wenn sie gar nicht da war? Was wäre, wenn sie mit Alek fortgegangen wäre und sie Naomi nur mit Nachrichten fütterten, damit sie es nicht bemerkte?

Er warf die leere Flasche in den Abfalleimer und pirschte zurück zur Vorderseite des Ladens. „Bist du sicher, dass sie da ist?"

Naomi grinste. „Ich mag vielleicht alt sein, aber ich bin in Sachen Technologie auf dem neusten Stand, genauso wie du es von uns wolltest. Ihr GPS zeigt, dass sie ein paar Blocks die Straße runter ist."

„Und Alek?"

„Er ist auch dort."

Er machte es sich auf seinem Hocker mit Rollen bequem, den er für die Arbeit nutzte. Die Plastikrollen rutschten über den gekachelten Industriefußboden. Sein Blick blieb auf die Liege gerichtet, auf der Jade erst Stunden zuvor gelegen hatte, und seine rechte Hand ballte sich zu einer Faust. Dort wollte er Kateri liegen sehen, ausgestreckt auf dem geschmeidigen Leder. Er wollte zusehen, wie die Tinte auf ihrer Haut Gestalt annahm und seine Magie in jede Zeile floss. Wenn er sie markierte, würde sie sich nicht mehr vor ihm verstecken können, egal wohin sie ging. Und sie würde auch ohne seine Anwesenheit seinen Schutz haben.

Naomi erhob sich und schlenderte zu ihm hinüber. „Wollen wir darüber reden? Oder sollen wir so tun, als wäre das heute Morgen nicht geschehen?"

„Welcher Teil? Die Tatsache, dass ich nahezu die Kontrolle verloren hätte und du fast keinen Enkel mehr gehabt hättest?"

„Wäre Alek mit dem Wissen über unseren Clan aufgewachsen, hätte er es besser gewusst, als sich zwischen einen Hohepriester und seine Gefährtin zu stellen."

Priest war sich nicht sicher, was ihn mehr überraschte – die Tatsache, dass Naomis Enkelkinder nichts über ihre Rasse wussten, oder dass sie recht schnell herausgefunden hatte, warum er so reagiert hatte. „Du wusstest es?"

„Natürlich wusste ich es. Du hast vergessen, dass mich ein Mann auch einmal so angesehen hat." Sie grinste. „Und angesichts der Art und Weise, wie Tate sich zwischen sie und Alek gestellt hat, haben deine Schützlinge es ebenfalls herausgefunden."

Eine weitere kolossale Scheiße, die er gebaut hatte und zu seinem heutigen Tag dazuzählen konnte. Er war ihr Hohepriester. Derjenige, der sich bei jeder Provokation im Griff haben sollte, und nicht jemand, der sich von einem Mann aus der Fassung bringen lässt, der noch nicht einmal seine Gaben angenommen hatte.

„Was den Verlust deiner Kontrolle betrifft", fuhr Naomi fort, „würde ich sagen, dass du zu hart zu dir selbst bist. Du bist ein mächtiger Mann, den es eiskalt erwischt hat. Es ist doch nur natürlich, dass dein Tier beschützen will, wenn es eine Bedrohung wittert."

„Es war nicht nur mein Biest."

Kaum hatte er die Worte ausgesprochen, wollte er sie am liebsten wieder zurücknehmen. Von den wenigen noch lebenden Ältesten war Naomi die letzte, die von seiner Situation erfahren sollte. Von dem hässlichen

Makel, der sich in ihm bewegte.

Naomi zog ihre hübschen Flip-Flops aus und setzte sich ihm gegenüber auf das Sofa, wobei sie ihre Beine im Schneidersitz kreuzte, wie es viele seiner jüngeren Kunden taten, wenn sie ihm bei der Arbeit zusahen. „Was meinst du damit, dass es nicht nur dein Biest war?"

Sie hatte die Wahrheit verdient. Sie verdiente es, zu wissen, welches Risiko ihre Enkelin eingehen würde, wenn Priest ihr so nachjagen würde, wie es sein Instinkt verlangte. Aber er freute sich nicht darauf, die Angst und Enttäuschung in ihren Augen sehen zu müssen, wenn sie es erfuhr. „Weil Dravens Dunkelheit in mir ist."

Keine Reaktion, bis auf ein Blinzeln. Es war, als müsste sie das Gehörte noch einmal zurückspulen. „Wie?"

Die beißende Kälte, die stets mit der Erinnerung an diese Nacht einherging, überfiel ihn. Rauch vom Lagerfeuer war hoch in den sternenerfüllten Samthimmel geströmt. Die Anführer jedes Hauses standen für den Norden, Süden, Osten und Westen. Clanmitglieder saßen hinter ihnen auf dem Boden. Mehr als fünfhundert von ihnen hatten sich zur Presect versammelt. Es war erst seine zweite als Hohepriester.

Und er hatte sie alle im Stich gelassen.

Er schüttelte seine Erinnerung ab. „Du weißt, was Dravens Absicht in dieser Nacht gewesen ist, oder?"

„Er wollte die Magie jedes Primos stehlen und sie sich zu eigen machen."

Priest nickte. „Und er wollte ihre kombinierte Macht dazu benutzen, mich zu töten. Ohne mich in seinem Weg wollte er unseren Clan anführen und zu unseren alten Gepflogenheiten zurückkehren."

„Aber du hast ihn aufgehalten und ihre Magie zurückgeholt, was bedeutet, dass sie in dir lebt."

Er schluckte, hasste es, wie die Wahrheit auf seiner

Zunge schmeckte. „Das habe ich, und ja, das tut sie, aber mit ihr kam der ganze Makel von den Dingen, die er getan hat. Ich kann es nicht loswerden. Egal, was ich versuche oder wie oft ich den Hüter darum bitte, mich davon zu befreien. Es ist immer noch da.“ Er hielt lange genug inne, damit Naomi das, was er geteilt hatte, vollständig verarbeiten konnte. Während sie ihn weiterhin nur mit leicht erhobenen Augenbrauen ansah und scheinbar darauf wartete, den Todesstoß zu erfahren, fügte er hinzu: „Vor fünfzig Jahren wäre ich vielleicht der Richtige für Kateri gewesen. Jetzt ist es eine sehr gefährliche Sache. Wenn du wüsstest, wie *es* Kateri wollte – zu welchen Dingen *es* mich drängen wollte –, du würdest sie in dein Auto verfrachten und so weit es nur möglich wäre, von hier fortbringen.“

Sie stieß ein heftiges Lachen aus. „Wohl kaum. Eher würde ich sie hierher zurückkarren und von vorne anfangen. Nur würde ich dieses Mal dafür sorgen, dass Alek Abstand hält.“ Sie neigte ihren Kopf mit einem verschmitzten Lächeln um die Lippen. „Du vergisst, dass ich weiß, wie beschützend männliche Volán sein können. Es ist mir egal, wie viel Dunkelheit in dir gefangen ist, du könntest sie nicht verletzten, selbst wenn du es versuchen würdest. Sie ist genau das, was du brauchst, um dein Gleichgewicht zu finden. Darüber hinaus bist du genau das, was Kateri braucht.“

Ihre Reaktion hätte ihn nicht mehr schocken können, wenn sie aufgestanden wäre und ihn geohrfeigt hätte, während sie das aussprach. „Wie bitte?“

Naomi seufzte und lehnte sich gegen die Lederlehne des Sofas. Ihre Schultern sanken, während sie weiterredete. „Mein Sohn hat seine Gaben verschmäht. Er hat es mir verboten, über unsere Rasse und unsere Art zu reden. Kateri ist zu distanziert von ihren eigenen Gefühlen aufgewachsen.“

Sie pausierte kurz, faltete die Hände ineinander und

betrachtete sie. „Er hatte nie vor, ihnen von ihrem Erbe zu erzählen. Sie haben sie sogar in die normale Gesellschaft gedrängt, als beide eine freigeistigere Karriere wollten." Sie blickte auf und ein kleines Lächeln stahl sich auf ihre Lippen. „Bei Alek hat es nie funktioniert. Er folgt nur seinem Instinkt. In letzter Zeit mehr als sonst. Aber Kateri wollte stets ihrem Vater gefallen und verschloss sich in ihrer Selbstdisziplin. Sie ist leidenschaftlich. Fast schon erschreckend. Doch sie hat zu viel Angst davor, es rauszulassen. Als sie jünger war, wollte sie ein ganz anderes Leben für sich, aber die Art und Weise, wie mein Sohn sie dazu brachte, rational zu sein – logisch und methodisch –, damit erstickte er jegliche Leidenschaft in ihr."

Die Dunkelheit regte sich, dicht umschlossen von den Barrikaden, die er wieder befestigt hatte. Dennoch überprüfte er jeden Winkel und jede Ritze auf eine Fluchtmöglichkeit.

Sein Panther streckte sich und schnurrte, schien mehr als nur ein wenig erfreut über die ihm gestellte Herausforderung und konnte es kaum erwarten, sie anzunehmen.

Aber es war nicht nur Kateri, auf die er achten musste.

Ob sein Biest Alek vor ein paar Stunden hatte ausweiden wollen oder nicht, er war immer noch ein Clanmitglied. Und ein wichtiges dazu. „Wie alt ist Alek?"

„Fünfundzwanzig."

„Und noch kein Ruf zu seiner Seelensuche?"

„Nein, aber er ist nahe dran. Du hast gesehen, wie schnell sein Temperament mit ihm durchgangen ist, und er schläft mehr, als dass er wach ist." Ihr Gesicht erhellte sich. „Im Kampf ist er ein Naturtalent. Er ist genauso geschickt wie Farron, wenn nicht sogar noch geschickter. Er hat schon im Alter von sechs mit Martial Arts begonnen, obwohl er seinen Vater ein Jahr lang hatte anbetteln müssen, ehe er sich anmelden durfte.

Wenn der Hüter es will, wird er einen guten Anführer der Krieger abgeben."

Vor dem großen Schaufenster des Ladens mit Blick auf die Main Street schwankten die Baumkronen, die sich vor den alten Geschäftsfronten gruppierten, in einer sanften Nachmittagsbrise. Ein perfekter Vorfrühlingstag.

Doch selbst der strahlende Sonnenschein vom wolkenlosen Himmel konnte die vordringende Leere nicht verbergen. Das Nachlassen der Magie, die die Schönheit ihrer Welt zusammenhielt. Ohne die Primos würde er sie nie wieder auf das Niveau bringen können, das sie vor fünfzig Jahren genossen hatten. Wenn Alek der erste wäre, der ihn einem vollen Rat näher brachte, würde er ihn unabhängig von seinen Fähigkeiten nehmen. Aber Naomi hatte wahrscheinlich recht. Die Art und Weise, wie er sich aufgebaut und auf den Kampf vorbereitet hatte, sprach Bände über seinen Charakter. Allerdings hatte darin auch eine echte Angst gelegen. Angst, die offenbar durch den Tod seiner Eltern ausgelöst worden war. „Deshalb bist du hier? Dein Sohn und seine Ehefrau sind tot, also hast du sie hierhergebracht, damit sie lernen?"

„Das ist ein Teil davon." Sie musterte ihn einen Moment lang, als wollte sie herausfinden, ob er tatsächlich das Gleichgewicht gefunden hatte, das er brauchte, um mehr zu ertragen. Was immer sie sah, schien ihr zu reichen, denn sie nickte, erhob sich und ging zu ihrer Handtasche, die auf der Vitrine lag. Vorsichtig zog sie ein gefaltetes, weißes Filztuch heraus und sah ihn an. „Vorrangig bin ich hergekommen, um sie zu beschützen."

Die Dunkelheit in ihm regte sich mit einer Wachsamkeit, die seinem Panther ebenbürtig war. Nur die heiligsten aller Gegenstände wurden in Weiß aufbewahrt.

Oder die abscheulichsten, um den Träger zu beschützen.

Sie kam näher und entfaltete das Tuch. „Ich habe das neben meinem Sohn gefunden an dem Tag, an dem wir ihn und seine ebenfalls getötete Frau entdeckt haben."

Eingebettet in der Mitte des Stoffes lag das Symbol, das er nur wenige Augenblicke vor ihrem letzten vollständigen Presect gefunden hatte. Ein Dolch, um den sich eine Schlange windet.

Das Zeichen seines Bruders.

„Du hast vielleicht gedacht, du hättest Draven in dieser Nacht getötet", sagte Naomi, „aber er lebt. Wenn meine Visionen recht behalten, ist er auf der Suche nach den Primos der Häuser und will das beenden, was er vor fünfzig Jahren begonnen hat."

KAPITEL 4

Draven war am Leben. Er war lebendig und jagte erneut Priests Primos. Diese harte Wahrheit hatte bei ihm zugeschlagen, und sein Instinkt hatte ihn dazu gebracht, zu handeln. Er erreichte Kateri und Alek, leitete sie aus dem Pub und brachte sie alle auf die Straße. Er musste die beiden außerhalb der Reichweite seines Bruders verstecken, bis Priest herausgefunden hatte, was zu tun wäre. Allerdings wurde ihm erst auf der dreißigminütigen Fahrt zu dem Haus, das er mit Tate und Jade in der Nähe des Beaver Lake bewohnte, eine noch viel härtere Realität bewusst.

Kateri war das größte Ziel.

Mehr noch als alle Primos zusammengenommen. Sollte Draven jemals erfahren, dass sie seine Gefährtin war, würde er vor nichts zurückschrecken, um sie zu entführen. Er würde sie dazu benutzen, jede Aktion von Priest und die Zukunft ihres Clans zu kontrollieren.

An der Spitze ihres Mini-Konvois nahm Tate die letzte der vielen Kurven auf der Straße, die zu Priests abgelegenem Anwesen führte. Sein aufgemotzter, halb restaurierter 69er-Camaro brüllte laut genug, um mit Priests Harley mithalten zu können, die das Ende des Konvois bildete. Alek navigierte seinen Wagen zwischen ihnen. Das minimalistische Verdeck seines Jeeps war nur als Sonnenschutz gedacht, sodass der Rest der Insassen im Blickfeld blieb: Naomi saß vorn neben Alek und, Jade redete mit Kateri auf dem Rücksitz.

Wie so oft während ihrer Fahrt drehte Kateri sich auch jetzt auf ihrem Sitz um und warf ihm einen Blick zu. Manche Menschen hassten es, dem Fahrtwind so ausgesetzt zu sein, doch Kateri schien ihn zu genießen, neigte oft ihr Gesicht gen Himmel, als würde sie die Luft und die Sonne auf ihrer Haut willkommen heißen. Sie wirkte dabei nicht so steif, wie Naomi sie beschrieben hatte. Ihr Haar war zu einem lockeren Pferdeschwanz zusammengebunden und der Wind zerrte an einzelnen Strähnen davon. Ihre blaugrauen Augen hatte sie hinter einer klassischen Sonnenbrille mit Silberrahmen verborgen, eine Barriere, von der sich Priest wünschte, seine Kräfte würden ihn dazu befähigen, hindurchzusehen.

Verdammt, wenn es nach ihm gegangen wäre, hätte sie auf dem Heimweg hinter ihm auf seiner Harley gesessen. Sie hätte ihre Arme und Beine fest um ihn geschlungen und ihr Herzschlag wäre deutlich an seinem Rücken zu spüren gewesen.

Fast hätte er darauf bestanden, sich dann jedoch umentschieden, um sie schnellstmöglich an einen sicheren Ort zu bringen, anstatt erneut mit ihrem Bruder aneinanderzugeraten. Ein weiterer Grund war die Art, wie Kateri ihn mit Vorsicht beäugte, was sowohl dem Mann als auch dem Tier in ihm zusetzte.

Er hatte wohl zu Beginn ihres ersten Aufeinandertreffens einige Beziehungshürden geschaffen, die es zu überwinden galt.

Tate wurde langsamer und bog in die Einfahrt ein, Alek blieb dicht hinter ihm. Endlich nahm Priest seinen ersten ordentlichen Atemzug, seit er den Talisman seines Bruders wiedererkannt hatte. Das Land, das Priest nach dem Umzug nach Eureka Springs gekauft hatte, war riesig; groß genug, um seinem Panther Platz zu geben, nach Belieben umherstreifen zu können. Und jeder Zentimeter davon war von Schutzzaubern bedeckt.

Priest parkte seine Harley in dem maßgefertigten Unterstand, den er für seine Heritage Softail gebaut hatte, stieg ab und steuerte direkt auf Aleks Jeep zu. Naomi war klugerweise bereits vom Beifahrersitz gesprungen und hatte Alek aus Priests Weg zu Kateri gezerrt. „Alek, hol meine Tasche für mich. Priest wird die von Kateri nehmen.“

Yep. Klug und listig. Sie konnte allerdings nicht ewig als Puffer zwischen Priest und Alek fungieren. Früher oder später würde er die Dinge mit diesem Mann klarstellen müssen. So irritiert seine Wildkatze noch immer von der Herausforderung war, die Alek deutlich gemacht hatte, wäre es besser, es bald hinter sich zu bringen.

Er erreichte Kateri, die gerade aus dem Jeep springen wollte. Anstatt ihr die Hand anzubieten, um ihr zu helfen, übernahm der Instinkt die Kontrolle, und er packte sie an den Hüften und hob sie zu Boden.

Die Dunkelheit in ihm schnurrte im Chor mit seinem Panther, schien für einen Moment zufrieden durch den Kontakt, drängte ihn aber zu mehr.

Kateris Hände bedeckten seine. Die zarte Berührung war so sanft wie ihr erschrockenes Keuchen. „Ich hätte es auch allein geschafft." Oberflächlich klang es wie ein Vorwurf, doch die Atemlosigkeit darin ließ ihn hoffen.

Da er sich der Gegenwart ihres Bruders und der offensichtlichen Notwendigkeit einer Schadensbegrenzung bewusst war, beugte er sich nahe genug vor, dass ihr Geruch ihn umgab. Ihr Duft hatte etwas Exotisches, das ihn an den Jasmin erinnerte, den Tates Mutter angepflanzt hatte.

Priest senkte seine Stimme: „Natürlich hättest du es allein geschafft, aber dann hätte ich dich nicht anfassen können."

Ein fast nicht enden wollendes Schaudern durchfuhr sie und sie öffnete ihre Lippen. Während noch immer Vorsicht in ihrem Blick lag, steckte nun mehr dahinter: Neugier und durchschlagende innere Stärke.

Damit konnte er etwas anfangen. Vorausgesetzt natürlich, er konnte die Dunkelheit und sein Tier lange genug in Schach halten, um ihren Bruder nicht zu töten. Er drückte sanft ihre Hüften. „Ich werde dir nicht wehtun. Auch wenn mein Panther es nicht gezeigt hat, hat er sich gefreut, dich kennenzulernen.“

Ihr Blick wurde schärfer, passte zu der schnippisch klingenden Stimme. „Er klang nicht glücklich.“

„Oh, er war glücklich. Genauso wie ich.“

Mit ausdrucksloser Mimik schob sie seine Hände von sich und trat aus seiner Reichweite. „Das ergibt keinen Sinn. Und ich glaube nicht, dass das Anknurren meines Bruders etwas mit der Freude darüber zu tun hatte, mich zu sehen.“

„Ich bezweifele, dass im Moment vieles für dich Sinn ergibt, aber das wird es. Bald.“

Darum würde er sich höchstpersönlich kümmern. „Und meine Rektion auf deinen Bruder ist ein anderes Thema, aber auch ihm werde ich nicht wehtun.“

Zumindest würde er versuchen, es nicht zu tun. Für Kateri.

Er zwang sich dazu, zurückzutreten, holte den letzten Koffer aus dem Jeep und führte sie in Richtung Haus. „Komm schon, lass mich dich reinbringen, ehe dein Bruder kommt, um das Schicksal erneut herauszufordern.“

Er war sich nicht sicher, ob es daran lag, dass sie einen weiteren Zusammenstoß zwischen Priest und ihrem Bruder vermeiden oder ob sie auf neutralem Boden sein wollte, aber sie zögerte nicht, seiner Aufforderung nachzukommen. Sie bewegte sich mit einer unaufdringlichen Anmut, weich und leicht, wie Wasser in einem von Kieselsteinen gesäumten Bach. Sie hatte es gerade mal zwei Schritte durch die Haustür geschafft, als sie innehielt und ihre Sandalen auszog, während sie den offenen Eingangsbereich und den riesigen Wohnraum dahinter musterte. Naomi und Alek starrten durch die Fensterwand an der Rückseite des Hauses, die das natürliche Gelände draußen zeigte. Tate stand wie angewurzelt neben Naomi und deutete unten auf einige seiner Lieblingsdetails. Weder Naomi noch Alek hatten ihre Schuhe ausgezogen, also schien die im-Haus-keine-Schuhe-Routine von Kateris Eltern zu stammen und Alek hatte sie schon vergessen, oder sie zog es einfach vor, barfuß zu sein. Angesichts seiner Beobachtung, wie sehr sie es genoss, draußen zu sein, schätze er, dass es wohl eher Letzteres war.

Als hätte sie ihre Ankunft gespürt, warf Naomi einen Blick über ihre Schulter und schenkte Kateri ein breites Lächeln. „Komm her und schau dir das an, Kateri. Es ist wunderschön."

Kateri sah Priest an, zögerte und es entstand eine dieser unangenehmen Pausen, die von Unsicherheit und Unbehagen geprägt sind. Eine weitere Sache, an der er zwischen ihnen arbeiten musste.

„Mein Zuhause gehört dir." Mit dem Heben seines Kinns ermutigte er sie, nach vorn zu gehen. „Geh, genieße, was immer dir gefällt. Wenn du das Grundstück erkunden möchtest, dann nimm mich, Jade oder Tate mit, bis du die Grenzen kennst. Über alles andere können wir reden, nachdem du dich eingelebt und dich umgesehen hast."

„Danke." Sie beeilte sich, zusammen mit ihrer Familie die Aussicht zu genießen. Sein Zuhause war eher eine Art Lodge, die auf Stelzen erbaut worden war, das an einen großen Felsen grenzte, aber die Landschaft war zu jeder Jahreszeit atemberaubend. Besonders die dichten, unberührten Wälder, die sich zwischen hier und Beaver Lake in der Ferne erstreckten. Dreizehn Quadratkilometer zu bekommen, hatte eine Menge Verhandlungsgeschick und ein Wunder gebraucht, doch all die Kopfschmerzen, die es verursacht hatte, den Kauf zu besiegeln, waren es wert gewesen.

Jade sprang die offene Treppe mit einem Enthusiasmus hinunter, der weit über den hinausging, den sie sonst zeigte, wenn sie nach Hause kam. Wahrscheinlich lag es daran, dass sie ausnahmsweise mal nicht in der

Unterzahl bei all den Männern war. „Hey, Priest, ich stelle Naomis Reisetasche in mein Zimmer. Ich dachte, ich schlafe auf dem Sofa und gebe Naomi und ihr mein Schlafzimmer.“

„Nein!“ Sein scharfer Tadel entkam ihm, ehe er ihn zensieren konnte, und das Beinahe-Knurren, das damit einherging, klang so zerknirscht, dass sich alle auf einmal zu ihm umdrehten. Er versuchte, seinen Tonfall zu mildern, doch seine Worte hörten sich immer noch schroff an. „Alek und Tate werden sich einen Raum teilen. Ich nehme das Sofa, und Naomi und du schlaft in deinem Zimmer.“ Er starrte seine Gefährtin an. „Kateri schläft in meinem Bett.“

Ihr Blick glitt von Jade zu Naomi, dann zu Alek, bevor sie Priest wieder ansah. „Das ist nicht nötig. Ich kann …“

„In meinem Bett schlafen.“

Alek wandte sich Naomi zu. „Ich habe eine bessere Idee. Wie wäre es, wenn wir uns Hotelzimmer besorgen und sie verdammt noch mal von diesem Arschloch fernhalten?“

„Kateri geht ohne mich nirgendwohin“, sagte Priest, ehe Naomi ihren Mund öffnen konnte. „Wenn mein Bruder noch lebt, ist sie nicht sicher.“

„Nichts für ungut, aber ich denke, ich kann meine Schwester sehr gut beschützen.“

Im Raum wurde es still.

In ihm sträubte sich sein Panther und schlug mit dem Schwanz.

„Das denkst du, ja?“

Naomi kam einen Schritt näher. „Eerikki …“

Priest hob seine Hand hoch, um sie aufzuhalten, aber seine Aufmerksamkeit richtete sich auf Alek. „Nein. Das müssen wir klären. Jetzt. Er muss das loslassen und benötigt das Wissen.“

Das Timing war absolut beschissen, doch nichts war

sprunghafter als ein männlicher Volán, der kurz davorstand, seine Kräfte zu erhalten. Entweder tat Priest das, was erledigt werden musste, solange er noch die Kontrolle hatte, oder er riskierte, sein Versprechen gegenüber seiner Gefährtin zu brechen und den möglichen Primo der Krieger dieser Generation auszulöschen.

Er hielt Aleks Blick noch eine Sekunde länger stand, ehe er sich Jade zuwandte. „Fang schon einmal mit dem Abendessen für uns an, *nahina*. Zeig Naomi und Kateri das Haus, und sorg dafür, dass sie alles haben, was sie brauchen." Er richtete seine Aufmerksamkeit auf Tate. „Bleib bei ihnen. Vor allem bei Kateri."

Tate nickte. Das Wissen in seinen bernsteinfarbenen Augen machte deutlich, dass er den Grund für Priests Bitte verstand, auch wenn er noch nicht mitgeteilt hatte, was Kateri für ihn bedeutete.

Priest beäugte Alek und deutete mit dem Kinn auf die erhöhte hintere Veranda und das bewaldete Grundstück darunter. „Du kommst mit mir. Wollen wir doch mal sehen, wie bereit du bist, dich meinem Bruder zu stellen."

Anstatt auf eine Reaktion zu warten, stapfte er durch die geöffnete breite Glasschiebetür. Selbstverständlich folgte Alek ihm. Der junge Mann hatte vielleicht seine Gaben noch nicht erhalten, aber er war voller angestauter Wut. Ein sicheres Zeichen dafür, dass seine Seelensuche unmittelbar bevorstand. Wäre Priest von Kateri nicht so eingenommen worden, wäre ihm diese chaotische Energie, die von Alek ausströmte, wesentlich früher aufgefallen.

Tatsächlich stieg Alek mit schweren Schritten die Holzstufen hinab, die in eine weite Schlucht führten. Die Lautstärke seines Gangs nahm nicht ab, selbst nachdem er den Boden erreicht hatte. Obwohl die dicken Blätter noch feucht vom Regen der Nacht zuvor waren, knirschten seine Schritte nervtötend laut in der

Stille der Natur.

„Du gehst laut genug, dass dich selbst ein Gehörloser kommen hören würde", sagte Priest.

„Du weißt sehr wohl, dass ich hinter dir bin. Warum sollte ich also versuchen, mich anzuschleichen?"

Ach, die Jugend. Immer so schnell mit dem Hochmut. Insbesondere dann, wenn sie keinen Schimmer davon hatte, mit was sie es zu tun hatte. Aber Alek stand kurz davor, eine gehörige Portion Realität zu erhalten. „Damit du die Bedrohung hören kannst, ehe sie zuschlägt."

„Was soll das heißen?"

„Es bedeutet das zum Beispiel." Priest schickte einen scharfen Windstoß gegen Aleks Brust, der kräftig genug war, dass dieser auf dem Hintern landete. Obwohl sie vier Meter voneinander getrennt waren und Priest ihm den Rücken zugewandt hatte, hatte Alek es nicht kommen sehen. Oder besser gesagt, er hatte es nicht kommen gehört.

Priest drehte sich rechtzeitig um, um Aleks schockiertes Gesicht und seine unbeholfene Art, sich wieder aufzurichten, genießen zu können. „Was du gerade fühlst", erklärte Priest, „die Vorsicht und Aufmerksamkeit – das ist es, was dich bei Draven am Leben halten wird. Das und das Verständnis für die Tiefe seiner Kräfte. Er wird dir nicht persönlich gegenüberstehen. Er wird dich in die Ecke treiben, sich hinter dich schleichen und dir eine Falle stellen. Er wird keinerlei schlechtes Gewissen empfinden, während er dir die Kehle durchtrennt und dir die Magie stiehlt, die der Hüter dir gibt. Und du wirst ihn verdammt noch mal nicht kommen hören, wenn du herumstampfst wie ein Elefant."

Priest hielt lange genug inne, um einen festen Stand zu bekommen, und winkte Alek zu sich, ehe er die Arme locker an seinen Seiten herabhängen ließ. „Du denkst, du kannst deine Familie beschützen? Beweise es. Zeigt mir, was du draufhast.“

Alek warf einen Blick zurück zum Haus.

Priest wagte es nicht, es ihm gleichzutun. Allein der Gedanke, dass Kateri durch das Panoramafenster zusehen könnte, lenkte ihn zu sehr ab. Ganz zu schweigen davon, dass er versucht wäre, auf die Aufgabe zu verzichten, wenn er sie tatsächlich dort stehen sehen würde. Doch Alek brauchte diese Konfrontation. Seine Skepsis und die bevorstehende Wandlung waren zu gefährlich, um sie zu vernachlässigen. Im Moment konnte er nur hoffen, dass Naomi ebenso geschickt darin war, Kateri abzulenken, wie sie es bei ihrem Enkel bereits bewiesen hatte.

„Du verarschst mich jetzt doch, oder?“ Alek klang aufrichtig empört und voller Tapferkeit. „Wir werden uns auf die Brust trommeln und uns gegenseitig wie prügelnde Idioten verdreschen?“

Priest grinste und sein Panther schnurrte regelrecht bei der Vorstellung. „Du kannst so darüber denken, wenn du willst. Oder du akzeptierst es als das, was es ist.“

„Und das wäre?“

„Du lernst, wo dein Platz ist.“

Der Spott funktionierte. Aleks Gesicht flammte in einem heftigen Rot auf, und er stapfte vorwärts, die Fäuste an den Seiten geballt und bereit, zu kämpfen. „Du denkst, ich bin ein kleiner dummer Vollidiot, den du herumschubsen kannst, was?“

Priests Magie wuchs. Nur noch ein kleiner Schubs und Alek würde mit allem, was er hatte, auf ihn losgehen. Nicht, dass es annähernd genug wäre. „Ganz im Gegenteil. Du brauchst diese Befreiung. Die Konfrontation mit jemandem, der stärker und fähiger ist als du.“

Alek stürzte sich vorwärts, eine Aktion, die mehr mit Frustration und Wut zu tun hatte als mit einer anständigen Kampfstrategie.

Priest konterte ihn mit Leichtigkeit aus, verließ Aleks Angriffsrichtung und fügte im Vorbeigehen ein demütigendes Kopftätscheln hinzu. „Das ist doch sicherlich nicht alles, was du vorzuweisen hast. So, wie Naomi dich gelobt hat, hatte ich mehr erwartet."

Anstatt innezuhalten und sich zu orientieren, wirbelte Alek herum und griff erneut an. Dieses Mal nutzte er seine Fähigkeiten und setzte eine Serie von Schlägen.

Priest blockte sie alle ab, ohne auch nur einmal aus dem Tritt zu geraten. Eher gab er seinem Gegner die Möglichkeit, sich auszutoben.

Naomi hatte nicht zu viel versprochen. Alek hatte Talent. Auch wenn die blinde Wut, die seine Aktionen antrieb, verhinderte, dass keiner seiner Schläge ins Ziel traf.

Es dauerte eine gute Minute an aufeinanderfolgenden Hieben, bis Alek die Stirn runzelte und sich zurückzog. Seine Brust hob und senkte sich von dem ununterbrochenen Vordringen und seine Augen brannten vor angestauter Wut. „Du wollest einen Kampf. Warum zum Teufel steigst du nicht ein?"

„Warum meine Kraft und Fähigkeiten verschwenden, wenn du mir so bereitwillig zeigst, was ich wissen möchte, ohne dass ich mich anstrengen muss?" Priest umkreiste Alek, wo er stand, und trieb seine Beute ganz subtil immer weiter in die Mitte der Schlucht. „Weißt du, was dein Großvater für unseren Clan war?"

Immer noch auf den Fußballen stehend, blieb Alek Priest gegenüber, während er sich bewegte. „Tate erzählte, dass er der Anführer der Krieger war."

„Dein Vater wäre es auch gewesen, wäre er dem Ruf des Hüters gefolgt."

„Mein Vater wollte seine Gaben nicht. Hat ihnen nicht getraut, nachdem er gesehen hat, was dein Bruder getan hat."

„Wollte er sie nicht oder hatte er Angst vor ihnen?"

„Spielt das eine Rolle?"

Priest sprang nach vorn, sein Schlag mit der Handkante zielte auf Aleks Schläfe, war jedoch so abgemildert, dass dieser zumindest eine Chance hatte, sich zu verteidigen.

Aleks Block war zu langsam, um den Kontakt vollständig zu vermeiden, verringerte jedoch einen Teil der Wirkung. Priest hielt ihm zugute, dass er es abschüttelte und sich neu positionierte, doch sein Blick hatte sich verändert. Darin waren nun eine gehörige Portion Schock und ein Anflug von Respekt.

Was immer er von Priest erwartet hatte, was dessen Kampfkunst betraf – sich schneller bewegen zu können, als das menschliche Auge verfolgen konnte, stand anscheinend nicht auf der Liste.

„Alles spielt eine Rolle, wenn es unseren Clan betrifft." Priest beantwortete Aleks Frage, während er sich vorwärts schlich. „Die Chancen stehen gut, dass du oder Kateri der nächste Primo der Krieger sein wirst, wenn du dem Ruf des Hüters folgst. Obwohl ich bei deinem Interesse an Kämpfen eher auf dich tippe." Priest täuschte einen Schlag vor und Alek fiel klugerweise nicht darauf herein. „Ich brauche meine Primos, um unseren Clan und die Magie der Erde zu schützen. Also muss ich es wissen: Hast du Angst?"

Der Hohn versetzte Alek in Bewegung, seine zerknirschten Worte kamen mit jedem folgenden Schlag. „Du hast meine Eltern nicht gesehen. Was dein Bruder ihnen angetan hat. Sie hatten alles. Hatten es verdient, ihr Leben zu leben und in Ruhe gelassen zu werden."

Priest parierte mit einer Drehbewegung, die es Alek schwer machte, mitzuhalten. „Also hast du Angst."

„Ich bin angepisst." Mehr Schläge und Tritte, von denen jeder stetig an Intensität zunahm und auf maximalen Schaden abzielte.

Als er Priests Gesicht anvisierte, wich Priest aus, packte Aleks Handgelenk und drehte ihn in einen Würgegriff. „Angepisst genug, um dem Ruf des Hüters zu folgen und mir dabei zu helfen, das Leben meines Bruders zu beenden?"

Aleks Training machte sich bemerkbar, und er drehte sich aus dem Würgegriff und startete einen Gegenangriff auf die verletzliche Rückseite von Priests Bein.

Ehe er einen Kontakt herstellen konnte, war Priest bereits frei und stand hinter ihm.

Alek sah ihn an und spuckte die folgenden Worte regelrecht aus. „Tate sagte, in dir wäre die gleiche Dunkelheit. Was hält dich also davon ab, anders zu sein als Draven?"

Endlich zeigte sich das eigentliche Problem. Die Angst, die Aleks Wut tatsächlich antrieb.

Diesmal langsamer, um Aleks Selbstvertrauen wieder aufzubauen, begann Priest mit einer Serie von Schlägen und Tritten, die immer schneller und kraftvoller wurden.

Zuerst begegnete Aleks ihnen problemlos, aber mit jedem weiteren Kontakt ließ seine Kraft nach und seine Augen weiteten sich besorgt. Jeder Hieb wurde immer komplexer, schneller, bis Alek langsam anfing, sich zurückzuziehen.

Priest drängte weiter. Naomi hatte recht. Alek war kein gewöhnlicher Kämpfer. Er war ein Krieger durch und durch. Ein Alpha, der sich vor niemandem beugen würde, es sei denn, er wäre stärker, schneller und würdig.

Er entfesselte seine Macht, traf Alek von allen Seiten mit Feuer-, Elektrizitäts- und Luftstößen, während er in schneller Abfolge physische Schläge auf ihn niederprasseln ließ. Kurz bevor Alek zusammenbrach, erschütterte Priest die Erde unter Aleks Füßen.

Dieser stolperte rückwärts.

In einem blendenden Silberblitz brach Priests Panther frei und pinnte seine Beute auf die kühlen, feuchten

Blätter. Die massiven Pranken der Wildkatze pressten sich auf Aleks Schultern und die gefletschten Zähne schwebten nur Zentimeter über Aleks Gesicht.

Die Bestie wollte verweilen, wollte mit dem Männchen spielen, das es gewagt hatte, sie von seiner Gefährtin fernhalten zu wollen.

Die Dunkelheit verlangte nach etwas Hässlicherem. Wollten ihn dazu verführen, eine unverzeihliche Grenze zu überschreiten.

Doch die Erinnerung an Kateri, wie er sie aus dem Jeep gehoben hatte, blitzte in seinen Gedanken auf und erdete ihn.

Priest zwang sich in seine menschliche Gestalt zurück, doch das Knurren seines Panthers blieb in seiner Stimme. „Was mich davon abhält, wie Draven zu sein, ist, dass mein Bruder nur für sich und seine Macht lebt. Ich lebe für meine Gefährtin und mein Volk."

Aleks Brustkorb bewegte sich auf und ab. Sein Herz schlug so heftig, dass der Puls an seiner Kehle sichtbar war. Seine Augen waren vor Verwunderung und Schock geweitet. Ein Kämpfer, der nicht nur akzeptierte, dass er besiegt worden war, sondern der auch keinerlei Reue für seine Niederlage empfand, weil er so beeindruckt von der Strategie und Stärke war, die ihn auf den Rücken manövriert hatte. „Heilige Scheiße. Wie hast du das gemacht?"

Priest setzte sich zurück auf die Knie, erhob sich und überragte Alek, der noch immer flach auf dem Rücken lag. Er bot ihm seine Hand an. „Es ist mein Erbe. Deins auch, wenn du es akzeptierst."

Aleks Blick wechselte von Priests Gesicht zu dessen ausgestreckter Hand.

Priest wartete, bis die Logik siegte und Alek seine Hand ergriff, dann zog er ihn auf die Füße. „Deine Fähigkeiten sind solide. Passend für einen Primo der Krieger."

Zum ersten Mal seit ihrer ersten Begegnung weigerte sich Alek, ihm direkt in die Augen zu sehen. Eine gewisse Verletzlichkeit schwang in seiner Stimme mit. „Ich weiß nichts über uns. Was es bedeutet, ein Volán zu sein."

„Dann werde ich es dich lehren."

„Warum?"

Da war er. Der wahre Mann hinter dem Wandel, der sich in seiner Seele zusammenbraute. Da war der lernfähige Jugendliche mit der Hartnäckigkeit und dem Mut, sich jedem Schicksal zu stellen.

„Weil ich dein Hohepriester bin. Es ist das, was ich tue. Wofür ich geboren wurde."

Das Einzige, wofür ich bis vor fünf Stunden existiert habe.

Die geschärften Instinkte seines Panthers prickelten zwischen seinen Schulterblättern. Er drehte sich um und suchte den Horizont hinter sich ab, erstarrte jedoch bei Kateris Anblick, die am Fenster der Frühstücksecke stand. Naomi war bei ihr und versuchte offensichtlich, die Aufmerksamkeit ihrer Enkelin auf sich zu ziehen. Kateri schien davon nichts hören zu wollen. Jedenfalls vermutete er das anhand ihrer Körperhaltung; die verschränkten Arme und ihr wütender Blick waren ein deutlicher Hinweis darauf.

„Was ist sie für dich?", wollte Alek neben ihm stehend wissen.

Priest hielt Kateris Blick stand und war versucht, die Wahrheit noch ein wenig länger für sich zu behalten. Die gerade entstandene Bindung zwischen Alek und ihm war noch zu frisch und zu zerbrechlich, um sie aufs Spiel zu setzen. Aber wenn der Hüter Alek auswählte, um an seiner Seite zu dienen, konnte er auch nicht riskieren, das Vertrauen des jungen Mannes zu verlieren. Besonders nicht im Hinblick auf die in der Zukunft zweifellos bevorstehenden Schlachten.

Er sah ihn an und vertraute darauf, dass Naomi ihr

Möglichstes tun würde, um Kateri zu erklären, was sie gerade beobachtet hatte. „Deine erste Lektion: Volán-Männer, die ihre Kräfte akzeptiert haben, erkennen ihre Gefährtin auf Anhieb. Sofort. Es gibt keine Zweifel, kein Zögern oder Missverständnis."

Ruckartig drehte sich Aleks Kopf zu ihm. „Wie jetzt? Ist das so eine Art kosmisch arrangierte Ehe?"

„Eine arrangierte Ehe würde bedeuten, dass sich die Frau dessen bewusst ist. In unserem Fall weiß nur der Mann davon. Zumindest am Anfang. Es liegt in der Verantwortung des Mannes, seine Gefährtin für sich zu gewinnen. Ihr Vertrauen, ihren Respekt und ihr Herz für sich zu erobern. Erst wenn ihre Seele ihn annimmt, ist die Verbindung geknüpft."

„Was passiert, wenn sie es nicht tut?"

Dieser Gedanke durchdrang ihn wie eine gezackte Eisklinge, und die tintenschwarze Hässlichkeit, die in seinem Innern herumwirbelte, wurde totenstill, als ob sie auf seine Antwort wartete. „Das Gleiche wie bei jedem anderen Menschen, der sein Schicksal verleugnet. Sie leiden. Leben nur ein halbes Leben. Leer."

Noch immer wie angewurzelt am Fenster stehend, beobachteten Kateri und Naomi sie. Seine Gefährtin hatte kein zorniges Gesicht oder stand kurz davor, aus dem Haus zu stürmen, um dazwischenzugehen, doch sie schien jedes kleinste Detail genau zu beäugen. Natürlich war ihm bewusst, dass sie ihn nicht hören konnte. Jedenfalls noch nicht. Doch dem Teil in ihm, der nur für sie existierte, war das egal. Im Gegenteil sogar, dieser Part genoss es regelrecht, die neue Wahrheit laut auszusprechen. „Ich würde deine Schwester über alle anderen stellen. Ich würde mein Leben und meinen Clan aufgeben, um sie in Sicherheit zu wissen. Deshalb muss sie geschützt bleiben. Draven darf sie nie in die Finger bekommen oder er wird sie als Druckmittel benutzen."

Alek legte die Stirn in Falten und sein Blick wanderte

von Kateri zu Priest und dann hin und her. „Was willst
du mir damit sagen?"

Priest sah ihn an. Das Tier und die Dunkelheit verschmolzen mit ihm, um seinen Anspruch deutlich zu
machen. „Ich sage dir, sie ist meine Gefährtin."

Keine Antwort. Nur fassungslose Stille.

Diese Reaktion war nicht wirklich überraschend, wenn
man bedachte, dass Alek ohne jegliches Wissen über
ihre Lebensweise aufgewachsen war. Allerdings sprach
es auch Bände darüber, wie weit Priest gehen müsste,
um ihn zu unterrichten.

Er bedeutete Alek, ihm zu folgen, und machte sich
auf den Weg zurück zum Haus. „Na komm schon, Jade
wird bald das Abendessen fertig haben. Sie hat mir
vielleicht keinen Vorwurf gemacht, dass ich sie zum
Essensdienst verdonnert habe, aber sie wird uns beiden
ein neues Arschloch aufreißen, wenn wir nicht da sind,
sobald es auf dem Tisch steht."

Er hatte gerade zwei Schritte hinter sich gebracht, als
Alek ihm die Hand auf die Schulter legte und ihn zurückzog. „Warte mal. Du kannst Katy nicht ernsthaft
darüber im Dunklen lassen."

Demonstrativ senkte Priest seinen Blick auf Aleks
Hand.

Alek ließ ihn los, distanzierte sich ein wenig von ihm,
doch er verschränkte seine Arme vor der Brust als Zeichen einer Sturheit, die Priest zu schätzen wusste.

„Eure Eltern sind vor zwei Wochen gestorben", erklärte Priest. „Wahrscheinlich durch die Hand meines
Bruders. Ihr wisst so gut wie gar nichts über unsere
Rasse, und Naomi hat mir erzählt, dass Kateri kaum das
glaubt, was sie mit eigenen Augen sieht. Wenn ich ihr
jetzt sage, was sie für mich ist, wird mir das im Weg
stehen. Mein Instinkt sagt mir, dass ich sie damit nur
noch mehr verschrecke, als es ohnehin schon der Fall
ist."

Seine logische Erklärung schien bei Alek Anklang zu finden, denn er gab seine sture Körperhaltung auf, strich sich mit der Hand durch sein Haar und schüttelte den Kopf. „Mann, das ist so abgefahren. Ernsthaft, das ist verrückter Scheiß. Aber nach allem, was ich gehört und gesehen habe, sollte es eigentlich kein allzu großer Schock sein." Er stemmte beide Hände in die Hüften, blickte empor zum Fenster, als wollte er sichergehen, dass sie sie tatsächlich nicht hören konnte, und senkte seine Stimme. „Irgendwelche anderen Überraschungen, die du auf Lager hast? Denn ich würde es lieber jetzt erfahren und einmal verdauen, was von der Realität übrig geblieben ist."

Priest schnaubte leise. „Nope. Nicht heute. Obwohl ich dir einen verdammt guten Ratschlag geben werde." Er ging zum Haus.

Alek lief im Gleichschritt neben ihm her. „Ach ja? Welchen denn?"

Priest zögerte nur einen Wimpernschlag. „Wenn dir dein Leben lieb ist, stelle dich nie wieder zwischen meine Gefährtin und mich."

KAPITEL 5

Normal. In den letzten dreißig Minuten hatte sich die Welt um Katy herum in einen netten normalen Rhythmus eingependelt. Es gab keine fantastischen Gespräche über tierische Begleiter oder Verwandlungen. Es gab kein Knurren, Zischen oder Flammenwerfen, wie sie es in der riesigen Schlucht vor Priests Haus beobachtet hatte. Und ganz bestimmt tauchte kein Mammutpanther innerhalb von Sekunden aus dem Nichts auf und verschwand wieder.

Nur normale Leute, die wie normale Leute zu Abend aßen. Selbst das einfache Tacomenü, das Jade und Tate in kürzester Zeit zubereitet hatten, während Katy wie angewurzelt vor dem Panoramafenster in der Küche stand, war auf wundervolle Art gewöhnlich. All das hier war genau das Gleichgewicht, nach dem sie sich gesehnt hatte, seit sie ihre Eltern tot aufgefunden hatte.

Und doch, hier saß sie nun und war begierig darauf, alles erneut aus diesem Gleichgewicht zu schieben.

Weil du Gerechtigkeit willst.

Katy packte ihre Gabel fester und schob einen Bissen von der Taco-Füllung auf ihrem Teller hin und her. Ihre Wangen erhitzen sich, und die kalte Wut, die sie so tief vergraben hatte, wehrte sich noch energischer gegen ihre Kontrolle. Sie konnte ihre Ziele nicht aus den Augen verlieren.

Was ihren Eltern angetan worden war, war eine Gräueltat, das pure Böse. Sie war es ihren Eltern schuldig, deren Mörder zu finden und sicherzustellen, dass er für seine Tat bezahlte. Aber nur, wenn sie es auf dem richtigen Weg tun würde und nicht diesem dunklen Bedürfnis nachgab, das sie innerlich dazu drängte, es Draven mit der gleichen Grausamkeit heimzuzahlen. Der Grausamkeit, die er den Menschen angetan hatte, die sie liebte.

Auf der anderen Seite des großen Testle-Tisches reichte Alek eine Schüssel mit gewürztem Hackfleisch an Tate weiter, der neben ihm saß.

Die letzten Sonnenstrahlen tanzten durch die sanft schwankenden Baumkronen vor der großen Fensterwand und verliehen ihren aufrührerischen Gedanken einen Anschein von Frieden.

Irgendetwas war da draußen zwischen Priest und Alek passiert. Etwas, das weit darüber hinausging, dass zwei Männern sich protzend auf die Brust trommelten und sich wie zwei Idioten verhielten. Sie wusste nicht, was es war. Aber Alek hatte sich verändert. Er wirkte ruhiger, und auch in Bezug auf Priest schien er sich zurückzuhalten, als wäre er schon seit Jahren Priests Rückendeckung.

Sehr merkwürdig.

Andererseits, es war ja nicht so, dass in ihrem Leben nicht auch alles andere derzeit unglaublich war.

Sie warf einen Blick auf Priest, der neben ihr saß. Eine langsam pulsierende Wärme blühte tief in ihrem Bauch auf, genau wie in dem Moment, als er sie aus dem Jeep gehoben hatte. Ihr Herzschlag flatterte in einem unsicheren, aber eifrigen Rhythmus. Es ergab keinen Sinn.

Sie kannte ihn erst seit ein paar Stunden, aber sein bloßer Anblick machte etwas Unerklärliches mit ihr. Ganz zu schweigen von der atemberaubenden Reaktion, als er sie tatsächlich berührt hatte.

Er sah auf ihren Teller und dem von ihr kaum angerührten Essen darauf. Das hatte er schon ein paarmal getan, seit sie sich zum Essen hingesetzt hatte. Und beide Male hatte er dabei die Stirn gerunzelt und ihr eine weitere Portion gegeben. Diesmal jedoch erhob er sich, schlenderte in die Küche und riss die Kühlschranktür auf. Er kramte eine Weile darin herum und zog dann eine mittelgroße Frischhaltedose hervor. Das

Letzte, was sie erwartet hatte, war, dass er in die Gesprächspause eintauchte, die er durch das Verlassen des Tisches verursacht hatte, während er einen frischen Teller aus dem Schrank holte und sich dabei auf Naomi konzentrierte. „Du sagtest, du hättest eine Vision gehabt, nachdem du deinen Sohn gefunden hast. Erzähl mir davon.“

Katy richtete sich auf ihrem Stuhl auf. Der ungeduldige Teil in ihr war begierig auf jegliche Information, die zu einer Aktion führen könnte, statt weiterhin warten zu müssen.

Priests Blick glitt zu ihr, wirkte nachdenklich, ehe er sich wieder daran machte, den Inhalt der Frischhaltedose auf dem Teller zu verteilen.

„Eigentlich waren es sogar zwei“, erklärte Naomi. „Die eine warnte mich eines Morgens vor Problemen und die andere zeigte mir Dravens Talisman.“

„Du hast ihn gesehen?“

Naomi schüttelte den Kopf, die Augen auf den Tisch gerichtet, jedoch unkonzentriert. „Ich habe die Spuren von Primos aus unserer Vergangenheit gesehen. Ich habe die Kälte von Dravens Magie gespürt und einen Jaguar durch die Nacht pirschen sehen.“

Priest befestigte den Deckel auf der Frischhaltedose und stellte sie zurück in den Kühlschrank. „Bist du sicher, dass es keine Erinnerung war?“

„Ja, es war die Gegenwart. Unsere alte Welt hat sich anders angefühlt. Die Welt von heute hat mehr Elektrizität und ist mehr vernetzt. Die Dunkelheit war dicht, aber in der Ferne standen neuere Gebäude. Jemand wurde verfolgt. Und es gab Schreie. Ein Mann und eine Frau.“

Am Tisch zog Priest Katys Salatteller zu sich und schob einen mit frischem Obst an seine Stelle. Für Ende März war die Auswahl wirklich tadellos – pralle Erdbeeren, Blaubeeren und Brombeeren, gemischt mit

Cantaloupe-Melone und Wassermelone.

Es war eine so simple Geste, unkompliziert und ohne großes Aufsehen, aber zutiefst rücksichtsvoll.

Er setzte sich mit seinem großen Körper zurück auf den Stuhl, besaß dabei aber eine Anmut, die den Panther widerspiegelte, den sie zuvor schon gesehen hatte. Seine Ellbogen stützte er auf den Tisch und er wechselte einen angespannten Blick mit Jade.

Es schien, als würde ein nonverbaler Austausch zwischen ihnen stattfinden, der Katys Instinkte anstachelte und sie anspornte, etwas zu tun. „Was bedeutete dieser Blick? Wisst ihr etwas, was wir nicht wissen?"

Priest hielt lange genug inne, um einen eindeutigen Blick auf die Früchte vor ihr zu werfen, und zog dabei eine Augenbraue empor. Wenn das mal kein Wink mit dem Zaunpfahl war.

Sie konnte kaum das spöttische Schnauben zurückhalten, das ihr Vater stets als ungehobelt bezeichnet hatte, schnappte sich dann eine der Blaubeeren und steckte sie sich in den Mund.

Priests Lippen zuckten, als wollte er lächeln, doch seine Augen zeigten, dass er sich um Kontrolle bemühte, während jedoch gleichzeitig eine gesunde Portion Freude in diesen seltsam grauen Iriden tanzte.

„Jade hatte ungefähr zur gleichen Zeit, als eure Eltern ermordet wurden, eine Vision. Es war ihre Erste, seit sie ihre Gaben erhalten hat."

„Was hat sie gesehen?", fragte Alek.

Jade senkte den Kopf und konzentrierte sich auf das, was von ihrem Taco noch übrig war. Wenn man bedachte, wie kontaktfreudig sie den ganzen Tag über gewesen war, kam es Katy jetzt eigenartig vor, sie so unsicher und verletzlich zu erleben. „Jemand jagte. Viel Blut, aber keine Details. Es dauerte nur eine Minute. Vielleicht weniger."

„Die ersten Visionen eines neuen Sehers sind immer

kurz“, sagte Naomi. „Besonders die unangenehmen. Sie werden stärker. Länger. Und du wirst lernen, dich von den Emotionen zu trennen, während du geübter darin wirst.“ Sie richtete ihren Fokus auf Priest. „Aber die Gefühle, die sie dabei empfand, bestätigen mich in dem, was ich glaube. Draven ist auf der Jagd nach unseren Primos.“

Alle am Tisch verstummten.

Die Ellbogen noch immer auf den Tisch gestützt, verschränkte Priest nun seine Finger und legte sie an seine Lippen. Er wirkte dabei nachdenklich und distanziert.

„Du glaubst ihr nicht?“, wollte Katy wissen.

Priests Blick glitt zu ihr und diesmal verzog sich sein Mund zu einem schiefen Lächeln. „Deine Großmutter ist eine der stärksten Seherinnen, die ich kenne. Ich würde ihr Urteil nie infrage stellen.“

„Was denkst du dann?“

Sein Gesichtsausdruck wurde nüchtern und das Grau seiner Augen schien sich zu wandeln und wie ein Nebel am frühen Morgen zu wabern. Nur, das konnte nicht wirklich so sein. Die Augenfarbe konnte je nach Beleuchtung oder anderen Umgebungselementen heller oder dunkler wirken, aber dass sie sich tatsächlich veränderte?

Anderseits hatte sie beobachtet, wie sich ihre Großmutter in einen Falken verwandelte, und erlebt, wie der größte Panther der Weltgeschichte ihren Bruder auf den Boden gedrückt hatte, auch wenn dies nur für ein paar Sekunden geschehen war. Also, was wusste sie schon?

„An dem Tag, als Jade ihre Vision hatte, wurde ich zu einer Seelensuche hinzugezogen. Es ging schnell und ohne Vorwarnung. Doch als ich in die Anderswelt kam, war dort niemand. Zumindest konnte ich ihn nicht sehen oder fühlen. Gerade als ich zurückkehren wollte, ertönte irgendwo außerhalb meiner Sichtweite ein

Schrei. Das Nächste, was ich mitbekommen habe, war, dass ich wieder hier war."

Jade rutschte auf ihrem Stuhl hin und her. Das Knarren des Holzes übertönte die sonst im Raum vorherrschende Stille. „Ich hatte meine Vision zur gleichen Zeit."

„Vielleicht war das, was du gehört hast, meine Eltern", sagte Alek.

Priest dachte einen Moment über diese Möglichkeit nach, schüttelte dann jedoch den Kopf. „Deine Mutter war keine Volán und dein Vater hat seine Seelensuche abgelehnt. Es gibt keine zweite Chance beim Hüter. Wenn du sie einmal ablehnst, kannst du nie wieder zurück."

Nachdem Tate seinen überladenen Teller leer gegessen hatte, warf er seine Papierserviette auf den Tisch und lehnte sich auf seinem Stuhl zurück. „Ich verstehe das nicht. Wenn Draven die Primos jagt, warum sollte er sich nicht zuerst die Magierlinie vornehmen? Abgesehen von Priest haben sie die meiste Macht."

„Eine bessere Frage ist doch, warum jagst du nicht die Primo-Linien?" Alek wandte sich an Priest. „Wenn sie so wichtig sind, solltest du dann nicht dasselbe tun?"

Nicht im Geringsten verärgert, begegnete Priest dem Blick ihres Bruders. „Das war nicht notwendig. Ich dachte, mein Bruder wäre tot, und ich werde in die Anderswelt gerufen, wenn jemand den Ruf zu seiner Seelensuche beantwortet." Er wandte seine Aufmerksamkeit Tate zu. „Dass er mit der Kriegerlinie und nicht mit der Linie der Magier begonnen hat, liegt womöglich daran, dass es die einzige Spur war, die er hatte."

Seufzend lehnte sich Naomi am Tisch vor und trank den Kräutertee, den sie sich zubereitet hatte, kurz nachdem Priest und Alek ihr Masters-of-the-Universe-Eins-gegen-Eins-Match gehabt hatten. Sie hatte versucht, Katy das angeblich beruhigende Gebräu aufzuzwingen, doch diese Lavendel-Kamille-Kombination konnte für sie einfach nicht mit einer anständigen Tasse Kaffee mithalten. „Ich habe nur mit einigen wenigen anderen Familienmitgliedern Kontakt gehalten, seit unser Clan auseinandergebrochen ist. Aber ich habe gehört, dass viele ihre Nachnamen geändert haben, um besser verschwinden zu können.“

„Aber deine Familie hat es nicht getan?“, fragte Jade.

Naomi schüttelte den Kopf. „Wir haben geglaubt, Draven sei tot. Mein Sohn wollte nur weit genug von seinem Erbe entfernt sein. Um die Dinge, die er in jener Nacht gesehen hat, zu vergessen.“

Katy konnte ihrem Vater keinen Vorwurf machen. Sie hatte nur flüchtig die Macht gesehen, zu der ihre Rasse fähig war. Wenn diese besagte Nacht auch nur annähernd mit dem Blutbad vergleichbar wäre, das sie im Haus ihrer Eltern vorgefunden hatte, hätte sie sich ebenfalls von dieser Familienlinie distanziert. „Also denkst du, dass Draven uns durch den Namen aufgespürt hat?“

„Oder durch seine Fähigkeiten“, sagte Naomi.

Wie bei all seinen Fragen, die er in der letzten halben Stunde gestellt hatte, wandte Alek sich an Priest, um eine Antwort zu erhalten. „Welchem Haus gehört er an?“

„Magier.“

Ein Wort, aber der ominöse Unterton darin wühlte Katy mehr auf, als sie verkraften konnte. In ihr regte sich eine Art Fluchtinstinkt, gegen den ihr Vater sicherlich sein Leben lang hatte kämpfen müssen, und der bei ihr gepaart war mit einem glühenden Verlangen nach Rache. „Das stärkste aller Häuser. Und jetzt ist er auf der Suche nach Alek und mir, richtig?“

„Er wird dich nicht anfassen.“ Priests Blick bohrte sich regelrecht in ihren, und die Intensität darin erfasste sofort ihre chaotischen Gedanken und verankerte sie auf solidem emotionalen Boden. „Mein Bruder ist mächtig, aber es gibt absolut keine Gabe, keinen Vorteil, den ich nicht nutzen werde, um dich zu schützen. Er wird mich nicht besiegen können. Nicht, wenn du auf dem Spiel stehst."

Dieselbe elektrische Spannung, die sie bei den beiden Berührungen empfunden hatte, entzündete sich erneut in ihr. Es war ein Ziehen, das in der Mitte ihrer Brust zu wurzeln schien und sie vorwärts drängte, während ein noch schlafender Teil in ihr zum Leben erwachte.

Und warum war sie so wichtig? Warum nicht Jade oder Tate? Oder sogar Alek? Er war der Kämpfer in ihrer Familie. Wenn diese Hüter-Person jemandem ein Primo-Etikett aufkleben würde, dann wäre das sicherlich nicht sie. Kaum tauchten diese Fragen in ihrem Kopf auf, unterdrückte Katy sie. Emotionen und körperliche Reaktionen waren jetzt nicht wichtig. Alles, was zählte, war, die Person zu finden, die ihre Familie und die damit verbundene Realität zerstört hatte. „Also, abgesehen von Aufzeichnungen und Technologie, wie würde er uns aufspüren?"

Priest musterte sie mit einer Intensität, die sich anfühlte, als hätte er ihr Fleisch entfernt und tief in ihre Seele geblickt. „Wenn er etwas von deiner Familienlinie hätte – etwas von signifikanter Bedeutung oder voller Emotionen – könnte er es benutzen. Aber nur dann, wenn die Person ihre Gaben angenommen hat." Sein Blick fiel auf den nahezu unberührten Teller vor ihr und er schob ihn ein paar Zentimeter näher an sie heran. „Da dein Vater seine Gabe nicht akzeptiert hat, hätte Draven traditionelle Mittel anwenden müssen."

Katy ignorierte die Früchte, denn ihr Magen drehte sich zu sehr, um auch nur daran denken zu können, etwas zu essen. „Er ist dein Bruder. Wenn er etwas von euch hat, was hindert ihn daran, euch zu finden?"

„Priest hat uns gezeichnet", antwortete Jade und

durchtrennte damit die heftige Verbindung zwischen Priest und Katy. Nicht im Geringsten darüber besorgt, dass an dem Tisch sowohl Männer als auch Frauen saßen, drehte Jade sich um und zog ihr Tanktop über den Kopf.

Alek hustete, als hätte er beinahe seine Zunge verschluckt, und starrte Jades nun entblößten Rücken an. Tate und Naomi kicherten, doch es war Priest, der redete. „Eine weitere Lektion über unsere Rasse: Schamgefühl hat nicht den gleichen Stellenwert wie bei den Singura.“

Spöttisch schnaubend stand Tate vom Tisch auf, nahm seinen und Naomis Teller und schlenderte in die Küche. „Und falls du welches besitzt, wirst du es schnell überwinden, wenn du zum ersten Mal vor anderen Menschen in deine menschliche Form zurückkehrst und feststellst, dass du keinerlei Klamotten anhast.“

„Sorry.“ Jade warf einen Blick über ihre Schulter, doch das verschmitzte Grinsen auf ihrem Gesicht zeigte eindeutig, dass es ihr überhaupt nicht leidtat. „Ihr müsst schon zugeben, dass die Markierungen ziemlich klasse sind. Ich habe meine heute erst erhalten.“

Klasse war eine absolute Untertreibung. In Rot und Schwarz und allen möglichen Schattierungen von Grau gehalten, strahlten die Tätowierungen Kraft aus, besaßen jedoch eine feminine Anmut, die zu Jades Persönlichkeit passte.

„Tate hat sie auch?“, fragte Katy.

„Verdammt, ja, klar“, antwortete Tate, ehe Jade zustimmend nicken konnte. Er ging um die Kochinsel herum, die die Essecke von der Küche trennte, und zog sein T-Shirt aus. Dabei entblößte er seinen muskulösen Oberkörper. Katy hatte kaum Gelegenheit, das Kunstwerk zu betrachten, das sich über seine Schultern entlang seiner Schlüsselbeine ausbreitete, weil er sich bereits umdrehte und seinen Rücken präsentierte.

„Wow." Da war es vorbei mit Aleks unbeholfener Reaktion auf Jades kühnes Verhalten. Voller Wertschätzung betrachtete er die Tätowierungen auf Tates Rücken.

Wie bei Jade strahlte das Design eine enorme Stärke aus. Doch während Jades Markierungen weiche weibliche Linien aufwiesen, waren Tates rein männlich. Es war eine Mischung aus nordischen und volkstümlichen Einflüssen. Die Details waren so beeindruckend, dass jeder, der sie sah, verführt war, die dicken Linien zu berühren und nachzuzeichnen. Sie zwang sich, ihren Fokus von der wunderschönen Arbeit abzulenken, und bemerkte, dass Priests Aufmerksamkeit auf sie gerichtet war. „Das hast du gemacht?"

Seine Lippen bewegten sich nicht, doch etwas in seinem Gesichtsausdruck veränderte sich. Etwas Wichtiges, was sie nicht ganz einordnen konnte.

„Alles, was Priest macht, ist großartig." Tate schob seine Hände durch die Ärmel und zog sein T-Shirt wieder über. „Ihr würdet nicht glauben, was die Leute für Priests Tintenkunst bezahlen. Und das ohne zusätzliches Mojo."

„Deshalb konnte ich dich nicht finden, bevor der Hüter mir die Richtung gewiesen hat", sagte Naomi. „Du steckst Schutzzauber in die Markierungen."

Priest nickte. „Und einen Ortungsspruch, damit ich sie finden kann, falls sie mich brauchen."

„Nun, dein Bruder kann uns außer auf traditionellem Weg noch nicht finden", warf Katy ein, „aber solltest du nicht nach den anderen suchen und ihm damit zuvorkommen? Vielleicht kannst du noch jemanden aus Nannas Generation finden."

„Wir brauchen einen Magier, der uns hilft", schlug Naomi vor. „Haben wir da jemanden?"

„Nein", entgegnete Priest. „Ich dachte, das Haus der Magier ruht, bis ich erfahren habe, das Draven noch lebt.“

Die Schwere in seinen Worten weckte einen fremden Impuls in ihr, ihn beruhigen und trösten zu wollen, den sie nur mit Mühe unterdrücken konnte. Sie wollte das Bedauern in seiner Stimme mit einer sanften Berührung wegwischen. Was vollkommen verrückt war. Sie kannte diesen Mann kaum, hatte keinerlei Verpflichtung ihm oder seinen Problemen gegenüber, es sei denn, es half dabei, den Mörder ihrer Eltern zu finden.

Unbeeindruckt verschränkte Naomi ihre Arme auf dem Tisch und verengte ihre Augen. „Jade und ich könnten sehen, ob unsere Visionen etwas bringen. Wir wären garantiert nicht in der Lage, so genau zu lokalisieren, wie es ein Magier könnte. Wenn jedoch andere Seher in der Nähe sind, könnten wir unsere Kräfte bündeln und den Bereich der Suche eingrenzen. Sicherlich haben wir noch aktive Seher im Clan, oder?“

„Einige aus der neuen Generation und einige aus der alten“, erwiderte Priest. „Jade und Tates Eltern haben eine Handvoll Familien informiert, als wir uns hier niedergelassen haben. Die Nachricht ist nicht so weit gekommen, wie wir es gerne gehabt hätten, aber die meisten, die davon gehört haben, sind mit uns hergezogen.“

Jade grinste und wackelte mit ihren Augenbrauen in Richtung Katy. „Es ist der Brüller. Viele der Ältesten haben bei den Bewohnern von Eureka Springs einen Ruf weg. Sie sind bekannt als Menschen, die untergetaucht sind, und alle denken, sie leben ohne Strom und fließend Wasser.“

„Ist es denn wirklich so?“ Die Wissenschaftlerin in Katy wurde neugierig.

Tate schnaubte. „Sie sind Älteste. Nicht dumm. Sie mögen ihr heißes Wasser und das Internet genauso wie jeder andere, aber die Gerüchte halten die Menschen fern, damit sie jederzeit ihre Gestalt ändern können. In der Zeit, seit Jade und ich geboren wurden, haben unsere Leute das Ozarks-Plateau von den Ouachita-Wäldern bis zum Süden von Springfield eingenommen.“

„Aber keiner dieser Leute stammt von Primo-Linien ab?“, wollte Alek wissen.

Priest schüttelte den Kopf. „Wir haben höchstens zwanzig Familien, und nur acht davon sind aus deiner Generation.“

„Hast du etwas von den Primo-Linien?“, fragte Naomi. „Irgendetwas, das Jade und ich verwenden könnten, um unseren Fokus auf jede Familie zu beschränken?“

„Wir haben die Primo-Medaillons“, erwiderte Jade. „Meine Mom hat sie gerettet.“

Naomis Gesicht hellte sich auf. „Die sind perfekt. Je mehr Kraft und Geschichte, desto besser.“

Katy schob die Schultern zurück. All die Informationen, die während ihrer gemeinsamen Mahlzeit ausgetauscht worden waren und eine Gelegenheit klickten für sie ineinander. „Moment mal. Wenn Draven das Problem ist, warum fokussieren wir uns dann nicht direkt auf ihn und greifen ihn an?“ Sie sah Priest an. „Wenn wir ihn aufhalten, sind doch alle anderen in Sicherheit.“

„Wenn mein Bruder die Kontrolle über die Primos bekommt, ist niemand sicher. Nicht unser Clan und auch nicht die Singura.“

„Aber du bist der Hohepriester, und Draven hat seine Gaben bereits. Du könntest alles tun, was die Häuser tun könnten, und müsstest dir keine Gedanken darüber machen, diese Hüter-Person zu verärgern.“

Priest wartete und hörte geduldig zu.

Ernsthaft? Sah er das nicht? Es war so einfach. Vorausgesetzt natürlich, er konnte wirklich all das tun, was alle behaupteten.

„Also, wir haben doch sein Amulett. Du benutzt es, findest ihn und wir werden Gerechtigkeit üben.“

In der Stille, die sie umgab, war Katy nicht sicher, ob sie in der Ideen-Lotterie gewonnen oder auf die Mutter aller Landminen getreten war, doch die Anspannung und die Wahrnehmung in dem Raum wuchsen mit jeder Sekunde, die verstrich.

Als Priest endlich antwortete, schien seine Stimme nicht nur in ihren Ohren zu erklingen, sondern auch wie ein Echo in ihren Gedanken zu sein. „Und wie sieht diese Gerechtigkeit für dich aus, Kateri?"

Brutal.

Blutig.

Schmerzhaft.

Sie schob die rohen, unzensierten Gedanken ebenso wie die kalte Wut, die damit einherging, in den dunklen Brunnen, den sie in ihrem Innern erbaut hatte, um in ihrem Leben klarzukommen, um ausgeglichen und verantwortungsbewusst zu sein. „Wir finden ihn und lassen ihn verhaften. Er wird vor Gericht stehen müssen und wird wie jeder andere verurteilt werden."

„Und du denkst, dass ein Singura-Gefängnis meinen Bruder halten kann?"

Nein. Absolut nicht. Und die Tatsache, dass ihre Wut sie für diese harte Wahrheit blind gemacht hatte, ließ ihre Wangen vor Verlegenheit brennen.

Aber das ist sowieso nicht das, was du wirklich wolltest. Du wolltest, dass er dafür bezahlt. Dass er jeden Schmerz empfindet, den deine Mutter und dein Vater erlitten haben.

Ohne ihre Erwiderung abzuwarten, fuhr Priest fort. „Es wird mit dem Tod meines Bruders enden und es wird durch meine Hand geschehen."

„Aber sie hat recht", warf Alek ein. „Wenn du dieselben Fähigkeiten wie ein Magier benutzen kannst, um ihn aufzuspüren, warum dann nicht das Amulett einsetzen? Dann besteht keine Notwendigkeit, alle Primos ausfindig zu machen. Du findest ihn und wir kümmern uns selbst um ihn."

Priest warf Naomi einen Blick zu und eine nonverbale Frage lag darin.

„Du solltest es ihnen sagen", erwiderte sie. „Sie müssen die Wahrheit erfahren. Die ganze Wahrheit."

Er seufzte und verschränkte die Hände auf dem Tisch, seine muskulösen Oberarme verkrampften sich, als ob es ihn jedes Quäntchen Kontrolle kostete, sich zusammenzureißen. Seine Augen fixierten den Tisch, doch seine Gedanken waren weit entfernt. „Ich habe von den Plänen meines Bruders, die Magie aller Primos zu stehlen, zu spät erfahren. Meine einzige Möglichkeit in der Nacht, als er zugeschlagen hat, war, ihm die Magie zu entziehen, die er gestohlen hatte." Er hielt inne und hob den Kopf, begegnete Katys Blick direkt. „Damit kam seine Dunkelheit. Sie ist in mir. Es dauerte nach seinem Angriff fast zwanzig Jahre, bis ich das Gleichgewicht wiederfand und sie in Schach halten konnte. Ich wage es nicht, etwas von ihm anzufassen. Ich würde riskieren, sie wieder freizugeben."

„Er könnte seinen Talisman auch mit einem Zauberspruch belegt haben", fügte Naomi hinzu. „Wenn Draven schlau genug war, meinen Sohn zu finden, muss er wissen, dass ich ebenfalls noch am Leben bin und zuerst zu Eerikki gehen würde. Deshalb habe ich auch nicht zugelassen, dass einer von euch beiden den Talisman berührt, nachdem wir ihn neben der Leiche eures Vaters gefunden haben."

Während er erneut Katy beobachtete, senkte Priest seine Stimme. Die Sanftheit darin klang deutlich nach einem Mann, der verzweifelt versuchte, den Tiefschlag abzumildern, von dem er wusste, dass er dennoch schmerzen würde. „Du willst Vergeltung. Diese Emotion bewegt sich in dir, genauso wie seine Dunkelheit in mir, auch wenn du versuchst, sie zu verbergen. Es ist der klügere Weg, zuerst die Primo-Familien zu finden. Irgendwann wird Draven auf mich treffen, und wenn er es tut, werde ich deine Rache sein. Mit dem größten Vergnügen sogar. Sowohl für das, was er dir und deinem Bruder angetan hat, als auch dafür, wie unser Clan unter ihm gelitten hat.“

Vergeltung!

Dieses Wort hallte durch sie hindurch, mit dem Grollen seiner Stimme, und besänftigte auf eigenartige Weise das unaufhörliche Verlangen, das sie wochenlang angetrieben hatte. Wieso er sehen konnte, was sie so mühsam zu verbergen versuchte, konnte sie nicht sagen. Es erschreckte sie, wollte sie dazu bringen, so viel Abstand wie möglich zwischen ihnen zu schaffen, doch es tröstete sie auch, bot ihr einen Verbündeten und eine urteilsfreie Akzeptanz.

Er erhob sich vom Tisch und schob den Stuhl zurück, wobei die Stuhlbeine geräuschvoll über den Boden schleiften, der so perfekt zum Design seiner Lodge in der Wildnis passte. „Ich habe morgen einen Kunden, der den größten Teil des Tages in Anspruch nehmen wird, aber die meisten unserer hier ansässigen Familien werden am Samstag zum Training hier sein. Ich werde die Seher in unserem Clan rufen und sicherstellen, dass sie sich uns anschließen werden.“

Katy stand ebenfalls auf und blockierte seinen Weg, wo auch immer er hinführte. Er konnte nicht einfach aufstehen und verschwinden, in der Erwartung, dass sie abwarten würde, bis er so weit war. „Warum einen Tag verschwenden? Fangen wir gleich morgen an.“

Nun, vielleicht würde *sie* das nicht tun. Ohne jegliche Kräfte war das Beste, was sie tun konnte, ihre Kontakte aus dem College zu nutzen, und das würde sie gleich am nächsten Tag erledigen.

Er musterte sie von Kopf bis Fuß und seine Lippen verzogen sich zu einem breiten Grinsen. „Morgen wird nicht verschwendet sein, Kätzchen. Du wirst den Tag brauchen, um dich auszuruhen und für Samstag bereit zu sein.“

„Warum?“ Ein kurzer Blick auf die noch am Tisch

Sitzenden zeigte, dass Alek ebenfalls nicht wusste, was Priest damit meinte. Jade und Tate, ebenso wie Naomi sahen sie entweder mit ausdruckslosen Mienen an oder wichen dem direkten Augenkontakt aus. „Was ist so wichtig, dass ich einen Tag brauche, um mich darauf vorzubereiten?"

„Zunächst einmal hast du eine lange Reise hinter dir und brauchst Zeit, dich etwas zu entspannen und dich in meinem Zuhause wohlzufühlen." Priest umfasste ihre Schultern und war dabei so behutsam und sanft, als traute er sich kaum, den Kontakt zuzulassen. „Aber mehr noch, am Samstag wirst du dein Training beginnen."

Training? Wie Sport und Kämpfen, wie Alek es jeden Tag machte? Oder eher das Einmaleins für Volán und all die zweifellos seltsamen Dinge, die damit verbunden waren?

Ehe sie auch nur den Mund öffnen und fragen konnte, drehte Priest sie an den Schultern herum und führte sie aus dem Raum. „Tate, du und Alek macht den Abwasch und räumt auf. Jade, du bleibst bei Naomi und sorgst dafür, dass sie alles hat, was sie braucht. Ich kümmere mich um Kateri."

Ein Befehl!

Er legte dieselbe Autorität an den Tag, mit der er auch in die Kneipe gekommen war und ihnen seine Pläne mitgeteilt hatte, sie alle sicher zu seinem Zuhause zu bringen. Seltsamerweise sträubte sie sich jedoch nicht dagegen. Auch niemand sonst. Diese Dominanz umgab ihn einfach und schaffte damit eine natürliche Rangordnung mit den Menschen, mit denen er in Kontakt war. Es war nicht anders als bei einem Raubtier, das zwischen den weniger Befähigten herumpirschte.

Nun, ausgenommen von Alek. Doch auch das hatte Priest in den Griff bekommen. Er hatte eine hierarchische Ordnung auf eine Weise hergestellt, die ihrem

Bruder dabei geholfen hatte, einen Ausgleich zu finden.

Zu sehr von ihren eigenen Gedanken abgelenkt, ließ Katy sich von ihm aus dem Zimmer führen. Sie setzte gehorsam einen Fuß vor den anderen, als hätte ein unbekannter Part in ihr seine Pläne bereits mit einem High Five abgesegnet, während ein anderer Teil darauf bestand, stur zu bleiben und ihn für den restlichen Abend weiterhin auszuquetschen.

Seine Schritte neben ihren waren unheimlich still. Seine Kraft war eine greifbare Präsenz zwischen ihnen, während er sie durch sein Haus zu der offenen Treppe in der Mitte führte. Dieses Hütten-Gefühl passte zu ihm. Dieses Haus war zeitgenössisch in seinen Grundstrukturen, aber geerdet in Offenheit und Natur. Es war genau diese Art von Ort, den sie sich eines Tages für sich selbst wünschte – fernab vom chaotischen Trubel der Welt, mit Pflanzen, Bäumen, Felsen und Wasser, egal wohin man blickte.

Sie war einfach erschöpft. Das war alles. Er hatte recht gehabt, dass die Reise hierher ihren Tribut forderte, und alle anderen schienen sich wohl dabei zu fühlen, seiner Führung zu folgen. Also war es vermutlich klug, sich eine Auszeit zu gönnen und ihre Neugier mit einfachen Dingen zu füttern. Zum Beispiel mit einer Wanderung im Freien. Oder damit, alles über diesen Mann herauszufinden, der wie ein Schatten auf Schritt und Tritt in ihrer Nähe zu sein schien.

Nachdem sie das obere Ende der Treppe erreicht hatte, wo ein Flur nach links und rechts abzweigte, zögerte Katy.

Priest bedeutete ihr, nach rechts weiterzugehen. „Mein Zimmer ist auf dieser Seite. Alle anderen befinden sich auf der linken Seite, also hast du deine Privatsphäre und Ruhe.“

„Du musst das wirklich nicht tun. Es macht mir nichts aus, mir einen Schlafraum mit Jade und Nanna zu teilen.“

Er kam näher, berührte sie nicht direkt, doch seine Wärme streichelte ihr über die Haut. Als er sprach, lag da ein Grollen in seiner Stimme, das an einen fernen Donner während eines Gewitters erinnerte. „Ich will dich dort, wo du hingehörst.“

Begehrt.
Gebraucht.
Besessen.

Diese Gedanken verschmolzen plötzlich und jagten ihr einen angenehmen Schauer über den Rücken. Diese Idee sollte ihr nicht gefallen. Sie wollte es auch nicht. Und dennoch sehnte sie sich danach, ihn zu berühren. „Ich bin mir nicht sicher, wie ich das aufnehmen soll“, brachte sie mit kaum mehr als einem Flüstern hervor.

„Versteh es einfach so, dass ich möchte, dass du dich wohl und beschützt fühlst. Den Rest finden wir gemeinsam heraus.“ Priest ließ sie nicht aus den Augen und hob sein Kinn in Richtung des Flurs hinter ihm. „Geh, ich zeige dir, wo alles ist.“

Er gab ihr Raum und tat genau das. Wie alles in seinem Zuhause war das Design einfach, aber geräumig und geschmackvoll. Kräftige Braun-, Grau- und Beigetöne kompensierten die Farben der Natur durch die unzähligen Fenster.

Sogar das Hauptbad besaß viel natürliches Licht. Das breite Glas war so integriert, dass es Privatsphäre bot, obwohl es ihr das Gefühl gab, dass die Wände nicht existierten.

Als sie das Bad verließ, blieb sie vor der Glasschiebetür stehen, die auf einen privaten Balkon vor seinem Schlafzimmer führte. Über den von der Nacht dunkel gefärbten Baumkronen schmiegten sich Sterne an einen blauschwarzen Himmel. Aber ausnahmsweise war ihr Blick nicht auf die Landschaft gerichtet, sondern auf den Mann, der sich im Glas spiegelte. Sie beobachtete die Art, wie er sich bewegte, und mühelos ihren Koffer auf das Fußende des Bettes legte.

„Du kannst die Tür ruhig öffnen, wenn du möchtest", sagte er, während er sie ansah.

Katy erstarrte und begegnete seinem Blick mindestens zwei Herzschläge lang im Spiegelbild, ehe sie sich zu ihm umdrehte und ihn direkt ansah. „Woher weißt du, dass ich offene Fenster mag?"

Sein Lächeln wirkte wölfisch und zeigte deutlich, wie sehr es ihm gefiel, den Nagel auf den Kopf getroffen zu haben. „Wusste ich nicht. Ich vermute es nur, weil du die Fahrt hierher im Jeep deines Bruders genossen hast. Das, und du bist eine Volán. Die meisten von uns fühlen sich von der Natur angezogen."

Er schlenderte vorwärts, blieb nur wenige Zentimeter vor ihr stehen und packte den Griff der Balkontür. Das Glas glitt mit einem leisen Geräusch auf und kühle Nachtluft strömte ins Zimmer, erfüllt von leisem Zirpen und Geräuschen von Blättern, die im leichten Wind raschelten.

Trotzdem bewegte sie sich nicht, starrte ihn nur an, während er sie musterte. Mit ein Meter fünfundsechzig war sie nicht gerade klein. Er überragte sie mit nahezu dreißig Zentimetern Körpergröße mehr und mit seinem breiten muskulösen Oberkörper kam sie sich geradezu winzig vor.

Sein Blick wanderte über ihr Gesicht, konzentrierte sich auf ihre Lippen und glitt dann hinab zu ihrer Kehle. Seine Fingerspitzen streichelten hauchzart über ihr Schlüsselbein, glitten unter die Lederschnüre, die die Amulette hielten, auf die ihre Großmutter nach dem Tod ihrer Eltern bestanden hatte. Er zog die Amulette unter ihrem Shirt hervor und ließ sie zwischen ihren Brüsten ruhen.

„Weißt du, was sie bedeuten?"

In diesem Moment wusste sie kaum mehr ihren eigenen Namen und tat gut daran, ihre Atmung gleichmäßig und ruhig zu halten. „Nicht wirklich.“

In den ersten Tagen nach dem Tod ihrer Eltern hatte sie es gut hinbekommen, nicht den Verstand zu verlieren, geschweige denn Fragen zu dem zu stellen, was sie bisher als Nannas Aberglauben abgetan hatte.

Sanft berührte Priest einen der drei Talismane, und ihr Herz schlug so heftig, als hätte er direkten Kontakt zu ihrer Haut. „Das Gürteltier dient zum Schutz. Ein Schild, um dich vor Schaden zu bewahren.“ Er ging zum nächsten über und ihr Puls beschleunigte sich noch einmal. „Die Schildkröte ist auch ein Beschützer, aber eher auf fürsorgliche Weise. Sie ist eine Verbindung zur Energie der Erde.“

Sie schluckte heftig, obwohl ihr Mund vollkommen ausgedörrt schien. Alles in ihr war ruhig und begierig auf seine nächste Berührung. „Was bedeutet der Vogel?“

Sein Mund verzog sich zu einem schiefen Lächeln. „Nicht einfach nur ein Vogel. Ein Rabe. Er soll dir Mut und Einsicht geben, wenn du sie brauchst.“ Sein Lächeln verschwand und er rieb den Talisman zwischen Daumen und Zeigefinger. Als er den Talisman losließ und sich aufrichtete, hätte sie wegen des Verlustes fast aufgeheult. Es fühlte sich an, als ob die Schwerkraft plötzlich nachgelassen hätte und sie nun schwerelos herumzappelte.

Anstatt einen Schritt zurückzutreten, griff er mit beiden Händen hinter seinen Nacken. Kurz darauf nahm er eins seiner Halsbänder ab. Die schwarze Lederschnur war schöner als die, die sie trug. Sie wirkte anschmiegsamer, getragen und kürzer. Daran hing ein Medaillon – ein vierzackiger Stern, in dessen Mitte eine Kreatur eingraviert war.

Ehe sie das Tier genauer betrachten konnte, legte Priest ihr das Lederband an. Der Talisman lag schwer an ihrer Kehle und sie konnte noch immer seine Körperwärme an dem glatten Metall fühlen. Sie fuhr mit den Fingerspitzen darüber und erforschte die kleinen Details. „Und was ist das?"

Sein Blick war auf die einfache Geste ihrer Finger fixiert, und das Grau seiner Augen verdunkelte sich wie der Himmel vor einem drohenden Gewittersturm. Erst als sie ihre Hand sinken ließ, sah er ihr ins Gesicht. „Es ist meins."

Er trat zurück. Seine Atmung wurde heftiger, wie bei ihrer ersten Begegnung. Wie damals wurde sie das Gefühl nicht los, dass nicht mehr nur sie beide im Raum waren.

So seltsam ihr das Empfinden auch vorkam, es machte ihr nichts aus. Wenn überhaupt, dann reizte es sie eher, auf ihn zuzugehen, um ihm dasselbe gute Gefühl zu geben, wie er es für sie getan hatte.

Doch ehe sie ihre Gedanken in die Tat umsetzen konnte, drehte er sich um und ging zur Tür, wobei er nur lange genug innehielt, um ihr einen letzten Blick über die Schulter zuzuwerfen. „Schlaf gut, *mihara.*"

KAPITEL 6

Schlaf gut, von wegen.

Katy steigerte ihr Tempo vom lässigen Joggen zu einem vollen Sprint. Mit langen Schritten hämmerten ihre Turnschuhe über die kurvige Asphaltstraße zurück zu Priests Haus. Die ganze Nacht hatte sie sich hin und her gewälzt, während in ihrem Innern noch immer dieser Kampf tobte zwischen dem treibenden Bedürfnis, etwas zu tun, und der vernünftigen Herangehensweise zu warten, sich zu gedulden und vorausschauend zu planen.

Oh. Und dann war da noch dieses alles verzehrende Bewusstsein, in Priests Bett zu liegen. Zwischen seinem Geruch nach Leder und Wald, der den Laken anhaftete, und den anhaltenden Empfindungen, die er in ihr Gedächtnis eingeprägt hatte, würde sie in absehbarer Zeit nur gut schlafen können, wenn sie entweder ein paar Drinks zu sich nahm, oder sich ins Koma vögeln ließ. Mit Letzterem würde sie sich auf gar keinen Fall beschäftigen. Sie hatte noch nie einen Mann getroffen, der sie dermaßen gut hatte rannehmen können, um ihr wirklich Linderung zu verschaffen, geschweige denn, sie bis zur völligen Erschöpfung in den Schlaf zu treiben.

Nun, jedenfalls nicht, bis sie Priest traf. Etwas sagte ihr, dass er bei einer Frau nicht aufhören würde, bis sie entweder im Koma lag oder schnurrte wie ein Kätzchen.

Und wie zum Teufel hatte er sie genannt? *Nahina*, dieses Wort hatte sie ihr ganzes Leben lang gehört, ein zärtliches Kosewort, von dem sie bis vor Kurzem nicht gewusst hatte, dass es ein typisches Äquivalent der Volán für Liebling oder Liebes war. Aber *mihara*? Das war neu.

Vor ihr wurde das Licht von Scheinwerfern heller und flackerte in der Dunkelheit, gepaart mit dem lauten

Geräusch eines Automotors. Sie wurde langsamer und bewegte sich weit von der Straße fort.

In ungefähr fünfzehn Minuten würde die Sonne endlich wieder den neuen Tag beginnen und sie wäre ein weniger gutes Ziel für ahnungslose Autofahrer. Bis dahin musste sie das im Graben aufgetürmte Winterlaub durchpflügen und beten, dass sie sich dabei nicht ein Bein brach, anstatt ihren Frust von der Seele zu laufen.

Schließlich überholte der Wagen und Katy kehrte zurück auf die Straße. Ihr Fuß berührte gerade den Asphalt, als rechts von ihr, keine sechs Meter entfernt, ein leises Rascheln von Blättern ertönte.

Zum dritten Mal, seit sie sich vor etwa fünfundvierzig Minuten aus Priests Haus geschlichen hatte, stellten sich ihr die Nackenhaare auf und ein Prickeln breitete sich auf ihren Schultern aus. Es kam ihr vor, als würde sie beobachtet.

Oder verfolgt.

Aber das war eigentlich unmöglich. Sie war fast eine Stunde lang in einem respektablen Tempo gelaufen und hatte außer dem Rascheln von Blättern nichts weiter gehört. Keine Schritte. Keine Stimmen. Nur der sanfte Wind in den Bäumen und das leise Zirpen der Zikaden und Grillen.

Sie spornte sich härter an, schob ihre Bedenken beiseite und trieb sich trotz nachlassender Energie zu einem schnellen Endspurt an.

Noch fünf Minuten und sie würde wieder am Haus sein, hoffentlich entspannt genug, um einfach eine simple Tasse Kaffee genießen zu können und den Sonnenaufgang zu sehen, ohne dass irgendwelche Leute oder ihre Gedanken ihr Schwierigkeiten machten.

Tatsächlich dauerte es sieben Minuten, ehe sie sich so leise wie möglich zurück ins Haus schlich. Die Turnschuhe hatte sie vor der Haustür zurückgelassen und sie ging nun barfuß in die Küche. Zum Glück hatte derjenige, der die Küche eingerichtet hatte, dies mit gesundem Menschenverstand erledigt. So wurde der Prozess des Kaffeebrühens zu dem friedlichen Ritual, nach dem sie sich sehnte, anstatt zu einer Schnitzeljagd nach den benötigten Utensilien.

Die Maschine machte ihr Ding. Das leise Blubbern und Rauschen, während das Wasser durch den Filter strömte, war ein befriedigender Soundtrack beim Stretchen ihrer noch immer zitternden Beine.

Nachdem sie eine Tasse des fertigen Kaffees mit Milch und einer nicht gerade gesunden Menge Zucker gemischt hatte, erschienen die ersten Anzeichen der Sonne am Horizont.

Jetzt musste sie nur noch ihren Weg zum hoch gelegenen Balkon im Wohnzimmer hinter sich bringen, ohne Priest zu wecken.

Das Sofa war groß genug, um einen Mann seiner Größe zu beherbergen, und es war praktischerweise so gestellt, dass es dem riesigen Kamin an der gegenüberliegenden Wand zugewandt stand. So konnte sie sich leicht daran vorbeischleichen. Das Ende einer Decke baumelte über eine Kante, aber ansonsten waren im offenen Raum keine Geräusche oder Bewegungen wahrzunehmen.

Sie öffnete die Glasschiebetür gerade so weit, dass sie hinausschlüpfen konnte, schloss sie hinter sich und schlenderte hinaus in die frische Morgenluft. Trotz der Abkühlzeit in der Küche war ihre Haut noch immer mit Schweiß bedeckt, aber die Kälte, während der Wind darüber strich, fühlte sich gut an.

Belebend.

Lebendig.

Im Gegensatz zu ihren Eltern.

Diese unwillkommene Erinnerung durchdrang sie. Egal wie oft der rationale Teil in ihr daran festhielt, dass ein ordentliches Verfahren und Gerechtigkeit das Richtige in diesem Fall waren, schienen sich das Schuldgefühl und die Scham wegen des Nichtstuns immer wieder einen Weg zurück zu ihr zu bahnen. Es war wie ein mentaler Ninja, der genau wusste, wann er zuschlagen musste.

Unten in der Schlucht bewegte sich etwas.

Mit der Kaffeetasse auf halbem Weg zu ihren Lippen, erstarrte Katy und versuchte, Umrisse in den Morgenschatten zu erkennen. Was auf immer es war, es war riesig.

Verstohlen und ruhig.

Ein Panther.

Derselbe, der ihren Bruder einen Tag zuvor in der Schlucht auf dem Boden festgenagelt hatte.

Er schlich näher, jeder seiner Schritte wirkte bedacht, und seine grauen Augen waren einzig auf sie gerichtet. Wenn die dunkelste Nacht eine Form und Bewegung besäße, dann wäre es das Tier dort unten.

Wunderschön. Sinnlich. Tödlich.

Der Panther sprang mit einer Kraft ab, die sie nach Luft schnappen ließ, und landete auf einem niedrigen Ast. Er navigierte sich geschickt den Baum empor, bis er auf einem parallel zu ihr langsamer wurde. Das Tier streckte seine gewaltige Länge aus und ließ sich wie eine Katze auf einem Fensterbrett nieder, wartete und schlug mit seinem Schwanz auf eine gereizte Art; jedenfalls empfand sie es so.

„Ich schätze, das bedeutet, dass es eine vergebliche Mühe war, sich an der Couch vorbeizuschleichen", murmelte sie in die Stille. Sie kam sich dabei auf mehr als nur eine Art dumm vor, weil sie laut gesprochen und gegafft hatte, und fügte dann etwas lauter hinzu: „Kannst du mich verstehen, wenn du so bist?"

Das Schlagen des Schwanzes hörte auf, und sie hätte schwören können, dass selbst die Insekten, die ihr letztes Lied in dieser Nacht sangen, verstummten.

Das Biest starrte sie regungslos an. Erst nach ein paar Sekunden hob es das Kinn und stieß ein leises Schnaufen aus.

Als Reaktion darauf erzitterte sie, denn die heiß glühende Erinnerung daran, wie dieses Geräusch gegen sie geprallt war, als sie sich zum ersten Mal getroffen hatten, flammte erneut lichterloh auf. „Ich nehme an, du warst derjenige, der mir bei meinem Lauf durch den Wald gefolgt ist?"

Anstatt eine verbale Antwort zu geben, nahm die Wildkatze eine noch entspanntere Haltung ein. Eine seiner riesigen Pranken baumelte lässig vom Ast, als wollte sie damit sagen: „Ja, und was gedenkst du dagegen zu tun?"

Vielleicht lag es an diesem Verhalten, dass sie ihn noch ein wenig mehr herausforderte. Entweder das oder sie hatte tatsächlich einen Todeswunsch. „Bleibst du, wo du bist, weil es nicht sicher ist, näher zu kommen, oder weil du denkst, du könntest mich verschrecken?"

Eine ganze Weile starrte er sie nur an, und sein Blick mit den schweren Lidern gab keinerlei Hinweis darauf, was er dachte.

Hatte er überhaupt Gedanken in Gestalt seiner Wildkatze? Vielleicht hatte sie sein Schnaufen fälschlicherweise als Reaktion auf ihre Frage interpretiert, und er wusste nicht, was der Unterschied zwischen *Komm* und *Fass* bedeutete.

Sie ging zu dem einzigen Adirondack-Stuhl, der direkt neben dem hohen Geländer des Balkons stand und den Anblick der Schlucht aus der Vogelperspektive bot. Gerade als sie sich setzen wollte, erhob sich die Wildkatze träge.

Katy erstarrte in ihrer Bewegung, ihre Lungen versagten ihr fast den Dienst, während er lautlos vorwärts schlenderte. Jeder Schritt war bewusst. Bedacht und kalkuliert. Und in dieser Sekunde war sie sich nicht sicher, ob es nicht klug wäre, wie vom Teufel verfolgt davonzurennen oder die Vorsicht in den Wind zu schlagen und einfach die Show zu genießen.

Überraschenderweise entschied sie sich für Letzteres. Was deutlich bewies, wie daneben sie war. Bei ihr kam Logik vor Instinkt. Das war der smarte Weg, den ihr Vater ihr beigebracht hatte.

Aber Logik schien bei Priest nicht viel Platz zu haben.

Oder, wenn man es genau nahm, bei jedem Volán.

Priest blieb auf einem Ast direkt über ihr stehen. Wartete.

Auf was? Erlaubnis? Ein Zeichen von Angst? Ihr kam es eher so vor, als schien er zu überlegen, welchen Teil von ihr er zuerst zum Frühstück verspeisen wollte.

Nun, zum Teufel damit. Sie hatte in den letzten Wochen genug weltbewegende Enthüllungen erlebt und ihren Mut bewiesen. Sie würde es nicht zulassen, dass er ihr Selbstvertrauen untergrub. Sie ließ sich auf dem Stuhl nieder und zwang sich dazu, ihre Schultern zu entspannen.

Sie kam bis zum ersten Ausatmen.

Als Nächstes sprang er auf den schützenden Handlauf des Balkongeländers und wanderte darauf vor ihr auf und ab.

Faszinierend.

Schon aus der Ferne betrachtet, war sein Panther beeindruckend gewesen, aber so nah war er ein Wunder. Vor allem angesichts der Art und Weise, wie er die akrobatische Leistung mit der gleichen flinken Anmut und Gelassenheit gemeistert hatte, wie sie sie eher bei einer viel kleineren Katze erwartet hätte. Nicht bei einer Katze, die locker bis zu ihrer Hüfte reichte. „Du bist dir deiner selbst sehr sicher, nicht wahr?“

Das Geräusch, das aus seinem leicht geöffneten Maul drang, konnte man nicht wirklich als Knurren bezeichnen. Es war eher eine Art Grummeln, gepaart mit einer Tiefe, die die Plattform unter ihren Füßen vibrieren ließ. Als wollte er ihren Standpunkt beweisen, sprang er mit Leichtigkeit vom Geländer und landete direkt vor ihr.

Die Logik schrie in ihr auf, sich zu erheben und Abstand zwischen ihnen zu schaffen.

Erneut ignorierte sie diesen Instinkt, denn die pure Faszination überwog jeden anderen Befehl und ließ sie an die Kante ihres Stuhls rutschen. Im Gegensatz zu den grünen Augen, die sie bei einem solchen Tier erwarten würde, entsprachen diese hier genau denen von Priest. Es war ein mystisches Grau, das scheinbar in sich waberte und sich veränderte wie ein sanfter Morgennebel. Sie hob ihre Hand, zögerte nur wenige Zentimeter entfernt vom Kopf der Wildkatze. „Kann ich dich berühren?"

Zahm wie eine Hauskatze senkte der Panther seinen massiven Schädel und stupste ihre Handfläche an, um sie über seinen Nacken zu führen.

Heiliges Kanonenrohr, war er weich. Schwaden aus glänzender schwarzer Seide.

Und er war heiß. Nicht warm wie ein Mann beim Kuscheln in einer kalten Winternacht, sondern so heiß, dass keine Heizung nötig wäre.

Ein Schnurren begann langsam und leicht, dann wurde es mit jedem Streicheln ihrer Hand lauter. Sein warmer Atem wehte gegen ihren Unterarm und ihre Knie. Der offensichtliche Genuss jeder Berührung hallte in der trägen Art wider, wie er seinen Kopf hob und drehte.

„Das magst du, oder?"

Ein weiteres Schnaufen, doch dieses besaß eine gewisse Attitüde. Es hatte ein Gefühl von *Du hast ja keine Ahnung, wie sehr* an sich, das ihr einen Schauder den Rücken hinabschickte.

Er kam näher, seine breite Brust schob sich zwischen

ihre leicht geöffneten Knie, bis er seine Schläfe an ihrer rieb.

„Oh!" Erschrocken wollte sie sich zurückziehen, aber er passte sich rasch an und wich gerade so weit zurück, dass sie sich entspannen konnte, eher er die Geste auf der anderen Seite wiederholte.

Er markiert dich.

Sie hatte keine Ahnung, woher dieser Gedanke kam. Eigentlich eine dumme Idee, aber eine, die ein schmerzendes Verlangen in ihrem Bauch auslöste. Sie strich mit beiden Händen über die Stellen hinter seinen Ohren und streichelte mit den Fingerkuppen sanft durch das kurze, dicke Fell. „Du bist wunderschön", flüsterte sie.

Einen kleinen Moment starrte sie in die schönen Augen des Panthers und im nächsten Moment kauerte Priest vor ihr. Nur ein kurzer strahlender, silberner Blitz trennte diese beiden Visionen voneinander. Im Gegensatz zu gestern trug Priest jetzt nur eine weite, graue Jogginghose. Seine Füße und sein Oberkörper waren nackt.

Und oh Mann, was für ein Anblick er war.

Wie bei Tate markierten Tätowierungen sein Schlüsselbein und seine Schultern, doch die von Priest waren anders. Erstens hatte er deutlich mehr davon, zweitens waren sie funktionaler im Design. So, als hätte die Person, die sie gemacht hatte, sich nur auf die Magie konzentriert und weniger auf die Kunst. Und seine Muskeln … Wenn sie die Gelegenheit und genug Mut dazu hätte, würde sie viel Zeit damit verbringen, jede Vertiefung, jede Erhöhung, die seine Schultern und Brust definierten, sehr genau unter die Lupe zu nehmen und sie zu genießen.

Erst als sie die Finger beugte und wieder lockerte, bemerkte sie, dass ihre Hände noch immer um seinen Hinterkopf geschlungen waren. Sie ließ sie auf ihren

Schoß sinken und vermisste die Wärme und das Gefühl seines glatten, dicken Fells an ihren Fingerspitzen. Zum Glück war die Sonne noch nicht weit genug am Horizont aufgestiegen, um die brennende Hitze auf ihren Wangen zu offenbaren.

„Sorry."

„Deine Berührung ist nichts, wofür du dich entschuldigen müsstest." Seine Stimme war dunkel wie die Nacht, rau wie Kies, und doch klang sie beruhigend.

Ein Herzschlag. Dann ein weiterer. Seine Augen blieben auf ihr haften.

Sie brach den Blickkontakt aus purer Notwenigkeit ab. So hart ihr Herz auch in ihrer Brust hämmerte, entweder schaute sie weg, oder sie ging die Gefahr ein, einen Herzstillstand zu erleiden. Allerdings war das nicht die schlechteste Art für eine Frau, abzutreten − während man von einem halb nackten, wahnsinnig heißen Alphamännchen niedergestarrt wird.

Er breitete seine Hand auf ihrem Oberschenkel aus, und die Laufshorts, die sie sich für ihre morgendliche Joggingrunde ausgesucht hatte, ließ einen direkten Hautkontakt zu. „Du hattest keine Angst vor meinem Panther."

Ähm, nun ja, eigentlich doch, und sie fürchtete sich immer noch. Es schien nur so, dass ihr Selbsterhaltungstrieb keine Rolle spielte, wenn es sich um ihn drehte. Allerdings würde sie den Teufel tun, ihm auch nur den Hauch eines Tipps zu geben, was diese beiden Empfindungen anging. „Er ist hübsch."

Seine Lippen verzogen sich, jedoch nicht so weit, dass es zu einem Lächeln reichte. „Hübsch." Es war nicht als Frage formuliert, sondern eher ausgesprochen mit dieser universellen und trockenen Art Humor, die Männern vorbehalten blieb, die von Frauen überall auf der Welt schachmatt gesetzt werden.

Sein Blick glitt zu der Kaffeetasse, die sie auf dem

kleinen Beistelltisch neben ihrem Stuhl stehen gelassen hatte. Er stand auf und schnappte sich den halb leeren Becher, während er sich zu seiner vollen Größe aufrichtete. „Komm mit rein. Deine Haut ist ausgekühlt und dein Kaffee noch kälter."

Vielleicht war ihre Haut äußerlich ausgekühlt, doch innerlich war sie eher gut geröstet. Dennoch schien ein wenig Abstand eine kluge Idee zu sein, auch wenn es bedeutete, den Rest dieses Sonnenaufgangs zu verpassen.

Katy ließ sich von ihm auf die Füße ziehen und folgte ihm ins Haus. Und, oh Mann, was für eine Gelegenheit sich dadurch bot.

Sie hatte sich selbst nie für die Art Frau gehalten, die Männer anstarrte, aber bei Priest war es wirklich schwer, dies nicht zu tun. Sein langes schwarzes Haar fiel offen bis hinab zu seinen Schulterblättern und bedeckte den größten Teil seiner Tätowierungen auf dem Rücken. Offensichtlich hatte er jedoch mindestens doppelt so viele davon wie Jade und Tate. Sie waren rauer, kantiger.

Doch was sie wirklich sprachlos machte, war sein Hintern und die Art, wie der weiche Stoff seiner Jogginghose über den gerundeten Muskeln spannte und sie regelrecht dazu herausforderte, ihn zu berühren.

Sie räusperte sich, als ob das die Versuchung irgendwie vertreiben könnte. „Trinkst du Kaffee?"

Er ging in die Küche, schwenkte ihre Tasse, studierte den Inhalt und hob sie dann für ein abwägendes Schnüffeln empor. „Ich lebe von dem Zeug."

Interessant. Irgendwie hatte sie eher erwartet, dass er so ein Kräutertee- und Biolebensmitteltyp war. Sie setzte sich auf einen Barhocker hinter der Frühstückstheke. „Also, warst du das?"

„War ich was?"

„Der mir gefolgt ist. Draußen auf meiner Laufrunde."

Nachdem er ihr eine frische Tasse mit Kaffee gefüllt

hatte, löffelte er überraschenderweise genau die richtige Menge Zucker hinein und füllte den Becher mit Kaffeesahne auf. Erst nachdem er einen Kaffeelöffel aus der Schublade geholt und angefangen hatte, umzurühren, drehte er sich zu ihr um und antwortete ihr. „Außerhalb meiner Schutzzauber ist es für dich nicht sicher. Ich habe gehört, wie du rausgegangen bist. Also ja. Ich bin dir gefolgt." Er reichte ihr den Becher und drehte ihn so, dass der Griff frei war, damit sie ihn nehmen konnte. Der Becher musste doch so heiß sein, dass er sich dabei die Finger verbrannte!

Sie nahm den Kaffee entgegen, blies für eine Sekunde darüber und trank vorsichtig einen Schluck davon.

Perfekt.

Die Mischung hätte sie selbst nicht besser hinbekommen. „Du bist sehr aufmerksam."

„Wenn es sich um dich dreht, absolut." Er zog den Barhocker neben ihr hervor und positionierte ihn so, dass seine Knie ihre umschlossen, als er sich setzte.

Mindestens vier oder fünf weitere Talismane ruhten zwischen seinen Brustmuskeln, jeder an seinem eigenen schwarzen Lederband. Gepaart mit dem langen Haar, den Tattoos und der dunklen Haut wirkte Priest eher wie ein Rockstar als wie der Hohepriester eines magischen Clans.

Vorsichtig, als hätte er Angst, sie zu verschrecken, musterte er die Stelle direkt unter einem ihrer Augen. „Du hast nicht geschlafen."

Oh ja, sehr aufmerksam. Beunruhigend. „Mir geht viel durch den Kopf."

„Erzähl mir davon." Es waren unverblümte Worte. Sie klangen wie ein Befehl, doch irgendwie auch tröstlich und wie eine Ermutigung, die Last abzugeben, die sie lange Zeit mit sich herumgetragen hatte.

„Meine Eltern. Ein Erbe, von dem ich nicht wusste, dass es existiert. Eine Rasse, die Magie und Gestaltwandlung beinhaltet. Das alles verwirrt irgendwie mein Unterbewusstsein und verhilft nicht gerade zu schönen Träumen.“

„Du glaubst nicht an die Magie.“

Hatte sie tatsächlich nicht. Jedenfalls zuerst nicht. Aber es war schwer, sie weiterhin zu ignorieren, nachdem sie hineingeprallt war wie eine Flipperkugel, die zwischen zwei elektronischen Flipperhebeln feststeckte. „Ich glaube schon daran, ich habe nur …“ Sie nippte an ihrem Kaffee und hielt die Tasse mit beiden Händen fest, während sie nach einer Erklärung suchte. „Ich weiß nicht, wie ich das verarbeiten soll. Ich sehe es. Akzeptiere es.“

„Aber du hast Angst davor.“

Bingo!

Die Wahrheit rüttelte sie so dermaßen durch, als hätte Priest ihre Schultern gepackt und sie wie eine Stoffpuppe geschüttelt. Angst war etwas, was sie an niemandem schätzte, und Verleugnung war noch viel schlimmer. Dennoch hatte sie sich beider schuldig gemacht. „Ich verstehe es nicht.“

„Das ist der springende Punkt bei Magie. Sie ist nicht da, um verstanden zu werden. Sie ist da, um akzeptiert zu werden. Du schätzt sie und besitzt sie. Es geht ums Herz, nicht um Logik.“

„Ich mag Logik. Ich mag es, wenn zwei plus zwei vier ist. Und nicht ein Schmetterling oder ein hübscher Vogel.“

„Mhhh.“ Er stützte sich mit einem Ellbogen auf die Theke und musterte sie. „Das ist die Wissenschaftlerin in dir. Aber auch die Natur hält sich nicht immer an die Regeln. Das hast du sicherlich in deinem Hauptfach schon herausgefunden.“

Sie rutschte auf ihrem Hocker hin und her. In ihr tobte eine wilde Mischung aus Neugier und Selbstverteidigung und sie wand sich unter seinem abschätzenden

Blick. „Woher weißt du, was ich studiere?“

Er grinste. „Von deiner Großmutter, die ein Quell an Informationen ist, was dich betrifft. Ich habe das voll ausgenutzt.“

Natürlich. Obwohl Nanna die Natur genauso liebte wie Katy, verpasste sie nie eine Gelegenheit, darauf hinzuweisen, dass Katys Leben zu strukturiert verlief. Dass viel zu wenig Spontanität darin war.

Sie trank noch einen Schluck Kaffee und bemerkte, dass Priest sich selbst keinen eingegossen hatte. Katy stellte ihren Becher beiseite und rutschte vom Barhocker. Eine Wiedergutmachung war nur passend. Zumal scheinbar ihre Unfähigkeit, Schlaf zu finden, dafür gesorgt hatte, dass sie ihn aus seiner Nachtruhe gerissen hatte, um sie zu bewachen.

Er schwieg, bis sie die Kaffeekanne zurück auf die Warmhalteplatte der Maschine gestellt hatte. „Was hat dich letzte Nacht noch wachgehalten?“

Eine Gänsehaut breitete sich an ihren Armen entlang aus, und die Muskeln in ihrem Bauch spannten sich an. „Tote Eltern und Magie reichen nicht?“

„Natürlich, aber das ist nicht alles, oder?“

Nein. Nicht einmal annähernd. Es stimmte, dass die Albträume sich in den wenigen Schlaf gemischt hatten, den sie bekommen hatte. Aber es waren eher die lebhaften Träume gewesen, die später gekommen waren, die sie erregt und heiß gemacht hatten und die dafür gesorgt hatten, dass sie nicht mehr einschlafen konnte.

Sie zog den Zuckerspender näher heran. „Milch und Zucker?“

„Weder noch.“

Schade. Keine Extras bedeutete, dass sie sich ihm eher stellen musste.

„Verrat es mir, Kateri. Was hat dich wirklich wachgehalten?“

„Nur Nanna nennt mich Kateri. Alle anderen nennen

mich Katy.“

„Kateri schmeckt auf meiner Zunge besser.“

Whoa. Junge.

Ihr Magen verkrampfte sich und schien Salti zu schlagen bei dem Gedanken, irgendetwas mit seiner Zunge zu tun zu haben. Und wenn man bedachte, wie sehr ihre Beine zitterten, war der Sprint, mit dem sie ihren Lauf beendet hatte, ein schwerwiegender taktischer Fehler gewesen. Sie hielt sich mit beiden Händen an der Arbeitsplatte fest.

Seine Stimme ertönte hinter ihr, eine Sekunde ehe seine Hände die ihren auf der Arbeitsfläche einrahmten und er sie regelrecht mit seinem Körper einpferchte. „Ich werde dir sagen, was mich wachgehalten hat.“

Seine Hitze umhüllte sie und vermischte sich mit seinem männlichen Duft. Er atmete tief neben einem ihrer Ohren ein, und dieses subtile, aber sinnliche Geräusch gab ihr das Gefühl, als wäre das Biest direkt bei ihm. „Ich habe mich an deinen Geruch erinnert. Und wie weich du dich an mir angefühlt hast.“

Daran hatte sie auch gedacht. Um ehrlich zu sein, hatte sie dieser Erinnerung einige Bonusszenen hinzugefügt, in denen weitaus weniger Zuschauer und noch weniger Kleidung beteiligt waren.

Er liebkoste ihren Nacken. Seine Stimme war ein samtiges Grollen, das jede Nervenbahn in ihr zu streicheln schien. „Ich habe mir vorgestellt, dass du mich so berührst, wie du heute Morgen meinen Panther gestreichelt hast. Mich erkundest. Furchtlos.“ Seine Lippen glitten hauchzart an ihrem Nacken entlang, waren da und dann gleich wieder fort. „Was hat dich wachgehalten, Kateri?“

„Du.“ Wie sie es geschafft hatte, dieses Eingeständnis tatsächlich laut zu äußern, war ihr nicht ganz klar, aber kaum war es ihr über die Lippen gekommen, bewegte sich etwas tief in ihr. Da schien ein Riss aufzutauchen, der sich langsam durch das dicke Eis ihrer Gefühle schnitt.

Er musste diese Veränderung gespürt haben, denn er blieb hinter ihr stehen, hielt sie noch immer mit seinem Körper gefangen, aber drängte sie nicht weiter. „Und das macht dir Angst?“

„Ja.“

„Warum?“

„Weil die Dinge um dich herum anders sind. Ich habe so etwas noch nie empfunden. Das ist irrational. Nicht normal.“

„Ah, aber du bist auch nicht normal. Du bist eine Volán. Eine sinnliche Kreatur, die mit dem Versprechen von Magie geboren wurde.“ Er hielt inne, drückte sich so dicht wie möglich an sie, ohne den vollen Körperkontakt herzustellen. „Willst du, dass ich dich berühre?“

Ein Schauder durchlief sie und entriss ihr ein weiteres unerwartetes Geständnis. „Ja.“ Kaum hatte sie das Wort ausgesprochen, kniff sie die Augen zu und schüttelte den Kopf. „Nein. Ich meine …“ Sie stieß einen genervten Atemzug aus und ließ ihren Kopf hängen. „Ich weiß nicht, was ich will. Ich kann im Moment auf nichts mehr vertrauen.“

„Es gibt eine Sache, auf die du vertrauen kannst.“ Ehe sie ihren Mund öffnen und danach fragen konnte, legte Priest seine Hände um ihre Taille und zog sie an sich. Die eine Handfläche wanderte empor und blieb über ihrem Herzen liegen, die andere glitt tiefer und spreizte sich über ihrem Unterleib.

Und es fühlte sich fantastisch an.

Es war eine besitzergreifende Geste, die sie dazu drängte, die Stärke, um die sie so hart gekämpft hatte, aufzugeben und sich ihm einfach hinzugeben. Eine sanfte und angenehme Vibration strahlte gegen ihren Rücken, eine subtilere Version des Schnurrens, das sein

Panther von sich gegeben hatte, als sie sein Fell gestreichelt hatte.

„Schließ deine Augen, Kätzchen. Atme, und vergiss alles außer dem, was du gerade fühlst.“

So verlockend. So unglaublich verlockend. „Ich bin kein Kätzchen.“

„Und ob du das bist.“ Er flüsterte direkt in ihr Ohr, leise, als ob er sie herausfordern wollte, dagegen zu argumentieren. „So furchtlos und bereit, dass du es kaum erwarten kannst, deine Krallen auszufahren. Und neugierig genug, um in Schwierigkeiten zu geraten.“

Okay, was den neugierigen Part betraf, musste sie ihm zustimmen. Ehrlich gesagt, würde sie ihm genau in diesem Moment so ziemlich alles geben. Die Hitze und die Energie, die von ihm ausgingen, während er sie tiefer und tiefer in diesen wie auch immer gearteten Zauber zog, trübten das, was von ihrem Urteilsvermögen übrig war. Noch nie in ihrem Leben hatte sie sich so sicher, so verbunden mit ihren eigenen Gefühlen und so zu Hause gefühlt.

„Fürchtest du dich jetzt immer noch?“ In seinen Worten lag keinerlei Überlegenheit, es war kein Befehl, nur eine simple Frage, die eine echte Besorgnis in sich trug.

„Nein.“ Wahnsinnig oder nicht, dieser Mann hatte etwas an sich, dem ihre Instinkte und ihr Körper vertrauten. Ganz und gar. Was sie nur dazu brachte, noch stärker dagegen zu rebellieren.

Er holte tief und langsam Luft und rieb sanft seine Schläfe gegen die ihre, ganz ähnlich, wie es sein Panther draußen getan hatte, als er sie markiert hatte. „Du wirst nie sicherer sein, als wenn du mit mir zusammen bist, *mihara*. Was du jetzt empfindest, wird niemals zwischen uns fehlschlagen. Es wird da sein, selbst wenn du auf mich wütend sein wirst. Wenn du bereit bist, es anzunehmen, gebe ich dir alles, was du brauchst.“ Seine Lippen strichen eine Sekunde lang über ihre Wange, und dann trat er zurück.

Die Kälte des Raumes kam augenblicklich und der Verlust seiner Wärme kam ihr wie eine Ohrfeige vor. Katy drehte sich zu ihm und öffnete den Mund, nur um festzustellen, dass sie sich noch nicht entschieden hatte, ob sie ihn zu sich zurückholen oder zum Teufel jagen wollte.

Anscheinend hatte sie in dieser Sache keine große Wahl, denn er war schon fast aus der Küche und seine langen, katzenartigen Schritte führten ihn weiß Gott wohin. „Priest" Sie wusste immer noch nicht, was sie sagen sollte, falls er wirklich stehen bliebe.

An dem massiven Eingang, der die Grenze zum Wohnzimmer markierte, hielt er tatsächlich inne. „Kein Laufen mehr, Kätzchen. Nicht ohne mich. Tate und Jade kennen die Grenzen des Grundstücks und können dich begleiten, wenn du dir mal die Beine vertreten willst, aber nicht mehr."

„Also was jetzt? Habe ich etwa Stubenarrest? Werde ich hinter Schloss und Riegel gehalten?"

Seine Lippen verzogen sich gerade so weit, um klarzustellen, dass sie ihren Kätzchenstatus nur erneut bewiesen hatte, doch das Grau seiner Augen wurde dunkler. „Beschützt. Immer." Sein Blick wanderte gemächlich an ihrem Körper auf und ab, bevor er ihrem Starren begegnete. „Nimm dir den Tag heute und ruh dich aus. Morgen trainieren wir."

KAPITEL 7

Als Priest gesagt hatte, er würde andere Familien in der Gegend kontaktieren, hatte Katy nicht damit gerechnet, dass er *alle* meinte. Mindestens sechzig Leute tummelten sich im Haus, auf dem erhöhten Balkon und in der Schlucht darunter, und die allgemeine Stimmung lag zwischen einem Familientreffen an einem Sonntag und einem Bootcamp. Annähernd die Hälfte der Menschen war in Nannas Alter oder älter. Nanna war übrigens einhundertfünfundzwanzig Jahre alt und nicht fünfundsiebzig, wie sie bei ihrem letzten Geburtstag behauptet hatte. Das war ein weiterer Schock gewesen, den sie zu verdauen gehabt hatte, während sie eine gemütliche Wanderung auf Priests beachtlichem Grundstück gemacht hatte und am Ufer des Sees herumgetrödelt war. Anscheinend wurden die meisten Leute ihres Clans bis zu einhundertfünfundsiebzig Jahre alt, außer wenn sie ein unnatürlicher vorzeitiger Tod ereilte. Übliche Leiden, die die Singura oft in die Knie zwangen, wie Krebs und Herzkrankheiten, hatten keinerlei Chancen bei den magiedurchdrungenen Körpern der Volán.

Zurück auf dem Adirondack-Stuhl auf dem Balkon stützte Katy ihre Füße auf das Geländer und tauschte ihr geöffnetes Laptop gegen ihr Smartphone auf dem Beistelltisch. Die ganze Zeit, seit sie es sich wieder auf ihrem Platz gemütlich gemacht hatte, wanderte ihr Blick zu Priest, der in seinem Garten von der Gruppe der Heiler zu den Kriegern schritt, die sich zum Training zusammengefunden hatten. Zu erfahren, dass er siebenundsiebzig Jahre alt war und wahrscheinlich bis zu dreihundert werden würde, war der größte Schock von allen gewesen. Nanna hatte sich kaputtgelacht, während sie diese Neuigkeit erzählt hatte, doch Katy hatte Probleme damit, es in den Schädel zu bekommen. Er sah keinen Tag älter als maximal fünfunddreißig Jahre aus, stark und unglaublich männlich. Er war ein Alpha, der sich nicht nur nahm, was er wollte, sondern der auch das Selbstvertrauen und die Erfahrung besaß, um sicherzustellen, dass er es in kürzester Zeit bekam.

Am Fuß der offenen Treppe, die hinunter in die Schlucht führte, kicherten einige Frauen, die sich im Kreis der Seher versammelt hatten; darunter war auch das vertraute Lachen ihrer Nanna zu hören. Wie immer, seit sie das Haus betreten hatten, war Jade an ihrer Seite.

Zwei vom gleichen Schlag.

Wenn man es genau nahm, bewegten sich alle hier mit einer vertrauten Verbundenheit. Es zog sich wie ein roter Faden durch jeden von ihnen, trotz ihrer unterschiedlichen Verhaltensweisen und Erscheinungsformen.

Jeder außer Katy natürlich.

Genervt von der neuen Welle von Neid und Selbstmitleid, ließ sie den Fingerabdrucksensor ihres Handys seine Arbeit machen und scrollte durch ihre Kontakte. Vielleicht hatte sie einfach noch nicht ihren Platz in dieser Gruppe gefunden, aber sie war nicht ohne Fähigkeiten oder Beziehungen – auch wenn sie nicht von der magischen Sorte waren.

Sie wählte Davids Nummer und richtete den Bildschirm ihres Laptops so aus, dass die Familiennamen, die Nanna und Priest erwähnt hatten, trotz der hellen Vormittagssonne gut erkennbar waren. Obwohl sie nur zwei Jahre Altersunterschied trennten und sie in ähnlichen sozialen Kreisen unterwegs waren, war David der einzige Freund, den Katy mit ihrem Bruder teilte. Dies war einem glücklichen Umstand zu verdanken, der sich darauf zurückführen ließ, dass Alek einen anderen Strafrechtsstudenten angebettelt hatte, seiner Schwester den Campus zu zeigen. Alek war zu sehr damit beschäftigt gewesen, Röcken hinterherzujagen, um es selbst zu tun.

Nach nur zweimal Klingeln nahm David ab und seine kühne Stimme war zu hören. „Ich weiß, ich habe es vermasselt, aber ich wurde in der Uni von einigen größeren Tests abgelenkt. Ich schwöre bei Gott, ich erledige es morgen."

Katy unterdrückte ein Lächeln. Sie hatte Alek gewarnt, dass David kein guter Wohnungssitter wäre, aber sie hatten nicht viele Möglichkeiten gehabt, so schnell, wie sie ihre Hintern aus der Stadt schaffen mussten. „Eigentlich rufe ich nicht wegen der Post an, aber jetzt, wo du es zugegeben hast, bist du geliefert."

„Oh." Bewegung ertönte durch die Leitung und die gemäßigten Hintergrundklänge eines bizarren Funksongs verschwanden. „Nun, jetzt, wo ich mir das gründlich vermasselt habe, was ist los? Haben du und Alek diesen Kerl gefunden, nach dem ihr gesucht habt?"

Als hätte er Davids Fragen hören können, wählte Priest genau diesen Moment, um hinaufzuschauen und Katy in die Augen zu blicken.

Aber das konnte er gar nicht gehört haben. Oder doch? Es sei denn, er besaß ein super-duper Katzengehör oder so. Es war jedenfalls definitiv etwas, worüber sie später Nanna löchern musste. Am besten jedoch dann, wenn sie außer Hörweite waren. „Wir haben ihn gefunden."

„Und?"

„Und was?"

„Alek hat gesagt, dass ihr ihn braucht, um etwas zu finden, aber Alek hat nie erzählt, was es ist."

Nein, und keiner von ihnen würde es jemals sagen. Nicht, dass David auch nur ein Stück davon glauben würde, wenn sie es überhaupt ausspucken würden.

„Nur eine Familiensache. Nach dem, was Mom und Dad zugestoßen ist, mussten wir ein paar Verwandte ausfindig machen und die Neuigkeit erzählen." Gedankenverloren scrollte sie zurück zum Anfang des Word-Dokuments, das sie erstellt hatte. „Apropos, ich habe mich gefragt, ob du dich nicht an einige deiner Techfreak-Kontakte wenden und sie fragen könntest, ob sie uns nicht bei der Online-Suche helfen würden."

„Was? Du kannst nicht mit der Google-Suche umgehen?" Sein Lachen wurde durch etwas unterbrochen, was sich verdächtig nach dem Biss in einen Apfel anhörte. Oder in ein XXL-KitKat. Das Einzige, was bei David selbstverständlich war, war, dass er Essen entweder in der Hand oder in Reichweite hatte. Komisch, wenn man bedachte, dass er so dürr wie eine Bohnenstange war.

„Nicht diese Art von Suche, Klugscheißer. Ich dachte eher an Genealogie. Oder wie auch immer man Leute sucht, zu denen man den Kontakt verloren hat."

„Aber ich dachte, ihr hättet diesen Typen gefunden."

„Das haben wir ja auch. Es hat sich nur herausgestellt, dass es einige andere Leute gibt, die etwas über Mom und Dad erfahren sollten, aber wir haben keine Kontaktdaten von ihnen. Ich dachte, du könntest vielleicht helfen."

Ein erneutes Kaugeräusch ertönte, aber es war genug Stille dabei, dass sie sicher war, dass David schon einen Plan ausheckte … weil David das immer tat, wenn es um sie ging, und sie dagegen ankämpfte, seit sie ihm begegnet war. „Also, wenn ich dir helfe, überlegst du es dir wegen einem Date, sobald du zurückkommst?"

In der Ferne schnellte Priests Kopf so abrupt empor, dass er von dem Mann, mit dem er gerade trainierte, fast am Schädel getroffen worden wäre.

Damit hatte sich die Frage nach dem Supergehör wohl erledigt.

Für eine Sekunde war sie versucht, es ein wenig hochzuschaukeln und Ja zu sagen, nur um Priest zu foppen.

Aber selbst, wenn sie bereit gewesen wäre, David in die Sache mit hineinzuziehen – was sie überhaupt nicht war –, schmeckte die Idee, zuzustimmen, falsch auf ihrer Zunge.

„Ich habe dir schon eine Million Mal gesagt, dass du das gar nicht willst. Ich kenne nicht einmal den Unterschied zwischen *Supernatural* und *Game of Thrones,* und du bist nichts anderes als ein Popkulturguru. Du brauchst eine Frau mit einer gesunden Netflix-Sucht. Ich besitze nicht mal Kabelfernsehen.“

David räusperte sich. „Du bist ein bisschen komisch, was Fernsehen betrifft.“

Nicht wirklich. Sie hatte nur keine Lust, stillzusitzen und irgendetwas anzusehen. Draußen konnte sie stundenlang sitzen. Aber vor einem viereckigen Kasten in einem stickigen Raum? Nicht wirklich. „Also, wirst du es tun?“

„Sicher, wieso nicht.“ Typisch David. Warum sich wegen irgendetwas Stress machen, wenn man die Dinge erst einmal abschütteln und für eine spätere Beurteilung zur Seite packen konnte? „Kannst du mir die Namen mailen?“

Unten in der Schlucht trat Priest von dem Mann weg, den er gerade in einem leichten Würgegriff gehalten hatte, und blieb neben ihm stehen, um einen alternativen Zug zu demonstrieren.

„Ja“, antwortete Katy. Doch je länger sie Priests Bewegungen zusah, desto schwerer fiel es ihr, bei der Sache zu bleiben. „Ich habe sie schon in ein Word-Dokument geladen. Hast du eine Ahnung, wie lang so was dauern könnte?“

„Ich weiß es nicht. Eine Woche? Vielleicht zwei?“

Nicht gerade die Antwort, die sie hören wollte, aber besser als nichts. „Und schaust du tatsächlich nach unserer Post, ehe der Tag vorbei ist?“

„Ich weiß nicht, warum du es so eilig damit hast. Das

letzte Mal, als ihr beide verreist wart, habt ihr nur Werbung bekommen."

Eigentlich war das nicht alles, was sie bekamen. Bis sie mit ihrem Bruder in eine Zweizimmerwohnung gezogen war, hatte sie nicht gewusst, wie viele Trainings- und Kampfsportmagazine es auf dieser Welt gab. „Ich mag meine Sachen, wo sie sind. Volle Briefkästen sind Leuchtreklame für Einbrecher."

„Richtig. Verantwortungsvolles Verhalten von Erwachsenen. Ich verstehe." Offensichtlich war er mit dem Anruf fertig, denn die Musik, die er leiser gestellt hatte, wurde wieder lauter. „Schieb mir die Namen rüber, und ich sorge dafür, dass sich das mal ein paar Leute ansehen."

Sie tauschten noch einige Nettigkeiten und Albernheiten aus, dann beendete Katy das Gespräch, klappte ihr Laptop zu und schlenderte die Treppe hinunter. Sosehr sie sich unter den Anwesenden wie eine Außenseiterin gefühlt hatte, ganz allein da oben zu sitzen und in Selbstmitleid zu schmoren, war einfach nicht ihre Art. Sie besaß vielleicht keine Magie oder ein eigenes Haus, aber sie war Wissenschaftlerin. Oder würde es werden. Irgendwann einmal.

Nachdem der Mörder ihrer Eltern tot wäre und sie ihr Studium wieder aufnehmen und abschließen könnte. In der Zwischenzeit konnte sie sich darauf konzentrieren, offen zu sein und ihre Neugier hinsichtlich der Menschen um sie herum zu stillen.

Nanna erspähte sie, bevor sie die unterste Stufe der Treppe erreicht hatte, und winkte sie zu der Gruppe der Seher. Diejenigen, die sich dort in dem lockeren Kreis versammelt hatten, waren eine Mischung aus Jung und Alt, doch selbst die älteren Teilnehmer besaßen eine jugendliche Vitalität, die der Norm widersprach, mit der sie aufgewachsen war. Jetzt, wo Katy dies in solch einer Fülle erlebte, musste sie sich ernsthaft fragen, warum sie Nannas Energie und Tatkraft im Vergleich zu den anderen Bewohnern ihres Rentnerdorfes nie infrage gestellt hatte.

Ohne sich die Mühe zu machen, sich von ihrem Platz im Schneidersitz auf dem Boden zu erheben, schnappte Naomi sich Katys Hand, sobald sie in Reichweite war. „Komm, setz dich zu uns, *nahina*. Ich möchte, dass du alle kennenlernst."

Priests tiefe Stimme ertönte hinter Katy, eine Sekunde ehe sich seine Hände um ihre Taille legten und sie daran hinderten, sich auf dem Boden niederzulassen. „Sie kann nach dem Training jeden kennenlernen."

Ihr Herz setzte einen Moment aus und schlug dann in einem rasanten Tempo weiter, als würde sie einen schnellen Lauf absolvieren. Die Überraschung seines plötzlichen Auftauchens hinter ihr vermischte sich mit der gleichen Reizüberflutung, die jedes Mal auftrat, wenn er auch nur weniger als drei Meter von ihr entfernt war.

Die Blicke innerhalb der Gruppe richteten sich auf seine vertraute Berührung an ihren Hüften.

Mit zitternden Händen drückte sie gegen seine, in der Hoffnung, den Kontakt und die damit verbundenen starrenden Blicke zu unterbinden, doch er gab nicht nach. „Du hast dieses ganze Trainingsding hier noch immer nicht erklärt. Es ist nicht einfach, mitzumachen oder sich daran zu erinnern, wofür man trainiert, wenn man nicht einmal weiß, warum man damit anfangen soll."

„Unser Clan war die letzten zwanzig Jahre so gut wie inaktiv", erklärte er. „Wir haben weitere zwanzig gebraucht, um Familien in der Nähe zu finden und zu konsolidieren, und jeden Tag erhalten neue Volán ihre Magie. Du wärst überrascht, wenn du wüsstest, wie viel Clanwissen in dieser Zeit verloren gegangen ist."

„Priest hat vor ein paar Jahren mit dem Training begonnen", erzählte Jade, die neben Nanna saß. „Je mehr Leute in die Nähe zogen, desto weniger war es ihm möglich, Einzeltraining zu geben. Auf diese Weise teilen die Ältesten, die wir noch haben, ihr Wissen, und der Clan bleibt verbunden."

„Wie früher." Die Feierlichkeit in Nannas Stimme zog das zustimmende Nicken der älter wirkenden Leute im Kreis nach sich.

„Jeder lernt die Grundsätze jedes Hauses, die eigenen fortgeschrittenen Fähigkeiten und trainiert dann mit den Kriegern einige Stunden Selbstverteidigung." Als wäre seine Berührung nicht schon besitzergreifend genug, legte er nun einen Arm um ihre Taille und zog sie bündig an seine Brust, während er die Versammelten mit einem ruhigen und souveränen Blick musterte. „Wo wir gerade davon sprechen, eure Trainer sind bereit. Stellt euch in Paaren auf."

Jade kam am schnellsten auf die Beine, aber niemand in der Gruppe schien die bevorstehende körperliche Aktivität zu fürchten. Und nach dem, was sie in den frühen Morgenstunden beobachtet hatte, würde jedes Training mit den Kriegern sehr physisch sein.

Katy wand sich aus seinem Griff, obwohl es sie einiges an Mühe kostete, sowohl logistisch als auch emotional. Egal wie sehr ihr Verstand bei dem Gedanken an seine offene und vertraute Berührung schimpfte, sobald ihr Körper in seiner Nähe war, war es schier unmöglich, loszulassen. „Warum arbeiten alle mit den Kriegern? Was, wenn sie so was nicht mögen?"

Er bemerkte den zusätzlichen Abstand, den sie zwischen ihnen geschaffen hatte, und grinste. „Abgesehen davon, dass Bewegung und Selbstverteidigung gut für sie ist?"

Nun, das war ein Grund. Aber trotzdem… „Jeder sollte wählen können, was für ihn funktioniert. Und nicht jede Selbstverteidigung muss physisch sein." Das war der Grund, warum sie das Pfefferspray an ihrem Schlüsselbund hatte.

Er ging auf sie zu. „Das ist wahr. Aber Krieger sind zum Schutz gedacht. Das Training mit denen, die sie zu beschützen geschworen haben, baut eine tiefere Bindung auf."

Als sie bemerkte, dass sie jeden Schritt, denn er nach vorn machte, mit einem Schritt nach hinten erwiderte, blieb sie stehen und straffte ihre Schultern.

Hohepriester oder nicht, sie würde nicht alles hinnehmen, was er auftischte, so wie es allen anderen scheinbar taten. „Also tun alle einfach das, was du sagst?"

„Gesunde Bindungen funktionieren in beide Richtungen." Als wollte er seinen Standpunkt verdeutlichen, schlang er seine Arme tief um ihre Taille, und sie hob ihre Hände, um sich an seinen Schultern festzuklammern. Eine Aktion, die zu einer ausgleichenden Reaktion führte. „Wenn die Krieger beschützen, erhalten die anderen Sicherheit. Es ist tröstlich für sie, zu wissen, dass sie umsorgt und bewacht werden."

Die Stimmen der Versammelten blieben gleich laut und waren eine Mischung aus Gelächter und Befehlen derjenigen, die das Training leiteten. Die Blätter in den Baumwipfeln über ihnen flüsterten in der sanften Frühlingsbrise, und die Sonne bedeckte alles um sie herum mit einem friedlichen Schein.

Aber all das trat in dem Moment in den Hintergrund. Verblasste im Vergleich zu dem, was auch immer zwischen ihnen geschah. Egal wie sie dieses Gespräch begonnen hatten, Katy war sich sicher, dass sie längst nicht mehr über das Training sprachen.

Und das schockierte sie bis ins Mark.

Sie drückte gegen seine Schultern und befreite sich aus seiner Umarmung. „Ich habe keine Ahnung vom

Kämpfen und von Selbstverteidigung."

„Dann ist es an der Zeit, dass du es lernst."

Auf gar keinen Fall. Es wäre schon schlimm genug, sich vor ihrem Bruder zur Idiotin zu machen, aber das vor mindestens fünf Dutzend Fremden zu tun, war ein absolutes No-Go. „Ich dachte, du hast gesagt, bei dir wäre ich in Sicherheit?"

„Wenn du bei mir bist, ja. Aber was ist, wenn du es nicht bist?" Sie hätte in dem Moment schwören können, dass es sein Panther war, der sie anlächelte. Das Raubtier in ihm schien sich zu freuen, dass seine Beute sich dazu entschieden hatte, zu spielen. „Es sei denn, du sagst, du willst mich die ganze Zeit bei dir haben. Mit diesem Arrangement wäre ich vollkommen einverstanden."

Verdammt.

So viel zum Appell an sein männliches Ego.

Sie verschränkte die Arme und beobachtete diejenigen, die sich fürs Training zu Paaren zusammengetan hatten. Alle außer ihrem Bruder waren damit beschäftigt, entweder auf Einsteigerniveau mitzumachen oder bereits fortgeschrittene Manöver zu absolvieren, die man eher in einem Dojang sah. Alek schob sich zwischen jedes Paar, prüfte jede Bewegung sorgfältig und gab Ratschläge, als wäre er seit Jahren mit diesen Menschen zusammen. „Ich bin mir nicht sicher, ob ich gut darin wäre."

Und wenn es etwas gab, von dem sie glaubte, dass ihr Selbstbewusstsein nicht damit zurechtkäme, dann war es, unter den wachsamen Augen von Priest alles andere als außergewöhnlich zu sein. Nicht mit all den anderen Unsicherheiten in ihrem Leben.

Er stellte sich neben sie und beobachtete die Trainierenden, während seine Stimme voller Versuchung rumpelte. „Ich vermute, meine *mihara* wäre gut in allem, was sie sich vornimmt."

Die Aussage lenkte ihre Aufmerksamkeit von den anderen weg und direkt auf ihn. „Du benutzt dieses Wort immer wieder. Was bedeutet es?"

„Das sage ich dir, wenn es so weit ist."

„Ich denke, jetzt ist es so weit."

Sein Blick fiel auf ihre Arme, die noch immer fest vor ihrer Brust verschränkt waren. Sein Mund verzog sich zu einem schiefen Lächeln. „Nein, noch nicht." Er trat einen Schritt zurück und führte sie Richtung See in der Ferne. „Komm mit mir. Wir laufen zuerst und wärmen dich auf."

„Du weißt so gut wie ich, dass ich heute schon gelaufen bin." Weil er ihr gefolgt war, als sie sich heute Morgen aus dem Haus geschlichen hatte, und ihr damit unverblümt klargemacht hatte, dass ihr Versuch, leise zu sein, in die Hose gegangen war.

„Ich weiß auch, dass du mit allen anderen mitmachen willst, aber keine Ahnung hast, wo du anfangen sollst. Also laufen wir zuerst, damit du etwas Druck ablassen kannst, und arbeiten dann zusammen. Allein und abseits von allen anderen." Arrogant zog er eine Augenbraue empor. „Es sei denn, du hast Angst."

Dieser Mistkerl.

Würden sie Schach spielen, wäre das ein brillanter Zug. Genau die richtige Eröffnung, die praktisch garantierte, dass sie sich kopfüber in jede Situation stürzte. Aber sie würde den Teufel tun und ihm nicht ihrerseits einen kleinen Seitenhieb verpassen, ehe sie nachgab. „Also schön, laufen wir." Sie ging auf den Pfad zu, der sich zum See schlängelte, und unter ihren langen Schritten knirschte das Winterlaub auf dem Boden. „Aber wenn es dir sowieso egal ist, würde ich lieber Zeit mit deinem Panther verbringen."

Sie konnte nicht hören, wie er sich in ihrem Rücken

bewegte, doch die Nähe seiner Stimme bewies ihr, dass er nur wenige Schritte hinter ihr war. „Nicht viele Leute vertrauen meinem Panther mehr als mir.“

„Oh, ich vertraue ihm auch nicht“, erwiderte sie über eine ihrer Schultern, ohne stehen zu bleiben. „Ich finde ihn einfach hübscher als dich.“

KAPITEL 8

Kateri zu beobachten, war etwas Wunderschönes. Diese langen Beine, das blonde Haar, das in der Sonne glänzte, und ihre effizienten, anmutigen Bewegungen.

Atemberaubend.

Priest hielt mühelos Schritt hinter ihr, die Pfotentritte seines Panthers waren nahezu geräuschlos. Zweifellos hatte sie dem Panther und nicht ihm den Vorzug gegeben, um ihn zu necken, aber auch, um das emotionale Gleichgewicht zwischen ihnen wiederherzustellen. Er war tatsächlich dankbar dafür. Nach der Verwandlung hatte die Dunkelheit nur minimalen Einfluss auf Priest. Und das war definitiv ein Bonus, wenn man bedachte, wie viele grafische und animalische Triebe er in den letzten Tagen unterdrückt hatte, was sie anging.

Vor ihnen bog der ausgetretene Pfad nach rechts zum See ab.

Priest sprang ihr voraus und genoss die zusätzliche Dehnung seiner Schultern und Flanken, während er ein wenig Dampf abließ und vom Weg davonschoss.

Ihr Laufrhythmus geriet ins Stocken und sie blieb dann komplett stehen. „Hey, wohin rennst du?"

Er drehte sich um und wartete an dem Platz abseits des Weges.

„Der Weg geht da lang."

Oh ja. Naomi hatte recht bezüglich ihrer Enkelin. Sie wollte ihm folgen, wollte das Leben abseits der Wege erkunden und über die Linien malen, hatte aber im Laufe der Zeit irgendwo gelernt, dass dies nicht erlaubt war. Dass es entweder ungesund oder unklug war.

Das war eine Schande, denn er spürte in ihr erstaunlich viel Leidenschaft. Es war schier ein Wunder gewesen, dass er es geschafft hatte, gestern Morgen von ihr fortzugehen. Die bloße Kraft ihrer Reaktion, als er nur die Arme um sie gelegt hatte, war stark genug gewesen, um sogar die Dunkelheit ausnahmsweise zum Schweigen zu bringen.

Was auch immer der Grund für diese starren Strukturen war, die ihr Leben kontrollierten, er war bereit, dagegen anzukämpfen. Er wollte all diese Barrieren vernichten, um die Frau, die im Innern eingesperrt war, zu befreien und ihr zu zeigen, wie süß sich das Leben anfühlen konnte, wenn man außerhalb der vorgegebenen Pfade wandelte.

Und das ab sofort.

Er hob sein Kinn und drängte sie mit einem ungeduligen Knurren zu sich.

Sie musterte ihn. Das kniehohe Laub zwischen ihnen und in der üppigen Landschaft hinter ihm bewegte sich sanft im Wind. Als Kateri in die entgegengesetzte Richtung des vorgegebenen Fußweges blickte, war er sich fast sicher, dass sie entweder zurück nach Hause gehen oder den Weg allein weiter fortsetzen würde.

Stattdessen jedoch nickte sie und sprang vorwärts. „Also schön, aber tu mir bitte einen Gefallen und lass mich nicht durch irgendwelche Schlaglöcher laufen. Wenn ich mir einen Knöchel breche, kann ich nicht laufen. Und wenn ich nicht laufen kann, werde ich launisch."

Daran zweifelte er nicht eine Sekunde. Tatsächlich hätte er aufgrund ihrer durchtrainierten Beinmuskeln und der Distanz, die sie in den letzten Tagen zurückgelegt hatte, darauf wetten können, dass Laufen ihr einziger Ausweg war, um all ihre aufgestauten Frustrationen und Emotionen loszuwerden. Aber er würde ihr andere Möglichkeiten zeigen, damit umzugehen. Vor allem eine, die in den letzten Tagen enorm viel Raum in seiner Vorstellung eingenommen hatte.

Sobald sie nahe genug herangekommen war, schoss er erneut voraus.

Die Bäume auf diesem Teil seines Grundstückes waren dichter und blockierten zum größten Teil die Sonne, aber die sanft hügligen Hänge sorgten für eine anspruchsvollere Strecke zum Laufen. Er hoffte, dass es Kateri weiter aus ihrer Nachdenklichkeit reißen und dass sie sich mehr auf den Moment konzentrieren würde.

An dem seichten, aber breiten Bach, der zwischen ihnen und dem Ziel, das er gewählt hatte, lag, blieb er stehen und verwandelte sich zurück. Nach seiner Erfahrung war das Knacken und Brennen in seinem Körper, das stets auf den Übergang von Panther zu Mann folgte, mehr ein erwartetes Ärgernis als ein tiefes Unbehagen. Es fühlte sich an, als würde eine Peitsche jeden Zentimeter seiner Haut malträtieren, doch dieses Gefühl akzeptierte er nicht nur, sondern er sah es als Erinnerung daran, seine Gabe zu schätzen. Als Kateri jedoch näher kam und die Vorfreude auf die gemeinsame Zeit allein mit ihr wuchs, verblasste sogar das übliche Kribbeln.

Sie wurde langsamer, als sie das Wasser erreichte, und ihre Lippen hoben sich zu einem sanften, anerkennenden Lächeln. „Ich liebe diesen Klang.“

Das tat er auch. Dieses seichte Fließen von Wasser, das über und zwischen den Kieselsteinen und die größeren Felsen strömte. Es war wie ein Trost, den er oft suchte, wenn seine dunklen Gedanken ihn zu überwältigen drohten. „Das Wasser ist noch kalt, aber ohne Schuhe kommst du besser rüber.“ Er deutete auf einen flachen Felsen, der am Rand des Wassers emporragte. „Lass sie dort und wir holen sie auf dem Rückweg ab.“

„Du willst, dass ich da durchwate?“

„Wenn du an einem sanften und privaten Ort mit toller Aussicht trainieren willst, dann ja.“ Er zog eine Augenbraue empor. „Oder ich könnte dich auch hinübertragen.“

Auch wenn er darauf hoffte, sie würde sich für Letzteres entscheiden, wusste er verdammt gut, dass es bis dahin noch ein sehr langer Weg sein würde. Die Hoffnung darauf unterband sie fast sofort, indem sie ihre Turnschuhe auszog. „Ist es glitschig?“

„An manchen Stellen, aber ich werde dich nicht fallen lassen.“ Er sprang auf einen der breiten Felsen, die nur zum Teil von dem kühlen Wasser bedeckt waren, und streckte die Hand aus. „Aber es ist besser, sich schnell zu bewegen, wenn es so kalt ist. Nicht darüber nachdenken, einfach reinsteigen und losgehen.“

Für sie war das die größte Herausforderung überhaupt. Jede Handlung, die sie unternahm, wurde zuerst gründlich und stundenlang durchdacht. Das war ein Verhalten, das das genaue Gegenteil von der instinktiven Herangehensweise ihres Bruders zu sein schien. „Dein Bruder hat wohl eine ganz andere Einstellung zum Leben als du“, sagte er, um ihr zu helfen, sich aus ihrem übertrieben arbeitenden Verstand zu lösen.

Sie nahm seine Hand und tauchte einen Zeh in das kalte Wasser, das am Ufer entlangströmte. Ein Schauder durchlief sie und ihr Griff an seiner Hand wurde fester. „Anders inwiefern?“

„Er wird von seinem Bauchgefühl geleitet, bewegt sich aus Zwang und natürlicher Einsicht. Warst du schon immer so logisch und reflektiert in dem, was du tust? Oder hast du das an der Uni gelernt?“

Ihr Stirnrunzeln als Antwort wurde schnell durch die Konzentration darauf abgelöst, seinen Weg von Fels zu Fels nachzuahmen. „Teilweise stammt es vermutlich von der Uni. Ursache und Wirkung. Wissenschaftliche Methoden. Hypothesen, die auf systematischer Beobachtung, Messung und Experimenten basieren, liefern stabile und zuverlässige Ergebnisse.“ Sie zuckte mit den Achseln und für einen Moment flatterte eine rohe Verletzlichkeit über ihr Gesicht. „Außerdem schien mein Ansatz einfacher zu sein.“

„Wieso einfacher?“

Sie hielt die Augen abgewandt, blickte jedoch auf jeden vorsichtigen Schritt, den sie tat. Priest hatte das Gefühl, dass mehr in ihr vorging, als sie mit Blickkontakt ertragen konnte. „Dad und Alek haben viel gestritten, während wir aufwuchsen. Dad hat es gehasst, dass Alek nie vorausplant und sein Leben von seinen Emotionen leiten lässt.“ Sie hielt einen Moment inne und runzelte die Stirn, als ob sich gerade ein paar neue Hypothesen zusammensetzten. „Mit dem Wissen, das ich jetzt habe, denke ich, dass er Angst hatte. Angst, dass Aleks Impulsivität ihn dazu bringen würde, seine Gaben anzunehmen, wenn die Zeit gekommen wäre.“

Zweifellos würde er das tun. Alek war ein Krieger durch und durch, der seine Umgebung bereits in jungen Jahren mit den natürlichen Instinkten eines Raubtiers analysiert und verarbeitet hatte.

Sie blieb plötzlich mittendrin stehen und blickte zu ihm auf. „Wie ist es eigentlich?“

Bis zu dieser Sekunde hatten sein Herz und seine Atmung ein gleichmäßiges Tempo beibehalten. Wie ein ruhiger Fluss, der nicht im Geringsten von dem unsicheren Pfad beeinflusst wurde, den sie beide beschritten hatten. Doch mit dieser Frage stieg beides an. Die Gespräche, die sie bisher geführt hatten, waren allesamt sehr zurückhaltend geblieben, als wäre da ein unsichtbarer Schleier der Vorsicht. Doch die jetzige Frage wirkte offen, ehrlich, frei von Angst.

Es war ein Anfang.

Und er würde das unbedingt weiter kultivieren wollen.

„Meinst du die Magie selbst oder die Suche?“

Sie spitzte die Lippen, schätzte die Entfernung zwischen ihr dem trockenen Land ein und ließ seine Hand los. „Die Suche, denke ich.“

Sie lief im Zickzack ihren eigenen Weg zum feuchten

Land, stemmte die Hände in die Hüften und wartete auf seine Antwort.

Zu protzen war unter den gegebenen Umständen wohl eher eine schlechte Idee, aber sowohl Mann als auch Panther waren von dem Aufschwung ihres spielerischen Selbstvertrauens viel zu angetan, um sich nicht ein wenig darauf einzulassen. Er sprang nach vorn, ließ einen umgefallenen Baumstamm und eine besonders knifflige Ansammlung von Steinen hinter sich. Dann landete er direkt neben ihr und hatte damit die gleiche Distanz zurückgelegt, für die sie drei kühne Sprünge gebraucht hatte. „Hast du schon einmal davon gehört, dass keine Schneeflocke der anderen gleicht?"

Sie nickte und brachte ausnahmsweise mal nicht durch einen Schritt etwas mehr Distanz zwischen sie.

„Seelensuchen haben dieselbe Qualität. Sie sind alle einzigartig und nur für die Person bestimmt, die auf die Suche geht."

Er führte sie in Richtung der lehmigen Bucht des Sees in der Ferne.

„Ist es wirklich eine Suche nach etwas? Oder eine Herausforderung, die es zu meistern gilt?"

„In gewisser Weise, aber tiefer."

„Inwiefern tiefer?"

Er lächelte trotz seiner besten Absichten. Eines Tages würden ihn ihre Fragen sehr wahrscheinlich in den Wahnsinn treiben, aber im Moment waren sie einfach nur süß. Sie verhielt sich wie ein entzückendes Kätzchen, das ohne Angst stocherte und herumbohrte. „Weil du nicht körperlichen, sondern emotionalen Herausforderungen gegenüberstehst."

Sie hielt inne und sah ihn an. Anscheinend gefiel ihr nicht nur die Antwort nicht, sondern sie schien auch die Absicht zu hegen, über den Inhalt diskutieren zu wollen.

Er breitete seine Hand auf ihrem unteren Rücken aus und drängte sie sanft vorwärts. „Es ist nicht so bedrohlich, wie es klingt. Wie sonst könnte der Hüter dich mit Magie und einem passenden Begleiter ausstatten, wenn er nicht weiß und versteht, was dich antreibt?"

Sie sah finster zu Boden, war so tief in Gedanken versunken, dass sie sich der wunderschönen Landschaft, die in ihr Blickfeld kam, scheinbar nicht bewusst war. „Wer ist dieser Hüter?"

„Genau das, wonach es klingt. Der Hüter unserer Magie und derjenige, der uns unseren Begleiter gibt."

„Ist dieser Hüter ein Mann?"

„Für mich ist es eine Frau. Für dich könnte sie jemand anderes sein. Oder etwas anderes. Er erscheint jeder Person so, wie diese die Erfahrung am besten verstehen und schätzen kann."

Sie blieb stehen und stemmte beide Hände an die Hüften. „Lass mich raten. Sie ist wunderschön, hat perfekte Kurven und sieht im Allgemeinen aus wie eine Göttin."

Mehr Emotionen. Ein Funken Eifersucht, der kaum eine sehr reale Unsicherheit überdecken konnte.

„Sie hat keine körperliche Form für mich, Kätzchen. Sie ist eine angenehme, aber unsichtbare Präsenz mit einer Stimme, die mich an meine Mutter erinnert." Er trat näher an sie heran und umfasste ihre Kehle, wobei er mit der Daumenkuppe über ihren Kiefer strich. „Wenn sie mich sexuell ansprechen wollte, würde sie aussehen wie du."

Ihr Gesicht wurde weicher und ihre Lippen teilten sich zu einem fast lautlosen Keuchen.

Nimm sie, forderte die Dunkelheit. *Nutz deinen Vorteil. Erzwinge ihre Kapitulation.*

Sein Panther fauchte zur Antwort, wollte seine Gefährtin verteidigen und warnte vor dem unwillkommenen Befehl.

Wie Priest hatte auch sein Raubtier Kateri in den letzten Tagen kennengelernt. Der Panther hatte verstanden und akzeptiert, dass sie zu nichts gezwungen werden konnte. Man konnte sie vielleicht locken und verführen, aber eher würde die Hölle zufrieren, bevor jemand sie in irgendeine Ecke drängte.

Außerdem waren es die Jagd und die Verführung, die die Hingabe einer Frau so viel süßer schmecken ließ. Darin waren er und sein Panther sich absolut einig. Sie waren bereit, alles dafür zu tun, um sich ihre Unterwerfung zu verdienen.

Anstatt ihre Lippen zu nehmen, wie er es sich wünschte, legte er seine Hände auf ihre Schultern und drehte sie zum See. „Ist das privat genug für dein Training?"

Welche Gedanken oder Reaktionen sie auch immer in den emotional angespannten Sekunden zwischen ihnen gehegt hatte, sie wurden von einem Blick auf die abgelegene Bucht fortgewischt. Hoher grauer Fels, der durch jahrelange Erosion geschliffen worden war, umgab sie in einer tiefen U-Form, doch in mindestens fünf der natürlich geformten Abstufungen hatten Gruppen von entschlossenen und robusten Bäumen Wurzeln geschlagen. Im Winter hinterließen ihre nackten Äste ein düsteres, leeres Gefühl, aber im Frühjahr und Sommer vermischte sich das satte Grün ihrer Blätter mit dem tiefen Blau des Sees zu einer natürlichen Oase.

„Ich habe mit dem Gedanken gespielt, ein Haus auf der Spitze der Klippe zu bauen", sagte er. „Das Grundstück östlich dieser Grenze steht seit Jahren leer und zum Verkauf. Ich könnte den Zugangspunkt für eine kurvenreiche Auffahrt nutzen."

„Warum hat es sich nicht längst verkauft?"

„Es ist älter. Nicht so modernisiert, wie es sich viele Käufer, die in diese Gegend kommen, wünschen."

Sie ging vorwärts und blieb erneut stehen, sobald ihre nackten Füße den schmalen Sandstrand berührten. Sie seufzte und wackelte mit ihren Zehen. „Der Boden ist weicher als ein Strand."

Weich genug, dass er sich ihrem Körper anschmiegen würde, wenn er sich auf sie legen, ihre Hüften packen und seinen Schwanz in ihr versenken würde.

Er schüttelte das brennende Gedankenbild von sich. „Es ist nicht die Karibik, aber das Trainieren ist angenehmer als auf festem Boden." Priest trat hinter sie und legte seine Hände an ihre Hüften.

Kateri versuchte, ihn anzusehen. „Was machst du da?"

Er verstärkte seinen Griff und hielt sie fest. „Ich bringe dir ein paar Grundlagen bei, damit du dich dem Rest unseres Clans anschließen kannst, wenn er trainiert. Jetzt entspann dich und stell deine Füße hüftbreit auseinander."

In den folgenden dreißig Minuten trainierte er mit ihr und zeigte ihr einige rudimentäre Selbstverteidigungsmechanismen, die jede Frau ihres Clans lernte. Er hielt sich dabei an diese gezwungene Distanz, die er innerlich jedoch nicht empfand. Jedes Streifen ihrer Haut gegen seine war sowohl ein Nervenkitzel als auch die reinste Folter, und ihr Duft nach Jasmin haftete an ihm, selbst wenn er ihr Raum gab, um Bewegungsabläufe zu üben, die er ihr gezeigt hatte. Noch verlockender war, wie schnell sie lernte. Ob es der Drang war, diejenigen einzuholen, die sie heute Morgen beobachtet hatte, oder ob es sich dabei um eine natürliche Begabung handelte – es gab nur wenig, was er ihr vorgab, was sie nicht beim zweiten oder dritten Versuch richtig wiederholte.

Wie beim Laufen war es berauschend, sie dabei zu beobachten.

Anmut und Grazie in Bewegung.

Und sie war *sein*. Sie öffnete sich ihm, interagierte so leicht mit ihm, stellte Fragen mit dem zielstrebigen Fokus einer wissbegierigen Schülerin, die nach Informationen hungerte.

Sie absolvierte eine Reihe von Blocks, hielt inne, als

würde sie ihre Leistung in ihrem eigenen Kopf wiederholen und bewerten. Dann wandte sie sich ihm zu und ihre blaugrauen Augen leuchteten vor Aufregung. „Okay, ich glaube, das habe ich verstanden. Was sonst noch?"

Was sonst noch, in der Tat. Er rieb den flachen Sandstein, den er vom Strand aufgesammelt hatte, und erhob sich. Er ließ den Felsen, von dem aus er sie beobachtet hatte, und das kühle Wasser, mit dem er sich am liebsten übergossen hätte, weit hinter sich. „Bist du bereit für mehr? Etwas mit mehr Kontakt?"

Gott wusste, dass er es war. Nicht, dass er sicher war, dass er noch viel Entschlossenheit in sich hatte.

Sie beäugte ihn, während er näher kam, und behauptete sich mit dem gleichen sturen Stolz, den er bereits zu schätzen gelernt hatte, doch gesunde Vorsicht zeichnete ihre Gesichtszüge. „Welche Art von Kontakt?"

„Die Art von Kontakt, aus der man sich befreien sollte. Ehrlich gesagt, bin ich überrascht, dass dir dein Bruder nicht schon längst etwas darüber beigebracht hat."

Sie schnaubte und stemmte die Hände in die Hüften. „Mein Bruder hat aufgehört, mir irgendetwas beibringen zu wollen, seit er zehn ist. Er sagte, ich hätte zu viele Fragen gestellt, um tatsächlich etwas zu lernen."

„Hatte er recht?"

Sie rümpfte ihre Nase und zuckte mit den Achseln. „Ich war acht, und er hat versucht, mir einige Taekwondo-Übungen beizubringen, die er im Training gelernt hatte. Ich habe den Sinn darin nicht gesehen und wollte, dass er mir erklärt, wozu die Schritte gut sind."

„Ich wette, das ist richtig gut angekommen."

„Wie ich bereits sagte – er hat aufgegeben."

Priest umkreiste sie und trat hinter sie. „Das werde ich nicht." Er schlang seine Arme um ihre Schultern, und bevor sie seine Absicht erraten konnte, zog er sie fest an sich und drückte ihre Arme effektiv gegen ihren Oberkörper. Wie erwartet kämpfte sie, doch sein Griff war zu fest, sein Stand zu ausgeglichen, als dass irgendeine ihrer Methoden ihn aus dem Gleichgewicht hätten bringen können.

„Entspann dich", riet er ihr und zwang sich den Befehl ruhig auszusprechen.

Sie erstarrte fast augenblicklich, aber ihr Herz hämmerte hart gegen seine verschränkten Hände. Ihr Brustkorb hob und senkte sich heftiger als nach einem ihrer Sprints.

„Erste Lektion: Keine Panik. Beruhige deine Gedanken und finde deine Mitte. Deine Instinkte können dich nicht leiten, wenn dein Verstand zu laut schreit, um ihren Input zu hören."

Sie drehte ihren Kopf weit genug, um zu ihm aufzublicken und ihre Stirn zu runzeln. „Es geht nicht um Instinkte, es geht hier um Schritte, Tricks und Techniken."

„Das sind die Grundlagen, aber es sind deine Instinkte, die dir sagen, wann du was einsetzen musst."

Die Furchen auf ihrer Stirn wurden tiefer, als hätte er ihr gerade nicht nur gesagt, dass die Erde flach sei, sondern das zwei plus zwei gleich zehn ergeben würden. Da er sie nicht zu tief in ihren Analysemodus eintauchen lassen wollte, drückte er sie fester an sich, um ihre Aufmerksamkeit zu erregen. „Nun möchte ich, dass du dein Gewicht direkt nach unten fallen lässt. Beug deine Knie, bis du die Arme frei genug hast, um zu entwischen."

Gott, sie war einfach süß. Ihr Wissenschaftlerhirn hielt inne, um seinen Griff zu studieren, während ihr Verstand zweifellos die logischen Grundlagen seiner Anweisung zusammenstellte. Verständnis blitzte in ihrer Mimik auf und sie ließ sich wie ein Stein fallen, doch anstatt sich zu drehen, wie sie es hätte tun sollen, landete sie mit ihrem Hintern auf dem Sand.

„Gut."

„Gut?" Sie drehte sich um und funkelte ihn an. „Ich habe es gerade geschafft, dass irgendein Arschloch mich auf dem Boden festnageln kann, anstatt zu entkommen."

„Wenn du es also im echten Leben vermasselst, weißt du, dass du dich abrollen, aufstehen und außer Reichweite kommen musst, eher derjenige kapiert, was gerade passiert ist." Wenn es denn jemand wagen würde, Hand an sie zu legen, wäre er hoffentlich schlau genug, sich selbst die Kehle durchzuschneiden, bevor er ihn finden würde. Denn der Tod, den er servieren würde, wäre alles andere als schön.

Er wirbelte sie herum und umklammerte sie erneut. „Dieses Mal schneller. Denke flüssig und fix."

Und das tat sie auch, überraschte ihn damit, wie schnell sie im Vergleich zu ihrem ersten mehr analytischen Versuch nun agierte.

Ihr Fallenlassen war noch immer zu steil, doch diesmal fing sie sich ab, rollte beiseite und sprang außer Reichweite.

Immer wieder übten sie die Bewegungsabläufe und fügten der Routine jedes Mal neue Elemente hinzu. Nachdem sie ausreichend gelernt hatte, wie sie mit allen möglichen Hindernissen, die ihr in den Weg geworfen werden könnten, entkommen konnte, ging er über zu fortgeschrittenen Techniken.

Einfache Würfe. Schlagpunkte.

Nichts davon verunsicherte sie. Je mehr sie jedoch trainierte, desto mehr entzündete sich ihre schlummernde Energie. Teile ihrer vorsichtigen Zurückhaltung lösten sich auf und offenbarten rohe, ungenutzte Emotionen.

Sie war so mächtig. Auf alle Fälle feminin, mutig und furchtlos. Doch darunter lag etwas Unerwartetes. Eine

fein geschliffene Wut, die der Dunkelheit in ihm ebenbürtig war.

Nur schien ihre an einer wesentlich kürzeren Leine zu
liegen.

Mit der Geschwindigkeit und Effizienz einer Person,
die monatelang, statt wie sie gerade mal ein paar Stunden trainiert hatte, wich sie aus, drehte sich und entkam
seinem Würgegriff. Sie packte seinen Nacken, drückte
seinen Kopf mit aller Kraft nach unten und rammte ihr
Knie nach oben.

Priest fing es ab, trat ihr Standbein unter ihr weg und
drückte sie auf den Boden.

Ihr erschrockenes Schnaufen berührte sein Gesicht,
und ihre Augen wurden größer vor Überraschung.
„Was war das?"

„Eine kleine Erinnerung. Alles kann sich in einer Sekunde verändern und Selbstüberschätzung kann dich
töten." Ohne darüber nachzudenken, strich er ihr eine
schweißnasse Strähne ihres Haares von der Wange und
umfasste ihr Gesicht.

Eine einfache Berührung. Aber damit veränderte sich
ihr Verhalten. Die Schutzschilde, die sie in der Zeit, die
sie allein verbracht hatten, gesenkt hatte, waren zu weit
unten. Daher konnte sie das Bedürfnis, das diese Berührung in ihr auslöste, nicht verbergen. Es lag ein
Hunger in ihrem Blick. Ihr Mund wurde weicher.

„Ich glaube, du hast genug für heute." Die Logik sagte
ihm, dass er sich bewegen, ihr Zeit und Raum geben
und sie in ihrem Verlangen schmoren lassen sollte.

Damit sie neugierig und gierig auf mehr werden würde.

Stattdessen blieb er da, wo er war.

Unter ihm zitterte ihr Körper. Ihre Brust hob und
senkte sich heftiger als während des Höhepunktes ihres
Trainings, und ob sie es merkte oder nicht, ihre Fingernägel gruben sich in seine Schultern. Es war, als ob sie
sich nicht entscheiden könnte, ob sie ihn wegstoßen

oder an sich ziehen sollte.

Sowohl das Raubtier als auch der Schatten in ihm verlangten laut, sie endlich zu nehmen, den verletzlichen Moment zu nutzen und zu behaupten, was ihnen gehörte. Konsequenzen spielten dabei für sie keine Rolle, sondern nur, dass das Raubtier nach seiner Beute hungerte und seine Dominanz sich nach ihrer Unterwerfung sehnte. Jetzt. Hier. Wild, ohne jegliche Gedanken an Zivilisiertheit oder Realität.

Aber er hatte ihr ein Versprechen gegeben. Er hatte ihr geschworen, ihr zu geben, was er konnte, wenn sie bereit dazu war und akzeptieren konnte, was zwischen ihnen brannte. Seine Finger umklammerten ihren Kopf, als ob ihm das die Kontrolle geben könnte, die er brauchte, um sich im Zaum zu halten. Priest ließ seine Lippen über ihre Kinnlinie gleiten. „Es sei denn, du willst mehr.“

Ihr Atem stockte bei dem sanften Kontakt und sie bog ihren Hals und entblößte damit unschuldig diese so verletzliche Hautpartie.

Es wäre so einfach, sie zu nehmen, ihr Fleisch mit den Zähnen und Lippen zu markieren, sie auszuziehen und sich in ihr zu vergraben, sie mit seinem Duft zu bedecken und sie mit seinem Samen zu füllen.

Er umfasste ihr Kinn und drehte ihr Gesicht zu sich. „Öffne deine Augen, *mihara*.“

Ihrer Lider hoben sich und die sonst übliche Helligkeit ihrer graublauen Augen wurde von Begierde und Unsicherheit verdunkelt.

„Du fühlst es, nicht wahr? Diese Anziehung, dieses Verlangen zwischen uns.“ Seine Daumenkuppe glitt über ihre Unterlippe, und allzu schnell formte sich ein Bild in seinem Geist, wie dieser Mund seinen Schwanz aufnahm, während seine Hand sich in ihr Haar krallte und ihren Kopf dirigierte. „Du willst es, obwohl du es nicht verstehst.“

Ihr Blick fiel auf seine Lippen, und sie leckte den Pfad entlang, den zuvor sein Daumen bei ihr erkundet hatte. Ihre Stimme war kaum mehr als ein Flüstern, Angst und Verlangen waren deutlich in ihrer wehrlosen Antwort zu hören. „Ich muss es verstehen."

„Nein, musst du nicht. Du musst es fühlen, es für dich in Besitz nehmen."

Dich einfach hingeben.

Worte, die er nicht wagte, ihr zu sagen. Noch nicht. Er senkte seinen Kopf, strich mit seinem Nasenrücken über ihren und atmete tief ein. „Du willst meinen Mund genauso sehr, wie ich deinen. Du willst loslassen und sehen, was dich auf der anderen Seite erwartet." Er wich nur so weit zurück, um ihrem Blick begegnen zu können; ihre Lippen waren nur wenige Millimeter voneinander getrennt. „Nimm es dir. Nimm dir, was dir gehört, und vertraue mir, dass ich dich beschütze."

Die Hitze in ihren Augen blitzte weißglühend auf, und ihre Fingernägel gruben sich in seine Muskeln, als wären sie alles, was sie vor einem tiefen Fall bewahren könnte.

Eine Sekunde.

Zwei.

Und dann lagen ihre Lippen auf den seinen.

Voll. Weich. Heiß und voller Verlangen. Eine Frau voller Begierde, die sich ihrer Macht nicht bewusst war, aber ihren Anspruch geltend machte.

Er gab es ihr, umfasste ihren Hinterkopf und übernahm die vollkommene Kontrolle. Priest leckte über ihren Mund, streichelte mit seiner Zunge über die ihre und genoss ihren einzigartigen Geschmack. Sie stöhnte in seinen Mund, zog ihn näher an sich und vergrub ihre Finger in seinem Haar. Ihre Zähne streiften seine Lippen, als ob sie verzweifelt nach mehr verlangte, aber frustriert wäre von der Ungewissheit, wie es weitergehen sollte.

Er hatte genug Ideen für sie beide. Da war ein endloser Strom an fleischlichen Bildern in seinem Kopf, die das eskalierende Feuer zwischen ihnen nur noch mehr anfachte. Er stupste ihre Schenkel mit seinen an und ihre Beine öffneten sich für ihn. Eifrig wiegte er seine Hüften gegen ihren Unterleib.

Perfekt. Ihr Körper war so nachgiebig und hieß sein Gewicht willkommen. Den harten Druck seines Schwanzes an ihrem Geschlecht, und nur ihre Joggingshorts und seine Hose trennten sie voneinander.

Sie gehört uns.

Nimm sie.

Beanspruche sie.

Gott, wie sehr er das wollte. Er wollte seine Finger durch ihre Schamlippen gleiten lassen, zusehen, wie sein Schaft in ihr versank, nur um noch tiefer in sie einzudringen und sie stöhnen zu hören. Er wollte spüren, wie ihre Pussy um ihn herum pulsierte, wenn sie kam.

Er rollte seine Hüften und sie rieb sich ebenso an ihm. So empfänglich, offen und ohne Hemmungen.

Vertrau mir, dass ich dich beschütze.

Noch ein Versprechen, das er brechen würde, wenn er jetzt nachgäbe.

Seine Wildkatze knurrte und die Dunkelheit heulte auf, als er sich zurückzog.

Bis sie die Augen öffnete.

Mensch, Tier und Schatten starrten auf sie herab. Diese vor Leidenschaft schweren Lider umrahmten benommene, aber verträumte Augen. In diesem Moment war nichts mehr zwischen ihnen. Außer Vertrauen und die Anfänge einer zerbrechlichen Bindung, die er beinahe mit seiner Lust zerstört hätte.

Zum ersten Mal seit dem Verrat seines Bruders verhielt sich die Dunkelheit in ihm zahm und still. Sprachlos. Ein kämpferisches Kind, das eine welterschütternde Wahrheit begriff und in weniger als einem Sekundenbruchteil erwachsen geworden war.

Sie war nicht bloß ein Besitz, den man sich nahm oder den man zähmte. Sie war ein Schatz. Ein Schatz, der um jeden Preis geschützt werden musste.

Sie ist genau das, was du brauchst, um das Gleichgewicht zu finden.

„Naomi hatte recht", flüsterte Priest.

Er war sich nicht sicher, ob er mit Kateri oder eher mit sich selbst sprach, aber sie war es, die antwortete. Ihre Stimme war so leicht wie der Wind, der vom See herüberwehte. „Mit was hatte sie recht?"

Er stützte seine Unterarme auf den weichen Sand und umrahmte ihr Gesicht. Die Wahrheit gab ihm zum ersten Mal seit einem halben Jahrhundert wieder Hoffnung. Es existierte nur eine Sache, die die Schatten vernichten konnte. Nur eine Heilung, um den dunkelsten aller Schleier zu lüften.

„Du bist mein Licht."

KAPITEL 9

Drei Tage hatte Katy gewartet. Drei sehr lange, unangenehme Tage, die sie ständig in Priests Gegenwart verbracht hatte und in denen es keinen weiteren Kuss mehr zwischen ihnen gegeben hatte. Allerdings musste sie zugeben, dass es ein großer Bonus war, das Haus nach fast einer ganzen Woche ohne öffentliche Gesellschaft verlassen zu können. Selbst mit High-Speed-Internet und einem stetigen Strom von Clanmitgliedern, die vorbeigekommen waren, um ihr Gesellschaft zu leisten oder ihr mehr über ihre Herkunft beizubringen, konnte sie nur eine bestimmte Menge dieser immer gleichen Szenerie ertragen.

Sie bewegte sich auf dem Rollhocker, den sie sich von Tates Tätowierplatz im Studio stibitzt hatte, und neigte den Kopf, um das Design besser sehen zu können, das Priest mühsam auf den Unterarm des stämmigen Mannes stach. Jede seiner Bewegungen war selbstbewusst. Jeder Stich der Tattoonadel war wie mit göttlicher Hand geführt statt mit seiner.

Okay, vielleicht waren die letzten drei Tage für sie unangenehmer gewesen als für ihn. Während sie sich mit einer gesteigerten Wahrnehmung und der Unsicherheit eines pickeligen Teenagermädchens herumgeplagt hatte, schien Priest es sich in einer überraschend ruhigen Haltung gemütlich gemacht zu haben. Er wirkte so selbstbewusst und unaufgeregt wie die unauslöschlichen Linien, die er auf die Haut des Mannes vor ihr zeichnete. Es war weit weniger intensiv gewesen als ihre ersten gemeinsamen Tage.

Nein, das war nicht ganz richtig. Die Intensität war noch immer da, aber etwas hatte sich verändert, seit er sie geküsst hatte. Etwas, was den hungrigen Jäger beruhigt hatte. Zumindest vorerst.

Er beobachtete sie jedoch. Ständig. Selbst dann, wenn

sie ihn nicht auf frischer Tat dabei ertappte – und das tat sie oft, weil er es nicht verbarg –, spürte sie es. Es war jedes Mal so, als ob sich eine unsichtbare Kraft aus der Luft um sie herum ausbreitete und ihre Haut mit einer funkelnden Wahrnehmung bemalte. Und wenn sie seinen hungrigen Blick erwiderte, lag stets etwas Unterschwelliges darin. Eine stumme Herausforderung, dem aufwirbelnden Verlangen nachzugeben, das sie anscheinend nicht stillen konnte, egal was sie versuchte.

Nimm dir, was dir gehört, und vertrau mir, dass ich dich beschütze.

Das wollte sie. Das wollte sie so sehr. Doch was dann? Etwas sagte ihr, dass es ein alles veränderndes Event wäre, sich auf mehr mit Priest einzulassen, statt nur einen Juckreiz zu stillen.

Die Stimme des Kunden unterbrach ihre grübelnden Gedanken. Der Klang war so schroff wie Hanks gesamtes Auftreten. „Priest ist verdammt gut, nicht wahr?"

Gut traf es nicht einmal im Ansatz. Abgesehen von der Grafik war sie einfach schon davon fasziniert, ihn bei der Arbeit beobachten zu können. Als wäre der Prozess allein ein heiliges Unterfangen. Eine Art flüssige Meditation.

Und seine Hände …

Mehr als einmal hatte sie sich gewünscht, er würde die Nadel zur Seite legen und seine Hände so einsetzen, wie er es am See getan hatte. Sicher, er hatte sie manchmal berührt, nachdem er sie an diesem Tag auf die Füße gezogen und nach Hause geführt hatte. Und er hatte oft beiläufig seine Zuneigung bekundet, die sie erregt und ruhelos gemacht hatte, aber daran war nichts Heftiges oder Besitzergreifendes gewesen. Jedenfalls nichts, was dem gleichkam, wie er sie festgehalten und geküsst hatte. Die Tatsache, dass sie sich genau danach sehnte, machte sie wahnsinnig. Seit sie auf Dates ging, hatte sie sich nie für den anmaßenden, kontrollierenden Typ interessiert. Aber bei Priest?

Ja, alles, was ihn betraf, ließ sie zu jeder Schandtat bereit sein.

„Er ist sehr begabt", brachte sie hervor.

Priest hielt in seiner Arbeit inne und hob seinen Kopf gerade weit genug, um Augenkontakt mit ihr herzustellen. Ein schiefes Grinsen verzog seinen Mund.

Hank warf den Kopf in den Nacken und johlte so laut, dass er die Wände zum Wanken brachte. „Begabt." Er konzentrierte sich auf Priest. „Ich denke, das ist ein Schickimicki-Ausdruck dafür, dass man ein kleines Vermögen verlangen kann."

Priest schüttelte den Kopf und machte sich wieder an die Arbeit, anstatt etwas darauf zu erwidern, was Hanks Aussage so gut wie bestätigte.

Auch das war ihr in den letzten drei Tage aufgefallen. Bei den meisten Leuten war Priest recht wortkarg. Nicht gerade schroff, aber sehr sparsam, was seine Art der Kommunikation betraf. Prägnant und auf den Punkt.

Außer bei ihr.

Bei ihr hatte er sich geöffnet. Meist nach ihrem morgendlichen Lauf, wenn sie auf der erhöhten Veranda gemeinsam Kaffee tranken und den Sonnenaufgang beobachteten. Es war eine Routine, die sie nicht nur willkommen hieß, sondern inzwischen regelrecht herbeisehnte. Eine weitere Kuriosität, da sie diese Zeit sonst allein für sich hatte, aber sie genoss es wirklich. Es lag nicht nur an der Art, wie er erzählte, wenn sie danach fragte, wie das Clanleben früher gewesen war, bevor sein Bruder es sabotiert hatte. Es hing auch damit zusammen, wie er zuhörte, wenn sie ihm Teile aus ihrem Leben erzählte. Es kam ihr vor, als ob er alles an ihr schätzte, selbst die Dinge, die sie für uninteressant hielt.

Das Surren der Tätowiernadel verstummte und Priests Aufmerksamkeit richtete sich zur Seite. Sein Blick wirkte drei oder vier Sekunden lang wie distanziert, ehe er sich wieder seiner Arbeit zuwandte.

Doch sein Fokus war anders. Die Veränderung war kaum wahrnehmbar. Definitiv nichts, was Hank aufgefallen wäre, und wahrscheinlich bemerkte sie es nur, weil sie Priest genau beobachtet hatte. Und es war auch nicht das erste Mal, dass er sich so verhielt.

„Kätzchen, bitte Jade, Hank zu verbinden". Er hatte es so leise und ruhig ausgesprochen, dass Katy einen Herzschlag länger dazu brauchte, bis die Worte in ihren Verstand gesunken waren.

Anstatt zu tun, was er verlangte, betrachtete sie Priests Arbeit genauer. „Wow, ich wusste nicht, wie nah es dran war, fertig zu sein."

„Ich auch nicht", grummelte Hank vor sich hin, dennoch mischte sich ein gewisses Maß an Anerkennung in seine Aussage.

Priest richtete sich auf, betrachtete das fertige Produkt eine Sekunde lang und hob dann seinen Blick zu Katy.

Er wartete.

„Oh, richtig." Sie eilte aus dem privaten Bereich und fand Jade vor der Vitrine, wo sie sich mit zwei jungen Mädchen unterhielt. „Hey, Jade, Priest hat gefragt, ob du Hank verbinden kannst."

Stirnrunzelnd hielt Jade einen Finger in Richtung der kurzhaarigen Blondine, die den Schmuck unter dem Glas betrachtete. „Gib mir eine Minute." Sie umrundete die Theke und eilte zu Katy. „Stimmt etwas nicht?"

„Nicht dass ich wüsste. Warum?"

„Weil ich an einer Hand abzählen kann, wie oft Priest seine eigene Arbeit nicht beendet hat, und dann bleiben noch vier Finger übrig."

Ehe Katy nachhaken konnte, was sie damit meinte, betrat Jade das Hinterzimmer und stemmte beide Hände in die Hüften. „Was ist los?“

Trotz ihrer kühnen Ankunft räumte Priest weiterhin seine Ausrüstung auf und hatte den Rücken zum Raum gewandt. „Du musst Hank bandagieren und die restlichen Termine für heute verschieben, es sei denn, Tate kann meine Klienten übernehmen.“

„Tate ist großartig, aber er ist nicht du. Wir müssen umplanen.“

„Dann tu das.“ Schließlich drehte Priest sich um und schenkte Jade einen Blick, der deutlich mehr sagte als die Worte, die er aussprach. „Es ist etwas dazwischengekommen.“

Yep.

Es war eindeutig einer dieser Blicke, der sagte: Du verstehst schon.

Und brachte genau das Katy nicht dazu, an Themen zu rütteln, die besser unangetastet blieben?

„Also gut, Hank.“ Jade zog sich ein paar sterile Latexhandschuhe über, die sie aus dem Wandspender genommen hatte. „Sieht wohl so aus, als würdest du heute Schönheit statt Talent bekommen, um dich zu versorgen.“

„Awww, ich weiß nicht so recht.“ Hank reckte sein Kinn in Richtung Katy und grinste. „So, wie sie Priest die letzten drei Stunden angeschmachtet hat, würde ich sagen, dass er in ihren Augen wohl als hübsch einzustufen ist.“

„Wirklich?“ Jade ließ sich auf Priests Hocker nieder, blickte zu Katy und wackelte mit den Augenbrauen. „Erzähl mir mehr. Was habe ich verpasst?“

Priest warf seine Handschuhe in den Mülleimer und drehte sich um. „Hank, wie wäre es, wenn du ruhig bleibst und Jade sich konzentrieren lässt, damit sie dich fertig macht und du hier raus kannst?“

„Bekomme ich bei der nächsten Sitzung einen Rabatt?“

„Gebe ich jemals Rabatte?“

Hank schmollte und wirkte wie ein Kleinkind, dem man gerade den Schokoriegel weggenommen hatte, bis sein Blick auf Katy fiel. „Wird sie das nächste Mal hier sein?“

Ohne sich die Mühe zu machen, Hank Aufmerksamkeit zu schenken, ging Priest zu Katy, legte ihr die Hände auf die Schultern und drehte sie zur Tür. „Oh, sie wird hier sein.“

Hanks mürrisches Lachen begleitete sie zum Hauptraum des Tattoostudios. Trotz der legeren Unterhaltung, die sie hinter sich gelassen hatten, konnte Katy ihre Neugier und den scharfen Fokus von Priest nicht abschütteln. „Ist irgendetwas nicht in Ordnung?“

Er legte seine Hand in ihren Nacken und drückte ihn sanft und beruhigend. „Alles gut. Nur hat mein echter Job Vorrang vor diesem hier.“ Er klopfte an die Tür zu dem Raum, in dem Tate seine Tätowierungen machte, und erntete das Kichern von dem Mädchen-Trio, das vor einer Stunde dahinter verschwunden war.

„Was soll das heißen?“, wollte Katy wissen.

Anstatt zu antworten, öffnete Priest die Tür, musterte die beiden Frauen an der Seite und die dritte, die mit dem Gesicht nach unten auf der Liege lag. Tate saß etwas versetzt daneben, und seine Konzentration galt dem Tattoo, das er in die Haut ihres Nackens stach. „Hey, um wie viel Uhr machst du heute Schluss?“

Das stetige Surren verstummte und Tate wischte die überflüssige Tinte fort, bevor er aufsah. „Ich habe danach noch einen Termin und dann noch all die, die so vorbeikommen. Warum, was ist los?“

Die gleiche nonverbale Kommunikation, die er mit Jade zuvor gehabt hatte, schien jetzt auch zwischen ihnen stattzufinden, obwohl Priest diesmal ein wenig mehr in die Mischung fügte. „Ich habe zu Hause einen Job zu erledigen.“

Verständnis schärfte Tates Blick und er sah Katy an. „Willst du, dass Katy hierbleibt?“

„Nein.“ So scharf, wie dieses Wort über seine Lippen kam, hätte er genauso gut sagen können: Eher friert die Hölle zu. „Ich habe mindestens eine Stunde Zeit. Vielleicht etwas mehr. Sie fährt mit mir nach Hause.“

Und das war es. Abgesehen von dem typisch männlichen Kinnheben gab es keinerlei weitere Informationen.

Katy eilte Priest in den Pausenraum hinterher, so sehr darauf bedacht, mit ihm Schritt zu halten, dass sie beinahe in seinen Rücken gekracht wäre, als er stehen blieb und seine Sachen an der Hintertür zusammensammelte. Peinlich berührt von ihrer Ungeschicklichkeit und ihrem hündischen Verhalten, zog sie sich zurück und studierte die Kunstwerke, die an der Wand angebracht waren. Sie war wild dazu entschlossen, ihre Fragen für sich zu behalten.

Im Gegensatz zu den Designs, die eher für die Laufkundschaft gedacht waren, wirkten diese hier viel komplizierter und waren ausschließlich aus Priests Feder. Alle zeigten entweder Tiere, Natur oder Knoten und Symbole, wie sie auf seinem Oberkörper eintätowiert waren. Doch ihre Details waren so lebendig, dass es schien, als wären sie echte Wesen, die in der Zeit eingefroren waren. Die meisten davon waren in Schwarz gehalten, aber einige von ihnen waren mit einer einzigen Akzentfarbe durchwoben.

„Was meintest du eben mit deinem echten Job?“

Weiter so, total glatt. Sehr lässig.

Priest sah sie an und grinste. „Ich meinte den, in dem ich mich um meinen Clan kümmere.“

Nun, logisch. Ein schwer zu vergessenes Detail, wenn man bedachte, was sie in der letzten Woche alles gehört und gesehen hatte. Sie drehte sich wieder um und studierte weiter das Kunstwerk, in der Hoffnung, ihre Wangen wären nicht so rot, wie ihr heiß geworden war.

„Es handelt sich um eine Seelensuche, Kätzchen.“

Das erregte ihre Aufmerksamkeit wie kaum etwas anderes. Sie wirbelte herum und ihr lagen eine Unmenge an Fragen auf der Zunge. „Jemand hat gerade jetzt eine?“

„Nein. Noch nicht. Aber bald.“

„Und woher weißt du das?“

Er zuckte mit den Achseln und steckte seine Geldbörse in die Gesäßtasche. „Ich weiß es einfach. Ich fühle es. Genauso, wie man es spürt, wenn man das Licht zu Hause angelassen hast oder von etwas weggegangen ist, was man eigentlich nicht wollte. Nur wird es mit der Zeit stärker, wenn es für die Person so weit ist.“

Das war also die Distanz gewesen, die sie während seiner Arbeit gespürt hatte. Darauf hatte er sich konzentriert. Und obwohl sie die Analogie von Tag zu Tag mehr verstand, war das Konzept, durch eine so mystische Verbindung an eine andere Person gebunden zu sein, schwerer zu begreifen. „Das ist seltsam.“

„Nicht wirklich. Eher notwendig. Wenn ich keine Vorwarnung bekommen würde, ehe mich der Hüter in die Anderswelt zieht, wer weiß, wo ich wäre und was ich tun würde. Das Gefühl alarmiert mich und gibt mir die Zeit, einen privaten Ort aufzusuchen.“

„Aber was ist, wenn die Person, der du helfen sollst, weit weg ist? Wie kommst du schnell genug zu ihr?“

Er lächelte, und dieses vollumfängliche Lächeln deutete auf Übermut und alle möglichen schmutzigen Ideen hin, wenn genügend Zeit und Gelegenheit da wäre. Priest ging auf sie zu. „Ich bin nicht physisch bei ihnen. Nur in der Anderswelt. Aber du wirst es früh genug sehen.“ Er drehte sie um, deutete auf die Designs an der Wand und legte seine Hände an ihre Hüften. „Wenn ich dir deine eigene Tätowierung geben würde, was würdest du wollen?“

Etwas weiter unten an der Wand hing eine Schwarz-

Weiß-Darstellung einer tropischen Bucht; der Vollmond spiegelte sich auf der glatten Wasseroberfläche und exotische Blumen waren sorgfältig in das Design eingestreut. Ein Panther trottete am Ufer entlang. Er war nicht der Mittelpunkt des Bildes, sondern eher eine kraftvolle Präsenz, die sich vordrängte und bereit war, die Kontrolle zu übernehmen.

Es war so schön und unheimlich ähnlich den Gefühlen, die in ihr tobten.

„Ich bin mir nicht sicher, ob ich für ein Tattoo geeignet bin", sagte sie, doch ihre Antwort klang selbst in ihren Ohren wehmütig.

Seine Hitze bedeckte ihren Rücken und seine leise Stimme rumpelte durch sie hindurch. Es fühlte sich an wie eine verruchte Liebkosung, die sie voller Verlangen zurückließ. „Was ich dir geben würde, wäre nicht nur ein Tattoo. Es wäre ein Talisman. Ein Schutz." Seine Finger schlossen sich nur fester um ihre Hüften und er atmete tief ein. Der Klang war so sinnlich und primitiv wie die folgenden Worte. „Ich möchte dich markieren."

Ein Schaudern durchlief sie, und ihr Atem stockte. Ihre Hände umklammerten seine Unterarme, als könnte der Kontakt sie in dem Strudel, den er verursacht hatte, erden.

Nimm dir, was du willst.

Gott, das wollte sie. Sie wollte ihren Rücken gegen seine harte Brust drücken und seine Hände zu ihrem Busen führen. Sie wollte seine Lippen und Zähne an der zarten Stelle zwischen ihrem Nacken und ihrer Schultern spüren, dort, wo sein warmer Atem auf ihre Haut traf. Und sie wollte den Druck seines Schwanzes gegen ihre Mitte haben. Ihr Geschlecht war schon längst bereit dafür. Nass, pulsierend und begierig darauf, zu fühlen, wie er in sie eindrang und seine Länge sie mit jedem Zentimeter mehr in Besitz nehmen würde.

„Ich bin hier, *mihara*." Er drückte eine Hand gegen

ihren Bauch und presste seine Hüften gegen ihren Hintern. Und oh, da war er. Steinhart und bereit, ihr alles zu geben, was sie wollte. „Genau hier. Was auch immer du brauchst. Alles, was du brauchst.“

Es wäre so leicht. Ein einfaches Ja oder eine Berührung zur Antwort.

Aber was dann?

Drei elektronische Pings ertönten in schneller Abfolge von der anderen Seite des Raumes. Das Geräusch war abrupt und irritierend in dieser aufgeladenen Stille. Die Logik drängte sie, sich zu bewegen. Sie wollte sich zurückziehen, solange sie noch konnte, aber ein anderer Teil von ihr – der Teil, den sie so lange in ihrem Leben unterdrückt und ignoriert hatte – wurde lauter. Er verlangte, die Aufforderung zu ignorieren, sich einfach hinzugeben und ein Mal in ihrem Leben schlichtweg nur zu fühlen.

Priest drückte ihr einen festen Kuss auf die Schläfe und knurrte, sein Panther mischte sich offensichtlich gereizt in dieses Geräusch, bevor er von ihr zurücktrat. „Hol dein Handy, Kätzchen. Ich muss uns beide nach Hause schaffen, ehe ich die Dinge zu weit treibe.“

Der Verlust seiner Hitze und seiner soliden Präsenz hinter ihr ließen sie schwanken. Sie hatte dasselbe Betrunkenheitsgefühl, das sie nach ihrer Highschool-Abschlussfahrt erlebt hatte, nur dass die Orientierungslosigkeit dieses Mal aus ihrem tiefsten Innern stammte und nichts mit dem Gleichgewichtssinn zu tun hatte.

Bevor sie ihren Kopf wieder klar genug bekam, um ihr Smartphone zu holen, nahm Priest ihre Handtasche und reichte sie ihr.

Das Klingeln verstummte, ehe sie das Gespräch entgegennehmen konnte, aber die Nummer ihrer Großmutter wurde als verpasster Anruf auf dem Display sichtbar.

Ein ironisches Kichern sprudelte hervor, während sie auf die Wahlwiederholungstaste drückte. Wenn Nanna wüsste, was sie gerade unterbrochen hatte, würde sie sich selbst ohrfeigen. Vor allem, wenn man bedachte, welche Mühe sie sich in den letzten Tagen gegeben hatte, Priest und Katy allein im selben Raum zusammenzubringen.

Nanna antwortete sofort nach dem ersten Klingeln, ihre Stimme lebhafter als sonst und ungewöhnlich schroff. „Kateri, ist Eerikki bei dir?"

Zuerst konnte sie den Namen nicht recht zuordnen. Erst als Priest sich anspannte und sich auf das Handy an Katys Ohr fokussierte.

Es war ihr ein Rätsel, warum ihre Großmutter darauf bestand, diesen Namen zu verwenden, obwohl selbst der Mann, dem er gehörte, sich weigerte, ihn zu tragen. Aber andererseits hatte ihre Großmutter in den letzten fünfzig Jahren einen Großteil ihrer Herkunft aufgegeben und die Entscheidungen ihres Sohnes respektiert, statt bei der Art und Weise zu bleiben, wie sie aufgewachsen war. Vielleicht war die Verwendung von Priests Vornamen nur ihre Art, die verlorene Zeit wieder aufzuholen. „Ja, Nanna, er ist hier. Ist etwas nicht in Ordnung?"

Sie hielt inne, aber eine Bewegung ertönte durch die Leitung, ehe sie ihre Stimme senkte. „Ach nein. Ganz im Gegenteil. Lass mich mit ihm sprechen."

Ganz im Gegenteil, von wegen. Nur sehr wenige Dinge konnten Naomi Falsen von ihrer ruhigen und kühlen Haltung abbringen.

Selbst angesichts der grausamen Ermordung ihres Sohnes und seiner Frau hatte sie die Nerven behalten. Die Tränen mochten so offen geflossen sein, wie ihre Trauer gewesen war, aber sie hatte angesichts der schrecklichen Ereignisse kein einziges Mal den Fokus oder ihre Bodenständigkeit verloren.

„Was ist los?", wollte Katy wissen.

„Lass mich einfach mit Priest reden. Ich erkläre es dir, wenn du nach Hause kommst."

Die Wärme, die unter Priests Berührung aufgeblüht war, kühlte augenblicklich ab, und ein prickelndes Unbehagen breitete sich in ihren Nacken aus. Dennoch reichte sie Priest ihr Handy. „Sie will mir dir sprechen."

Zum ersten Mal, seit sie ihn kennengelernt hatte, war sein Gesicht ausdruckslos. Priest nahm das Smartphone entgegen, drehte sich um und ging in dem kleinen Raum auf und ab. „Ja." Er blieb neben dem Fenster stehen, von dem aus man auf den kleinen Parkplatz blicken konnte, der nur von den Mietern genutzt wurde, und starrte dann in den wolkenverhangenen Himmel. „Wie lange ist er schon so?" Während er der Antwort lauschte, legte er eine Hand an seine Hüfte. „Und wie war er davor?"

Was immer die Erwiderung darauf war, sie ließ ihn zu Katy schauen, bevor er nickte. „Okay. Wir sind auf dem Heimweg."

Anstatt sich förmlich zu verabschieden, beendete er einfach das Gespräch und gab Katy das Handy zurück. „Wir müssen nach Hause."

Ja, diesen Teil hatte sie in der Sekunde verstanden, als sie Nannas Stimme gehört hatte. Die eigentliche Frage war aber doch, warum alle so geheimnisvoll taten. „Stimmt etwas mit Alek nicht?"

„Mit Alek ist alles in Ordnung. Er braucht nur meine Hilfe."

Er hielt die schwarze Lederjacke hoch, die er ihr geschenkt hatte, um die frische Frühlingsluft auf der morgendlichen Fahrt zum Laden etwas zu puffern.

Von all den Abenteuern, die sie in ihrem Leben erlebt hatte, war der Trip auf seinem Bike unerwartet und wundervoll gewesen. Mit der Maschine unter ihr und dem Wind um sich herum, sie hatte sich noch nie so lebendig, so verwurzelt wie in diesem Moment gefühlt.

Bis zu dieser Sekunde hatte sie sich auf die Rückfahrt gefreut, hatte sogar mit dem Gedanken gespielt, Priest zu bitten, den längeren Weg nach Hause zu wählen. Doch jetzt konnte sie nicht schnell genug in die Jacke kommen, und sie wünschte sich, sie könnte sich zurück zu Priests Haus teleportieren. Sie sah ihn an und schob die überlangen Ärmel so weit empor, wie es das dicke Leder zuließ. Ihr Temperament sprudelte gefährlich nah an der Oberfläche. „Könntest du das etwas näher erläutern? Wenn mein Bruder in Schwierigkeiten ist, habe ich ein Recht, es zu erfahren.“

Ob ihre heftige Rüge ihn beeindruckte, zeigte er nicht. Er öffnete die Hintertür des Tattoostudios, breitete seine Hand auf ihrem unteren Rücken aus und drängte sie vor sich her. „Dein Bruder ist nicht in Schwierigkeiten und er ist auch nicht in Gefahr.“

„Wirklich? Denn all dieses geheimnisvolle Verhalten und die verschleierten Formulierungen lassen es so klingen, als würdet ihr versuchen, etwas vor mir zu vertuschen.“

Priest schwang sein Bein über sein Bike, richtete dieses auf und klappte den Ständer zurück. Die Maschine erwachte zum Leben. Ihr tiefes Knurren ähnelte auf unheimliche Weise den Geräuschen, die von seinem Panther kamen, und wirkte seltsam beruhigend auf das Unbehagen, das sich in ihrer Brust festgesetzt hatte.

Er begegnete ihren Blick. „Wir vertuschen die Dinge nicht, Kätzchen. Wir sind nur achtsam mit den Dingen, die dich erschüttern könnten, während du gerade erst etwas über deine Herkunft lernst. Jetzt steig auf, damit ich auf deinen Bruder aufpassen kann.“

„Auf meinen Bruder aufpassen, wie? Warum braucht

er dich?“

Seine Lippen verzogen sich mit diesem typischen Selbstvertrauen eines Mannes, der kurz davor stand, zu sagen: *Ich hab's dir doch gesagt.* „Weil die Seelensuche, die ich schon den ganzen Tag spüre, die deines Bruders ist – falls ich es nicht falsch interpretiere.“

KAPITEL 10

Zwanzig Minuten! Normalerweise dauerte die Fahrt von Priests Tattoostudio zum See mindestens dreißig Minuten, aber durch die Anspannung seiner Gefährtin, die ihn zur Eile anspornte und ihre Arme um seine Taille geschlungen hatte, hatte er die Kurven in einem halsbrecherischen Tempo genommen.

Kateri hatte nicht ein einziges Mal protestiert. Eher im Gegenteil, sie hatte sich mit ihm in die Kurven gelegt, als ob ihre aktive Teilnahme an der Fahrt das Motorrad schneller machen würde. Es war nur ein weiterer Hinweis darauf, wie dringend sie bei ihrem Bruder sein wollte.

Priest lenkte seine Harley rückwärts unter den bedachten Platz und stellte die Maschine ab. Das Gebrüll war noch nicht einmal verstummt, als Kateri schon vom Motorrad sprang, doch er griff nach ihrem Handgelenk, ehe sie entkommen konnte.

Sie zerrte an seinem Griff und hielt schließlich mit einem Knurren inne. Ihr Blick war auf die Veranda gerichtet. „Lass mich gehen."

Den Teufel würde er tun. Sie hatte in den letzten Wochen genug Aufruhr in ihrem Leben gehabt. Und während die Leute in seinem Clan eine Seelensuche nicht nur erwarteten, sondern sich sogar darauf freuten, war eine Außenstehende wie sie nicht einmal annähernd hierauf vorbereitet, wie diese aussehen würde. „Noch nicht. Nicht, bis du ein paar Dinge verstehst."

Sie runzelte die Stirn, hörte jedoch auf, gegen ihn anzukämpfen.

Er stellte seine Harley auf den Ständer, schwang ein Bein über die Maschine und wagte es nicht, sie loszulassen. „Eines der Dinge, mit denen wir bei der neuen Generation zu kämpfen hatten, ist mangelndes Bewusstsein. Zu viele unserer Rasse kennen die Anzeichen und Symptome einer Seelensuche nicht und reagieren darauf, wie ein Singura es tun würde.“

„Welche Anzeichen und Symptome?“

„Für dich würden die frühen Anzeichen einer Grippe ähneln, nur ohne das Fieber. Man will nichts essen und hat keine Energie. Das Einzige, was man tun möchte, ist, einen Platz zu finden, an dem man sich hinlegen und ohnmächtig werden kann.“

„Hat Nanna dir erzählt, dass er das tut?“

„Das hat er vor zwei Stunden getan. Inzwischen wird er viel tiefer sein.“

Ihre Augen wurden schmaler. „Wie tief?“

„Tief genug, dass du dich fragen würdest, ob er überhaupt noch atmet. Aber ich verspreche dir, er tut es. Und er ist absolut sicher.“

Ihre Lippen verengten sich, doch sie hob ihr Kinn ein wenig höher. „Noch etwas?“

So mutig und entschlossen, sich allem zu stellen, was das Leben ihr entgegenwarf, selbst wenn es der Ordnung und Logik widersprach, unter der sie ihre Gefühle begraben hatte. Aber sie erwachte. Sie entdeckte mehr und mehr ihre eigene Volán-Natur und die damit verbundene reiche Vitalität.

Und er konnte es kaum erwarten, sie vollständig erblühen zu sehen.

Priest strich mit dem Daumen über den Puls an ihrem Handgelenk, zog sie eng an sich und legte eine Hand auf ihren unteren Rücken. „Nur dass der Ort, an den er geht, heilig ist. Es ist ein Geschenk. Definitiv nichts, wovor man Angst haben muss. Und ich werde bei ihm sein.“

Ihr Gesichtsausdruck wirkte im ersten Moment so, als ob sie kurz davor stünde, eine scharfe Retoure zurückzuschleudern, doch etwas Rohes und Verletzliches verjagte diesen Augenblick. Es war, als ob ein neuer und unbeholfener Gedanke es gewagt hätte, seinen Kopf zu heben. Sie schluckte so hart, dass es fast schmerzhaft aussah. „Ich möchte ihn sehen.“

Drinnen war alles ruhig, der wolkenverhangene Himmel tauchte sein Zuhause in ein Gefühl eines faulen, müßigen Nachmittages.

Doch kaum fiel die sich schließende Eingangstür in den Rahmen, ertönten leise Schritte die Stufen hinunter, gefolgt von Naomis aufgeregter Stimme. „Eerikki?“

Priest kämpfte gegen das Grinsen an, das immer auftauchte, weil Naomi darauf bestand, seinen wahren Vornamen zu benutzen. Bei seinem Glück würde sich Kateri genau in diesem Augenblick zu ihm umdrehen, seine Reaktion bemerken und ihm wohl links und rechts eine Ohrfeige verpassen, weil er den Moment nicht ernst genug nahm. Die Wahrheit war jedoch, dass eine Seelensuche ein vernünftiger Grund war, nicht nur zu lächeln, sondern auch zu feiern. „Ja, wir sind hier.“

Kateri war schneller als er im Wohnzimmer und traf ihre Großmutter am Fuß der Treppe. „Wo ist er?“

Naomi hinderte sie sanft daran, nach oben zu gehen, packte sie an den Handgelenken und erwiderte Priests Blick. „Du hast es ihr gesagt?“

„Ich werde ihr nie etwas vorenthalten. Außerdem wusste sie bereits, dass ich gespürt habe, dass jemandes Suche kurz bevorstand. Noch ein oder zwei Minuten länger und sie hätte es ohnehin herausgefunden.“ Er scheuchte die beiden die Treppe hinauf. Das vertraute Ziehen hinter seinem Brustbein drängte ihn dazu, sich zu beeilen. „Lasst uns gehen.“

In Tates Zimmer gab es nicht viel zu sehen. Nur ein großes Bett, eine alte Couch, die man ausziehen konnte, eine Kommode und ein Schreibtisch in einer Ecke. Abgesehen von seiner launischen Teenagerzeit hatte er es eher vorgezogen, sich im Freien aufzuhalten oder sich mit anderen Menschen zu treffen, daher ging es in seinem Raum mehr um Funktionalität statt um Persönlichkeit. Hier und da gab es ein paar Erinnerungsstücke von NBA-Spielen, die er mit Priest besucht hatte. An der Wand hingen einige alte Designs, die er für frühere Kunden gezeichnet hatte, und auf der Kommode aus Ahornholz stand ein einzelnes gerahmtes Foto seiner Eltern. Die restliche Einrichtung bestand aus Kapuzenpullis, T-Shirts und Jeans, die wahllos über den Schreibtisch an dem großen Fenster verteilt waren.

Zum Glück hatte Naomi die Vorhänge aufgezogen. Hätte sie sie geschlossen gehalten, wie Tate es bevorzugte, hätte Alek auf dem hastig gemachten Bett eher wie ein Toter ausgesehen. Stattdessen sorgte der bewölkte Himmel dafür, dass sein Hautton noch wie der eines lebendigen Mannes in seiner Blütezeit wirkte.

„Alek?“ Kateri setzte sich neben ihn und umfasste seine Hand. Als er nicht reagierte, drehte sie sich zu Priest um. „Kann er mich hören?“

Priest schüttelte den Kopf. „Nicht jetzt. Er ist zu tief. Wie in einem Traum.“ Eigentlich war es sogar so, dass er in eine Art tiefes Koma gefallen war, das würde sie wohl eher verstehen, doch er wollte sie nicht mit zusätzlichen Details stressen.

Der Sog aus der Anderswelt verstärkte sich. Das strahlende Brennen in seiner Brust alarmierte ihn, dass Alek fast so weit war.

Wenn es sich um jemand anderen handeln würde, hätte Priest sich für die Reise in sein eigenes Zimmer zurückgezogen oder zumindest einen ruhigen und dunkleren Raum aufgesucht, aber wegen Kateris Anspannung konnte er einfach seine Füße nicht in Bewegung setzen. Außerdem würde sie seine Isolation wohl falsch verstehen und als Zeichen ansehen, dass er sie verlassen würde, statt als Notwendigkeit für seine Konzentration.

Naomi schien seinen Aufruhr bemerkt zu haben, denn sie drängte sich hinter Kateri und umfasste ihre Schultern. „Geh nur, Eerikki. Ich bleibe bei ihr.“

„Nein. Mir geht es hier gut.“ Er ging neben Kateri in die Hocke, drückte sanft ihren Oberschenkel und senkte seine Stimme. „Du musst mir etwas versprechen.“

Sie richtete ihren Blick auf ihn. Die Verwirrung und Unsicherheit in ihrem Gesicht sorgten dafür, dass sich sowohl bei dem Mann als auch bei seinem Tier die Nackenhaare sträubten.

„Egal was passiert – egal was du denkst, was vor sich geht oder welche Ängste auch immer aufkommen, während er schläft –, ich will dein Wort, dass du dieses Haus nicht verlässt. Für nichts und niemanden.“

„Warum sollte es ein Problem sein, wenn ich das Haus verlasse?“

Eine gute Frage. Und es würde wahrscheinlich auch gar nicht passieren, wenn man sah, wie fest sie Aleks Hand umklammerte.

Der schwierige Teil war seine Antwort. Zumal er ihr noch immer nicht mitgeteilt hatte, was sie tatsächlich für ihn war. „Mein Bruder kann dich in diesem Haus und auf diesem Grundstück nicht finden. Abseits davon und ohne meinen Schutz, um dich zu beschützen, bist du bloßgestellt. Ich muss mich konzentrieren und auf Alek aufpassen, und das kann ich nicht tun, wenn ich mir Sorgen um deine Sicherheit machen muss.“

Und weil du immer Vorrang vor jeder lebenden Seele auf dieser Erde für mich haben wirst.

Ihre Augen wurden schmal, als hätte sie seine Gedanken gehört, aber anstatt ihn weiter zu befragen, senkte sie den Kopf. „Ich werde nicht gehen. Pass einfach auf meinen Bruder auf.“

Priest sah zu Naomi, die ihm zunickte, und dann pflanzte er seinen eigenen Hintern auf den Boden neben dem Bett. Der schwere Nachttisch war aus massivem Holz, und es war die Hölle gewesen, ihn die Treppe hinauftragen zu müssen, trotz seiner Kraft. Dennoch ächzte das Möbelstück, als Priest sein Gewicht dagegen lehnte.

Das Brennen in seiner Brust wurde mächtiger, als würde sich eine kraftvolle Faust um sein Brustbein verkrampfen. Aber er konnte seine Augen immer noch nicht schließen und sich konzentrieren. Er konnte seine Gedanken nicht von Kateri und der offensichtlichen Sorge auf ihrem Gesicht ablenken.

Du musst nicht gehen, flüsterte die Dunkelheit. *Sie ist wichtiger. Es gibt kein Gesetz, das deine Anwesenheit erfordert. Lass ihn auf sich selbst aufpassen. Wir kümmern uns um sie.*

Vielleicht kein Gesetz, argumentierte er in Gedanken. *Aber es ist meine Verantwortung. Mein Recht und meine Ehre. Und nichts würde unsere Gefährtin mehr verärgern, als jemanden, den sie liebt, allein und ohne Führung zu lassen.*

Das Gegenargument gewann, und sein Schatten-Selbst rollte sich in sich zusammen und wurde so ruhig, dass sein konstantes Dröhnen kaum mehr als ein Hintergrundgeräusch war.

Seine Augenlider wurden schwer und die reale Welt begann zu verschwimmen. Kateris still verharrende Form neben dem Bett wurde von dichten Nebeln in verschiedenen Grautönen erfasst. Er verstärkte den Griff an ihrem Oberschenkel, und sie legte ihre freie Hand darauf, eine Sekunde, bevor er nichts mehr sah. Priest konnte nur noch ihre Hand auf seiner spüren, während sein Geist langsam davonglitt.

Sekunden später kam sein Ziel in Sicht. Er konnte nicht sagen, warum er überrascht davon war, welche Umgebung der Hüter für Alek gewählt hatte. Alek hingegen war eindeutig verwirrt.

Inmitten eines traditionellen koreanischen Dojang stehend, überflog Alek die zwei Stockwerke mit schwarzen Schiebetüren und elfenbeinfarbenen Papierscheiben. Er schien fasziniert und irritiert zugleich.

Alek musste wohl die Anwesenheit von Priest mehr

gespürt als gehört haben, denn er wirbelte herum, stellte sich auf die Fußballen und war bereit zum Kampf.

„Entspann dich", sagte Priest. „Du wirst wahrscheinlich einen Kampf bekommen, bevor das hier vorbei ist. Oder mehrere, so wie es aussieht. Aber nicht mit mir."

Alek richtete sich wieder auf und senkte die Hände an die Seiten. „Ich verstehe es nicht. Was ist los?"

„Deine Seelensuche hat begonnen. Das ist es, was los ist."

Hinter Alek glitt lautlos die mittlere Schiebetür auf und ein Mann mit kurz geschnittenen schwarzen Haaren und einem tödlichen Fokus im Gesicht schritt hindurch. Der Hüter.

Priest senkte den Kopf, um auf den Neuankömmling aufmerksam zu machen, und grinste. „Willkommen in der Anderswelt."

KAPITEL 11

Sieben Stunden hatte Katy gewartet. Sie hatte jede Minute davon, bis auf zwei sehr kurze Toiletten-pausen, in Tates winzigem Zimmer verbracht und entweder Aleks oder Priests Hand gehalten, oder war am Ende des Bettes auf und ab gelaufen.

Oh, und sie hatte Klamotten gefaltet.

Ob Tate es nun zu schätzen wusste oder nicht, jedes Kleidungsstück, das er besaß, war nun nicht nur ordentlich zusammengelegt und verstaut, sondern auch fanatisch sortiert. Die Chancen standen gut, dass er ihr dafür die Leviten lesen würde, so wie Alek es immer tat, wenn sie in sein Heiligtum eindrang und ihrem Ordnungsfimmel freien Lauf ließ. Doch in der Zeit war sie froh, sich mit irgendetwas beschäftigen zu können. Tate würde es ihr unter diesen Umständen sicherlich nachsehen.

Jetzt, nachdem sie nach draußengegangen waren, kam sie langsam wieder runter. Sie wollte sich nicht bewegen, denn das, was sie sah, war mehr als nur faszinierend. Während Nanna neben ihr auf dem Boden saß und zusah, streckte Katy ihre Beine aus und grub ihre Hände hinter sich in die Erde, während Priest und Alek ihre Kräfte in einem Kampf miteinander maßen.

Wenn man es überhaupt einen Kampf nennen konnte. Es kam ihr eher so vor, als beobachtete sie zwei Supermenschen, die ihre Fähigkeiten erforschten und alles, was sie zu bieten hatten, auf einmal zur Schau stellten. Im Hintergrund flackerten die Gartenfackeln, die Priest zuvor angezündet hatte. Das Licht betonte jede ihrer Bewegungen.

Seit Alek sechs Jahre alt war, hatte sie ihrem Bruder beim Training mit anderen zugesehen, aber wozu er nun fähig war, ging über jeglichen Verstand hinaus. Es war, als würde man sich *Matrix* ansehen, nur ohne das

Leder, das Haargel und die Sonnenbrillen.

Doch seine Geschwindigkeit, sein Können und seine Beweglichkeit waren nicht die einzigen Dinge, die sich geändert hatten.

Alek war anders.

Er war konzentrierter, zentrierter und geerdeter. So hatte sie ihn noch nie zuvor erlebt. Vorbei war es mit der Wildheit, gegen die er in den letzten Wochen so angekämpft hatte, und in ihm schien sich ein unbeschwerter Frieden breitgemacht zu haben. Es war, als wäre er in der Zeit, in der er geschlafen hatte, um Jahrzehnte gereift.

Es war ironisch, denn als er endlich aufgewacht war, war sie so angespannt gewesen, dass sie wie eine Rakete hätte hochgehen können.

Alek landete einen Schlag gegen Priests Kiefer, der seinen Kopf zurückschleuderte, und das dumpfe Geräusch, das damit einherging, klang fast ekelerregend.

Doch Priest schüttelte nur den Kopf und lachte, was auch Alek zum Lachen brachte.

„Männer", murmelte Katy. „Sie sind Idioten."

Naomi grinste, hielt jedoch ihren Blick auf das Geschehen vor ihnen gerichtet. „Ja, aber du musst zugeben, auch wenn sie sich idiotisch verhalten, macht es Spaß, ihnen zuzusehen."

Als Katy nicht darauf reagierte, riss Naomi ihren versunkenen Blick von den beiden los und hob eine Augenbraue. „Was? Willst du etwa behaupten, dass du nicht beeindruckt bist?"

Oh, sie war mehr als nur beeindruckt. Als sie das erste Mal zugesehen hatte, wie Priest gegen ihren Bruder antrat, hatten sich ihre Bauchmuskeln derartig zusammengezogen, dass sie kaum noch hatte atmen können. Doch dieses Mal hielt Priest sich nicht zurück und bedrängte Alek auf eine Weise, die deutlich zeigte, dass er blindes Vertrauen in ihren Bruder hatte und ihm noch sehr viel mehr beibringen wollte.

Außerdem hatte Priest bis auf die Jogginghose, die er beim Faulenzen zu Hause oder draußen bevorzugte, jedes weitere Kleidungsstück weggelassen. Die Hose, die er nun trug, war so dunkel wie das Fell seines Panthers.

Jeden Morgen allein mit Priest zu trainieren, war eine absolute Versuchung gewesen, aber die geschmeidigen, anmutigen Bewegungen zu beobachten, während der Feuerschein auf seinem schweißnassen, muskulösen Oberkörper glitzerte, schien geradezu sündhaft.

Als die beiden endlich eine Pause von ihrem Ninja-Schlagabtausch machten, warf Priest Kateri einen Blick über die Schulter zu und murmelte etwas zu Alek, was sie aufgrund der Entfernung nicht verstehen konnte.

Ein eigenartiger Ausdruck legte sich auf Aleks Gesicht. War es vielleicht Überraschung? Nein, es wirkte eher wie Unsicherheit. Das erklärte jedenfalls, warum es so seltsam aussah, denn diese Miene kannte sie an ihrem Bruder nicht. Dennoch nickte er und stapfte den leichten Hang zu dem erhöhten Kamm empor, von dem aus Nanna und sie die Show beobachtet hatten.

„Nun? Was denkt ihr?", fragte Alek, als er näher kam. Wie Priest war auch er schweißgebadet, lächelte aber wie ein zehnjähriger Junge, der gerade sein erstes Fahrrad bekommen hatte.

Die Frage klang vielleicht nicht wirklich arrogant, aber er war immer noch ihr Bruder und besaß ein Ego so groß wie Texas. Eine ordentliche Portion Geschwisterbashing war also nicht nur erlaubt, sondern gehörte einfach zum Vergnügen einer kleinen Schwester. „Ich denke, all die Jahre, in denen du der Black Power Ranger sein wolltest, haben sich endlich ausgezahlt."

Priest lachte auf und gab Alek einen dieser männlichen Schulterklopfer, die sie locker mit dem Gesicht voran auf den Boden geworfen hätte. „Ein Schlag in die Magengrube, und sie hat dafür nicht einmal einen Finger gerührt.“

Überraschenderweise grinste Alek nur und ging sogar auf ihren spielerischen Kommentar ein. Nur ein weiterer Hinweis darauf, dass ihrem Bruder in der Anderswelt etwas Großes widerfahren war, etwas Besonderes, genau wie Priest es vorausgesagt hatte. „Hey, sag nichts gegen Zack Taylor. Er konnte kämpfen und tanzen.“

Glücklich, den entspannten Bruder zu sehen, mit dem sie aufgewachsen war, neigte Katy ihren Kopf zur Seite und lächelte ihn an. „Ich necke dich nur. Du hast toll ausgesehen. Wie fühlst du dich?“

„Fantastisch.“ Alek rollte seine Schultern und ballte ein paarmal seine Fäuste, als würde er seinen Ermüdungszustand überprüfen und feststellen, dass dieser gar nicht existierte. „Es ist eigenartig. Selbst nach all dem fühle ich mich nicht erschöpft. Eher so, als wäre ich gerade aufgewärmt und bereit für die Hauptrunde.“

„Gut, denn die Hauptrunde steht noch bevor“, erklärte Priest.

Naomi erhob sich und klopfte sich den Staub von ihrer korallenroten Hose. Komisch. Katy hatte immer gedacht, dass der legere Kleidungsstil, den Nanna favorisierte, nur ein hipper Zufall war, der ihre lebhafte Persönlichkeit unterstrich. Jetzt hatte sich herausgestellt, dass die meisten Leute in ihrem Clan eher lockere Kleidung bevorzugten, wann immer es ihnen möglich war. Jeans war so ziemlich das engste, was sie hier gesehen hatte.

„Dann komm, Kateri“, sagte Nanna. „Das ist unser Stichwort.“

„Stichwort für was?“

Naomi winkte Katy zum Haus. „Um sich zu verdrücken, damit Priest Alek bei der ersten Verwandlung helfen kann. Das erste Mal ist immer intim. Etwas Besonderes. Ganz zu schweigen davon, dass dein Bruder all seine Konzentration brauchen wird, die er bekommen kann."

„Eigentlich möchte ich, dass Kateri bleibt." Priests Worte klangen beiläufig formuliert, doch da war ein deutlich wahrnehmbarer Unterton, der besagte, dass er nicht nur einen Grund für seine Bitte hatte, sondern auch nicht wollte, dass sie in Frage gestellt würde. „Alek hat zugestimmt."

Ironie funkelte in Nannas Augen und ihr sanftes Lächeln verriet ein freudiges Geheimnis. Sie nickte, tätschelte Katys Schulter und wandte sich zum Haus um. „Nun, dann werde ich mal schauen, ob ich etwas Essbares zusammenstellen kann, ehe Tate und Jade nach Ladenschluss nach Hause kommen, und lasse euch drei mal allein."

Priest ließ sich neben Katy auf dem Boden nieder, und eine Sekunde später erloschen alle bis auf eine der Gartenfackeln, die entlang der weiten Lichtung in die Erde gesteckt waren.

Katy sah Naomi hinterher, die immer noch auf die Holztreppe zuging. „Ich verstehe nicht. Warum kann Nanna nicht auch bleiben?"

„Weil sie recht hat. Die erste Verwandlung ist sehr privat", sagte Priest. „Teilweise, weil sie schwierig ist und Konzentration erfordert, aber auch, weil sie sehr emotional ist."

Aleks argwöhnischer Gesichtsausdruck zeigte, dass ihm diese Entwicklung nicht im Geringsten etwas ausmachte. Glück, Wut und Lachen, damit hatte ihr Bruder nie ein Problem gehabt, doch alles, was in tiefere, verletzlichere Gefühle betraf, machte ihn mindestens unruhig. Flucht war dagegen das Schlimmste, was passieren konnte. Bei Gott, wie oft hatte sie seinen Fluchtinstinkt bei mehr als einer Frau erlebt, die das Unglück gehabt hatte, sich in ihn zu verlieben.

„Dann hat Nanna vielleicht recht." Katy begann aufzustehen. „Ich kann beim Essenmachen helfen und lass euch beide euer Ding machen.“

Priest schnappte sich ihr Handgelenk, ehe sie sich auf die Füße stellen konnte, und zog sie nach hinten. Katy verlor das Gleichgewicht und wäre beinahe auf unschöne Weise hingeknallt, doch Priest packte sie bei der Taille und führte ihren Hintern zwischen seine Beine. Zweifellos genau dorthin, wo er sie die ganze Zeit haben wollte.

Die Knie angewinkelt und rechts und links von ihr abgestützt, sein heißer Oberkörper bedeckte ihren Rücken und seine Stimme war eine sanfte, aber strenge Forderung an ihrem Ohr. „Du brauchst das, Kätzchen. Jedenfalls genauso sehr wie er. Bleib und teil das Geschenk, das er dir damit macht.“

Was schmutzige Spiele betraf, darin war er der Hammer. Er hatte seinen Befehl absichtlich so formuliert, dass ihre Neugier durch und durch geweckt war und ihre Gedanken durch seine Anwesenheit so verwirrt wurden, dass sie gar nicht widersprechen konnte. Letzteres war schlichtweg empörend. Hätte jemand anderer sie so behandelt und derartig angepackt, hätte sie physisch oder verbal zurückgeschlagen und für Distanz zwischen ihnen gesorgt.

„Es ist okay, Katy.“ Aleks Stimme durchbrach ihre Benommenheit. Sein Tonfall klang wie der eines Mannes, der entschlossen war, seine Angst zu verbergen, aber sich nicht über den gesamten Spielplan im Klaren war. „Ich habe wirklich nichts dagegen. Ich habe einfach nur keine Ahnung, was ich da mache.“

„Keiner von uns hat am Anfang eine Ahnung“, erklärte Priest, „Aber du wirst es schon herausfinden.“ Er deutete auf den Platz vor ihnen, legte dann wie beiläufig den Arm um Katys Taille und zog sie an sich. Den anderen Unterarm lehnte er leger über ein gebeugtes Knie. „Jetzt nimm Platz.“

Nimm Platz.

Entspann dich.

Konzentrier dich.

Katy versuchte, sich auf Priests Führung zu konzentrieren, während er Alek anwies, doch ihr Körper war nicht annähernd so kooperativ, wenn es darum ging, aufmerksam zu sein. Er war zu sehr auf den Mann hinter ihr fixiert. Ganz besonders auf den besitzergreifenden Arm um ihre Taille.

Dieses Selbstvertrauen, das von ihm ausging, selbst wenn er still saß. Oder das tiefe Grollen seiner Stimme und wie angenehm es über ihre Haut prickelte.

„Nun erinnere dich an deine Zeit in der Anderswelt", sagte Priest zu Alek, obwohl sein Mund so nah an ihrem Ohr war, dass es sich wie eine intime Liebkosung anfühlte. „Erinnerst du dich, wie es sich angefühlt hat, mit deinem Begleiter zu verschmelzen?"

Er war mit seinem Begleiter verschmolzen? So wie in: Er wurde eins mit ihm? Bedeutete das, dass Alek bereits wusste, was sein Tier war? Und warum hatte er ihr nichts davon erzählt? Beinahe hätte sie die Fragen laut gestellt, aber Priest drückte sie fester an sich und küsste sanft ihre Schläfe.

Es war eine zärtliche, aber doch deutliche Erinnerung daran, dass dies nicht die Zeit für Fragen war.

Ihr gegenüber sitzend, den Rücken mit geschlossenen Augen gegen einen mittelgroßen Hartriegel gelehnt, verzogen sich Aleks Lippen zu einem schiefen jungenhaften Lächeln. „Oh ja, ich erinnere mich."

„Gut. Konzentrier dich darauf", wies Priest ihn an. „Es ist der Weg zu deinem Tier, und der Gleiche, den du verwenden wirst, um dich zurückzuverwandeln. Alles, was du tun musst, ist, deinen Begleiter wissen zu lassen, dass er nicht nur willkommen ist, sondern auch gebraucht wird."

Alek runzelte die Stirn, behielt jedoch die Augen fest

geschlossen. „Wie mache ich das?“

„Willst du dich verwandeln?“

„Ja.“

„Warum?“

„Weil ich lernen muss, wie es geht.“

„Warum musst du es lernen?“

Zögernd legte Alek den Kopf seitlich. Es wirkte fast so, als ob mehr Stimmen und Informationen durch seinen Verstand strömten, nicht nur Priests stetige Anweisungen. „Weil er ein Teil von mir ist. Er verdient es, Zeit zum Umherstreifen zu bekommen.“

Sobald er die Worte ausgesprochen hatte, öffnete sich Aleks Mund und er riss die Augen weit auf. „Was zum Teufel?“

Priest lachte. „Das ist dein Begleiter. Sie hören, was wir hören. Fühlen, was wir fühlen. Indem du darüber nachgedacht hast, wie du dich gefühlt hast, hat er mit dir gelernt und darauf reagiert.“

Alek lächelte breit und starrte Katy an. Die Aufregung in seinem Blick war die von unendlich vielen Premieren, die sie miteinander erlebt hatten, während sie gemeinsam aufgewachsen waren, nur zwanzigmal größer. „Er hat mit mir gesprochen.“ Das Lächeln verschwand und seine Augen verengten sich. „Ich meine, er hat irgendwie mit mir geredet. Nicht mit Worten, aber irgendwie habe ich es trotzdem gehört. Er mochte meine Antworten.“

„Der Hüter wählt unsere Begleiter speziell für uns aus“, erklärte Priest. „Das ist ein Teil der Seelensuche – zu lernen, wer man ist, und das Tier auszuwählen, das am besten zu unserer Natur passt. Im Moment seid ihr euch einander noch neu, aber ihr seid perfekt füreinander geeignet. Sie werden Begleiter genannt, weil sie genau das sind. Ein zusätzliches Paar Augen und Ohren, um dich zu führen, und eine Verbindung zu unserer Magie. Mit der Zeit wirst du dir deine Existenz ohne sie nicht mehr vorstellen können.“

„Also, warum hat er sich dann nicht verwandelt?“ Kaum war die Frage aus Katys Mund geschlüpft, presste sie die Lippen fest aufeinander, weil sie befürchtete, versehentlich etwas unterbrochen zu haben, was sie besser nicht getan hätte.

Glücklicherweise sah Priest nur auf sie herab. Ein Hauch von Belustigung und etwas, das wie Hoffnung aussah, leuchtete in seinen Augen. „Was er empfunden hat, war nur ein Anfang. Wie die ersten Wörter in einer neuen Sprache. Es braucht Zeit, um Selbstvertrauen aufzubauen und einen ganzen Satz zu bilden. So ist das auch beim Verwandeln.“

Als Analogie betrachtet, war es brillant umschrieben, und so schien es Alek auch zu empfinden, denn er schloss die Augen und verstummte, war offensichtlich begierig darauf, es noch einmal zu versuchen. Immer wieder befolgte Alek Priests Anweisungen.

Wie er all die Fehlversuche wegstecken konnte, war Katy ein Rätsel. Sie hätte schon nach dem dritten Versuch das Handtuch geworfen. Aber Alek schwor, dass bei jedem Mal die Verbindung stärker und erstaunlicher wurde, also was wusste sie schon. Das Letzte, was man ihrem Bruder vorwerfen konnte, war, dramatisch zu sein. Wenn er davon redete, es sei eine Sensation, würde sie es also sicherlich nicht bestreiten.

Alek schloss erneut die Augen, und ein wenig von der Kraft, mit der er aufgewacht war, ebbte ab und Müdigkeit schien seine Schultern zu belasten.

Katy bedeckte Priests Unterarm mit ihrem eigenen und verwob ihre Finger mit den seinen. Die Berührung war intim. Sie war auf eine Weise vertraut, von der Katy nicht glauben konnte, dass sie sie initiiert hatte, aber sie hatte auch nicht dagegen ankämpfen können. Es war, als wäre sie in einen heiligen Moment eingehüllt, eingeschlossen in ein seltenes und ehrwürdiges Ereignis, das ihre Seele erkannte, aber ihr Verstand nicht begreifen konnte.

„Er wird müde“, flüsterte sie ganz leise, sodass es Alek hoffentlich nicht ablenken würde.

Priest rieb seine Schläfe an ihrer, eine vertraute Berührung, die nicht nur ihre schleichende Angst linderte, sondern sie auch dazu brachte, mehr davon zu wollen. „Ihm geht es gut. Noch ein paar Versuche und er hat es. Es liegt in der Natur des Menschen, die Kontrolle behalten zu wollen. Die Müdigkeit zermürbt seine Widerstandskraft.“

Die letzten Worte hingen noch in der kalten Frühlingsluft um sie herum, als ein strahlendes Licht über sie hinwegfächerte. Die satte Granatfarbe leuchtete auf und war so schnell wieder verschwunden, dass sie sich fragte, ob es sich dabei nur um eine Illusion gehandelt hatte.

Bis ihr Verstand den Anblick vor ihr vollständig registrierte.

An der Stelle, an der ihr Bruder immer wieder seinen Begleiter gerufen hatte, saß nun eine der wundervollsten Kreaturen, die sie je gesehen hatte.

„Er ist ein Wolf“, sagte Katy. Wie sie es geschafft hatte, ihre Gedanken in Worte zu fassen, war an und für sich ein Wunder.

„Ein Grauwolf, um genau zu sein“, erklärte Priest. „Der größte seiner Art und verehrt in unserem Clan. Eine mächtige Wahl für unseren Krieger-Primo.“

Katy keuchte und drehte sich um. „Er ist der Anführer?“

Priest nickte und war offensichtlich mit dieser Entwicklung zufrieden. „Es hätte mich überrascht, wenn er es nicht geworden wäre. Er ist ein Naturtalent, erfahrener und ausgeglichener, jetzt wo er seine Gaben erhalten hat.“

Ausgeglichener. Ja, das war die perfekte Umschreibung

dafür. Als ob die Magie sein Verhalten ausgewogener gemacht hätte.

Sie wandte sich wieder dem Wolf zu. Allein von der Größe her würde das Tier ihre Hüfte erreichen. Die gleichen tiefblauen Augen wie die von Alek starrten sie an, aber sein Blick war auf eine Weise fokussiert, die verdeutlichte, dass dem Tier nichts entging. Sein Fell war eine Mischung aus Grau, Weiß und Gelbbraun, wobei letzteres Aleks dunkelblondem Haar verblüffend ähnlich war. Seine Brust war breit genug, um eine erstaunliche Kraft hinter jedem Angriff zu versprechen.

Und nun war er ein Teil von Aleks Leben. Ein Beschützer. Ein Vertrauter.

Ein Freund.

Sie wusste nicht, warum diese Erkenntnis sie so tief berührte, aber ihre Kehle schnürte sich beim Atmen zusammen und ihre Augen brannten. „Er ist wunderschön."

Priest umarmte sie fest. Seine Stimme war ein Trost. „Das ist er. Aber nicht schöner, als dein Begleiter sein wird."

Ihr Begleiter.

Zum ersten Mal, seit Nanna ihnen von der Existenz ihres Clans erzählt hatte, klickte etwas tief in ihr. Es war wie eine Offenbarung, die sich auf einer grundlegenden Ebene festigte. Obwohl sie nun Nanna und Priest schon so oft gesehen hatte, schien es noch immer mehr Fantasie als Realität zu sein. Aber das hier war kein Trick. Es war auch keine Erfindung ihrer Fantasie, die wild und ungehemmt war. Das hier war echt. Und es war ihre Zukunft, wenn sie sie akzeptieren wollte. „Wie ist es?"

Für eine Sekunde schwieg Priest nachdenklich. Seine Finger zeichneten lasziv Muster auf ihre Schulter. Es wirkte so, als ob ihm bewusst wäre, wie aufrichtig diese Frage im Gegensatz zu ihren üblichen Katalogisierungsfragen war, und er wollte die bestmögliche Antwort darauf finden. „Freiheit.“

Ein Wort, und doch vermittelte es so viel mehr. Wann hatte sie das letzte Mal so etwas tatsächlich gespürt? Wann wirklich ihren unerbittlichen Kontrollzwang losgelassen und sich einfach erlaubt, zu sein? Als Antwort kam ihr der Kuss mit Priest in der Bucht in den Sinn. Es stimmte, ein Teil von ihr war weggesperrt geblieben, gefesselt von Angst und Unsicherheit, aber in dieser winzigen Zeitspanne hatte er sie einen Hauch von Freiheit schmecken lassen.

Eine Kostprobe auf eine andere Lebensweise.

Der Wolf schüttelte seinen massiven Körper und schreckte Katy aus ihrer Grübelei auf. Die Aktion zeichnete ein Bild in ihrem Kopf, wie Alek dasselbe in menschlicher Form tat, was sie auflachen ließ. Das Lachen klang heller und freier als alles andere, was sie seit Jahren von sich gegeben hatte. „Braucht etwas Eingewöhnung, was?“

Der Wolf hob sein Kinn und stieß ein Geräusch aus, das verdächtig nach einem Lachen klang.

„Sein Wolf wird ihm helfen“, sagte Priest. „Sobald die Wandlung vollzogen ist, übernehmen die Instinkte des Tieres. Aleks Gedanken sind noch immer seine eigenen und sein Begleiter wird letztendlich seiner Anweisung nachgeben, aber im Moment ist das Tier schlauer. Klüger.“ Priest streckte seine Hand aus und winkte den Wolf zu sich. „Komm und sag Hallo.“

Der Wolf zögerte, musterte Priest und Katy nacheinander und schnupperte in die Luft.

„Du weißt, wer ich bin“, sagte Priest zu dem Wolf. „Und sie gehört zu Alek. Komm her.“

Der Wolf reagierte mit einem leisen, fast gereizt klingenden Murren, tappte aber vorsichtig auf sie zu. Je näher er kam, desto mehr senkte sich sein Kopf, duckte sich sein Körper, eine Mischung aus Unterwerfung und

Fluchtbereitschaft.

Ohne die geringste Angst, aber mit dem Bewusstsein der offenen Zurückhaltung des Wolfes, rieb Priest über den Nacken des Tieres. „Siehst du? Ist nicht so anders hier, oder?"

Der Wolf schnaubte zur Antwort und schien Priests Aufmerksamkeit sehr zu genießen.

„Berühr ihn", murmelte Priest in ihr Ohr. „Lass ihn wissen, dass er in Sicherheit ist."

„Er hat Angst?"

„Keine Angst, er ist nur vorsichtig. Es ist sein erstes Mal in unserer Welt, also sind seine Sinne überlastet. Die Berührung wird ihm helfen, sich zu erden."

Katy zögerte, ballte ihre Hand auf ihrem Oberschenkel, statt sie auszustrecken. Ein Teil von ihr vertraute darauf, dass ihr Bruder derjenige war, der das Tier leitete, doch eine andere viel primitivere Seite in ihr bestand darauf, dass es eine monumental schlechte Idee war, mit einem Raubtier zu kuscheln.

Der Wolf bewegte seinen massiven Kopf, stupste mit der Schnauze gegen ihre Faust und winselte leise.

Okay, vielleicht war es ein Raubtier, aber im Moment schien es ihre Zuneigung nicht nur zu brauchen, sondern auch zu wollen. Langsam hob sie ihre Hand und der Wolf senkte seinen Kopf darunter und schob sich unter ihre Handfläche, bis sie über seinen Nacken strich.

Katy kicherte und gab nach und rieb nun beide Seiten seines Kopfes. „Also schön." Anders als das seidige Gefühl von Priests Panther war Aleks Wolfs kuschelig und warm. Ihre Finger verschwanden leicht in seinem Fell, während sie ihn hinter den Ohren kraulte.

Der Wolf kam näher, schnüffelte an ihr und leckte ihr Kinn.

Priest knurrte. Oder vielleicht war es sein Panther, der eine Warnung ausstieß. Was auch immer oder wer auch immer es gewesen war, der Wolf wich zurück, jedoch nicht so weit, dass er den Kontakt zu ihrer Hand verlor. Oder der von Priest.

„Er hat mir keine Angst gemacht, wenn dir das Sorgen bereitet hat", flüsterte Katy.

„Ich habe mir keine Sorgen gemacht. Mein Panther mag ihn nur nicht so nah."

„Warum nicht? Er ist mein Bruder."

„Er ist dein Bruder, aber er hat versucht, dich zu markieren. Das ist mein Recht. Nicht das seine."

Ihre Finger hörten auf, sich zu bewegen, und sie drehte sich um. „Du kennst mich seit sechs Tagen. Er kennt mich schon mein ganzes Leben lang. Wie kann es sein, dass du mehr Recht darauf hast als er?"

Die Frage schien Priest nicht davon abzuhalten, weiter das Fell des Wolfes zu streicheln, doch die Leichtigkeit in seinem Blick verschwand und eine Schärfe trat an deren Stelle. Er wandte seine Aufmerksamkeit dem Wolf zu. „Lauf. Ich werde nachkommen, nachdem ich mit deiner Schwester gesprochen habe. Bleib auf dem Grundstück und denk daran, Energie für deine Rückverwandlung aufzusparen. Hör auf deinen Begleiter und er wird dich beschützen."

Der Wolf sah von Priest zu Katy. Das Verständnis in seinen azurblauen Augen war überraschend. Anstatt jedoch loszurennen, wie Katy es erwartet hatte, trat er näher und drückte seinen Kopf an ihre Brust und rieb dann seine Körperseite an ihrer.

„Es wird ihr gut gehen." Die Bemerkung war trocken, aber in Priests Worten lag auch ein gewisser Humor. „Hör auf, dir Sorgen zu machen, und lauf los."

Alek wich zurück, musterte sie für einen kurzen Augenblick und rannte dann davon.

Ihr Bruder hatte seinen eigenen Wolf. Eine wunderschöne und mächtige Kreatur, die ohne ein einziges Licht, das ihn in dieser fast mondlosen Nacht leitete, die Gegend erkunden konnte. Wie verdammt cool war das?

Doch es beantwortete noch immer nicht ihre Frage. Und wenn sie etwas hasste, dann waren es ungeklärte Themen. Besonders bei einem Mann, der so mächtig und gebieterisch war wie Priest. „Warum antwortest du mir nicht?“

Zum ersten Mal, seit er sich neben sie gesetzt hatte, fehlte seine Berührung merkwürdigerweise. Seine Fäuste waren hinter ihm auf den Boden gestützt. „Steh auf.“

„Ich würde lieber reden.“

„Dann musst du aufstehen. Jetzt. Sonst habe ich dich nackt unter mir, ehe du noch eine Frage stellen kannst.“

Lust, pur und scharf, blitzte zwischen ihren Schenkeln auf, und die Vorstellung, die seine Worte hervorriefen, machte sie atemlos. Nicht gerade der richtige Anreiz dafür, sich zu bewegen. Vor allem, nachdem sie so oft an das Gefühl seiner Lippen auf ihren und sein Gewicht auf ihr gedacht hatte.

„Kateri.“

Es war das Bitten in seiner Stimme, der verzweifelte Kampf, vermischt mit dem Knurren seines Panthers, was sie schlussendlich auf die Beine brachte. Sie drängte außer Reichweite, während er sich ebenfalls erhob. „Bist du okay?“

Er schätzte den Abstand ab, den sie zwischen ihnen geschaffen hatte, und grinste schief. „Ich sagte, aufstehen, nicht weglaufen.“ Er kam näher. „Weglaufen bringt mich nur dazu, dich zu jagen.“

Aus irgendeinem dummen Grund begeisterte sie diese Idee fast genauso sehr wie die erste. Sogar so sehr, dass sie ihr Gewicht verlagerte und überlegte, in welche Richtung Alek verschwunden war.

„Denk nicht einmal daran.“ Er schlang seinen Arm um ihre Mitte und zog sie an sich. „Ich bemühe mich, langsam vorzugehen. Um dir Zeit zu geben, um dich nicht zu überfordern, aber da ist ein Teil von mir …“

„Die Wildkatze, meinst du?“

Er runzelte die Stirn und durch den Schatten des Feuerscheins wurde diese Aktion noch betont. „Nein. Es ist etwas anderes. Etwas Dunkles.“

So wie in der schwarzen Magie seines Bruders. Eines Abends bei der Zubereitung des Abendessens mit Jade und Tate, während Priest noch im Tattooladen gewesen war, hatten Alek und sie endlich alle blutigen Details darüber erfahren. Als die Geschichte zu Ende war, war Katy sich nicht sicher gewesen, ob sie weglaufen und nicht mehr zurückblicken oder ihre Bemühungen verdoppeln sollte, um ihn selbst auszumerzen. „Jade sagte, es kontrolliert dich nicht mehr. Das wäre schon lange nicht mehr der Fall.“

„Nicht bis du aufgetaucht bist. Das stimmt.“ Er nahm einen tiefen Atemzug und umfasste ihr Gesicht. „Es will nicht nett sein. Will dir keine Zeit geben. Es will nur dich. Jetzt.“

Ein Schauer durchlief sie, und sie vermutete, dass es eher eine Art Zustimmung war als die gesunde Angst, die ihr Gehirn für klug hielt. „Und was willst *du*?“

Sein Blick fiel auf ihren Mund und er fuhr mit dem Daumen über ihre Unterlippe. „Oh, ich will dasselbe. Ich will nur, dass du weißt, worauf du dich einlässt.“

Da war sie wieder. Die sprichwörtliche Karotte, die außer Reichweite baumelte.

Sie zwang sich, ihre Lippen zu bewegen, obwohl sie sich nicht ganz sicher war, ob sie die Frage wirklich loswerden wollte. „Was bin ich für dich?“

Sein Arm schloss sich fester um sie, und sein Gesichtsausdruck wirkte, als ob ein hitziger Kampf in seinem Verstand tobte. „Du bist meine *mihara*.“ Er hielt für einen Moment inne und blickte ihr direkt in die Augen. „Meine Gefährtin.“

KAPITEL 12

Es war ein schöner Frühlingsabend und Katy durfte endlich mal wieder etwas weiter weg von Priests Haus. Ihr Bruder war glücklich. Verdammt, jeder war glücklich. Die Nachricht, dass ein neuer Krieger-Primo ernannt worden war, und die Feier, die unmittelbar bevorstand, hatte Priests Haus in eine regelrechte Pilgerstätte für Besucher verwandelt.

Tatsächlich waren die einzigen beiden Menschen, die unglücklich erschienen, sie und Priest.

Katy starrte aus der Rückseite von Aleks Jeep, während sie zur Bar fuhren und Tates, Jades und Nannas aufgeregte Unterhaltungen sich mit dem Fahrtwind vermischten. Der Mangel an Türen und Fenstern tat ihrer Frisur nicht gut, aber das war ihr egal. Sicher, es war eine Party, doch es war nicht das erste Mal, dass sie eine von Aleks Errungenschaften feierten, und es wäre garantiert auch nicht das letzte Mal. Sich deswegen aufzubrezeln, würde Priest nur die falschen Signale senden.

Natürlich. Als ob die komplette Veränderung ihrer Garderobe nicht das Gegenteil sagen würde.

Na schön, vielleicht hatte sie sich etwas mehr Zeit genommen, sich fertig zu machen. Doch die Jeans und das kobaltblaue Wickel-Shirt aus Baumwolle waren eher dazu gedacht, sich selbst auszuprobieren und sich den Leuten anzupassen, statt Priests Aufmerksamkeit zu erregen. Auch wenn die weiche Baumwolle und der ausgeblichene Denim ihre Kurven mehr zu Geltung brachten, als es ihre Röcke taten, na und?

Außerdem war ihre Vorbereitungszeit gar nichts gewesen im Vergleich zu Jades. Über eine Stunde hatte Jade sich zurechtgemacht und sich dann für schwarze Kampfstiefel für Frauen entschieden, die sie mit einer leichten zederngrünen Tunika kombiniert hatte, die ihre eindrucksvollen Augen betonte. Auf den einfachen französischen Zopf, den sie normalerweise im Tattoo-laden stets trug, hatte sie diesmal verzichtet und ihr seidiges schwarzes Haar stattdessen offen gelassen. Nur vier oder fünf zarte Talismane waren auf einer Seite in ihr Haar geflochten.

Tate hingegen hatte sich nicht annähernd so viel Mühe gemacht wie Jade, obwohl er definitiv den Look eines Mannes versprühte, der gewillt war, sein Mojo auf jede Frau wirken zu lassen, die sein Interesse weckte. Und wegen der Art, wie seine Jeans und sein Shirt seinen muskulösen Körper betonten, brauchte er sich nicht einmal dafür ins Zeug zu legen.

Nanna lehnte sich weit genug vor, damit Tate sie vom Fahrersitz aus hören konnte. „Denkst du, Priest und Alek werden fertig sein, bis wir dort angekommen sind?"

Tate schaltete einen Gang runter und nahm die letzte Kurve in die Innenstadt von Eureka Springs, als wäre der Jeep seiner und gehörte nicht jemand anderem. Die Tatsache, dass Alek freiwillig seinen Jeep zur Verfügung gestellt hatte, um alle herumzukutschieren, während Priest das letzte von Aleks neuen Tattoos fertigstellte, zeigte deutlich die Veränderung in seinem Verhalten. Zuvor hatte niemand anderer seinen Jeep fahren dürfen.

Niemals.

„Ich habe angerufen, bevor wir losgefahren sind. Sie werden wohl eine halbe Stunde später, vielleicht auch etwas später da sein. Aber sie sind fast fertig."

Nanna nickte und lehnte sich in ihrem Sitz zurück. Sogar sie hatte ihr Outfit mit Bedacht gewählt und sich an diesem Abend für einen luftigen taupefarbenen Rock und eine winterweiße Bohemian-Bluse entschieden. Sie musterte Katy von Kopf bis Fuß, und ihr Blick blieb an ihrem Hals hängen, ehe sich ihr Mund zu einem süffi-santen Grinsen verzog. „Du hast es abgenommen."

Ohne darüber nachzudenken, strich Katy sich über ihre Kehle. Sie hatte sich so schnell an das Gewicht von Priests Medaillon gewöhnt, seit er es ihr umgelegt hatte, dass es sie einen ganzen Tag lang beschäftigt hatte, sich vor ihrem sogenannten Gefährten zu verstecken, ehe sie erkannte, dass sie es immer noch trug. Seit sie es am Morgen in einem Anflug von Minirebellion abgenommen hatte, fühlte sie sich unausgeglichen. Es war so, als ob der kleinste Windstoß sie umwerfen könnte. „Ich hatte keine Ahnung, was es bedeutet. Es ist besser, wenn ich ihm keinerlei Mischsignale mehr sende.“

Nanna presste ihre Lippen aufeinander und wandte ihr Gesicht ab, doch Katy konnte die Amüsiertheit in ihren Augen sehen und hatte fast das Gefühl, ihre Großmutter wäre in der Lage, ihre Gedanken zu lesen.

„Ich nehme an, er hat es dir gesagt.“ Nanna antwortete erst, nachdem sie ihren Gesichtsausdruck wieder unter Kontrolle gebracht hatte.

„Du wusstest es?“

Die plötzliche Stille auf den Vordersitzen des Jeeps und das Schmunzeln auf Tates Gesicht, das er vergeblich vor dem Rückspiegel zu verbergen versuchte, zeigte deutlich, dass sie nicht nur das Gespräch mitgehört hatten, sondern auch das Geheimnis kannten.

„Ihr alle wusstet davon?“

Nun, natürlich wussten sie davon. Tate hat es dir doch schon am ersten Tage gesagt. Erinnerst du dich?

„Es ist ein wenig schwer zu übersehen, wenn ein Volán seine Gefährtin findet“, sagte Naomi ruhig neben ihr. „Es ist auch ein Genuss für den Rest von uns. Nichts ist unterhaltsamer, als ein solches Feuerwerk zu beobachten.“

„Warum hast du es mir nicht erzählt?“

Naomi zuckte mit den Achseln. „Was? Um dir einen Grund zum Weglaufen zu geben? Warum sollte ich das tun? Außerdem hätte Eerikki dich nur gejagt.“ Ihr Blick schweifte erneut zu Katys Kehle und sie grinste. „Obwohl du ihm ja ohnehin genug Gründe dafür gibst."

„Ja, das ist mir auch schon aufgefallen", kicherte Jade vom Beifahrersitz. „Das wird ein Spaß werden."

Katy war sich nicht sicher, ob sie wütend war oder einfach von der Tatsache erdrückt wurde, dass sie die Letzte war, die davon erfahren hatte. Sie setzte sich zurück auf den Rücksitz und presste die Lippen fest aufeinander.

Sie war nicht sicher, ob der Rest der Truppe merkte, dass sie sie auf eine weitere Runde ihrer bereits außer Kontrolle geratenen Karussellfahrt geschickt hatten. Jedenfalls zeigten sie es nicht. Stattdessen begann ein rasanter Schlagabtausch darüber, welche Ereignisse an diesem Abend geplant waren und wer alles kommen würde.

Tate brachte den Jeep auf einem Parkplatz hinter einem gelben Gebäude mit grüner getrimmter Hecke zum Stehen und schaltete den Motor ab. „*Rogue's Manor*, meine Damen. Wer ist bereit, zu feiern?"

„Zur Hölle, ja." Jade jubelte, während sie vom Beifahrersitz sprang. Naomi lachte und ließ sich von Tate helfen, vom Rücksitz zu klettern. Katy wusste verdammt gut, dass sie das eigentlich trotz ihres Alters noch recht gut allein bewerkstelligen konnte.

„Glaubst du, wir hören etwas von den anderen Sehern, während wir hier sind?", fragte Katy, nachdem sie aus dem Jeep gestiegen und auf den gebrochenen Asphalt getreten war. Sie hatte David mit so vielen Sprachnachrichten bombardiert, wie sie es sich traute. Außerdem hatte sie sich ständig in der Nähe der versammelten Seher aufgehalten, um Informationen zu erhalten, und in den letzten Tagen so viel Wissen über die Volán gesammelt, wie sie nur bekommen konnte. Doch der Mangel an Informationen und ihre Hilflosigkeit wuchsen und kratzten an der wenigen Geduld, die sie noch hatte.

Gleichzeitig drehten Jade, Tate und Nanna ihre Köpfe in ihre Richtung, und ihre Gesichtsausdrücke wirkten, als wären Katy gerade drei Häupter und ein Gabelschwanz gewachsen.

„Was denn? Ich dachte nur, wenn doch heute jeder hier sein wird, können wir herausfinden, ob jemand etwas gesehen oder für sich selbst herausgefunden hat." Ganz zu schweigen von der Tatsache, dass sie an etwas anderes als an Priest denken wollte.

Naomi bedeutete Jade und Tate, sie sollten vorausgehen. „Geht ihr beiden schon mal rein. Kateri und ich kommen gleich nach."

Für eine Sekunde dachte Katy darüber nach, sich die Autoschlüssel in Tates Hand zu schnappen und zu Priests Haus zurückzufahren. Oder besser noch, sich ein Hotel zu suchen. Denn die Worte „Kateri und ich kommen gleich nach" schienen ein Code zu sein für: „Ich muss meiner Enkelin den Kopf aus dem Arsch ziehen".

Jade schien dasselbe zu denken, weil sie Katy einen ähnlichen Blick zuwarf und mit den Schultern zuckte, ehe sie in der Bar verschwand. Tate hingegen musterte Katy, scannte die Straße und ließ den Schlüsselanhänger in alter Westernmanier an seinem Finger kreisen wie einen Colt. „Wie wäre es, wenn ich hierbleibe, während ihr redet? Priest hat zwar Wachen aufgestellt, aber er würde mir in den Arsch treten, wenn ich Katy unbewacht lasse."

Er hatte Wachen aufgestellt? Wann? Die meiste Zeit in den letzten zwei Tagen hatte er an den Tattoos von Alek gearbeitet, sich mit den Sehern des Clans getroffen und sich um die Besucher im Haus gekümmert. Nicht, dass sie verbittert über den Mangel an Aufmerksamkeit gewesen war, ganz im Gegenteil. Jedenfalls würde sie sich daran festklammern, bis sie es tatsächlich auch glaubte. *Mach dir was vor, bis du es selbst glaubst, und so.*

Mit einem festen Griff an ihrem Arm führte Naomi sie zu einer Metallbank auf dem Bürgersteig, die für Touristen aufgestellt worden war. „Mir ist bewusst, welche Ziele du wegen deiner Eltern verfolgst, *nahina*. Ich weiß auch, dass untätiges Rumsitzen das Härteste ist, was man von dir verlangen kann. Was du allerdings nicht begreifst, ist die Tatsache, dass Eerikki genau das Gegenteil davon tut. Anscheinend siehst du nicht, dass er alles in seiner Macht Stehende tut, um die noch lebenden Primo-Familien zu finden, und damit auch Draven."

Katy ließ sich auf der Sitzbank nieder, und der Schock über das, was Nanna gerade gesagt hatte, wirkte dabei wie ein Zusatzgewicht. „Das tut er?"

„Ja, und du würdest das auch mitbekommen, wenn du nicht so sehr damit beschäftigt wärst, ihn zu meiden oder dich zu weigern, mal über deinen eigenen Tellerrand zu blicken." Nanna lehnte sich leicht zurück, kreuzte die Beine übereinander und starrte das an, was vom Sonnenuntergang noch übrig war. Wie ein Stück tiefrote Mango war die Sonne zwischen den Einkaufsläden zu sehen, und die dunkelgrünen Blätter an den Bäumen drumherum schwankten in dem dunkler werdenden Himmel. „Deine Mutter war nicht die Gefährtin deines Vaters."

Der abrupte Wechsel des Themas erregte Katys Aufmerksamkeit in einem Maße, wie es sonst kaum etwas gekonnt hätte. „Nicht?"

„Nein, sie war es nicht. Volán-Männer können die Aura ihrer Gefährtin nur dann sehen, wenn sie ihre Gaben angenommen haben. Da er seine Seelensuche nie bestritten hat, hat er diese Anleitung nie erhalten."

Traurigkeit erfüllte Nannas Blick, es war der Ausdruck einer Mutter, die nur zu gut wusste, dass ihr Kind nicht nur eine Gelegenheit verpasst hatte, sondern auch unwissentlich deswegen gelitten hatte. „Als Paar haben sie es gut hinbekommen. Ihre Beziehung war ausgewogen und friedlich. Aber es war nichts im Vergleich zu dem Leben, dass ich mit meinem Gefährten hatte, zu der tiefen Beziehung, die jede Volán-Frau mit ihrem Gefährten teilt."

„Versuchst du, mir jetzt weiszumachen, dass diese ganze mystische arrangierte Ehe nur Friede, Freude, Eierkuchen ist?"

„Nein, ich versuche, dir zu erklären, dass du auf eine ganz einzigartige Weise verpaart wurdest. Herrgott noch mal, Kateri, sieh es mal so: Wie viele Menschen melden sich heutzutage auf Dating-Websites an und versuchen auf Grundlage der Kompatibilität, einen Partner zu finden? Dies hier ist nichts anderes, nur der Algorithmus ist unschlagbar, da er vom Schicksal entworfen wurde. Sag mir nicht, dass du es nicht fühlst."

„Was soll ich fühlen?"

Nanna sah sie finster an. „Spiel nicht die Dumme, *nahina*. Das passt nicht zu dir. Ich habe gesehen, wie du ihm in den letzten Tagen aus dem Weg gegangen bist. Ich kann den Schmerz sehen, den es bei dir verursacht. Den Schmerz, den auch er spürt. Der Drang, mit ihm zusammen zu sein – diese Anziehungskraft, die du in dir fühlst, wenn du nicht in seiner Nähe bist –, ist vollkommen natürlich, weil er ein Teil von dir ist."

Es hatte anfangs nicht wehgetan. Eher fühlte es sich wie Unbehagen an, so als wenn man das Haus verlässt und sich Sorgen macht, ob man den Schlüssel vergessen, oder das Wasser nicht abgedreht hat. Jedes Mal, wenn sie mehr Distanz zwischen ihnen schaffte, musste sie sich dazu zwingen, sich nicht umzudrehen, um die Entfernung wieder um die Hälfte zu reduzieren.

Heute jedoch … heute war es besonders schlimm gewesen. Da waren dieses wachsende Unbehagen und ein nagender Druck hinter ihrem Brustbein gewesen. Doch der Gedanke, dieser Anziehungskraft nachzugeben, widersprach dem Leben, das sie sich aufgebaut hatte. „Ich möchte nicht von einem Mann abhängig sein. Ich kann mich selbst versorgen."

Das scharfe Auflachen, das Naomi von sich gab, überraschte Katy enorm. Katy verschränkte die Arme vor der Brust. „Das ist nicht lustig."

„Eigentlich ist es das, weil du es völlig falsch siehst. Kein Wunder, wenn man bedenkt, wie du aufgewachsen bist, aber dein Blickwinkel ist verschoben. Es ist eher die typische Denkweise einer Singura statt die eines Mitglieds deiner wahren Rasse."

„Was willst du mir damit sagen? Dass ich glücklich in seine Arme springen, nett lächeln und mich auf ihn verlassen soll?"

„Ich weiß, dass du mich nie mit meinem Gefährten erlebt hast, aber kannst du dir wirklich vorstellen, dass ich zu irgendeinem Zeitpunkt nett lächele?" Ohne auf eine Antwort zu warten, fuhr Naomi fort: „Nein, nicht ich. Das würde ich auch nicht tun. Das ist es nicht, was Volán-Frauen tun. Das Problem liegt einfach darin, dass du Eerikki als einen separaten Teil deiner selbst betrachtest. Aber in Wahrheit ist er nichts anderes als eine Verlängerung deines Körpers."

Perplex blinzelte Katy ihre Großmutter an, als ob das dabei helfen würde, ihren Blick zu klären und ihren Verstand zu entwirren.

„Denk doch mal darüber nach", sagte Naomi. „Wie schwer wäre dein Leben, wenn du deine Hände nicht hättest? Deine Füße? Deine Augen? Eerikki ist nur ein weiterer Teil von dir. Ohne ihn ist das Leben schwerer. Nicht unmöglich, aber komplizierter. Unbequem. Mit ihm fließen die Dinge. Fühlen sich gut an."

„Aber es ging mir gut, bevor ich ihn getroffen habe."

Naomi lächelte sanft und ihre Stimme wurde weicher. Die Sanftheit ihres Tonfalls stand in starkem Kontrast zu der Kraft ihrer Worte. „Weil du bis zu dem Zeitpunkt, an dem du ihn getroffen hast, gar nicht wusstest, was dir fehlte."

Ein Blitz, der sich durch ihre Brust bohrte, hätte nicht passender sein können. Genau das war der Unterschied. Die Wahrheit, die sie nicht wahrhaben wollte, während jeder weitere Blick von Priest es ihr unmöglicher machte, sich von ihm fernzuhalten. Jeder tiefe, grollende Kommentar und jede selbstbewusste Berührung.

Sie versuchte zu schlucken, aber die Erkenntnis hinterließ einen steingroßen Kloß in ihrer Kehle. „Also habe ich keine Wahl?"

„Du hast eine Wahl. Er weiß, dass du seine Gefährtin bist, du jedoch bist diejenige, die die Verbindung besiegelt, wenn du ihn akzeptierst."

Ein Schauer, der nichts mit den kühlen Temperaturen zu tun hatte, lief ihr den Rücken hinunter.

Nimm, was dir gehört.

Priest hatte diesen Satz seit ihrem gemeinsamen Tag an der Bucht viele Male wiederholt. Er hatte darauf bestanden, dass er sie nicht bedrängen würde, bis sie bereit wäre. Aber vielleicht hatte er etwas ganz anderes gemeint. „Du meinst Sex?"

„Nein, *nahina*. Ich meine, wenn du ihn mit deinem Herzen annimmst."

Auf der anderen Straßenseite schlenderte ein Pärchen zur Bar, das sie von Besuchen in Priests Haus kannte. Die beiden wirkten nicht viel älter als Katy selbst, vielleicht Ende zwanzig, höchstens Anfang dreißig. Obwohl, so wie Volán alterten, könnten sie auch locker fünfzig oder sechzig sein. Sie hatten ihren Arm um die Taille des anderen geschlungen, und mit der leichten Synchronizität in ihrem entspannten Gang wirkte das Bild wie aus einer dieser epischen Liebesgeschichten. Waren sie Gefährten? Gingen sie nur miteinander aus? Lernten sie sich gerade erst kennen? Und wie verschenkte eine Frau ihr Herz an einen Mann? Oder vielleicht war die viel wichtigere Frage, wie man dies vermeiden konnte, bis man sich absolut sicher war?

Naomi seufzte und tätschelte Katys Oberschenkel. „Mein armes Mädchen. Stets versucht, eine Erklärung für das Unerklärliche oder eine Logik in Emotionen zu finden." Wie Katy sah sie zu, wie das Pärchen im Innern der Bar schwand, dann richtete sie ihren Blick wieder auf Katy. „Es dreht sich nicht darum, wie es aussehen soll, wenn es um deinen Gefährten geht, sondern wie es sich anfühlt."

Das. Genau das war der erschreckendste Vorschlag von allen. Zu fühlen bedeutete, die Kontrolle zu verlieren, auf fundiertes Denken und Planen zu verzichten und unnötige, potenziell schmerzhafte Risiken einzugehen. „Ich bin mir nicht sicher, ob ich weiß, wie das geht."

Grinsend stand Naomi auf, umfasste Katys Handgelenk und zog sie auf die Füße. „Du wirst es lernen. Und das recht schnell, mit einem Mann wie Eerikki." Erneut blickte sie auf die leere Stelle an Katys Kehle, und das Grinsen wurde zu einem Schmunzeln. „Aber du solltest wissen … je mehr du wegrennst, desto hitziger wird das Spiel werden."

KAPITEL 13

Priest war erschöpft. Er war die letzten beiden Tage überwiegend beschäftigt gewesen. Die meiste Zeit hatte er Alek eine Tätowierung gestochen, die eines Primos würdig war, und sie mit seiner Magie gefüllt. Den Rest der Zeit hatte er damit zugebracht, einen Schutzzauber um *Rogue's Manor* zu legen und Alek anzuleiten, wenn andere Krieger sie besuchten, um ihr Gelübde abzulegen. Die Party in seinem Haus stattfinden zu lassen, wäre viel einfacher gewesen, aber Kateri hatte sich offensichtlich danach gesehnt, einmal eine andere Umgebung um sich zu haben. Seit sie erfahren hatte, dass sie seine Gefährtin war, hatte sie ihre Zeit damit verbracht, alles über die Volán zu lernen, was sie konnte, und ihn wie die Pest gemieden. Die Party war somit die einzige Möglichkeit, die ihm blieb, um ihr etwas Erleichterung zu verschaffen. Also hatte er sich aus dem Haus geschlichen, um die Arbeit zu erledigen, während alle anderen schliefen. Er bekam sowieso keinen Schlaf.

Er schlenderte über den Parkplatz zum Haupteingang der Bar, Alek ruhig und konzentriert neben ihm. Was genau das Gegenteil von seinem Verhalten in der Zeit war, die sie allein im Tattoostudio miteinander verbracht hatten. Alek hatte vielleicht erst vor gut drei Wochen von ihrer Rasse erfahren, aber er schien entschlossen zu sein, die verlorene Zeit schnell aufzuholen.

Man konnte ihm jedoch keinen Vorwurf daraus machen, dass er heute Abend verkniffen und nervös wirkte. Nichts machte einen Mann angespannter, als wenn er sich der großen Verantwortung, die ihm aufgebürdet worden war, bewusst wurde.

Priest öffnete die Tür für Alek und winkte ihn hinein. „Entspann dich. Es ist ein Fest. Nicht dein erster Presect. Das Ziel ist es, dass du eine gute Zeit verbringst und Leute kennenlernst."

„Sagt der Mann, der aussieht, als würde er gerne gegen jeden MMA-Kämpfer antreten wollen, nur um Dampf abzulassen."

Halb durch die Tür zögerte Alek und senkte seine Stimme. „Apropos, wie lange wirst du noch dagegen ankämpfen können …" Er drehte sich zu Priest und zuckte mit den Achseln, als wüsste er nicht, wie er den Elefanten im Raum benennen sollte. „Du weißt schon. Dein Ding. Wenn ihr beide getrennt sein, seid ihr beide angepisst. Bettelt ihr dann nicht nur um Ärger, wenn ihr nichts dagegen tut?"

„Oh, ich werde etwas tun. Entscheidend ist nur, wie viel und wann. Erinnere dich nur daran, was ich sagte, als ich dich darum bat, dich nicht zwischen deine Schwester und mich zu stellen. Es ist mir egal, wie viel neues Mojo du hast. Wenn du dich einmischst, reiße ich dir die Eingeweide durch die Kehle heraus und hänge dich daran auf."

Alek erstarrte. Eine ganze Schar von Emotionen huschte über sein Gesicht, nicht zuletzt Unentschlossenheit darüber, ob er Priest durch die Tür lassen sollte.

„Entspann dich, großer Bruder. Ich zerre nur ein wenig an deinen Ketten." Priest legte Alek die Hand auf die Schulter, drängte ihn vorwärts und murmelte: „Zum Großteil."

Ehe Alek etwas erwidern und auf den Witz eingehen konnte, erblickte die Menge ihn, und ein großer Begrüßungschor ertönte. Den Ort *Manor*, also Herrenhaus, zu nennen, war etwas übertrieben, aber die kastanienbraunen Wände, die gebeizten Holzarbeiten und die altenglischen Wandteppiche verliehen dem Ganzen eine Menge Charakter.

Und es war voll. Vollgepackt mit Clanmitgliedern, die bis zu einhundert Meilen Entfernung zurückgelegt hatten. Was kein Wunder war, wenn man bedachte, wie wichtig es war, einen Primo zu benennen. Es überraschte auch nicht wirklich, dass er und Alek weit über zwei Stunden zu spät zur Party gekommen waren, der Clan jedoch keine Zeit verschwendet hatte, die Dinge ins Rollen zu bringen. Mindestens ein Drittel von ihnen füllte die Tanzfläche, während der Rest die Tische ignorierte und von Gruppe zu Gruppe schlenderte.

Priest stand neben Alek, schüttelte Hände, umarmte und gab denen, die sich näherten, ein High Five, aber es dauerte keine drei Sekunden, um seine Gefährtin ins Visier zu nehmen. Kateri stand mit einer Gruppe Männer und Frauen zusammen, mit denen Jade oft Zeit verbrachte. Sie nippte an einem – darauf würde er wetten – fruchtigen Cocktail, wie Jade ihn oft bestellte, und beobachtete, wie sich alle um Alek drängten.

Interessant. Normalerweise hielt sich Kateri bei sozialen Ereignissen des Clans eher abseits auf. Zuschauen statt unterhalten. Und obwohl er sie diesmal nicht wirklich bei einem Gespräch ertappt hatte, war sie immerhin Teil der Runde und lächelte sogar ein wenig.

Oder besser gesagt, sie tat es, bis sie seinem Blick begegnete und ihr Lächeln verschwand.

Er machte sich darauf gefasst, einen finsteren Blick zu kassieren, mit dem er sich auf irritierende Weise bereits vertraut gemacht hatte, nur um von etwas anderem überrascht zu werden. Kein offenes Willkommen, aber auch keine Zurückweisung. Eher vermischte sich Wachsamkeit mit Verwirrung. So, als ob ein Krieg in ihrem Kopf tobte und der Gewinner per Münzwurf bestimmt wurde.

Einer seiner ältesten Kriegerältesten, Garrett, wandte sich von der Begrüßung Aleks ab und reichte Priest die Hand. Mit einhundertdreiundsechzig Jahren war sein Haar endlich silbern geworden und seine Haut spiegelte die Zeit wider, die er draußen verbracht hatte, aber seine Augen waren noch immer so scharf wie Aleks. „Du musst glücklich sein.“

Gerade verstummten Garretts Worte, als Priests Blick sich auf Kateris Kehle heftete.

Kein Medaillon.

Ein Blitzfeuerwerk entzündete sich unter seiner Haut. Seine Wildkatze sträubte sich, und die Dunkelheit wogte mit einem fast überwältigenden Drang durch ihn hindurch und wollte, dass er etwas unternahm, sie auf jede erdenkliche Weise markierte.

Priest zwang seine Aufmerksamkeit wieder zurück zu seinem Ältesten. „Schwer, die Entscheidung des Hüters infrage zu stellen, aber ja. Alek ist eine starke Wahl, genau wie sein Großvater.“ Er warf Alek einen Blick zu, der praktisch zwischen zwei jungen Frauen, die ihre Seelensuche noch nicht absolviert hatten, eingeklemmt war. Die beiden waren an mehr als nur am Übermitteln von Glückwünschen interessiert. „Tu mir einen Gefallen. Bleib bei Alek, während ich mich um etwas kümmere.“

Garrett lachte und sein Blick wanderte zu Kateri hinüber. „Ich nehme an, dass das, was du unter Kümmern verstehst, mit der Person zu tun hat, die da neben Jade steht und sich schick gemacht hat, um die Aufmerksamkeit des Hohepriesters zu erregen, oder?“

Ob ihr sexy Outfit etwas mit ihm zu tun hatte oder nicht, darüber könnte man diskutieren. Aber das Oberteil, das sie gewählt hatte, war ein Wickelshirt, das ein ausgeprägtes V an ihrem Hals bildete und das Fehlen seines Zeichens deutlich ins Rampenlicht rückte. Allerdings war die Tatsache, dass sie sich für ein solch eng anliegendes Teil entschieden hatte und eine ausgeblichene, aber sehr stylishe Jeans, die sich perfekt an ihre Figur schmiegte, ein weiterer Schock. Er hatte zwar genug Gelegenheiten gehabt, um ihre Kurven in ihren Laufklamotten zu bewundern, aber noch nie hatte er gesehen, wie sie sich kleidete, um ihren Körper zu betonen und Aufmerksamkeit zu erregen.

Um sich dem Clan anzupassen und zu interagieren.

Sie gab ein Statement damit ab.

Sie will die Jagd.

Der Gedanke stammte von seinem Panther. Es war mehr ein Gefühl als echte Worte, aber selbstbewusst und absolut sicher.

Und seine Wildkatze hatte recht. Sie wollte die Jagd. Allerdings hatte sie das wahrscheinlich gar nicht bewusst mitbekommen. Oder sie wollte es nicht wahrhaben. Aber es war da. Der Nervenkitzel und die Vorfreude, die unter der Oberfläche brodelte, gefangen unter der bröckelnden Kontrolle, um die sie kämpfte.

„Sie muss gehändelt werden, richtig", sagte Priest und ließ sie nicht aus den Augen. Das Licht des Messingkronleuchters über ihnen war gedimmt, um eine entspannte Pub-Atmosphäre zu erzeugen, doch es war hell genug, um zu erkennen, dass sie genauso wenig geschlafen hatte wie er. Er hoffte verdammt noch mal, dass sie bereit war für die Reaktion, die sie verdient hatte, denn seine Müdigkeit war verschwunden. Durch einen frischen Adrenalinschub in Sekunden ausgelöscht.

Er schlängelte sich durch die Menge, ließ sich Zeit und unterbrach den Blickkontakt nur, wenn unwissende Clanmitglieder anhielten, um ihn zu begrüßen. Diejenigen, die ihn aufhielten, blieben jedoch nicht lange unwissend. Nicht bei der Art und Weise, wie seine Aufmerksamkeit immer wieder zu Kateri zurückkehrte, und bei der elektrischen Ladung, die zwischen ihnen pulsierte. Niemand erwähnte das Fehlen seines Medaillons, aber es bestand kein Zweifel daran, dass es jeder bemerkt hatte. Und diejenigen, denen es nicht aufgefallen war, hatten es garantiert durch die Gerüchteküche erfahren. Priests Gefährtin – die Frau, die tagelang mit seinem Medaillon um den Hals unter ihnen umhergelaufen war und die immer zu seiner Linken saß, am nächsten zu seinem Herzen – hatte ihm den Fehdehandschuh vor die Füße geworfen.

Die Band wechselte zu einer langsamen Bluesmelodie, gerade als Priest ein Paar umrundete, das in eine hitzige Diskussion vertieft war.

Er schlich sich hinter Kateri an und umschlang ihre Hüften. „Du hast nicht geschlafen.“

Sie erschrak bei seiner Stimme und wollte sich umdrehen, um ihn anzusehen, doch er hielt sie fest. Dennoch reckte sie ihren Kopf weit genug zu ihm herum, um ihm ein scharfes „Mir geht's gut“ zuzuwerfen, dann wandte sie ihre Aufmerksamkeit wieder der Tanzfläche zu.

„Das ist nicht wahr. Dir geht es alles andere als gut. Du bist weit entfernt davon.“ Er senkte seinen Kopf und rieb seine Schläfe an ihrer. Ihr Jasminduft flüsterte durch ihn hindurch und besänftigte seine Anspannung, auch wenn es ihn zu mehr drängte. Er wollte diesen Duft auf seine Haut geprägt haben. „Du bist unglücklich, und ich habe es satt, dich leiden zu lassen.“

Sie packte eines seiner Handgelenke mit mehr Kraft, als er erwartet hatte, schob seine Hand weg und löste sich aus seinem Griff – etwas, was er zuließ, aber nur gerade so. Die einzige andere Möglichkeit war, sie an sich zu ziehen, ihren Mund in Beschlag zu nehmen, und allen, die zusahen, die Show zu bieten, die sie wollten.

„Du hast es satt, mich leiden zu lassen?“

„Das ist es, was ich sagte.“ Er schlich näher und schnappte sich ihr Handgelenk, ehe sie mehr Distanz zwischen ihnen schaffen konnte. „Du bist nervös. Müde. Bereit, um auszuteilen.“

Sie versuchte, ihre Hand loszureißen, bemerkte jedoch schnell, dass es vergebliche Liebesmüh war, es sei denn, sie wollte noch mehr Aufmerksamkeit auf sich ziehen. „Warum glaubst du, zu wissen, was ich fühle?“

„Weil ich das Gleiche empfinde.“ Er nahm ihr den

Drink aus ihrer anderen Hand, stellte ihn auf einen Tisch in der Nähe und führte sie auf die Tanzfläche.

Zuerst folgte sie, doch als sie bemerkte, wohin er sie brachte, sträubte sie sich und stemmte sich dagegen.

Er nutzte das Gegengewicht, um sie herumzuwirbeln und aus dem Gleichgewicht zu bringen, sodass sie gegen seine Vorderseite stieß. Er legte einen Arm um ihre Taille, den anderen um ihre Schulter und führte ihren Kopf, bis er an seiner Brust ruhte. „Du brauchst meine Berührung", murmelte er ihr ins Ohr. „Im wahrsten Sinne des Wortes. Gefährten bleiben aus einem bestimmten Grund in der Nähe – weil Distanz schmerzhaft ist. Jetzt leg deine Arme um mich und lass mich dir etwas Erleichterung verschaffen."

Die Hände, die sie gegen seine Brust gestemmt hatte, ballten sich zu Fäusten, und eine zitternde Verzweiflung durchdrang ihre Stimme. „Ich kann nicht. Die Leute schauen zu."

Das taten sie wirklich. Das Gewicht ihrer Blicke drückte ihn von allen Seiten, aber es war ihm egal. Er umfasste ihren Nacken und kämpfte gegen das Bedürfnis, seine Finger in ihr seidiges Haar zu krallen und ihren Kopf für einen heftigen Kuss nach hinten zu ziehen. „Sie schauen zu, weil meine Gefährtin beschlossen hat, Stellung zu beziehen und mich herauszufordern. Und diese Herausforderung nehme ich zu gerne an. Aber nicht, bevor du mehr geerdet bist und bereit dazu, den Kampf aufzunehmen. Jetzt umarme mich und nimm dir, was du brauchst."

Langsam schlang sie die Arme um seinen Nacken. Ihr Körper an seinem war angespannt. Als ob sie verzweifelt wollte, was er anbot, aber keinem von ihnen genug traute, um loszulassen und es anzunehmen. Erst als sich die Muskeln in ihrem Rücken und ihren Schultern entspannten, bewegte er sich und wiegte sie sanft zur Musik.

Ihre Antwort war unsicher, schüchtern, genauso wie sie es bei ihrem Kuss gewesen war, ehe sie unter ihm zum Leben erwacht war und eifrig ihren Mund für den seinen geöffnet hatte.

Er strich ihre Wirbelsäule hinab und drückte ihre Hüften fester gegen seine. „Entspann dich, Kätzchen.“

„Du hast leicht reden“, brummte sie an seiner Brust. „Du bist nicht derjenige, der so tun muss als ob, während alle anderen zusehen.“

Ihr Kommentar irritierte ihn. „So tun muss als ob, was?“

„Nichts. Vergiss, was ich gesagt habe.“

Einen Teufel würde er tun und vergessen. Priest umfasste ihr Gesicht und brachte sie dazu, ihn anzusehen. „Hast du noch nie mit einem Mann getanzt?“

Der Blick, den sie ihm zuwarf, kam einem scharfen Nein sehr nahe, doch statt es laut auszusprechen, ging sie einen anderen Weg. „Ich bin nicht sicher, ob das, was wir tun, etwas mit Tanzen zu tun hat.“

Sie hatte also mit niemandem zuvor getanzt. Wie immer bei ersten Malen war es ein unschuldiges, aber extrem erfreuliches, ein einfaches Vergnügen, sein Kätzchen aus seiner dunklen Höhle zu locken. „Oh, wir tanzen. Ein langer, verführerischer Tanz, den ich nicht gedenke, jemals zu beenden.“

Ihre Lippen öffneten sich und sie zog ihr Kinn ein, aber nicht bevor er die Aufregung in ihrem Blick bemerkt hatte. Seine Brust wurde breiter, eine Leichtigkeit dehnte sich in ihm aus, die er kaum unterdrücken konnte. Sein Biest lief auf und ab und knurrte erwartungsvoll. „Sieh mich an.“

Sie schüttelte den Kopf.

„Ich will deine Augen sehen, Kateri, ich brauche das. Zeig mir, was darin brennt.“

Ihre Brust hob und senkte sich. Einmal. Zweimal. Ein drittes Mal. Dann sah sie langsam zu ihm auf.

Und seine Brust schwoll weiter an.

Pures Verlangen erfüllte ihre graublauen Augen, vermischte sich mit einer Arglosigkeit, die ihn fast umhaute. Seine Arme schlossen sich instinktiv um sie, als ob ein Teil von ihm die Notwendigkeit sah, sie zu beschützen, während ein anderer versuchte, sie für sich zu gewinnen. „Du hast noch nie mit einem Mann getanzt."

„Das hat nichts zu bedeuten. Ich habe mich mehr auf die Schule konzentriert als auf mein Sozialleben. Und bevor du fragst, nein, ich bin keine Jungfrau, also glaub nicht, dass du das auf deine Liste der ersten Male setzen kannst."

Das war sein Kätzchen, das ihr Bestes tat, um sich durch den intimen Moment zu krallen, selbst wenn es sie nur noch bezaubernder machte. „Nein, das glaube ich auch nicht. Du hast viel zu viel Leidenschaft in dir und bist zu neugierig, um nicht zu experimentieren."

Er grinste, während sein Panther darüber nachdachte, die Vorgänger ausfindig zu machen, um ihnen die Wirbelsäulen mit den Zähnen rauszureißen. „Aber es hat dir nicht gefallen."

Sie runzelte die Stirn und spitzte den Mund, als könnte sie sich nur so davon abhalten, eine Reihe von Obszönitäten von sich zu geben.

So verfickt niedlich.

Wahrscheinlich wäre es vorteilhafter gewesen, wenn er sich zurückgezogen hätte. Sie wieder tiefer in den Tanz gezogen und sein Kätzchen in bessere Stimmung gestreichelt hätte. Stattdessen gab er ein Lachen von sich und schmiegte sich an ihren Hals. „Bei mir wird es dir gefallen. Du wirst es lieben. Dich danach sehnen."

Ihre Finger gruben sich in seine Schultern, und ein zartes Schaudern, das nichts mit einem weiteren Fluchtversuch zu tun hatte, durchfuhr ihren Körper. Sie war bemüht, Unmut in ihre Stimme zu legen, aber darin war zu viel Heiserkeit, um eine noch wesentlich aussagekräftigere und greifbarere Antwort zu verbergen. „Im Gegensatz zu dem, was du denkst, ist es keine ausgemachte Sache, dass ich mit dir ins Bett steige."

„Doch, das ist es." Er zog sich nur so weit zurück, dass er mit seiner Nase ihre streicheln und mit dem Finger über ihr Schlüsselbein bis zu ihrer Kehle empor gleiten konnte. „Du kannst mein Zeichen ablehnen, aber es ändert nichts. Du bist meine Gefährtin. Es gibt nichts Wichtigeres für mich, als dich für mich zu gewinnen, und ich werde nicht aufgeben, bis du mich akzeptierst."

Oh ja, sie wollte die Verfolgung. Das Verlangen und der Hunger, die von ihr ausgingen, züngelten an seiner Haut. Potent und süchtig machend. Gefährlich. Sie kämpften sich frei und begehrten die Aufmerksamkeit von Mann, Dunkelheit und Bestie.

Er lächelte gegen ihre Lippen. „Aber nimm dir auf jeden Fall die Zeit, die du brauchst, um das zu erreichen. Lass mich dafür arbeiten, so wie du es für richtig hältst." Er hauchte einen neckenden Kuss auf ihren Mund und zog ihr zitterndes Ausatmen in seine Lungen, als wäre es der Preis dafür. „Ich liebe eine gute Jagd."

KAPITEL 14

Nimm, was dir gehört, und vertrau mir, dass ich dich beschütze.
Du wusstest nicht, was dir fehlt.
Ich werde nicht aufgeben, bis du mich akzeptierst.
Ich liebe eine gute Jagd.

Vier Sätze. Sie alle liefen in einer Endlosschleife durch ihren Kopf, ununterbrochen und mit noch mehr Emotionen beladen, als sie verkraften konnte. Ihr ganzes Leben lang war sie auf Spur geblieben, hatte sich auf ihr Studium konzentriert, ihre Karriere im Auge gehabt und stets Verantwortung und Logik über Launen und Instinkt gestellt.

Und nun sieh sie dir an.

Sie saß auf dem Sozius von Priests Motorrad, mit dem Wind im Haar und einem angenehmen Summen unter der Haut.

Zugegeben, die Cocktails, die sie die ganze Nacht über getrunken hatte, trugen zum Teil zu Letzterem bei, aber Priest hatte bereits beweisen, dass er durchaus in der Lage war, sie ohne einen Tropfen Alkohol betrunken zu machen. Es war, als ob ihr Verstand abschaltete und ihr Körper in seiner Gegenwart übernahm.

Aber wenn sie ehrlich war, ging es um wesentlich mehr als nur um Priest und die körperliche Reaktion, die er hervorrief, wenn er sich mal ins Zeug legte.

Ihre Kontrolle ließ langsam nach.

An diesem Abend war sie mehrmals ihrem Bauchgefühl gefolgt und hatte impulsiv gehandelt. Das erste Mal war dies geschehen, als sie sein Medaillon abgenommen hatte. Zu dieser Zeit hatte sie gedacht, es wäre eine Ansage. Ebenso wie es eine Erklärung wäre und eine Weigerung, sich zu etwas drängen zu lassen, was sie nicht wollte. Aber vielleicht war es etwas ganz anderes gewesen. Vielleicht hatte Nanna recht und es war nur ein unbewusster Trick, um ihn endlich zum Handeln zu bewegen.

Wenn dem so war, waren ihre Instinkte möglicherweise nicht sehr erfahren, aber sie hatten den Nagel auf den Kopf getroffen. In der Sekunde, als er sie gesehen und das fehlende Medaillon bemerkt hatte, hatte sich sein ganzes Verhalten geändert.

Und sie wäre fast dabei gekommen, nur weil sie es beobachtet hatte. Als er die Bar umrundet und hinter ihr stehen geblieben war, war ihr Geschlecht nicht nur feucht gewesen, sondern es hatte gepocht. Es war ihr noch immer ein Rätsel, wie sie es geschafft hatte, beim Tanzen ihre Hüften nicht gegen seine zu reiben, doch diese Instinkte waren wieder eingesprungen und sie hatte sich zurückgehalten. Als wüsste ihr Körper, was zu tun war, selbst wenn ihr Verstand keine Ahnung hatte.

Sie hatte auch mit Jade und ihren Freundinnen getanzt, hatte ihre Hemmungen fallen lassen, die Augen geschlossen und sich der Musik hingegeben, ohne sich darüber Gedanken zu machen, wer sie beobachtete.

Natürlich hatte Priest zugesehen. Ungefähr fünf Minuten nachdem sie die Tanzfläche verlassen hatte, war er aufgestanden und hatte sie regelrecht aus der Bar gezerrt. Er hatte ihr prompt mitgeteilt, dass er sie nach Hause bringen würde.

Das beharrliche Grollen der Harley verebbte und Priest lehnte sie in eine scharfe Kurve.

Nein, keine Kurve. Seine Auffahrt.

Eine dreißigminütige Fahrt, die im Handumdrehen vergangen war.

Sie lächelte in die Nacht. Die scharfe Frühlingskälte ließ ihre Wangen prickeln. Wenn Priest auch nur geahnt hätte, wie nah am Abgrund sie in der Bar tatsächlich gewesen war, hätte er sie schon vor Stunden nach Hause gefahren.

Er stellte den Motor ab und Katy kletterte von der Maschine. Der Verlust der Vibrationen der Harley, seiner Hitze und seines Duftes nach Sommergewitter war wie eine grausame Strafe. Sie steckte die Hände wieder in die Taschen seiner Lederjacke, die sie trug, und duckte ihr Gesicht teilweise unter den Kragen. Es stimmte, die Luft war frisch und ihre Wangen waren kalt, aber sie tat das nur, um einen Anschein von Deckung zu suggerieren, während sie zusah, wie er das Motorrad abstellte und abstieg.

Das war so eine Sache mit Priest. Alles, was er tat, tat er mit Anmut. Seine katzenhafte Seite leitete alles, von der Art und Weise, wie er ging – oder eher, wie er sich anpirschte – bis hin zu der Art, wie er sein Essen kaute. Sie könnte ihn stundenlang beobachten. Eigentlich hatte sie genau das getan und war viel zu oft auf frischer Tat dabei ertappt worden.

Er grinste, als hätte er ihre Gedanken lesen können, und breitete seine Hand auf ihrem unteren Rücken aus. „Komm, gehen wir rein, damit dir warm wird."

Warm. Richtig. Ihr war ja nicht schon tausend Grad heiß, aber der Großteil ihrer Hitze konzentrierte sich zwischen ihren Schenkeln.

Drinnen leuchteten nur eine Lampe im Wohnzimmer und ein Flurlicht. Der sanfte Schein war ein angenehmes Willkommen nach einer Achterbahnnacht. Gerade als sie die Treppe erreichte, drang die Stille zu ihr durch, und ihr wurde bewusst, dass sie nicht nur für die Nacht zu Hause war.

Sie war mit Priest zu Hause.

Allein.

Sie blieb unten an der Treppe stehen, umklammerte das Geländer mit einem Todesgriff und warf Priest einen Blick über ihre Schulter zu.

Angesichts seiner trägen Schritte, als er sich auf sie zubewegte, und dem teuflischen Glitzern in seinen Augen wurde deutlich, dass er die mangelnde Anwesenheit der anderen Bewohner als taktischen Vorteil betrachtete und sich darauf verlassen hatte.

Ihr Herz schlug, und jeder Schlag war kräftiger, je näher er kam. „Also …“ Sie räusperte sich und zwang sich zu einem Lächeln, das wahrscheinlich ebenso zittrig war wie ihre Stimme. „Danke, dass du mich nach Hause gebracht hast. Es war ein schöner Abend.“

Priest trat näher, als ihre Worte verstummmten, öffnete den Reißverschluss ihrer Jacke und zog sie ihr aus. „Und es wird noch besser.“ Da er ihr keine Zeit ließ, die Bemerkung zu verarbeiten, warf er die Lederjacke hinter sich auf das Sofa, umschlang ihre Hüften und führte sie die Treppe hinauf.

Oh Junge.

Ihr Magen zog sich zusammen und ihr Atem stockte, aber ihre verräterischen Füße blieben auf Spur. Dass sie bei dem Adrenalinschub, der ihren Blutkreislauf durchflutete, überhaupt eine Koordination hinbekam, war ein absolutes Wunder. Gott wusste, ihr Gehirn funktionierte nicht mehr richtig.

Obwohl ihre Gedanken normalerweise geordnet und logisch waren, schien es nun so, als ob ein Schwarm betrunkener Trolle das Steuer übernommen hätte und in fünfzig verschiedene Richtungen kraxelte, ohne eine Ahnung davon zu haben, wie man die Maschinerie überhaupt bediente.

Ehe sie sich versah, hatten sie den Treppenabsatz erreicht, und die Tür zu Priests Zimmer kam viel zu schnell näher. Und was sollte sie tun, wenn sie dort ankäme?

Priest beantwortete die Frage, bevor es ihr Verstand tun konnte. Er ergriff sanft ihr Handgelenk, brachte sie dazu, stehen zu bleiben, und drückte sie gegen die Wand neben der Schlafzimmertür. „Atme, Kätzchen.“

„Ich atme.“

Lügnerin.

Das Grinsen, das er ihr zuwarf, zeigte, dass er ihrem Gewissen zustimmte, aber anstatt darauf herumzureiten, packte er ihre Hüften und ließ kaum mehr als ein paar Zentimeter zwischen ihnen Raum. Seine Hitze war alles verzehrend. Seine Anwesenheit pure Versuchung, die über ihre Haut züngelte. „Wir brauchen dringend mehr Gründe für dich, um zu tanzen."

Was? Er wollte übers Tanzen reden? Jetzt? Denn so, wie sich seine angespannten Brustmuskeln unter ihren Handflächen anfühlten, wollte sie nur noch eins, und das war, sein T-Shirt loszuwerden und jeden Zentimeter seiner Haut zu erkunden. „Warum sollten wir die brauchen?", flüsterte sie.

„Weil ich das Gefühl haben möchte, dass du dich auf die gleiche Weise an mir bewegst." Er senkte sein Gesicht nah genug, dass sein Atem über ihr Gesicht strich, und rieb seine Nase gegen ihre. „Oder noch besser, unter mir."

Er nahm ihren Mund in Beschlag und fing ihr Keuchen ein, während er die Arme um ihren Oberkörper schlang und sie an sich zog.

Dies war nicht so ein Kuss wie sie ihn in der Bucht miteinander geteilt hatten. Dies war eine Inbesitznahme. Eine Einforderung, die plünderte und Unterwerfung verlangte. Ein unerbittlicher Sturm, der alle Schutzschilde bis hin zum letzten bombardierte und zerschmetterte, sie aus dem Weg fegte und sie roh und schutzlos zurückließ.

Das hatte sie bei anderen Begegnungen vermisst. Diese Chemie und Verbindung, nach der sie sich immer gesehnt hatte. Das Brennen und die süße Hingabe, die die Welt um sie herum vollkommen irrelevant machte.

Und sein Geschmack … er hatte schon zuvor süchtig gemacht, aber durch den anhaltenden Hauch von Scotch, den Priest die ganze Nacht über genippt hatte, schmeckte er kühner, vollmundiger und nach Mann. So köstlich, dass sie frustriert aufstöhnte, als er den Kuss unterbrach und verruchte kleine Küsse auf ihrer Kinnpartie verteilte.

Seine Stimme klang leise und dunkel wie ein grollender Donner. „Bist du bereit, *mihara*?" Er berührte ihren Hintern und presste seine Hüften gegen ihre. Der beharrliche Druck seines beeindruckenden Schwanzes unterstrich genau, was er meinte. „Willst du das, was ich dir geben kann?"

Was er ihr körperlich geben konnte? Absolut. Es war eher das, was danach kommen würde, was sie zu Tode erschreckte. Sie neigte den Kopf zur Seite und gab seinen forschenden Lippen und Zähnen mehr Raum, um ihren Hals zu erkunden. „Ich habe Angst vor dem, was du mir geben wirst."

Er hielt kurz inne und hob den Kopf. „Aber du willst es."

Gott, ja, das tat sie. So sehr, dass jedes Nervenende in ihr danach schrie und sie sich auf ihn stürzen wollte. Sie wollte sich an ihm reiben wie eine rollige Katze. „Das, was man will, und das, was einem guttut, sind zwei verschiedene Dinge. Was du anbietest, hat einen Preis, von dem ich nicht sicher bin, ob ich bereit bin, ihn zu zahlen."

„Bei mir gibt es keinen Preis. Nur Leidenschaft. Und dein Herz lässt unsere Verbindung nicht zu, bis du bereit bist." Er grub seine Faust in ihr Haar und zog langsam ihren Kopf daran zurück. Priest knabberte an ihrer Unterlippe. „Vielleicht brauchst du eine Kostprobe." Er leckte über die Stelle und beruhigte das Stechen. „Um ohne Risiko erkunden zu können."

„Ich glaube nicht, dass das möglich ist."
Seine Lippen verzogen sich zu einem schelmischen Grinsen. „Und ob das möglich ist." Er lockerte seinen Griff und küsste sie erneut, diesmal sanfter. Überre-

dend. Ein Versprechen und eine Versuchung in einem. Als er den Kopf hob, musterte er die Stelle an ihrer Kehle, an der sein Medaillon gehangen hatte. „Zieh es an, ehe du ins Bett gehst. Lass mich dir zeigen, was dir fehlt."

„Mir zeigen? Wie?"

„Du bist Wissenschaftlerin. Zieh es an und finde es heraus. Wenn du dich traust."

Ein weiterer Kuss. Dieser war ein sanfter Abschied, der fast ein Wimmern aus ihr hervorlockte. „Süße Träume."

KAPITEL 15

Priest lag auf seinem Sofa. Sein Haus war vollkommen still, bis auf die Geräusche der Natur, die durch die offene Glasschiebetür hinter ihm eindrangen. Die leichte Decke, die seinen nackten Körper verhüllte, reizte seine Haut, und sein Schwanz schmerzte und lag schwer auf seinem Bauch, lang, dick und pochend.

Selbst wenn Katy die Herausforderung annehmen würde, die er ausgesprochen hatte – seinen Anhänger zu tragen und ihm damit zu erlauben, sie in ihren Träumen zu treffen –, würde er nicht die Erlösung finden, die er brauchte.

Nicht heute Nacht. Nicht, bis er in ihr war.

Kateri jedoch … Er würde sich gründlich um Kateri kümmern und jede Sekunde davon genießen. Ihr süßer Körper war angespannt und balancierte am Rand von etwas, was sie noch nicht begreifen konnte. Alles, was er brauchte, war ein Eingang. Eine Chance, ihre Emotionen zu erreichen und sie von innen heraus zu befreien.

Wenn sie nur das Risiko eingehen und ihn hereinlassen würde.

Fuck, er brauchte sie. Wollte sein Gesicht zwischen ihren Schenkeln vergraben und die Erregung einatmen, die seine Wildkatze fast in den Wahnsinn getrieben hatte. Er wollte ihre Spalte lecken und an ihrer Klitoris lutschen, bis sie ihre Pussy gegen seinen Mund rieb und auf seiner Zunge kam. Er wollte seinen Schaft in ihrer nassen Möse versenken und endlich beanspruchen, was ihm gehörte.

Er umschloss seinen Schwanz an der Wurzel und drückte sie. Fest. Er wartete, ließ seine Gedanken schweifen, und Ideen, was er ihr in ihren Träumen zeigen würde, sickerten durch. Die Zeit tat nichts, um seinen schmerzenden Schwanz oder die Anspannung in seinen Muskeln zu lindern.

Erst als genug Zeit verstrichen war, damit sie sich hinlegen und schlafen konnte, wagte er es, die Augen zu schließen und seine Mitte zu finden. Er stellte sich seine Gefährtin vor, die sich auf seinem Bett ausstreckte.

Träumend. Wartend.

Die Stille im Zimmer summte nach und nach lauter, seine Muskeln entspannten sich, bis sein Körper bleischwer auf den dicken Kissen des Sofas lag. Aber sein Geist war leicht, war bereit, zu reisen und seiner Gefährtin zu geben, was sie brauchte. Er konzentrierte sich auf sein Ziel, das uralte Metall und die Magie, die darin lag. Sie zog ihn stetig zu seinem Zimmer und hoffentlich der Frau, die das Medaillon trug.

Die Geräusche in seinem Geist veränderten sich, Grillen und raschelnde Blätter, die er in seiner blinden Gestalt wahrnahm, kamen von einer anderen Quelle als dem Raum, den er zurückgelassen hatte.

Der Balkon.

Wie er öffnete sie die Tür, ehe sie schlafen ging. Aber nicht nur die Klänge waren anders. Auch der Duft hatte sich verändert. Jasmin, kühle Baumwolle und sein eigener Geruch vermischten sich.

Kateri.

In seinem Bett.

Sie trug es tatsächlich. Sie hatte sich getraut, und nun war sein Anhänger genau dort, wo er hingehörte. Sie gab ihm damit die Chance, ihr zu zeigen, wie gut es zwischen ihnen sein konnte. Wie befreiend trotz ihrer Ängste.

Er beruhigte seinen Geist, zentrierte ihn. Dann griff er nach ihren Träumen.

KAPITEL 16

„Kateri.“

Die Stimme kam aus dem grauen Nebel. Welcher Traum oder welche Vision sich auch immer kurz zuvor in Katys Kopf abgespielt hatte, wurde dadurch ausgelöscht und war in Sekunden vergessen. Sie kannte diese Stimme, liebte es, sie zu hören, genauso sehr, wie sie es liebte, sich an einem kalten Wintermorgen in ein warmes Bett zu kuscheln. So tief. Wohltuend.

Erregend.

Die Stimme kehrte zurück, diesmal mit einem zufriedenen Lachen. „Ich mag den Klang deiner Stimme auch, Kätzchen. Sehr sogar.“

„Priest“, flüsterte sie in das wirbelnde Nichts.

„Erwartest du etwa jemand anderen in deinen Träumen, *mihara?*“ Obwohl sie ihn nicht sehen konnte, spürte sie, wie sich seine Anwesenheit hinter ihr verfestigte und seine Hand sich auf ihre Hüfte legte. Er strich ihr das Haar aus dem Nacken und glitt mit seinen Lippen über die nackte Haut. Sein heißer Atem war eine schöne Liebkosung, die ihr den Rücken hinabrieselte. „Du hast die Herausforderung angenommen.“

Das hatte sie. Allerdings hatte sie fünfzehn Minuten gebraucht, in denen sie den Anhänger angestarrt hatte, und weitere zehn Minuten, in denen sie ihn in ihrer Handfläche gehalten hatte, ehe sie ihn um ihren Hals gebunden hatte. „Also träume ich gerade?“

„Mehr oder weniger. Nur bin ich nicht dein Unterbewusstsein, sondern dein Reiseleiter, und ich habe ein bestimmtes Ergebnis vor Augen.“

Seine Arme umschlangen sie, einer schräg über ihren Bauch und der andere um ihre Schulter. Seine Hand war wie ein besitzergreifendes Zeichen direkt über seinem Medaillon. „Hier bist du sicher. Keine Verpflichtungen. Keine Konsequenzen. Nur Lust.“

Nun, es war schließlich ihr Traum. Wo könnte eine Frau besser loslassen und all ihre Sorgen und Regeln beiseitelegen, wenn nicht im unbeschriebenen Raum des Schlafes?

„Genau das ist es“, sagte er und beantwortete damit ihre Gedanken. „Das ist Freiheit. Nur, was sich gut anfühlt. Was du willst, anstatt dem, was du denkst, was du tun solltest.“ Seine Stimme wurde leiser, seine Lippen flüsterten in ihr Ohr. „Bist du bereit?“

Bereit? Das war sie schon vor Tagen gewesen. Sie hatte sich zahllose Interaktionen zwischen ihnen vorgestellt, egal wie sehr sie sich dagegen gewehrt hatte. Aber Richtig oder Falsch spielte hier keine Rolle. Ebenso wenig wie Regeln oder Erwartungen. „Ja.“

Kaum hatte sie das Wort ausgesprochen, verschwand das endlose Grau und wurde durch die friedliche Pracht der Bucht, an der Priest sie zum ersten Mal geküsst hatte, ersetzt. Nur wenige Zentimeter von ihren Zehen entfernt, strich das Wasser sanft über den lehmigen Strand, und obwohl ihre Haut keinen direkten Kontakt mit dem Wasser hatte, registrierte sie den matschigen Sand unter ihren Füßen und dessen kalte Temperatur. Eine leichte Brise schob das Haar von ihren Schultern, und die Sonne flackerte durch das dichter werdende grüne Blätterdach.

Es war eine exakte Kopie dieses Tages. Aber wo war Priest?

„Hier.“

Sie wirbelte zu der Richtung, aus der seine Stimme kam, herum und fand ihn auf einem hüfthohen Felsbrocken sitzend, ein Knie so angewinkelt, dass sein nackter Fuß auf der Kante des Felsens ruhte, während der andere in das weiche Gras darunter gestellt war. Wie an dem Tag, an dem sie trainiert hatten, war sein Oberkörper nackt, nur seine wilden Tattoos und die

Amulette, die knapp über seinem Brustbein hingen, bedeckten seine Haut. Einzig seine graue Jogginghose hielt den Rest seines erstklassigen Körpers verborgen. „Was machen wir hier?“

„Wir teilen nur wenige Erinnerungen miteinander, mit denen wir arbeiten können, *mihara*. Außerdem dachte ich, ich gebe uns eine Chance, das zu Ende zu bringen, was wir begonnen hatten.“

Natürlich, als hätte die Erinnerung nur unter der Oberfläche gewartet, blitzte das Gefühl seines harten Körpers, der sich an diesem Tag an ihren gepresst hatte, kühn und wunderschön auf. Das wollte sie. Sie wollte ihn sehen und fühlen, ohne dass ihre Kleidung zwischen ihnen war. Allerdings hasste sie die Tatsache, dass dieses Intermezzo mit ihr in Laufklamotten beginnen würde. Nicht gerade sehr sexy. „Wer von uns leitet diesen Traum? Du oder ich?“

„Oh, ich leite ihn, aber es ist dein Traum. Die Nuancen kannst du hinzufügen. Dein Verstand ist ganz der deine.“ Er legte einen Arm über sein gebeugtes Knie und zwirbelte einen langen Grashalm zwischen den Fingern. Sein Haar fiel wie weiche schwarze Seide über seine tief gebräunte Haut. Wie ein dunkler Gott, der untätig darauf wartete, sich seiner verruchten Ideen hinzugeben. „Wenn dir das, was du trägst, nicht gefällt, ändere es.“

„Es ist eigenartig, dass du in meinem Kopf bist.“

„Aber das bin ich. Es ist schwer, deine Gedanken nicht zu hören, wenn wir uns buchstäblich im selben mentalen Raum befinden.“

Nun, das ergab Sinn, und das auf eine insgesamt beunruhigende Art und Weise. „Warum kann ich deine Gedanken nicht hören?“

„Weil es nicht mein Traum ist. Es ist deiner.“

Nicht gerade die Antwort, auf die sie gehofft hatte. Ein klein wenig Geben und Nehmen in diesem Szenario wäre schön gewesen. „Na gut, wie ändere ich mein Outfit?" Oder die bessere Frage wäre gewesen, *was* sie ändern sollte.

Er grinste. „Wie wäre es mit dem, was du fürs Bett angezogen hast?"

Sie sollte ihn nicht necken, nicht bei diesem schelmischen Glitzern in seinen Augen, aber sie konnte einfach nicht widerstehen. „Und was wäre, wenn ich nackt schlafe?"

Sein Lächeln verrutschte. „Dann wäre ich enttäuscht."

Wäre er das wirklich? „Warum das?"

„Weil du mir damit die Chance rauben würdest, dich auszupacken." Sein Blick glitt an ihr entlang, und das fühlte sich an wie eine intime Liebkosung. „Denk daran, was du getragen hast. Zeig mir, was dich bedeckt, während du in meinem Bett schläfst."

Das Bild war leicht herbeigezaubert. Schließlich hatte sie lang genug vor dem Spiegel gestanden und war fasziniert davon gewesen, wie der V-Ausschnitt aus Spitze ihres saphirblauen Negligés sein Medaillon umrahmt hatte.

Eine leichte Brise wehte durch die Bucht und die Seide glitt über ihre Haut. Ein Hauch von Wind schlüpfte zwischen ihre Schenkel. „Ich habe es geschafft."

Sie war so begeistert von dieser einfachen Leistung, dass es einen weiteren Herzschlag brauchte, bis sie bemerkte, dass Priest unheimlich still geworden war und sein begehrlicher Blick jeden Zentimeter von ihr wahrnahm. Erst als er ihr direkt in die Augen sah, schnippte er den Grashalm fort, senkte das Bein und richtete sich auf. „Komm her, kleines Kätzchen, dein großer Kater möchte spielen."

Oh, sie mochte diese Idee. Sehr sogar. Mehr noch als die, einen Kuchen wegzuwerfen und sich stattdessen dem sündigen Vergnügen hinzugeben, den Zuckerguss direkt vom Löffel zu lecken.

„Der Einzige, der leckt, bin ich", antwortete er. „Und ich kann dir verdammt noch mal garantieren, dass ich mich nicht ein Stück sündig dabei fühlen werde. Jetzt schaff deinen süßen Arsch hier rüber, damit ich dir geben kann, was du brauchst."

„So herrisch", neckte sie ihn. Diese unbeschwerte Erwiderung hörte sich ganz anders an als die Neckereien, die sie sonst miteinander teilten. Es klang verspielter und lustiger als ihre üblichen zaghaften Gespräche oder komplizierten verbalen Tänze. Wie ein Paar, das seit Jahren zusammen war und noch immer unbändige Freude an der Gegenwart des anderen empfand.

Sie gehorchte, ließ sich aber Zeit, um dorthin zu gelangen. Unter ihren Füßen verwandelte sich der Sand in schwammiges, weiches Gras. Sie konnte es sich nur allzu leicht als Polster für ihren Körper vorstellen, während er sich an sie drückte.

„Man kann nie wissen", begann er und genoss sichtlich das Schwingen ihrer Hüften. „Vielleicht magst du es herrisch."

„Mir hat das noch nie gefallen."

Das kurze und schmutzige Grinsen, nach dem sie sich inzwischen so sehnte, tauchte auf seinem Gesicht auf und seine Stimme wurde sündhaft leise. Da nur noch wenige Zentimeter zwischen ihnen waren, vibrierte der tiefe Ton perfekt auf ihrer Haut. „Ah, aber du hast es noch nie von mir erfahren." Kaum war sein letztes Wort in der Luft verhallt, griff er an, packte sie bei den Hüften und zog sie direkt zwischen seine Beine.

Selbst wenn sie es versucht hätte, sie hätte ihr Keuchen nicht verbergen können, denn der heiße Cocktail der Überraschung und sein fordernder Griff waren köstlich berauschend. Unter ihren Handflächen spannte sich seine hitzige Haut über den kräftigen Muskeln.

Wenn es nach ihr ginge, würde er ihr genug Zeit geben, um jeden Zentimeter mit ihren Fingern und dem Mund zu berühren und zu kosten. Sie zeichnete die komplizierten Linien eines Tattoos entlang seines Schlüsselbeins nach. „Ich denke, das nennt man eher kräftig zupacken statt herrisch sein.“

„Und ich denke, du magst beides.“

„Du kennst mich doch gar nicht gut genug, um so etwas zu behaupten.“

Seine Hände an ihren Hüften wanderten an ihren Seiten empor und nahmen die Seide darunter mit sich und streichelten ihre Haut, während der Saum ihres Negligés ihre Oberschenkel kitzelte. „Ich weiß, dass du mich so streichelst, wie du meinen Panther gestreichelt hast.“ Er schob die Daumen nach innen und neckte die Unterseite ihrer Brüste. „Ich weiß, dass deine Pupillen geweitet sind und deine Stimme atemlos klingt.“ Seine Fingerrücken glitten an der unteren Schwellung ihres Busens entlang und umkreisten ihre hart gewordenen Nippel. „Und ich kann deine Erregung riechen.“

Gequält entließ sie einen zittrigen Atemzug und rückte ihre Schultern zurück, was ihn zu mehr ermutigte. „Okay“, brachte sie hervor und war stolz darauf, dass sie das geschafft hatte. „Vielleicht hast du ein oder zwei Hinweise.“

„Ein oder zwei.“ Er erwiderte ihren Blick wie ein wachsames, wartendes Raubtier, das jede ihrer Reaktionen beobachtete. „Aber ich werde noch mehr haben, ehe wir fertig sind.“ Er kratzte mit den Fingernägeln über jede ihrer Brustspitzen und kniff hinein.

Ihre Augen schlossen sich und ihre Hüften kamen in Bewegung, das beharrliche Ziehen und der Druck fuhren ihr direkt ins Geschlecht. Das begierige Stöhnen, das ihre Kehle emporrollte, war ihren eigenen Ohren fremd, kratzig und schien mit dem Todesgriff an seinen Schultern mithalten zu wollen.

„Mehr?“

Ja. Absolut. Oder zumindest wollte sie das sagen, obwohl sie ziemlich sicher war, dass es eher wie ein Wimmern klang. Egal, er musste es verstanden haben, denn seine großen, starken Hände machten mit, kneteten und drückten ihre Brüste, bis sie den Kopf zurückwarf und sich seinen Berührungen entgegenwölbte.

Sein Atem flüsterte warm, direkt unter die Stelle, wo sein Medaillon ruhte, und seine Lippen neckten ihre Haut, während er sprach. „Ich glaube, meine Gefährtin sehnt sich danach, auf die Folter gespannt zu werden.“

Sehnen war ein ausgezeichnetes Wort, obwohl der Teil mit der Folter eher eine höllische Überraschung war. „Ich weiß nicht, wie ich es nennen soll, aber ich wäre enttäuscht, wenn du aufhören würdest.“

„Oh, es gibt kein Halten mehr. Erst wenn du hart genug für uns beide gekommen bist.“

Gott sei Dank. Denn so, wie er sie gerade berührte, zählte sie bereits den Countdown zu einer höllischen Explosion.

Kaum hatte sie den Gedanken zu Ende gebracht, ließ er ihre Brüste los und strich mit einer besitzergreifenden Hand über ihren Bauch. Als er innehielt und diese über ihrem Unterleib verharrte, hob Katy den Kopf. „Hör nicht auf.“

Er grinste darüber, und während ein Teil von ihr etwas unternehmen wollte, um ihm dieses Grinsen aus dem Gesicht zu fegen, wollte der andere, viel praktischere Part von ihr ihn nur wieder auf den richtigen Weg bringen. Er sollte sich in Bewegung setzen, seine Finger in Richtung ihres Hügels wandern lassen. Sie wollte die neckende Mischung aus seiner Berührung und der Seide, die gegen die dichten Löckchen kratzte, fühlen. „Ich höre nicht auf, ich will nur deine Augen sehen.“

Ein weiteres Tieferwandern und eine weitere Umkreisung, aber seine Finger erreichten nicht ganz ihre Klitoris.

„Du neckst mich“, keuchte sie.

„Nein, Kätzchen. Ich lerne dich kennen." Er kehrte mit den Händen zurück, strich langsam wieder an ihren Seiten empor und über ihre Brüste, dann hakte er die Finger unter die dünnen Träger ihre Negligés. „Ich merke mir jedes einzelne Stöhnen und Zucken und plane, wie ich dich außerhalb dieses Traumes nehmen werde."

Obwohl ihre Lider schwer wurden, hielt sie seinem Blick stand. Sie konnte auf keinen Fall wegsehen, nicht bei der Intensität, die in seinen mystischen grauen Augen brannte.

Zentimeter für Zentimeter zog er die Träger über ihre Schultern. Ihre durch seine Liebkosungen bereits wahnsinnig sensibilisierten Brüste wurden schwerer, waren sogar so schwer, dass es fast schmerzte. „Priest." Warum sie das sagte, konnte sie nicht herausfinden. Nur wusste sie, dass sie noch nie in ihrem Leben mit einem Mann intimer gewesen war, und er hatte sie nicht einmal nackt gesehen.

„Fühl es, *mihara*." Die Träger rutschten und die Seide glitt ein paar Zentimeter nach unten. Nur durch den festen Druck ihrer Arme gegen ihren Körper fiel das Negligé nicht zu Boden. Trotzdem unterbrach Priest nicht den Blickkontakt zu ihr. Mit der Fingerspitze zeichnete er nur die obere Schwellung ihrer Brüste nach, als hätte er alle Geduld der Welt. Seine Berührung wanderte zu ihrem Brustbein und stupste die Seide an. „Steh dazu. Entspann dich und entblöße dich für mich."

Steh dazu.

Er hatte recht. Es war ihr Traum. Ihr unglaublich leidenschaftlicher Traum mit einem kompetenten und geduldigen Partner.

Ihrem Gefährten.

Etwas entzündete sich in ihrem Körper, und die Spannung in ihren Armen ließ nach. Die Seide glitt über ihre Haut und sammelte sich zu ihren Füßen, sodass ihre entblößte Haut der dekadenten Berührung des Windes ausgesetzt war. Sie keuchte bei der ungewöhnlichen Liebkosung und schloss die Augen, bot sich nicht nur Priest an, sondern auch dem Moment und der Wahrheit.

Das raue, schwielige Kratzen von Priests Handflächen strich über ihren Bauch, und das kehlige und tiefe Knurren seines Panthers hallte von ihrem nackten Fleisch wider. „Ach Kätzchen, wenn du dich schon so siehst, kann ich es kaum erwarten, dich mit eigenen Augen zu sehen.“

„Was?“ Sie öffnete ihre Lider. Die laszive, aber kühne Erkundung seiner Hände entlang ihrer Hüften, ihrer Schenkel und ihres Hinterns ließ ihre Gedanken nur in Zeitlupe laufen.

„Dein Körper“, sagte er, ohne seinen Blick abzuwenden. „Das ist dein Traum. Was ich sehe, ist, wie du dich selbst siehst. Da ich weiß, was ich für dich tue, ist deine Perspektive nur die heruntergespielte Version der Wahrheit, also kann ich es kaum erwarten, die Realität zu sehen.“

Die Wissenschaftlerin in ihr staunte über den Unterschied und bemühte sich, klärende Fragen zu formulieren, aber die Frau in ihr war zu lebendig und konzentriert, zu begierig, mehr von dem zu fühlen, was er anbot. Neugier war für später.

Gerade jetzt war nur Fühlen angesagt. Um das sich beschleunigende Pulsieren zu beruhigen, das seine Berührung tief in ihrem Geschlecht verursachte.

„Dann sag mir, was du willst.“ Er hob seinen Blick zu ihrem, umfasste ihre Brüste und beugte sich vor, während er mit seinem Bart über eine davon streichelte.

„Wieso denn? Wenn du meine Gedanken hören kannst, weißt du bereits, was ich will.“

Er wandte sich der anderen Brust zu, rollte und kniff

in die Brustwarze, während seine Lippen über ihre straffe Haut glitten. „Weil ich möchte, dass meine Gefährtin mir sagen kann, was sie will. Es in Worte fasst. Egal wie delikat oder schmutzig es auch sein mag."

Delikat war es jedenfalls nicht. Und sie hatte sich in den letzten Tagen mit jeder Menge schmutziger Gedanken und Träume beschäftigt. Mehr als sie es in ihrem ganzen Leben getan hatte. So sehr sogar, dass es sie mehr erschüttert hatte, als ein bisschen Angst vor Veränderung zu haben.

„Ich möchte deinen Mund auf mir spüren."

Er lächelte an ihrer Haut und kratzte mit den Zähnen an der Unterseite ihrer Brüste entlang. „Und?"

Und was? Schon so viel zu sagen, war eine echte Leistung für sie gewesen.

„Sag mir, was du wirklich willst." Er schenkte ihrer anderen Brust seine Aufmerksamkeit. „Was fehlt dir? Was gebe ich dir nicht, wonach du dich sehnst?" Noch ein Nippen, dieses Mal jedoch fordernder, was sie zusammenzucken ließ. „Sag es, Kätzchen." Er leckte die Stelle und knurrte sie an. „Ich will es auch. Sag es."

„Du bist zu sanft." Es war nur ein Flüstern, aber seine Antwort kam sofort und seine Berührung wurde herrischer, verlangender und kräftiger. Er zog an einem Nippel, nicht so stark, dass es wehtat, aber heftig genug, um ihr Geschlecht zum Pulsieren zu bringen. Er leckte die andere Brustwarze und sah sie erneut an. „Und?"

Oh Gott. Er wollte, dass sie es sagte. Es laut aussprach. Etwas, von dem sie nie gedacht hätte, es jemals zu sagen. Nicht einmal in ihren Träumen. Sie grub ihre Finger in sein dichtes Haar und ihr ganzer Körper zitterte wegen der Mischung aus Nervenkitzel und Schrecken. „Ich will nicht die Kontrolle haben."

„Nein, tust du nicht." Er kratze mit seinem Bart über ihre Brustspitze, ohne seinen Blick von ihren Augen abzuwenden, dann leckte er darüber. „Aber ich."

Die feuchte Hitze seines Mundes umschloss ihren Nippel, und der unaufhörliche Sog, mit dem er daran lutschte, bohrte sich tief in ihr Innerstes.

Fort war der vorsichtige Jäger, ersetzt von dem Raubtier, das seine Beute verzehrte.

Und sie liebte es, hieß es willkommen und wölbte sich seinem Mund entgegen, gab sich seinem festen Griff hin. Sie fühlte sich sicher. Körperlich wie emotional. Sie konnte nicht sagen, woher sie wusste, dass beides zu traf, und es war ihr, ehrlich gesagt, egal. Sie wusste nur, dass dies die prägendste und angenehmste sexuelle Erfahrung ihres Lebens war, und sie war nicht einmal real.

Ein wildes Knurren erfüllte ihre Ohren. Die Landschaft um sie herum veränderte sich und die verruchten Berührungen von Priest verschwanden damit. Nein, es war gar keine Veränderung der Landschaft, sondern ihre Platzierung darin. Das weiche Gras, das zuvor ihre zögerlichen Schritte begrüßt hatte, polsterte nun ihren Rücken, und der strahlend blaue Himmel flimmerte durch dichte Baumkronen. Ihre Knie waren zur Seite geneigt, als würde sie an einem Samstagmorgen im Bett faulenzen. Und Priest überragte sie.

„Denk keine Sekunde lang, dass das nicht echt ist, *mihara*.“ Er schien sich an ihr sattsehen zu wollen, denn sein Blick wanderte langsam an ihr entlang und fühlte sich wie eine körperliche Berührung an. „Alles, was du hier fühlst, erlebt dein Körper mit dir.“

„Deiner auch?“

Seine Hand griff nach der beachtlichen Beule in seiner Hose und strich über die beeindruckende Länge. Gott, wie sehr sie sich wünschte, ihn zu sehen, damit ihr Verstand richtig visualisieren konnte, was unter diesem Stoff verborgen war. „Alles. Jetzt spreiz deine Beine für mich, Kätzchen. Zeig mir, wo du meinen Mund haben willst.“

Ein weiterer Treffer gegen ihre Kontrolle, der noch viel erschreckender war, als die Wahrheit zuzugeben. Aber sie hatte durch ihr Eingeständnis Erleichterung erfahren und intensives Vergnügen. Welchen Schaden konnte es schon anrichten, mehr zu fordern? Sie zog die Knie an und stützte die Fersen in das weiche Gras unter ihr.

Priest wartete. Er zeigte keinerlei Spur von Ungeduld, nur diesen unwillkürlichen Befehl in seinem Blick.

Es lag an ihr. Es war ihre Wahl, ihr Vergnügen und ihre Akzeptanz.

Mit zitternden Beinen ließ sie ihre Knie auseinanderfallen und öffnete ihre Schenkel für seinen hungrigen Blick.

Mensch und Tier knurrten gemeinsam. „Meins."

Zur Hölle, war das heiß. Und wahnsinnig besitzergreifend und lächerlich primitiv. Ihre Hüften bewegten sich so intensiv, als ob sie zustimmen wollten, seinen Anspruch begrüßten.

Er ließ sich langsam auf den Knien nieder und berührte ihre Oberschenkel, um sie weiter zu öffnen. „Du wirst für mich kommen, Kateri. Hart. Und wenn du am Morgen erwachst, wirst du es noch spüren. Deine Haut wird wund von meinem Bart sein. Deine Brustwarzen werden schmerzen und dein Geschlecht wird nass von der Erlösung sein."

Erneut bewegten sich ihre Hüften, und dieses Mal gesellte sich ein verzweifeltes Stöhnen dazu.

„Hmmm." Er spreizte seine Hand auf ihrem Venushügel, und sein Handballen war so furchtbar nah an ihrer Klitoris. „Mein Kätzchen möchte gestreichelt werden." Er fuhr mit den Fingern durch ihr Schamhaar, tauchte tiefer und glitt mit den Fingerkuppen durch ihre Spalte. „Das ist es, was ich will. Deine Säfte auf meiner Zunge, in meiner Kehle, bis sie das Einzige sind, was ich schmecken und riechen kann."

„Ja." Es war mehr eine Bitte als eine Zustimmung, und ihre Hüften rollten aufmunternd bei jeder seiner quälenden Berührungen.

Er lachte und ließ seine Hände unter ihren Hintern gleiten. „Dann öffne deine Augen, *mihara*. Wenn du meinem Mund willst, musst du zusehen. Ich will, dass du weißt, wer dir das Vergnügen bereitet. Wessen Zunge deine süße Pussy fickt."

Ein Beben erschütterte ihren Körper, und seine schmutzigen Worte reichten fast aus, um sie kommen zu lassen. Aber sie tat, was er verlangte, und der Anblick war unglaublich erotisch. Priests dunkles Haar und seine Haut standen im Kontrast zu ihrem blassen Teint. Sein warmer Atem blies über ihre feuchten und geschwollenen Schamlippen. Und seine grauen Augen blickten in ihr Gesicht. „Ich kann nicht glauben, wie sehr mir der Klang deiner Worte gefällt."

„Aber ich. Mein Kätzchen hat eine dunkle Seite, die zu erforschen ich kaum erwarten kann." Er grinste und rieb seine Nase an ihrem Venushügel, atmete dabei tief ein. „Aber das hier wird dir besser gefallen." Er fuhr mit der Zunge durch ihre Spalte, unverhohlen, als ob er damit klarstellen wollte, dass er ihre dunkle Seite sah und sie um ein Vielfaches verstärken wollte.

Sie drängte sich gegen seinen Mund und vergrub ihre Hände in seinem Haar, schockiert über ihre Kühnheit, obwohl sie es genoss. „Priest."

Er knurrte und leckte mit seiner Zunge tiefer. Die Schwingungen und das Bild vor ihren Augen brachten sie dem Höhepunkt so viel näher.

„Das ist es, Kätzchen", murmelte er an ihren Schamlippen. „Lass dich gehen und komm für deinen Gefährten."

Es war zu früh. Viel zu früh, um auf ein solch exquisites Vorspiel zu verzichten. Und doch raste der Höhepunkt auf sie zu und forderte unerbittlich ihre Kapitulation.

„Nicht zu früh." Er hob ihren Hintern höher, ließ seine Daumen über ihre Scham gleiten und öffnete die Labien für sein Spiel. „Nur der erste."

Er schob seine Zunge in sie und sie kam, zersplitterte in tausend Scherben und verlor die Hoffnung, je wieder zusammengesetzt zu werden. Jedenfalls nicht mehr so, wie zuvor.

Die Frau, die es gewagt hatte, in diesen Traum zu treten, war eine andere als die, die jetzt offen und verwundbar war für das Raubtier, das sich an ihr labte. Unbefriedigt und schlafend, darauf wartend, dass der Mann sie weckte und zu Ende brachte, was er begonnen hatte.

Priest summte gegen ihr Geschlecht und betrank sich an ihrem Orgasmus. Sein dunkler Kopf zwischen ihren Schenkeln war das Schönste, was sie je gesehen hatte. Ja, er war der Jäger, aber in dieser Sekunde war er auch der Bittsteller. Ein hingebungsvoller Empfänger ihrer Erlösung.

Erst als die heftigen Zuckungen zu einem langsamen und stetigen Pulsieren abebbten, begann er, mit der Zunge über ihre Klitoris zu streicheln. „Der war für dich." Er umkreiste das kleine Nervenbündel und hob seinen Blick zu ihr. „Der nächste ist für mich." Seine Lippen schlossen sich um ihre Klit und er saugte daran. Zuerst sanft, dann immer intensiver.

Der Griff in sein Haar, den sie während ihres Höhepunktes gelockert hatte, wurde wieder fester. Ein Teil von ihr wollte ihn wegzerren, ihm mitteilen, dass ein weiterer Versuch, sie zum Höhepunkt zu bringen, völlig umsonst wäre. Vor allem, weil sie in der Vergangenheit wirklich Glück gehabt hatte, überhaupt einen Orgasmus zu erleben, geschweige denn multiple. Aber ein anderer, viel selbstbewussterer Part von ihr hielt ihn fest. Sie ermutigte ihn, seine schmutzige Magie weiter wirken und dem heranziehenden Sturm seinen Willen zu lassen.

Doch etwas fehlte. Etwas, wonach sie sich auf der primitivsten Ebene ihres Bewusstseins sehnte. „Ich will dich in mir haben.“

Mit der seltsamen, aber magischen Geschmeidigkeit von Träumen streckte er sich neben ihr aus, stützte sich auf den Ellbogen und strich mit der Hand über ihren Oberschenkel. „Heute Nacht reitest du nur meine Finger, Kätzchen. Meinen Schwanz hast du dir nur in Fleisch und Blut verdient.“

Sie wollte protestieren, aber er hakte seine Hand unter ihr Knie, zog ihr Bein über seins und öffnete sie für den Himmel über ihr. Die Sonne wärme ihre Mitte, während die Luft ihre schweißnasse Haut kühlte.

„Es fühlt sich gut an, nicht wahr?“, sagte er und fuhr mit den Fingern durch ihre Spalte. „Eines Tages bringe ich dich wieder hierher zurück. Werde mit deiner Pussy spielen, bis du weinst, und will dich dann auf deinen Händen und Knien und dich von hinten nehmen.“

Das Bild, das seine Worte in ihrem Verstand formten, lockte ein Wimmern von ihren Lippen.

Er antwortete, indem er einen einzelnen Finger in sie gleiten ließ. Aber es war nicht genug. Es hatte nicht annähernd die Wirkung, nach der sie sich sehnte. Also bedeckte sie seine Hand mit ihrer und drückte ihre Hüften dagegen. „Mehr.“

Der Verlust seines matten Lächelns war die einzige Warnung, die sie erhielt. Im Nu hielt er ihre Hände über ihrem Kopf fest, und das Gewicht seines Körpers verankerte ihr Bein hoch und gespreizt. „Du bittest um das, was du willst, Kateri. Du nimmst es dir nicht einfach.“

Sie öffnete ihren Mund, um dagegen zu argumentieren, schloss ihn aber genauso schnell wieder, als er mit zwei Fingern in sie eindrang, um die wenigen Widersprüche, die sie anführen könnte, zum Verstummen zu bringen. Und so, wie er ihr Geschlecht bearbeitete, war sie geneigt, ihm zuzustimmen. Es war animalisch. Nahezu barbarisch. Aber es war ebenso befreiend. Ein verwirrendes Konzept, das ihr wirres Hirn nicht vollkommen begreifen konnte.

„Außerhalb unseres Spiels bist du eine eigenständige Frau. Eine ganz eigene Alpha." Er pumpte tiefer. Härter. Seine Stimme donnerte über ihr, um dem Sturm, der sich in ihr sich aufbaute, zu entsprechen. „Aber hier bin ich der Stärkere. Der Dominante. Und vor allem gehörst du mir."

Als ob er seinen Standpunkt klarmachen wollte, kreiste seine Daumenkuppe um ihre Klitoris. Die Überreste ihres ersten Höhepunktes hatten ein üppiges Gleitmittel für seine rauen Berührungen erzeugt. Er winkelte sein Handgelenk an und strich mit den Fingern gegen die Vorderwand ihres Geschlechts. „Komm für mich, *mihara*." Dieses Mal klang er viel zielgerichteter, forderte ihre körperliche Reaktion mit jedem Stoß heraus. „Komm und zeig mir, wie hart deine Pussy meinen Schwanz melken wird, wenn ich dich beanspruche."

Erlösung.

Sofort und großartig.

Immer und immer wieder zog sich ihre Mitte um seine hemmungslosen Finger zusammen und pulsierte im Takt ihres klopfenden Herzens. Bei jedem Stoß drückte sie ihre Hüften nach oben, um gegen seine Hand zu treffen, und rieb sich an seinem Handballen, der sich an ihre Klitoris presste.

Wie zum Teufel hatte sie all die Jahre ohne das gelebt? Oder noch wichtiger war, warum hatte sie es vermieden?

Das war Glückseligkeit.

Befreiung im wahrsten Sinne des Wortes.

Ja, sie war auch allein komplett, aber in diesem Moment waren sie zusammen mehr. Etwas Größeres, als sie getrennt je sein könnten.

Und sie wollte es.

Sie musste dieses neue Terrain erkunden, das er ihr gezeigt hatte, auch wenn sie keine Ahnung hatte, wie sie es anstellen sollte.

„Ich werde es dir zeigen", murmelte er gegen ihre Lippen und zog sie mit seinem zärtlichen, suchenden Kuss langsam zurück in ihren Traumkörper. Seine Finger glitten ein und aus, geleitet von dem sanften Rhythmus ihrer Hüften. „Alles, was du willst. Was immer du willst."

Sie brauchte seine Kraft ebenso wie seine Wärme, schlang ihre Arme um ihn und ließ ihre Hände über die trainierten Muskeln seiner breiten Schultern streichen. Sie kam ihr seltsam vor, diese Mischung aus Verletzlichkeit und Neuheit. Eine Stärke, geboren aus tiefster Intimität. „Und was machen wir jetzt?"

Sein Lächeln war wie ein süßer Zuspruch. Ein sanftes und geduldiges Willkommen von einem Mann, der sich auf die vor ihm liegenden Tage freute. „Meine logisch denkende Gefährtin. Stets ihren nächsten Schritt planend."

Er legte eine Hand an ihr Gesicht und strich mit der Daumenkuppe über ihren Wangenknochen. „Im Moment schläfst du. Tief." Er drückte ihr einen anhaltenden Kuss auf die Lippen und murmelte. „Und morgen früh erinnerst du dich."

KAPITEL 17

Was die Aussicht betraf, war der vorgelagerte Balkon am Wohnzimmer nur die zweite Wahl im Gegensatz zu dem vor Priests Schlafzimmer. Aber zum ersten Mal, seit er das modernisierte Waldhaus auf Stelzen gebaut hatte, war es nicht die Aussicht, die seine Aufmerksamkeit auf sich zog, sondern das leise Rauschen des fließenden Wassers im Hauptbadezimmer im Obergeschoss.

Er stützte seine Füße auf die mittlere Sprosse des Geländers, das den Balkon umgab, stellte seine fast leere Tasse Kaffee beiseite und sah auf seinem Handy nach der Uhrzeit.

12:21 Uhr.

Er grinste und legte das Gerät beiseite. Gut, dass er einen großen Warmwasserspeicher hatte und niemand im Haus war, der das Wasser verbrauchen konnte. Kateri näherte sich nunmehr der Dreißig-Minuten-Marke und schien entschlossen, das verdammte Ding trocken zu legen. Allerdings musste er zugeben, dass die Vorstellung, warum sie so lange brauchen könnte, ihn definitiv dazu gebracht hatte, eine Lösung ohne Wassertank auf seine Liste der Hauserneuerungen zu setzen.

Drei Minuten später schaltete sich das Wasser ab, gefolgt von dem stetigen Brummen ihres Föhns zehn Minuten danach. Seit er die Dunkelheit in sich vor all den Jahren unter Kontrolle gebracht hatte, hatte er unzählige Morgen einfach so verbracht. Allein und ruhig. Entweder streifte er in Panthergestalt durch den Wald oder er saß genau an dieser Stelle und ließ seine Gedanken schweifen, wohin sie auch wollten. Wenn überhaupt, half die Stille, ihn im Gleichgewicht zu halten. Ebenso, wie wenn er einen Talisman in die Haut von jemandem tätowierte.

Aber heute war es mehr eine Übung in Zurückhaltung.

Er hatte aufgehört, zu zählen, wie oft er fast aufgestanden wäre, jeden Vorwand zum Warten aufgegeben hatte, um Kateri so aufzuwecken, wie er ihr beim Einschlafen geholfen hatte.

Der ganze verdammte Traum war phänomenal gewesen, jedes Detail so lebendig, als hätte er sich erst vor wenigen Sekunden im echten Leben ereignet. Aber es waren diese letzten Sekunden – diese offene Weichheit in ihrem Blick, als sie ihn müde angelächelt, sein Gesicht gestreichelt und ihre Augen zugemacht hatte –, die ihn am meisten berührt hatten. Sie war glücklich gewesen. Sie hatte Frieden mit dem geschlossen, was sie erlebt hatte, und vertraute ihm, dass er sie von ihrem Traum zurückführen würde.

Und jetzt wartete er. Er wartete, um zu sehen, ob die Frau, die sein Schlafzimmer verlassen würde, diejenige war, die während ihres Höhepunktes geschwebt war, oder diejenige, die entschlossen war, jede Emotion festzuhalten und zu unterdrücken.

Oben ertönte ein gedämpftes Zuziehen einer Tür und seine Katze regte sich. Das gesteigerte Gehör seines Tieres konzentrierte sich sofort auf die leisen Schritte, die den oberen Teil der Treppe umrundeten.

Endlich.

Er zwang sich, an Ort und Stelle zu bleiben. Und um seinen Bewegungsdrang zu dämpfen, trank er den Rest seines lauwarmen Kaffees aus. Er hatte ihr gestern Nacht gezeigt, was er konnte. Der nächste Schritt lag bei ihr, und er wäre verdammt, wenn er sie mit seinen Handlungen auf die eine oder andere Art unter Druck setzen würde.

Ein Holzbrett am Fuß der Treppe knarrte, und das elektrisierende Bewusstsein, das immer aufkam, wenn Kateri nahe kam, prickelte auf seinen Schulterblättern. Und doch kam Kateri nicht heraus.

Aber sie war da, beobachtete ihn. Wahrscheinlich

dachte sie wieder viel zu viel nach, aber sie war da. Er wusste es, ebenso wie er spürte, wenn eine Seelensuche bevorstand. Priest fühlte ihren Blick so sicher, als hätte sich eine Hand um seinen Nacken gelegt. Und sie war nervös. Auch ohne sie anzusehen, bemerkte er das. Die verschärften Emotionen strömten in winzigen Wellen durch die offene Glasschiebetür hinaus in die stille Luft, genauso wie eine Schockwelle, die sich über einen spiegelglatten See bewegte.

Ihr Raum zu geben, um den nächsten Schritt zu machen, war eine Sache. Sie unter Nervosität leiden zu lassen, war etwas ganz anderes. „Du hast endlich geschlafen“, sagte er und brach damit die Stille, hielt aber seinen Blick auf die Bäume gerichtet.

Sie zögerte nur einen Augenblick, dann trat sie hinaus auf den Holzbalkon. „Anscheinend habe ich alle verpasst, ehe sie das Haus verlassen haben.“

Ja, sie war definitiv nervös, das Zittern in ihrer Stimme enthielt mehr Unsicherheit, als er in der ganzen Zeit, seit er sie kannte, von ihr gehört hatte. Was schon eine Menge aussagte, wenn man bedachte, wie viele neue und seltsame Dinge sie gesehen hatte.

Er stand auf, steckte sein Handy in die Gesäßtasche und schnappte sich seine Tasse vom Beistelltisch. Er zwang sich weiterhin dazu, ein wenig beiläufig zu wirken, obwohl er sie eigentlich in die Arme schließen und festhalten wollte, bis sie sich entspannt hätte. „Naomi und Jade arbeiten mit den anderen Sehern in der Stadt zusammen. Tate kümmert sich ums Studio.“

„Was ist mit dir? Hast du heute keine Kunden?“

Er drehte sich um und begegnete ihrem Blick. Eine Sekunde, und seine Pläne für Ruhe und Gelassenheit wurden sofort vom Tisch gefegt. Das was die Frau, die er letzte Nacht in ihren Träumen geliebt hatte. Unsicher, ja, aber trotzdem bereit, sich ihm in der realen Welt zu stellen. Ihre Füße waren nackt und sie trug dieselbe enge Jeans wie am Abend zuvor, allerdings hatte sie ein figurbetontes Tanktop dazu angezogen. Und anhand der kleinen spitzen Punkte, die unter der weißen Baumwolle hervorragten, war deutlich zu sehen, dass sie nichts anderes darunter trug.

Er schlich auf sie zu. „Meine *mihara* brauchte Schlaf und meinen Schutz, während sie ihn bekam. Nichts ist wichtiger als das." Er umfasste ihre Kehle und strich mit dem Daumen über ihren Puls, der flatterte wie ein Kolibri. Ihre Augen weiteten sich und sie öffnete ihren Mund. Ihre Atmung war nur eine Stufe schneller als noch einen Moment zuvor.

Wunderschön.

Eine Frau, wach, lebendig und bereit, zu erkunden. Sie hatte nur noch nicht ganz herausgefunden, wie sie diesen ersten Schritt machen sollte. Aber er würde ihr helfen. So wie er es ihr letzte Nacht versprochen hatte. Er hob seine Hand, um ihr Gesicht zu umfassen, und zog sie zu einem leichten, aber anhaltenden Guten-Morgen-Kuss zu sich.

Sie seufzte in einer Mischung aus Erleichterung und Verlangen, während ihre Hände zögerlich auf seiner Brust ruhten.

„Möchtest du einen Kaffee, Kätzchen?", murmelte er gegen ihren Mund. Derselbe intime Kontakt, der für einen trägen Morgen im Bett nach einer intensiven heißen Nacht reserviert war. „Oder möchtest du zuerst laufen gehen?"

Sie wich nur so weit zurück, um seinem Blick zu begegnen. Ein helles Rosa legte sich auf ihre Wangen. „Ich denke, ich werde meinen Lauf heute ausfallen lassen."

Er konnte das Lächeln nicht unterdrücken, denn das nicht ausgesprochene *Ich hatte letzte Nacht genug Bewegung und mir ist heute eher nach Faulenzen zumute*, das in ihrem Unterton herauszuhören war, war einfach nicht zu ignorieren. „Dann holen wir dir jetzt einen Kaffee und überlegen, wie du den Rest des Tages bewältigen kannst.“

Er trat zurück und führte sie in die Küche und in dieselbe Routine, die sie in den letzten Wochen entwickelt hatten. Seit dem ersten Tag, an dem sie versucht hatte, unbemerkt aus dem Haus zu schleichen, endeten ihre Morgen immer hier. Sie saß auf einem Barhocker hinter der Frühstückstheke. Er machte ihren Kaffee so, wie sie ihn mochte, ehe er seinen eigenen einschenkte. Erst dann befassten sie sich mit ihren endlosen Fragen dazu, wie sein Clan vor Draven gewesen war.

Aber heute wartete sie nicht. „Werden wir darüber reden?“

Da er ihr den Rücken zugewandt hatte, konnte sie das winzige Stocken nicht sehen, als er die Sahne in ihre Tasse goss. Ihr direkter Ansatz hätte ihn eigentlich nicht überraschen sollen. Trotzdem ging es heute nicht nur darum, dass sie akzeptierte, was geschehen war, sondern auch darum, wer sie unter all der Kontrolle wirklich war und dass alles, was es wert war, es zu besitzen, es wert war, dafür zu arbeiten. „Über was reden?“

Die Stille dehnte sich kühn und stürmisch zwischen ihnen aus und wurde nur durch sein Rühren mit dem Löffel in der Tasse unterbrochen.

„Ich habe letzte Nacht von dir geträumt.“

Er legte den Löffel in die Spüle und schenkte sich eine eigene Tasse Kaffee ein, wobei er sein Schweigen bewahrte.

„Nur, es war kein gewöhnlicher Traum.“

So atemlos. Jetzt weniger von Nervosität geprägt und mehr auf Augenhöhe mit den Geräuschen, die sie von sich gegeben hatte, als er ihren Körper erkundet hatte.

„Du hast die ganze Sache geleitet, nicht wahr?“

Mit den Bechern in den Händen schlenderte er zu ihr, schob ihre Tasse vor ihre geballten Fäuste und setzte sich neben ihr auf den leeren Hocker. „Was denkst du?“

„Ich glaube, ich habe noch nie so einen Traum gehabt.“

„Was meinst du damit?“

„Damit meine ich einen, der so echt war.“

Ein enthüllender Moment. Die Worte selbst mochten unschuldig klingen, aber die schiere Verletzlichkeit dahinter sprach Bände. Als ob ihre Gedanken laut auszusprechen, ihr endlich den Mut verlieh, ihre Komfortzone zu verlassen und ihr Erbe tatsächlich in vollem Tageslicht zu betrachten.

Er nippte an seinem Kaffee. Entweder das, oder er würde sie zwischen seine Beine ziehen und in eine Wiederholung von letzter Nacht eintauchen, bis die Verletzlichkeit in ihren Blick aus einer völlig anderen Emotion hervorgehen würde.

„Ich habe es gespürt“, sagte sie. „Alles davon. Mein Körper...“ Ihre Augen weiteten sich, als hätte sie zu spät bemerkt, wohin sie wollte, verengten sich dann aber wieder mit derselben sanften Entschlossenheit, die er sehr zu schätzen gelernt hatte. „In meinem Traum hast du mir gesagt, dass ich heute alles fühlen würde.“

Tief in seinem Innern lief sein Panther auf und ab, sein Schwanz zuckte gereizt wegen Priests Untätigkeit. Wenn es nach seiner Bestie ging, hatte sie genug getan, genug gesagt, um sich seinen Zuspruch zu verdienen. Und überraschenderweise stimmte die Dunkelheit zu.

Er konnte es keinem von beiden verübeln. Mehr als alles andere wünschte er, dabei gewesen zu sein, als sie aufgewacht war. Um die Spuren zu sehen, die er hinterlassen hatte, und um sich um jeden zarten Schmerz zu kümmern. „Und die Dinge, die in deinem Traum geschehen sind ... wie hast du dich dabei gefühlt?“

Hitze blühte im Handumdrehen auf, so schnell und kraftvoll, dass er es wie eine offene Flamme an seinem nackten Oberkörper spürte. Leiser als zuvor gab sie ihr Geständnis mit heiserer Stimme ab. „Ich mochte es."

Scheiß drauf.

Er knallte seine Tasse auf die Theke und stand auf. „Das ist gut, Kätzchen. Denn du hast recht. Es war kein gewöhnlicher Traum." Er zog sie vom Hocker, legte seine Arme um ihre Taille und strich mit der einen Hand ihre Wirbelsäule hinab zu ihrem unteren Rücken, während die andere durch ihr Haar glitt. Wo er zuvor einen gleichmäßigen Ton erzeugt hatte, war jetzt der Unterton seines Biestes in jedem Wort zu hören. „Ich habe dich geführt. Um dir zu zeigen, wie es zwischen uns sein wird."

Ihr Blick fiel auf seinen Mund und sie leckte sich über die Unterlippe, eine Einladung, die er eine Sekunde später annahm, den Weg mit der Zunge verfolgend, bevor er tiefer eintauchte. Und verdammt sei er, wenn ihr Geschmack heute nicht süßer war als gestern Nacht, als er sie vor seinem Schlafzimmer verlassen hatte. Voller und süchtig machender.

Ein Geschmack, der durch ihre wachsenden Gefühle verstärkt wurde. Er zwang sich, den Kuss zu lösen, sich auf das langsame Brennen zu konzentrieren anstatt auf das Blitzfeuerwerk, das sie gerade bot. Er lehnte seine Stirn gegen ihre und zeichnete ihre Kinnpartie, ihren Hals, sein Medaillon – dort, wo es hingehörte – mit den Fingern nach. „Das bedeutet es, einen Gefährten zu haben. Zu fühlen, was du jetzt fühlst, nur noch tiefer. Stärker. Beschützt zu werden. Immer." Er glitt mit seinen Lippen über ihre und erinnerte sich nur allzu lebhaft daran, wie sie sich ihm entgegengewölbt und seinen Namen geschrien hatte, als sie durch seine Finger gekommen war. „Und Kateri, es ist gut, dass dir gefallen hat, was ich dir letzte Nacht gegeben habe. Denn dein Traum wird nichts sein im Gegensatz dazu, wenn ich dich leibhaftig nehme."

Die Haustür öffnete und schloss sich mit einem lauten Knall, und schnelle Schritte den Flur entlang ertönten. Mehr als ein Paar und leichter als Aleks oder Tates Auftreten, was bedeutete, dass Naomi und Jade zu einem wirklich unpassenden Zeitpunkt auftauchten.

Tatsächlich versuchte Kateri, sich wegzustoßen, doch er hielt sie fest. „Das ist noch nicht vorbei, *mihara*. Du gehörst mir. Du weißt das. Du hast es gespürt. Deine Angst ist das Einzige, was dich davon abhält, zu behaupten, was dir gehört."

Sein letztes Wort war noch nicht einmal verstummt, als das lästige Seherduo um die Ecke bog, Naomi vornweg. Sie kam so abrupt zum Stehen, dass Jade beinahe von hinten in sie hineingerannt wäre. „Oh." Ihre Hand glitt zu ihrer Kehle, und in den folgenden zwei Sekunden begutachtete sie Priests besitzergreifenden Griff, den finsteren Gesichtsausdruck, den er verbarg, und Kateris verblüffte Mine.

Eine andere Frau wäre wohl gleich wieder aus dem Zimmer gerannt. Aber nicht Naomi. Sie lächelte breit und schlenderte dann zur Frühstückstheke. „Ich würde ja fragen, ob wir stören, aber ich glaube, diese Frage erübrigt sich."

Als Kateri dieses Mal gegen seine Brust drückte, gab er nach und ließ zu, dass sie sich zu ihnen umdrehte. Dennoch hielt er sie weiterhin im Arm. „Wir haben uns nur unterhalten."

Jade kicherte, fing aber Priests finsteren Blick auf, rollte ihre Lippen nach innen, als könnte sie so das sich aufbauende Lachen besser kontrollieren, und drehte ihr Gesicht weg.

„Mmm." Naomi blieb am Küchentisch stehen und neigten den Kopf zur Seite. „Sollen wir euch euer … Gespräch beenden lassen? Oder seid ihr bereit für Neuentwicklungen hinsichtlich der Primos?"

Es überraschte ihn nicht, dass Kateri nach vorn taumelte und einen Stuhl herauszog. „Welche Entwicklungen?“

Hätte Priest nicht schon von Kateris Rachegelüsten gegen Draven gewusst, hätte sein Ego durch den plötzlichen Wechsel ihres Fokus einen heftigen Schlag erhalten. Als hätte es ihren Kuss und den Traum nie gegeben. Stattdessen gab er ihr den Raum, ihren Emotionen freien Lauf zu lassen.

Naomi suchte seinen Blick, um sich zu vergewissern, dass er mit der Unterbrechung einverstanden war.

Er trat hinter Kateris Stuhl und drückte sanft ihre Schultern. „Fahr ruhig fort. Ich bin mir ziemlich sicher, dass meine Gefährtin die Ablenkung gebrauchen kann.“

Er wusste nicht, ob Kateris finsterer Blick, den sie ihm zugeworfen hatte, darauf zurückzuführen war, dass er statt sie grünes Licht gegeben hatte, oder dass er sie vor den beiden anderen Frauen als seine Gefährtin bezeichnet hatte. Was er allerdings sagen konnte, war, dass ihm das Feuer in ihren Augen gefiel.

„Also schön.“ Naomi kramte in ihrer Handtasche, zog ein Notizbuch hervor und setzte sich ebenfalls. „In den letzten Tagen hat sich unsere Gruppe in drei Teams aufgeteilt, eine für jede der Primo-Familien, die wir finden müssen. Bis heute ist alles nur auf Bilder beschränkt, die sich außerhalb regionaler Allgemeinheiten nur schwer eingrenzen lassen. Zum Beispiel komme ich bei den Beschreibungen der Gruppe, die sich auf die Seherfamilie konzentriert hat, zu der Annahme, dass sie nach Colorado oder an einen ähnlichen Ort umgezogen sind, wie es unsere Familie getan hat.“

„Es könnte auch im Süden von Wyoming sein“, ergänzte Jade, während sie den Tisch umrundete, um auf eine Seite über Naomis Schulter zu zeigen. „Ich könnte schwören, dass die Skizze, die Rada aufgrund ihrer Vision gezeichnet hat, direkt aus meiner Hausarbeit stammen könnte, die ich in der Highschool über den *Medicine Bow National Forest* geschrieben habe."

Naomi nickte. „Vielleicht. Beides wäre ein guter Ansatzpunkt, um weiterzumachen."

„Aber keine Städte oder eindeutigere Hinweise, um weiterzusuchen?", fragte Kateri.

Naomi schüttelte den Kopf. „Nein. Nicht, was die Seherfamilie betrifft. Noch nicht. Aber wir haben einen Hinweis auf die Familie der Heiler bekommen." Sie blätterte ein paar Seiten weiter, drehte das Buch um und tippte direkt auf eine große Skizze, die aussah wie ein kleines Diner oder ein alter Tante-Emma-Laden. Darüber hing ein großes Schild mit dem Namen *Mary's on Butte La Rose* in leichter Kursivschrift. Auf beiden Seiten befand sich eine Möwe und ein Kübel voller Rohrkolben mit hohem Gras. „Seit Tagen konnten wir dem Heiler-Amulett nur seichtes Wasser, eine alte, aber einzigartig aussehende Brücke und ein Straßenschild mit dem Namen Yellow Street darauf entnehmen. Doch heute hat eine der Damen das gesehen."

„Butte La Rose ist in Louisiana", erklärte Priest.

„Ganz genau!", rief Naomi, die auf etwas hinauswollte. „Das liegt südlich des Atchafalaya-Wildlife-Refugiums. Ein perfekter Ort für eine Gestaltwandler-Familie, um sich zu verstecken."

„Gibt es in Butte La Rose eine Yellow Street?", fragte Kateri.

Jade kicherte und schlenderte zum Kühlschrank. „Laut Google gibt es die. Yellow Street plus zehn weitere Straßen, und das war's." Sie zog ein Gatorate mit Traubengeschmack aus dem Kühlschrank und öffnete die Flasche. „Nicht gerade ein großes Netzwerk zum Durcharbeiten."

„Dennoch ist es eine Spur", ergänzte Kateri. „Und wenn man darüber nachdenkt, sollte eine geringe Einwohnerzahl es einfacher machen, Familien in der Gegend aufzuspüren." Sie drehte sich auf ihrem Stuhl um und sah Priest an. „Ich rufe David an und frage nach, ob seine Kontakte irgendwelche Namen recherchiert haben. Wenn sie etwas Passendes haben, wäre Louisiana nah genug, dass wir dorthin fahren und sie auskundschaften könnten."

„Ich dachte, wir hätten festgestellt, dass mein Bruder nach den Primos sucht."

„Richtig. Also müssen wir sie finden, bevor er es tut."

„Nein, *ich* muss sie finden. Du musst dich zur Hölle von ihm fernhalten."

Sie runzelte die Stirn, und in ihren graublauen Augen war deutlich zu erkennen, dass ein heftiger Streit im Raum stand.

Also unterbrach er sie, bevor sie loslegen konnte, und richtete seine Aufmerksamkeit auf Naomi. „Irgendetwas über die Familie der Magier?" Er spürte die Besorgnis von Jade mehr, als sie tatsächlich zu sehen, aber der sorgenvolle Gesichtsausdruck von Naomi bewies ihm, dass er wohl einen Nerv bei seinem Schützling getroffen hatte. Als er sich umdrehte, um Jade zu begutachten, war sie in die Küche gegangen und wich seinem Blick absichtlich aus, indem sie sich viel zu viel Mühe gab, ein Glas aus dem Schrank zu wählen. „Jade?"

Sie schwieg weiter.

Naomis sanfte Stimme ertönte hinter ihm. „Du solltest es ihm sagen, Jade. Du traust deinen Gaben vielleicht noch nicht, aber der Rest von uns schon. Vor allem Eerikki."

Shit.

Eine weitere Vision. Als wäre sie nicht schon auf die schlimmste Weise indoktriniert worden. „Was hast du gesehen?"

Sie schnaubte, drehte sich um und stemmte die Hände in die Hüften. „Wahrscheinlich war es ein Zufall.

Schlechtes Timing mit Erinnerungen."

„Eine Erinnerung oder eine Vision?"

„Eine Vision", sagte Naomi, während Jade gleichzeitig antwortete: „Eine Erinnerung."

Priest warf Jade den gleichen finsteren Blick zu, mit dem er sie und Tate während ihrer Teenagerjahre vor allen möglichen Schwierigkeiten bewahrt hatte. „Ich dachte, du arbeitest mit dem Seherteam zusammen. Was ist passiert?"

„Das habe ich." Jade holte tief Luft und warf Naomi einen bösen Blick zu. Er machte deutlich, dass sie gar nicht begeistert war, in die Ecke gedrängt zu werden und davon zu erzählen. Dann konzentrierte sie sich wieder auf Priest. „Eins der Mädchen hat mich gebeten, ihr das Magier-Amulett zu geben. Als ich das tat, erinnerte ich mich wieder an die Vision, die ich vorher hatte. Die erste."

Fuck.

Was Neuigkeiten anging, war die Entwicklung nicht nur schlecht, sondern der schlimmste anzunehmende Fall. Ganz besonders, was das Haus der Magier betraf.

„Es war keine Erinnerung", sagte Naomi und war damit eindeutig auf derselben Seite wie Priest. „So funktionieren Visionen nicht. Ja, wir können nach ihnen suchen, aber normalerweise werden sie ausgelöst. Entweder durch Objekte oder durch Ereignisse. Ich habe dich gesehen, Jade. Wir alle haben es getan. Das war eine Vision."

Kateri stand auf und schlenderte zur Frühstückstheke, wo sie Jades Blick erwiderte. „Ich verstehe nicht. Worum ging es in der Vision?"

Jade machte sich wieder daran, sich ein Getränk einzugießen, aber ihre Hand war bei Weitem nicht so ruhig, wie es normalerweise der Fall war. „Angefangen hat es in einem Haus. Es waren Leute da, aber die Bilder waren zu verschwommen, um sie zu erkennen. Ein bisschen wie ein verschwommener Filter bei einer Zeitlupe in einem Actionfilm. Doch das Blut war kristallklar. Und ich habe sie auch gehört. Schreien." Sie stellte das Gatorade beiseite, aber das Plastik zerknitterte von dem brutalen Griff, mit dem sie die Flasche festhielt. „Es endete im Dunst. Oder vielleicht im Nebel. Jemand rannte. Keuchte schwer." Sie drehte sich um und sah sie alle an. „Ich mir ziemlich sicher, wer auch immer in dieser Vision war, wurde gejagt."

Ein Herzschlag.

Dann ein weiterer.

„Du hast das Amulett berührt", murmelte Kateri und fügte die Puzzleteile recht schnell zusammen, die der Rest bereits kannte. Die Stille wurde schwerer, aufgeladener, und die tief vergrabene Wut, die er in seiner Gefährtin gespürt hatte, blühte schnell und heftig auf. Sie sah Priest an. „Sag mir, dass das nicht bedeutet, was ich denke!"

„Das kann ich nicht", antwortete er, wünschte sich aber, dass er es könnte. „Nach dem, was Jade gesehen hat, insbesondere in Verbindung mit dem Amulett, stehen die Chancen gut, dass Draven die Familie der Magier bereits gefunden hat."

KAPITEL 18

SARATOGA, Wyo. (AP) – Die Behörden suchen nach Verdächtigen, die im Zusammenhang mit dem Tod einer 65-jährigen Frau stehen. Hinweise am Tatort deuten auf stumpfe Gewalt gegen den Kopf des Opfers als Todesursache hin, allerdings geben die Ermittler noch keine am Tatort gefundenen Details oder Angaben zu Personen, die von Interesse sein könnten, bekannt.

Das sah jetzt nicht wirklich nach Dravens Handschrift aus, wenn man daran dachte, was er mit ihren Eltern getan oder was Jade beschrieben hatte. Dennoch markierte Katy den Ort auf der Karte, die sie ausgedruckt hatte, machte sich ein paar Notizen dazu und kehrte in ihrem Browser auf die vorherige Seite zurück. Was Recherchemöglichkeiten betraf, war Google nicht die ausgereifteste Methode, aber zumindest tat sie etwas. Das war jedenfalls mehr als das, was sie letzte Woche getan hatte.

Du bist ja eine tolle Tochter.

Sie klickte in ihren Suchergebnissen auf den nächsten Link und durchsuchte den Nachrichtenartikel nach Details, die dem Mord an ihrer Mutter und ihrem Vater ähneln könnten. Nach dem, was Jade erzählt hatte, war sie regelrecht geschockt gewesen, dass sie es geschafft hatte, Priest dazu zu überreden, dass sie das Haus verlassen durfte. Aber sie brauchte einfach den Ortswechsel, um Dampf abzulassen. Herauszufinden, dass Priest die gesamte obere Etage des Tattooladens als Büro- und Kunstraum ausgebaut hatte, war ein zusätzlicher Bonus. Besonders mit der Vogelperspektive auf die Hauptstraße und einem uneingeschränkten Highspeed-Zugang zum Internet.

„Hast du David erreicht?"

Beim Klang von Aleks dröhnender Stimme schreckte

Katy gut fünf Zentimeter aus ihrem Stuhl hoch und warf dabei fast den Maxibecher Starbucks-Kaffee um, den sie nie austrinken würde. „Meine Güte, Alek. Du bist genauso schlimm wie Priest."

Er grinste, schien ihren Kommentar eindeutig als Kompliment aufzufassen, und schlenderte auf sie zu. „Also? Hast du David die Informationen weitergegeben, die die Seher gefunden haben?"

„Ich habe sie ihm gegeben, allerdings sagte er, dass es mindestens eine Woche dauern wird, die Art von Daten aufzustöbern, die wir suchen." Da sie im aktuellen Suchergebnis nichts Erfassenswertes finden konnte, kehrte sie wieder zurück und nahm sich den nächsten Link vor.

Alek spähte aus dem offenen Fenster neben dem Schreibtisch und suchte die Straße unten ab. „Es braucht alles, was nötig ist, aber wir bekommen, was wir brauchen, wenn wir es brauchen."

„Sagt der einst so reizbare und stets zum Kampf bereite Typ, der plötzlich sein inneres Zen gefunden hat." In dem nächsten Artikel ging es nicht einmal um einen konkreten Mord. Es war eher ein Bericht über Morde in Wyoming im Allgemeinen. „Was machst du überhaupt hier? Ich dachte, du überprüfst mit einigen anderen Jungs ein paar mögliche Anhaltspunkte."

„Katy, es ist 22 Uhr. Ich bin vor sechs Stunden losgezogen."

Die Uhr in der oberen Ecke von Priests Laptop bestätigte es. Jetzt, wo sie darüber nachdachte, war es bereits eine Weile her, dass Jade und Nanna zum Abendessen gegangen waren. „Verdammt. Ist Priest noch unten?"

„Es ist Freitagabend, wir sind in der Hauptstraße einer Stadt, die als Biker-Treffpunkt bekannt ist, und Priest besitzt einen Tattooladen. Also ja, er ist unten." Er lehnte eine Hüfte gegen die Kante von Priests Schreibtisch und verschränkte die Arme vor der Brust. „Eine bessere Frage ist, was zum Teufel du den ganzen Nachmittag und Abend heute hier oben gemacht hast?“

Sie zuckte mit den Schultern und scrollte auf der geöffneten Website nach unten. „Ich dachte, ich schau mal, ob ich was herausfinden kann.“

„Was herausfinden?“

Ehe sie bemerkte, was er vorhatte, drehte Alek den Bildschirm des Laptops zu sich und betätigte den Cursor. „Du suchst nach Mordfällen?“

„In Wyoming.“ Sie zog die Karte von Colorado, die sie nach ihrem Gespräch mit David angefertigt hatte, unter der neuen von Wyoming hervor und reichte sie Alek. „Das ist vielleicht nicht der wissenschaftlichste Weg, aber ich dachte, wenn ich andere gewalttätige Morde markiere, könnte mir etwas auffallen.“

Alek klappte den Laptop zu, nahm die Karte und warf sie beiseite. „Du weißt, dass wir bereits daran arbeiten. Sogar mehrere von uns.“

„Na und? Eine weitere kann nicht schaden. Es ist jedenfalls besser, als rumzusitzen und nichts zu tun.“ Sie rappelte sich auf und ging auf den breiten Kunsttisch zu, der am anderen Ende des Raumes aufgestellt war. Wie Priests Schreibtisch stand er in der Nähe eines Fensters, sodass es viel natürliches Licht gab und reichlich Inspiration durch das Kommen und Gehen der Menschen unten auf der Straße. Angesichts der Menge an Bleistiftskizzen, die um ihn herum an der Wand befestigt waren, hatte er wohl viel Zeit hier verbracht.

„Du tust nicht nichts. Du lernst. Und wann man bedenkt, dass wir vor weniger als zwei Wochen nichts darüber wussten, wer wir sind, würde ich sagen, dass das verdammt wichtig ist.“

„Ich bin nicht hierhergekommen, um zu erfahren, wer wir sind. Ich bin hergekommen, um den Mann zu finden, der unsere Eltern ermordet hat.“

„Das eine geht nicht ohne das andere. Und ist dir

schon einmal in den Sinn gekommen, dass wir die Dinge, die du über den Clan erfährst, brauchen könnten, sobald wir eine solide Spur haben?"

Das war ihr tatsächlich bereits in den Sinn gekommen. Aber die Logik trug nicht viel dazu bei, ihr schlechtes Gewissen zu beruhigen. Und warum zum Teufel war sie so nervös? Es fühlte sich an, als wäre ihr leibhaftiger Strom in jeden Muskel geleitet worden, der nun in ihrem Körper in einer Endlosschleife umherkreiste. Sie stützte die Hände auf das Fensterbrett und lehnte sich hinaus. Die Temperatur war gefallen, seit sie mit Priest zum Laden gefahren war, und hatte sich bei ungefähr zehn Grad eingependelt. Aber es hing das Versprechen in der Luft, dass es noch kälter werden würde, ehe die Nacht vorbei war. Eine hartnäckige Erinnerung an den Winter am letzten Märztag. „Mit mir stimmt irgendetwas nicht."

Das Geständnis war kaum mehr als ein Flüstern, aber einfühlsam wie immer fing Alek es auf. „Irgendetwas stimmt nicht mit dir oder etwas verändert sich gerade?"

Unten auf der Straße schlenderte ein Trio von Männern vorbei und das Echo ihres Lachens prallte von den alten Gebäuden ab. Sie erreichten den Pub direkt neben dem Laden von Priest, stießen die Tür auf, und die Livemusik, die im Innern gespielt wurde, drang in die Nacht hinaus.

Die Antwort auf Aleks Frage war genauso schwer zu fassen, wie etwas über die Fremden zu wissen, die sie gerade beobachtet hatte. „Ich weiß es nicht."

„Ich glaube, du weißt es. Du bist nur noch nicht bereit, es zuzugeben."

Sie stieß sich vom Fenster ab und begegnete seinem festen Blick. „Was soll das denn jetzt bedeuten?"

Er ließ den Kopf hängen, kratzte sich am Kiefer und studierte ein paar Sekunden lang den Boden, bevor er seufzte und sie wieder ansah. „Hör zu, die einzige Person, für die ich sprechen kann, bin ich. Aber ich kann dir sagen, dass ich – abgesehen von dem Scheiß vor der Seelensuche -, dass in den letzten Monaten mehr Emotionen auf mich eingeströmt sind, als ich verarbeiten kann. Mom und Dad zu verlieren war brutal. Ist es immer noch. Aber ich bin auch verdammt wütend. Jeden Tag wache ich angepisst auf, dass unser Dad uns unseres Erbes beraubt hat. Dann erinnere ich mich daran, dass er nicht mehr da ist, und fühle mich wie ein Riesenarschloch, weil ich angepisst war. Es ist wie eine außer Kontrolle geratene emotionale Achterbahnfahrt."

Genauso fühlte es sich an. Nur hatte sie der Ansturm an Gefühlen an einem sumpfigen Ort gefangen, der so dick war, dass er sie wie Treibsand packte und hinabzog. Und die einzige Reaktion, die sie für sich als richtig erachtete, war, zu kämpfen. „Ich mag es nicht, wie es sich anfühlt."

„Natürlich magst du es nicht. Ich auch nicht. Aber Tatsache ist, Katy, ich kann mich entweder von dieser Schuld beherrschen lassen oder ich stehe dafür grade und lasse sie los. Denn sobald du den beschissenen Teil losgelassen hast, kommt der gute Part. Der Teil, der dir das Gefühl gibt, lebendig zu sein, und der all den banalen Bullshit lohnenswert macht. Ich mag dieses neue Leben. Ich will alles über unsere Herkunft wissen und bin stolz auf die Dinge, die ich tun kann. Aber am wichtigsten ist, dass ich akzeptiere, wer ich bin. Nicht das, was mir jemand gesagt hat, was ich sein soll."

„Ich habe keine Angst davor, zu sein, wer ich bin."

„Wirklich? Weil ich dich mit Dad beobachtet habe, als wir aufgewachsen sind. Ich habe die Lektionen darüber gehört, mit dem Kopf, statt mit dem Herzen zu entscheiden. Dass Verantwortung und Logik der klügere Weg sind. Aber bei allem, was mir heilig ist, ich habe nie verstanden, warum du darauf gehört hast. Ich erinnere mich daran, wie du gewesen bist, als du klein warst, und an all die Dinge, die du wolltest. Erinnerst du dich noch daran?"

Aus irgendeinem blöden Grund fiel ihr der verletzte Vogel ein, den sie mit acht Jahren auf dem Heimweg von der Bushaltestelle gefunden hatte. Das Wetter war schrecklich gewesen. Der Vorausläufer eines angekündigten Schneesturms hatte bereits dicke Flocken auf ihren kleinen Vorort fallen lassen und die Temperaturen waren elendig kalt gewesen. Sie hatte sich den Mantel ausgezogen, das arme Ding in die Mitte gelegt und den ganzen Weg nach Hause getragen – nur um die Mutter aller Vorträge über Krankheiten zu hören, mit denen sie sich hätte anstecken können. Was auch immer mit dem Vogel geschehen war, hatte sie nie erfahren, und sie war zu ängstlich gewesen, danach zu fragen. „Er wollte nur, dass ich Karriere mache, um mich versorgen zu können."

„Du meinst wohl eher, er wollte, dass dein Leben vorhersehbar ist. Nicht wie bei deinem Bruder, der Hummeln im Hintern hat."

„Er war eben praktisch veranlagt."

„Nein, Katy, er war verängstigt." Alek stand auf und sein Gesichtsausdruck war trotz der Strenge seiner Worte mitfühlend. „Deinem Bauchgefühl oder deinen Emotionen zu folgen, ist keine schlechte Sache. Es war einfach etwas, wobei er sich nicht wohlfühlte, und er hat dir diesen Glauben aufgedrängt."

Hatte er das?

Sie hatte immer gedacht, die Art und Weise, wie sich die Dinge verändert hatten, war eher eine Frage des Erwachsenwerdens gewesen. Die Realität zu akzeptieren und all ihre flüchtigen Ideen irgendwohin zu verstauen, so wie es jeder andere verantwortungsbewusste Mensch auch tat.

Und doch, rückblickend betrachtet, hatte Alek nie Kompromisse bei dem gemacht, was er wollte. Nicht ein einziges Mal. Er hatte eine außergewöhnliche Begabung für eine Karriere in der Kriminaljustiz gehabt, hatte diese jedoch für die Gründung eines eigenen Dojangs aufgegeben und nie zurückgeblickt. Egal wie sehr ihre Eltern ihm deswegen die Leviten gelesen und es für eine dumme Idee gehalten hatten.

Also wer war sie? Die Frau, die noch vor wenigen Wochen kurz davorgestanden hatte, das Umweltpraktikum, für das sie so hart gearbeitet hatte, zu bekommen? Oder die leidenschaftliche, tief fühlende Frau, die sie letzte Nacht in ihren Träumen entdeckt hatte?

„Was willst du, Katy? Wenn du das herausgefunden hast, dann hast du eine wesentlich bessere Chance, mit all dem Scheiß klarzukommen, den dir das Leben zuwirft – dem guten wie dem schlechten. Noch wichtiger ist, dass du dabei eine gute Zeit haben wirst. Was, wenn du mich fragst, besser ist, als die Marschbefehle aller anderen zu befolgen.“

Sie drehte sich um, angezogen von den Skizzen an der Wand, die dem Fenster am nächsten hingen und sich in der sanften Brise der Nacht leicht flatternd hoben. Eine nach der anderen studierte sie. Die Themen reichten von Menschen bis hin zu Symbolen, die sie nicht kannte. Über sechs Stunden hatte sie in diesem Raum verbracht, aber sich kein einziges Mal die Zeit genommen, Priests Talent zu bewundern. Um mehr über den Mann zu erfahren, der sie aus der Ferne so gefesselt hatte.

Alles wegen Schuldgefühlen.

Weil sie etwas zu fühlen und zu erforschen gewagt hatte, was nicht nahtlos in den Bereich von Logik passte. Schlimmer noch, sie hatte es nach dem Tod ihrer Eltern getan, und das, was ihr Gewissen für wichtig und richtig gehalten hatte, zugunsten ihres Wunsches beiseitegeschoben.

Vor dem Fenster wurde die Livemusik aus dem Pub lauter, als Gäste hinein- oder hinausgingen, und verstummte dann wieder. Doch der pochende Bass war noch da. Gedämpft, aber hartnäckig. Eher wie der Puls, der in ihr stieg.

Sie sah ihren Bruder an und holte tief Luft; die Muskeln in ihrem Oberkörper zitterten, als ob sie seit Jahren nicht mehr so viel Platz dafür gehabt hätten. „War Priest mit einem Kunden beschäftigt, als du hochgekommen bist?"

Das Grinsen auf dem Gesicht ihres Bruders zeugte von Albernheit. Typisch männlich und zu einhundert Prozent zutreffend, was ihre eigenen Gedanken betraf. „Hast du endlich vor, ins kalte Wasser zu springen?"

Ins-kalte-Wasser-Springen war nicht gerade das Wort, das sie verwendet hätte. Eher ein Kopfsprung oder ein Bungee-Sprung. „Ich habe keine Ahnung, was ich tue."

Alek lachte und rieb sich mit dem Handrücken über das Kinn. „Nun, ich bin mir nicht sicher, ob das bei Priest eine Rolle spielt. Ich schätze, sobald du dein Go gibst, brauchst du gar nichts mehr zu lenken." Er deutete mit dem Kopf auf den Flur und die Treppe, die hinunter zum Laden führte. „Na los."

„Aber wenn er mit einem Kunden beschäftigt ist, will ich ihn nicht stören."

„Wen interessiert das? Leb ein bisschen." Er legte einen Arm um sie, drückte sie fest an seine Seite, wie er es in ihrer Kindheit immer getan hatte, und führte sie zur Tür. „Außerdem war es höllisch lustig, euch beide letzte Nacht dabei zu beobachten, wie ihr umeinander herum geschlichen seid wie die Katzen. Ich freue mich auf eine Zugabe."

KAPITEL 19

Eine lustige Sache bei Curveballs und dem Leben ist – jedes Mal, wenn ein Mann dachte, er hätte seine tägliche Quote erreicht, und sich einbildete, dass die Scheiße nicht mehr schlimmer werden könnte, war so ziemlich garantiert, dass er sich zumindest noch einen weiteren Hieb einhandeln würde.

Priests Theorie erwies sich als wahr, als seine Gefährtin sich aus der Höhle wagte, die sie aus seinem Büro gemacht hatte. Für eine Sekunde erkannte er dieselbe sanfte Hoffnung und Neugier an ihr, wie er sie schon am Morgen an ihr bemerkt hatte. Dann registrierte sie die vollbusige Blondine, die vor ihm saß – und noch wichtiger, wie die Blondine ihre kaum bedeckten Titten hervorstreckte, während er den Verband an ihrer Brust fertigstellte –, und Kateris Weichheit verwandelte sich augenblicklich in tödliche Wut.

Es war schwer, ihr einen Vorwurf deswegen zu machen. Wenn er hereingekommen wäre und Kateri so nah bei einem Mann vorgefunden hätte, hätte er ihn zuerst abgeschlachtet und dann Fragen gestellt. Aber der Umgang mit Leuten wie dieser Frau gehörte nun einmal zu seinem Job. Ein sehr unangenehmer Teil, den er gern an Tate übergeben hätte, wenn sein Schützling nicht schon seit zwei Stunden mit einer Ganzarmtätowierung alle Hände voll zu tun gehabt hätte, als die Blonde mit einem Batzen Scheine reingeschneit war.

Priest rollte auf seinem Hocker davon, warf die Rolle mit Verbandskleber auf den Tisch und zog seine Handschuhe aus. „Alles erledigt. Folg bitte den Anweisungen zur Nachsorge und ruf die Hauptnummer an, wenn du Probleme hast.“

„Hast du nicht eine persönliche Nummer, auf der ich anrufen kann?“

Kateris Wangen flammten glühend heiß auf, und ihre

Augen verengten sich mit der Absicht, die darauf hindeutete, dass sie bereit war, die Frau auszuweiden.

Yep. Definitiv ein Job, den Tate besser hätte erledigen können. Bei Gott, Priest war sich nicht sicher, ob er Alek etwas dafür schuldete, dass er Kateri dazu gebracht hatte, herunterzukommen, oder ob er dem Schicksal wegen seines beschissenen Timings einen Tritt in die Eier verpassen sollte.

„Ich fürchte nicht."

Alek lachte und ließ sich auf der schwarzen Ledercouch nieder, mit bestem Blick auf die Show, die gerade vor ihm ablief. Priest hatte nicht übel Lust, dem verdammten Drecksack allein dafür eine blutige Nase zu verpassen, wenn sie morgen trainieren würden. Und morgen würde es unbedingt ein Sparring geben. Besonders, wenn Kateris Eifersuchtsanfall gegen ihn statt für ihn arbeitete.

Er erhob sich, stützte die Hände in die Hüften und warf der Blondine einen Blick zu, von dem er glaubte, dass er jegliche letzte Hoffnung zunichtemachen würde. „Noch Fragen?"

Die Blonde sah Kateri über ihre Schulter an und erkannte endlich den Todesblick, den sie ihr zuwarf. „Ähm, ich denke nicht."

„Gute Antwort. Zieh dich an." Priest wies mit dem Kopf auf Alek. „Der alberne Schwachkopf da drüben wird dich zu deinem Auto begleiten."

Ohne auf eine Erwiderung zu warten, ging er auf Kateri zu und wandte dabei seinen Blick nur kurz ab, um Alek zu sagen: „Ist es okay für dich, bei Tate zu bleiben?"

Er hatte es als Frage formuliert, aber darin lag eine deutliche Forderung. Genug, dass Aleks Aufmerksamkeit nur einmal von Kateri zu Priest wanderte, ehe er den Sinn dahinter begriff und sich räusperte. „Ja, sicher."

Priest wandte sich wieder Kateri zu und näherte sich ihr.

Sie wich ein paar Schritte zurück und die Furche zwischen ihren Augenbrauen wurde tiefer. „Denk nicht einmal daran."

„Ich denke nicht." Er ging weiter. Die Vitrine, in der Jade all ihre Amulette und Piercingutensilien aufbewahrte, ließ Kateri keinen weiteren Raum zum Rückzug mehr frei. Priest schlang einen Arm um ihre Hüften, zerrte sie an sich und umfasste ihren Hinterkopf nicht ganz so sanft. „Ich tu es einfach."

Und dann nahm er. Verschlang ihren Mund, wie es Mann, Wildkatze und Dunkelheit verlangten.

Es war nicht überraschend, dass sie in seinen Mund stöhnte und ihre Fingernägel in seine Schultern grub. Ob es ein primitiver weiblicher Instinkt war, ihn vor einer anderen Frau zu markieren, oder pure Wut darüber, wie nah dieser Eindringling ihrem Gefährten gekommen war, wusste er nicht. Aber sein T-Shirt war wahrscheinlich das Einzige, was sie davon abhielt, Blut zu fordern.

Es war ihm egal. Er würde alles nehmen, was sie austeilte, wenn es bedeutete, die Hässlichkeit wegzuwischen, die sich in ihrem Kopf festgesetzt hatte. Wenn es sie in der Wahrheit zentrierte, was sie waren.

Ihr Mund öffnete sich protestierend und er stieß seine Zunge hinein. Der süße Anflug von Schokolade, Kaffee und einem Gewürz, von dem er hätte schwören können, dass es von ihrer Wut stammte, begrüßte ihn. Erst als sich ihre Muskeln unter ihm entspannten und sie ihre Hände in seinen Nacken gleiten ließ, veränderte er die Art des Kusses, versicherte ihr mit jedem Knabbern und Lecken, wen genau er wollte.

Im Hintergrund ertönten murmelnde Stimmen, gefolgt vom Klingeln der Glocke über dem Eingang und dem schweren Klappern der Tür.

Dann folgte Stille, die nur durch das Summen von Tates Tattoomaschine hinter geschlossenen Türen und den eskalierenden Atemzügen zwischen ihm und seiner Gefährtin unterbrochen wurde. Er beendete den Kuss und strich mit der Nasenspitze gegen ihre. „Rede mit mir."

Ihre Fingernägel gruben sich in seine Haut und das süßeste Knurren glitt über ihre Lippen. „Ich mochte es nicht, wie sie dich angefasst hat."

Wie sie ihn berührt hatte. Nicht wie er sie berührt hatte. Ein kleiner, aber vielversprechender Unterschied. „Du hast gesehen, wie ich an anderen Frauen gearbeitet habe."

Sie zog sich weit genug zurück, um ihm in die Augen sehen zu können, und erwiderte fauchend: „An ihrem Knöchel und ihrem Rücken. Und keine von ihnen hat ausgesehen, als würde sie sich gleich auf dich stürzen."

Verdammt, sie war so schön. Wütend und ängstlich, aber voll und ganz ihre Gefühle annehmend und absolut hinreißend dabei.

„Für mich ist es nie sexuell, Kateri. Besonders nicht mit einer Fremden und einem banalen, klischeehaften Tattoomotiv aus dem Internet." Priest verstärkte seinen Griff um ihren Hinterkopf und hielt sie fest, seine Stimme senkte sich für den Rest seiner Worte. „Aber ich garantiere dir, wenn ich dich tätowiere, wird es sexuell sein. Die Magie, die Tinte, der Schmerz und die Berührung … Wenn ich fertig bin, wirst du mich darum bitten, dich auf jede erdenkliche Art, wie ein Mann eine Frau nur nehmen kann, zu nehmen, *mihara*. Und mach nicht den Fehler, zu glauben, ich würde nicht jeden deiner Wünsche erfüllen."

Sie schluckte, und die Art und Weise, wie sich ihre Augen weiteten, ließ die Bilder erahnen, die ihr Verstand infolge seiner Worte heraufbeschwor.

„Jetzt", sagte er, ehe sie sich von ihrer Betäubung befreien konnte, „steigen wir auf mein Motorrad. Du wirst so viel Zeit haben, wie es braucht, um von hier bis nach Hause zu kommen, um herauszufinden, ob du mehr Abstand willst, oder ob du uns beide endlich vom Elend befreist und dir nimmst, was du benötigst.“

Er zog sich zurück und umschloss mit festem Griff ihr Handgelenk, begierig darauf, mit ihr allein zu sein und sie von den Erinnerungen an das Gesehene abzulenken.

„Ich brauche die Fahrt nach Hause nicht, um zu wissen, was ich will.“

Ihre Worte ließen ihn an Ort und Stelle einfrieren, ehe er voller Schwung auf die Tür zugehen konnte. Das gleiche warnende Summen tanzte über jeden Zentimeter seiner Haut, wie es ihn nur wenige Minuten, bevor sein Bruder ihren Clan mit seiner dunklen Magie zerstört hatte, getroffen hatte. Nur war es diesmal etwas anders. Eine Leichtigkeit, ähnlich wie nach einem Aufenthalt im Dunkeln in die Sonne zu gehen. Nicht wie die schwere Angst, die er an jenem Tag gefühlt hatte.

Er drehte sich um, begegnete ihrem unergründlichen Blick und machte sich auf das Schlimmste gefasst.

„Wenn es vorher irgendwelche Unsicherheiten gegeben hat, wurde es kristallklar, als ich hier runterkam und diese Frau in deiner Nähe gesehen habe.“ Sie trat vor, überbrückte die Distanz, die er geschaffen hatte, und verschränkte ihre Finger mit den seinen und drückte sie fest. „Ich habe das Warten satt. Ich will, was mir gehört.“

KAPITEL 20

Wer auch immer den Ausdruck *Den Tiger am Schwanz packen* erfunden hatte, hatte offensichtlich nie am Schwanz eines Panthers gezogen. Wenn derjenige es getan hätte, wäre Letzteres das ultimative Sprichwort über das Überschreiten von Grenzen des Mutes geworden, denn genau das hatte Katy getan. So, wie Priest sie in den letzten Sekunden nach ihrer Beichte angestarrt hatte, hatte sie fast damit gerechnet, dass er sie gegen die Wand schubsen und sie auf der Stelle nehmen würde. Stattdessen hatte sich sein Schmunzeln in ein teuflisches Grinsen verwandelt, und sein ganzes Verhalten hatte die trägen Bewegungen eines Raubtieres angenommen, dem gerade sein Lieblingsfutter angeboten worden war und das darauf bedacht war, jeden saftigen Bissen davon zu genießen.

Und oh, wie sehr er es genoss. Anstatt sie direkt zu seinem Motorrad zu bringen, hatte er sie auf einen Umweg über die Mainstreet geführt. Keiner von ihnen redete, außer als er anhielt und darauf bestand, dass sie sich ein Eis gönnten. Doch was er nicht mit Worten sagte, teilte er durch Berührungen und heiße Blicke mit, die ihr Herzen rasen und ihren Atem stocken ließen.

Schon allein die Fahrt auf seiner Harley war die reinste Verführung gewesen. Als ob er wüsste, dass jede langwierige Sekunde, die es dauerte, sich seinem Zuhause zu nähern, ihr Verlangen um ein Vielfaches steigerte. Nachdem er in die Auffahrt eingebogen war und den Motor abgestellt hatte, führte er sie zur Tür, und sie hätte ihn auf der Veranda genommen, wenn er gefragt hätte.

Jetzt war sie hier, im Gleichschritt mit ihm, einen Schritt nach dem anderen machend; seine offene Schlafzimmertür auf der anderen Seite des Ganges der Empore. Ein Tor, das sie zugleich voller Angst und

Freude durchqueren wollte.

Gestern war sie noch das totale Chaos gewesen, durcheinandergebracht von all den vielen widersprüchlichen Gefühlen und Gedanken, die man kaum hatte voneinander unterscheiden können, doch heute herrschte Stille in ihr. Und eine Gewissheit, von der sie sich nicht sicher war, ob sie sie jemals zuvor gespürt hatte.

Doch Priest gehörte ihr.

Sie hatte es in der Sekunde gewusst, als sie die Blondine gesehen hatte, die sich Priest regelrecht an den Hals geworfen hatte, und sie wäre vor rasender Eifersucht fast aus dem Raum gerannt. Wie sie es geschafft hatte, genau das nicht zu tun, war immer noch ein Buch mit sieben Siegeln für sie. Eins stand jedoch fest, auf gar keinen Fall würde sie sich das, was sie wollte, durch die Finger gleiten lassen.

Dieses Mal nicht.

Nachdem sie die Schlafzimmertür erreicht hatten, lotste er sie vor sich hindurch. Ihr Blick fiel auf das Bett, und die volle Wirkung dessen, wozu sie ihr Einverständnis gegeben hatte, hallte in ihren Knochen wider. Das war es jetzt. Die volle Intimität mit einem Mann, der seine Dominanz nicht zurückhalten würde. Er würde ihre Unterwerfung verlangen und nicht aufhören, ehe sie sie ihm schenken würde.

Er trat hinter sie, drehte sie zu sich um und umfasste sanft ihr Gesicht. „Atme, *mihara*.“ Wie schon im Tattoostudio stahl er ihr einen Kuss, ehe sie etwas erwidern konnte, nutzte ihre Überraschung aus und glitt mit seiner Zunge zwischen ihre Lippen.

Es war genau das, was sie brauchte. Als ob seine Lippen und seine Zunge, die nass und warm gegen ihre streichelte, die Macht hätten, alle Gedanken außer jenen, die mit Emotionen zusammenhingen, auszulöschen.

Sie seufzte und legte ihren Kopf zurück, um mehr

von seinem süchtig machenden Geschmack zu bekommen, und presste sich näher an seine Hitze. Sie genoss die warmen, harten Muskeln unter seinem T-Shirt und wie sich ihre schweren Brüste gegen ihn drückten. Sie wollte mehr, wollte seine Hitze ohne die Kleidung zwischen ihnen spüren. Sie wollte fühlen, wie ihre erregten Nippel über seine nackte Haut strichen.

Doch er küsste sie nur. Zog sie immer tiefer und tiefer in diesen Kuss hinein und nahm sich frustrierend, aber süß viel Zeit dazu.

Sie stöhnte und rieb sich an ihm, bog ihren Hals, um ihm besseren Zugang zu ermöglichen, während er mit seinem Mund eine berauschende Spur an ihrem Kinn verfolgte. Es war wunderschön. Entspannt und ohne Eile, aber so weit von dem entfernt, was sie erwartet hatte. In dem Moment entschlüpften ihr ihre Gedanken ohne Zensur. „Wieso bist du denn so zärtlich?“

Seine Lippen verzogen sich zu einem Lächeln gegen ihre Haut, und er knabberte an der Stelle, wo sich ihr Nacken und ihre Schulter trafen. Er leckte über dieselbe Stelle und lachte. Sein warmer Atem strich über die feuchte Spur, die er hinterlassen hatte. „Das ist nicht zärtlich, Kätzchen.“ Langsam hob er seinen Kopf und begann hastig, den Zopf zu lösen, den sie sich für die Fahrt geflochten hatte. „Ich halte meine Dunkelheit und mein Biest im Zaum, damit ich dich nicht zu Boden werfe und dich ficke, bis du nur noch daran denken kannst, wie es sich anfühlt, wenn mein Schwanz in dir ist.“

Heiliges Kanonenrohr.

Ihr Körper spiegelte den Gedanken mit einem Zittern wider, das sie nicht hätte verbergen können, selbst wenn sie es gewollt hätte.

Und er spürte es, legte seinen Arm fester um ihre Taille, während er träge seine Finger wandern ließ und jede ihrer Reaktionen studierte. „Du magst das.“ Das war keine Frage, sondern eine laut ausgesprochene Feststellung. Dennoch antwortete sie, und das Eingeständnis lag so faszinierend erotisch auf ihren Lippen. „Ja.“

Der zustimmende Ton seines leisen Grollens streichelte sie so, wie sie seine Wildkatze gestreichelt hatte. „Das ist gut. Denn früher oder später werde ich es nicht mehr zurückhalten können und die Dunkelheit wird an der Reihe sein.“ Er grub seine Finger in ihr Haar, packte die dicken Strähnen, nur um ihr einen Vorgeschmack auf das zu geben, was er versprochen hatte. „Bis das geschieht, plane ich, dich vorzubereiten und sicherzustellen, dass du dafür bereit bist.“

Dafür bereit? Sie war bereits so aufgeladen, dass sie wahrscheinlich die Hälfte seines Hauses mit Elektrizität hätte versorgen können. Schlimmer noch, sie hatte keine Ahnung, wie sie das alles bewältigen sollte. Sie wusste nur, dass die wachsende Spannung einen Ableiter brauchte. Einen Weg, um den aufkeimenden Überschuss freizusetzen und abzulassen, bevor er sie vollständig verzehren würde. „Priest …“

Er fing ihren Protest mit einem weiteren Kuss ein, der Druck seiner Lippen dieses Mal beharrlicher als zuvor. Es schmeckte wie ein Gelübde und Befehl zugleich. Schließlich zog er sich zurück, gerade so weit, dass er gegen ihre Lippen murmeln konnte: „Und jetzt wirst du genau hier bleiben und genau das tun, was ich dir sage.“

Priest bewegte sich, als wollte er sich entfernen, doch sie grub ihre Fingerspitzen in seine breiten Schultern und krallte sich regelrecht an ihm fest, um ihn bei sich zu behalten. „Ich mag nicht, wie das klingt.“

„Du magst vielleicht nicht, wie das klingt. Aber du wirst mögen, wie es sich anfühlt.“ Er befreite sich von ihren Händen und wich zurück – mit einem anzüglichen Grinsen auf seinem Gesicht, das besagte, was auch immer als Nächstes geschehen würde, würde sie entweder zerbrechen oder in eine ganz andere Stratosphäre katapultieren.

Er schlenderte zu dem übergroßen Clubsessel neben dem Bett. Verglichen mit dem Rest der sehr männlichen Einrichtung war ihr das dezente goldene Damastdesign etwas fehl am Platz vorgekommen, als sie es zum ersten Mal gesehen hatte. Aber als sie ihm jetzt zusah, wie er sich darin niederließ, seinen großen Körper auf den dicken Kissen entfaltete und den Kopf an die leicht erhöhte und nach hinten versetzte Lehne zurücklehnte, machte es absolut Sinn. Ein Stuhl, der für einen König bestimmt war … oder einen Hohepriester.

„Zieh dich aus.“

Es war das Letzte, was sie erwartet hatte. Eine stumpfe Anweisung ohne jegliches Geben, die ihr denkendes Gehirn zum Leben erweckte und sie zum Wegrennen drängte. Aber ihr Körper rebellierte und blieb an Ort und Stelle, während ihre Schenkel vor Erwartung zitterten. Unter ihrem gerippten Tanktop drückten ihre Brustwarzen stärker gegen den Stoff, begierig auf seinen Blick. Und da sie heute Morgen die Grenzen ihres Mutes überschritten und den BH weggelassen hatte, waren ihre Nippel direkt sichtbar.

Sie strich mit den Händen über die Jeans, ihre Handinnenflächen waren feucht und ihr Mund dagegen trocken. In ihrem Hinterkopf flüsterte die Frage, die Alek ihr gestellt hatte, und stupste sie an, zu springen.

Was willst du, Katy?

Das hier wollte sie. Genau das. Genau jetzt. Nichts als Leidenschaft und das, was sich gut anfühlte. Sie grub ihre Finger in den Saum ihres Tanktops, nahm einen belebenden Atemzug und schälte sich aus dem eng anliegenden Stoff.

Die kühle Luft des Zimmers strömte ihr entgegen, streichelte sündhaft ihre Haut und ließ ihre Brüste straff und schwer werden. Priests Amulett lag gewichtig an ihrer Kehle, und es betonte irgendwie, wie viel sie von sich entblößt hatte.

Priest rieb seine Hände über die dicken Armlehnen des Stuhls und packte die Kanten, während er seinen begehrlichen Blick auf ihren Brüsten ruhen ließ. Trotz seiner äußerlichen Selbstbeherrschung war seine Stimme tief. Fast gebrochen. „Mehr."

Das war *ihr* Werk. Sie hatten diesen selbstbewussten und mächtigen Mann bis an seine Grenzen getrieben und seine Stimme mit dem gleichen Verlangen brechen lassen, wie es in ihrem Innersten pulsierte. Die Wirkung war überwältigend, berauschend und seltsam süchtig machend.

Mit bebenden Fingern öffnete sie ihre Jeans. Das gedämpfte Ratschen des Reißverschlusses, als sie ihn herunterzog, und ihre zitternden Atemzüge klangen eigenartig erotisch in der Stille des Raumes. Aber statt sich aus dem Denim zu schälen, ließ sie ihre Finger über die nackte Haut darunter streichen.

Er sah ihr in die Augen, und eine Warnung brannte in seinem raubtierhaften Blick, die seinen Worten entsprach. „Du spielst ein gefährliches Spiel, Kätzchen. Deine Krallen sind vielleicht nicht sehr scharf, aber meine sind tödlich genau. Wenn du diese Jeans magst, ziehst du sie aus, ehe sie in Fetzen von dir hängt."

Ein weiterer schmutzig klingender Schlag gegen ihre Sinne. Er ließ keinen Zweifel daran, dass ihr Höschen in der Mitte völlig durchnässt sein würde, wenn sie es ausziehen würde. Und falls er sie damit zur Eile drängen wollte … nun, dann drückte er gerade die falschen Knöpfe. Eher schürte es ihren neu gewonnenen Mut und entfachte eine rasende Flamme.

Langsam schob sie ihre Jeans über ihre Hüften, achtete jedoch dabei darauf, ihren einfachen weißen Hipster an Ort und Stelle zu belassen. Vorn war die seidige Spitze des Höschens nicht so freizügig, aber von hinten wirkte sie höllisch frech. Sie konnte es kaum erwarten, ihn zu beobachten, wenn er diese Tatsache entdeckte. Während sie sprach, richtete sie sich auf, stieg aus der Jeans und schob diese mit dem Fuß beiseite. „Was ist mit deinen Zähnen? Wirst du auch sie bei mir anwenden?"

Ein Knurren dröhnte durch seine Kehle, halb Panther, halb Mensch. Beide schienen gerade um die Oberhand zu kämpfen. „Oh, du wirst meinen Biss bekommen. Genau zu dem Zeitpunkt, an dem deine Pussy meinen Schwanz umklammert. Jetzt werde das Höschen los."

Beinahe wäre ihr ein freches *Ja, Sir, alles, was Sie sagen, Sir* über die Lippen gekommen, aber die gierige Frau, die gerade die Zügel fest im Griff hatte, unterdrückte den altklugen Witz, eher er rausrutschen konnte, und zog den Spitzenstoff über ihre Schenkel.

Oh ja. Sie war feucht und bereit für ihn. Durchnässt. Eine Tatsache, die durch die glitzernde Feuchtigkeit in ihrem Höschen bewiesen wurde.

Anscheinend brauchte ihr Gefährte diesen Beweis nicht, denn er packte die Armlehnen so fest, dass sie ächzten, und seine Nasenflügel weiteten sich. Priest leckte sich über die Unterlippe und knurrte förmlich: „Ich kann dich riechen."

Es hätte sie nicht anmachen dürfen. Hätte es auch nicht mit jemand anderem. Aber mit Priest war es herrlich. Es war ein primitiver Beweis für ihren Einfluss auf seine Bestie, die ihre nächste Eroberung im Auge hatte. „Du würdest es noch besser riechen können, wenn du näher dran wärst."

Er sah ihr erneut ins Gesicht. „Ich werde mehr tun, als es nur zu riechen. Ich werde dich vernaschen, jeden verdammten Tropfen auflecken und dich züngeln, bis du kommst und mir mehr davon gibst."

„Okay", flüsterte sie, während die Vorläufer einer verheißungsvollen Erlösung in Erdbebenstärke zwischen ihren Schenkeln pulsierten.

Er grinste und neigte seinen Kopf. Sein Gesichtsausdruck wirkte dabei viel zu scharfsinnig. „Hast du dich heute Morgen angefasst?"

Junge, und wie sie das getan hatte. Sowohl nach dem Aufwachen als auch beim Duschen. Obwohl nichts von dem, was sie versucht hatte, auch nur annähernd dieselbe Reaktion ausgelöst hatte, wie er es in ihrem Traum geschafft hatte. „Ja."

„Zeig es mir."

Eine weitere Sprosse auf der Leiter. Er schien ihr den todesmutigen Kopfsprung unbedingt ermöglichen zu wollen. Aber sie war schon so weit gegangen. Sie hatte ihn so weit getrieben, dass er aussah, als würde er sich jeden Moment auf sie stürzen. Und mehr noch, sie hatte ein Maß an Selbstvertrauen gefunden, von dem sie nie zu träumen gewagt hatte. Eine atemberaubende und selbstbewusste Sexualität, die so heiß wie die Sonne im August brannte.

Gab es einen besseren Weg, sich diese Sinnlichkeit zu eigen zu machen, zu zeigen, was sie fühlte und wer sie war, als hier und jetzt? Mit ihren eigenen Händen?

Mit zitternden Fingern begann sie an ihren Hüften, und die Berührung war kühl, obwohl das Feuer unter ihrer Haut brannte. Sie schloss ihre Augen und ließ ihren Kopf nach hinten sinken. Die zarte Liebkosung ihres Oberkörpers und dann ihrer Brüste hinterließ eine Gänsehaut.

„Ist das wirklich das, was du willst?", fragte er. „Soll ich dich so berühren?"

„Nein", stöhnte sie. Diese Antwort war die einfachste, die er den gesamten Abend von ihr verlangt hatte. Sie zwang sich dazu, ihre Lider zu öffnen. „Es ist nicht das Gleiche." Sie hob jede ihrer Brüste an, drückte sie sanft, erinnerte sich daran, wie sich seine Berührungen im Traum angefühlt hatten, und fragte sich, wie die Realität im Vergleich dazu sein würde. „Meine Hände sind zu klein. Nicht so stark und so rau wie deine." Oder so selbstbewusst, obwohl sie sich weigerte, dies laut zuzugeben.

Er erhob sich und ging auf sie zu. In jedem Schritt steckte die Kraft eines Mannes, der nicht nur gefährlich nah an der Grenze war, sondern auch begierig darauf, sie zu überqueren. Seine großen Hände packten ihre Hüften, und seine Hitze brandmarkte sie so sehr wie seine Worte. „Bist du dafür bereit, *mihara*? Bist du bereit, in Besitz genommen zu werden?"

Gott, diese Worte. Sie hätten sie eigentlich zum Wegrennen bringen müssen. Zumindest hätten sie einige Argumente dafür generieren müssen. Stattdessen prickelte ein wohliger Schauer ihre Wirbelsäule hinunter und sie drückte ihre Schultern einladend zurück, als die verräterische Wahrheit ans Licht kam. „Ja."

Eine Sekunde später, vielleicht noch nicht einmal so lang, umfasste er ihre Brüste, knetete und drückte sie genau so, wie er es in ihrem Traum getan hatte. Nur das hier war so viel besser.

Heißer. Härter. Es war der Unterschied wie zwischen Sonnenschein, der schräg durch ein staubbedecktes Fenster fiel, und dem ungehinderten Stehen unter einer strahlenden Nachmittagssonne.

Und sein Mund. Denken war bei diesem Kuss unmöglich. Diesen Kampf führte er mit seinen Lippen und seiner Zunge. Sie kappte die kleine Bindung, die sie an die Realität band, und legte die letzten Fragmente ihrer Ängste beiseite. Das Einzige, was sie noch tun musste, war, sich zu unterwerfen, und das tat sie, bereitwillig und eifrig.

Sie ließ ihre Finger unter sein Shirt gleiten und stöhnte wegen der harten Muskeln und der heißen Haut darunter. Über eine Woche lang hatte sie ihn beobachtet, wie er ohne Shirt und barfuß durch sein Haus geschlendert war, und endlich hatte sie ungehinderten Zugriff. Endlich eine Gelegenheit, jede Wölbung und Vertiefung näher zu erkunden. Sie schob die nervende Baumwolle höher, nur um von der Tatsache gestoppt zu werden, dass er selbst viel zu beschäftigt war, seine Hände an ihr zu benutzen, um sie sein Shirt ausziehen zu lassen. „Priest, Shirt."

So, wie er ihren Mund verschlang, hatte sie Glück, überhaupt so viel von sich geben zu können, aber er tat, was sie verlangte. Er knurrte, als er seine Lippen von ihr löste und sich den Stoff über den Kopf zerrte. „Brauche dich unter mir. Jetzt!" Die Hände zurück an ihren Hüften, hob er sie hoch, als ob sie gerade mal fünf Kilo wiegen würde, und umklammerte besitzergreifend ihren Hintern. „Klammere dich an mich."

Ihre Beine gehorchten. Nur Gott allein wusste, dass ihr Gehirn diesen Befehl nicht gesendet hatte, denn als er sie an seinen nackten Oberkörper presste, war ihr Verstand völlig aus den Fugen geraten. Doch ehe sie das knisternde Gefühl seiner Haut an ihrer und das sinnliche Gefühl seiner an ihre Brust gepressten Amulette genießen konnte, lag sie auf dem Rücken, sein massiver Körper war über ihr abgestützt und sein Mund saugte einen ihrer Nippel unbarmherzig tief ein.

Mit einer Mischung aus Seufzen und Stöhnen grub sie ihre Finger in sein dichtes Haar, dessen schwere Strähnen sich auf ihrem Oberkörper ausbreiteten, ein starker Kontrast zu dem rauen Reiben seiner Jeans an ihren nackten Schenkeln.

Sie rollte ihre Hüften, hin- und hergerissen, ob sie ihn von dem bösen Saugen an ihrer Brustwarze wegziehen sollte, damit sie ihm in die Augen sehen konnte, oder ob sie ihn genau da festhalten wollte, wo er war. „Deine Jeans."

Anscheinend funktionierte das Sprechen in einfachen Sätzen nicht mehr, denn alles, was sie im Gegenzug bekam, war ein Grunzen, das eines Höhlenmenschen würdig war. Er wechselte zu ihrer anderen Brust, knabberte an der aufgerichteten Spitze und umschloss sie dann mit seinem heißen Mund.

Und heilige Scheiße, fühlte sich das gut an. Da war ein erotisches Ziehen direkt in ihrem Geschlecht, das nur ungefähr tausendmal besser werden würde, wenn sie ihn dazu bringen könnte, lang genug aufzuhören, um seine Jeans auszuziehen, sodass sie sich an der harten Länge darunter reiben könnte.

Sie tastete nach seinem Jeansbund und öffnete den Knopf, eher er ihre Hände wegzog und über ihrem Kopf festhielt.

„Denk nicht einmal daran“, knurrte er, offensichtlich irritiert darüber, dass sie seine Pläne durchkreuzt hatte.

„Ich bin weit davon entfernt, darüber nachzudenken. Ich tue es einfach.“

„Noch nicht, tust du nicht.“ Er hob sein Gewicht und nahm sich viel Zeit, ihren Körper zu mustern. Trotz der zielgerichteten Aktion pumpte seine Brust wie bei einem Mann, der einen Marathon lief. „Ich habe dich letzte Nacht mit meinem Mund genommen. Aber Träume sind nicht die Realität.“ Er erwiderte ihren Blick und ließ ihre Hände los; die Überzeugung in seinen Augen reichte aus, um sie ohne jegliche körperliche Einschränkung zu fesseln. „Ich will das Echte und ich werde es bekommen.“ Priest schob seine Hände unter ihren Hintern, hob sie seinem Mund entgegen und atmete offen ihren Duft ein, während sein Panther schnaubte vor Freude. „Jeden letzten verdammten Tropfen.“

Er leckte direkt durch ihre Spalte, und sie schrie auf. Das samtige Gefühl seiner Zunge an ihren sensiblen Schamlippen forderte nicht nur ihre Unterwerfung, sondern auch ihre Lust. Das sich langsam aufbauende Feuer verstärkte sich zu einem wütenden Inferno, bis nur noch das Empfinden da war. Es war überwältigend, erstaunlich in seiner Intensität. So sehr, dass sie sich unter seinem Mund krümmte. Ein Teil von ihr verlangte verzweifelt nach mehr von dem, was er bot, und ein anderer Part wollte entkommen und Atem holen.

Stattdessen wagte sie es, die Augen zu öffnen und sich an dem fleischgewordenen realen Bild ihres Gefährten zu erfreuen, der ihr Geschlecht verschlang – und sie kam fast, als er ihren Blick erwiderte.

Priest umkreiste mit seiner Zunge ihre Klitoris, und das langsame Gleiten schickte neue hitzige Wellen in alle Richtungen. „Das ist es, Kätzchen“, knurrte er an ihrem Fleisch, als er mit einem Finger ihren Eingang neckte. „Genieße, wie es aussieht.“ Eine weitere Umkreisung, diesmal enger und schneller. „Wie es sich anfühlt, wenn dein Mann deine Möse verschlingt.“

Und sie war weg.

Komplett außerhalb der Grenzen, und sie schwebte durch eine gänzlich andere Stratosphäre, in der richtig, falsch und vernünftig nicht einmal existierten. Wo es egal war, mit welchen Worten er sie über den Abgrund geschubst hatte oder welche Urteile sie ihnen einst zugeschrieben hatte. Nur der Druck seiner Finger erfüllte sie und trug sie höher mit jedem Eindringen. Ebenso wie das süße Ziehen seiner Lippen an ihrer Klit und das dekadente Vibrieren seines hungrigen Stöhnens.

Sie rollte ihre Hüften und genoss jede Welle, ritt mit einer mutwilligen, aber befreiten Offenheit auf seinen beständigen Fingern und hielt ihn schamlos mit beiden Händen an sich gedrückt. Oder vielleicht war es nur ihr Festhalten. Gott allein wusste, dass die Realität, die sie zuvor gekannt hatte, nun völlig neu geordnet worden war.

Jede Farbe, jede Wahrheit, jede Annahme war auf den Kopf gestellt und neue Möglichkeiten waren aufgedeckt worden.

Er nährte sich träge von ihrer Erlösung und hob seinen Blick zu ihrem Gesicht. Eine mächtige Dosis männlicher Arroganz fügte seinen grauen Augen einen zusätzlichen Funken hinzu.

Sie grub ihre Hände tiefer in sein Haar und zog ihn noch dichter an sich. „Du siehst furchtbar selbstzufrieden aus."

„Meine Gefährtin ist gerade in meinem Mund gekommen und zwar hart." Er küsste die Spitze ihrer Spalte und bewegte sich gemächlich, sodass er sich über ihr abstützen konnte. Zwischen ihren Beinen pumpten seine Finger langsam, aber stetig, und schürten die Glut, die er zurückgelassen hatte. „Kein lebender Mann würde nicht schmunzeln, wenn ihm der Geschmack seiner Frau auf der Zunge liegt und ihr Stöhnen in seinem Kopf widerhallt."

Er küsste sie tief und heftig. Als wenn er beweisen müsste, wie genau und intim er sie nun kannte und wie viel sie noch vor sich hatten.

Doch es gab noch diese einen Sache, die sie auf diesem Trip nicht auslassen wollte.

Sie drückte gegen seine Brust und gewann so viel Platz, dass sie ihren Kopf zurückneigen und ihren Kiefer und Hals seinen hinterhältigen Lippen aussetzen konnte. „Ich will dich sehen. Ich möchte, dass du dich mir so zeigst, wie ich es getan habe."

Sie spürte sein leises Knurren mehr an ihrer Brust, als dass sie es hörte, und dann das langsame Kratzen seines Bartes an ihrem Schlüsselbein, während er über ihre Bitte nachzudenken schien. Als er seinen Kopf hob, brannte sein Blick mit einer Schärfe, die sie zuvor noch nie gesehen hatte. Ein warnendes Glitzern, dass die Dunkelheit näher war, als sie dachte.

Für eine Sekunde erwartete sie, dass er redete, wieder eine dieser umwertenden Aussagen machte, mit denen er sie überwältigte, seit sie vor all den Tagen ihren erotischen Tanz miteinander begonnen hatten. Stattdessen zog er langsam seine Finger aus ihrem Inneren, während er sich auf seine Fersen zurücksetzte. Er strich mit seinen schwieligen Händen über die Innenseiten ihrer gespreizten Schenkel und ließ sich Zeit, sie zu betrachten.

„Priest?"

„Ich möchte, dass du so bleibst. Offen und bereit für mich. Verstanden?"

Oh Mann. Sie tanzte definitiv mit der dunklen Seite. Wenn die Anspannung in seiner Stimme nicht Beweis genug dafür gewesen wäre, dann war es der jenseitslastige Abgrund dahinter.

Und doch hatte sie keinerlei Angst. Nicht einmal ein bisschen. Sie war aufgeregt, ja. Absolut trunken von Endorphinen. Aber sie hatte keine Angst. Nicht vor Priest oder irgendeinem Teil von ihm. Sie schluckte hart, krallte sich in die Bettdecke zu ihren Seiten und brachte ein gebrochenes „Ja" heraus.

Er knurrte zustimmend und bewegte sich zum Fußende des Bettes. Mit dem Handballen strich er sich über die dicke Beule in seiner Jeans und neigte den Kopf zur Seite. „Wie fühlt es sich an, so auf mich zu warten, Kätzchen?"

Sündhaft.

Unanständig.

Schmutzig.

„Ausgeliefert", sagte sie stattdessen und entschied sich damit für den Begriff, der es am besten beschrieb.

„Hmmm." Er zog den Reißverschluss herunter und schob die Jeans über seine Hüften. Zu ihrer Überraschung sprang sein Schwanz heraus, lang, dick und überzogen mit Adern. Sein Zögern, sich auszuziehen, um ihr eine Show zu bieten, ergab jetzt so viel mehr Sinn. Verdammt, sein Glied war so einschüchternd, wie er selbst es an dem Tag, an dem sie sich zum ersten Mal begegnet waren, gewesen war.

Ohne den Blickkontakt zu ihr zu unterbrechen, schälte er sich aus der Jeans, kroch zurück auf das Bett und kniete sich zwischen ihre gespreizten Beine.

Ein Jäger.

Ein Krieger.

Ein Beschützer.

Und er gehörte ihr. Jeder köstliche dunkle Zentimeter von ihm.

„Ich denke, damit erübrigt sich wohl die Frage, ob du eher Boxershorts oder Slips bevorzugst", brachte sie heraus. Sie hatte versucht witzig zu sein, wurde schnell davon abgelenkt, dass sie den milchigen Tropfen bemerkte, der auf seiner Eichel glitzerte.

Sie leckte sich über die Lippen, und er knurrte, strich mit seinem Daumen durch die perlweiße Substanz und verteilte sie auf seinem Schaft. „An guten Tagen toleriere ich Klamotten. Weniger, wenn ich nur daran denken kann, zu ficken und in meiner Gefährtin zu kommen."

Die Muskeln in ihrem Geschlecht zuckten. Die Kombination aus seiner Stimme, den verruchten Worten und dem Anblick von ihm, wie er sich gerade selbst massierte, machte es ihr fast unmöglich, ihre Schenkel weit gespreizt zu halten. So wie er es verlangte. Aber jetzt, wo sie darüber nachdachte, hatte er nichts davon gesagt, dass sie ihre Hände bei sich behalten sollte. Wenn er sich die Freiheit nahm, ihr eine Show zu bieten, dann konnte sie das auch. Vor allem, wenn sie die Dinge etwas beschleunigen wollte.

Sie schob eine Hand zwischen ihre Schenkel und betastete ihre feuchten Schamlippen. „Das ist ein bisschen gefährlich, findest du nicht? Du hast keine Ahnung, mit wem ich zusammen war, und ich bezweifle, dass du abstinent gelebt hast. Nicht wenn dir die ganze Zeit über blonde Tussis ihre Brüste ins Gesicht strecken."

Sein Mund verzog sich zu einem verschlagenen Grinsen. Anscheinend war er nicht nur erfreut über die Initiative, die sie ergriffen hatte, sondern auch begierig darauf, die Show zu sehen. „Kätzchen, die schlimmsten Krankheiten der Welt haben keinen Einfluss auf unsere Rasse. Das schließt sexuelle mit ein."

Ein netter Vorteil, aber immer noch keine vollständige Freikarte für ungeschützten Sex.

Sie glitt mit einem Finger in ihre Pussy und kreiste mit ihren Hüften, ihre Stimme klang ein wenig gedankenverlorener als zuvor. „Aber ich nehme nicht die Pille."

Das Grinsen veränderte sich zu einem vollständigen Lächeln und er ließ seinen Schwanz los. „Und du bist nicht in Hitze." Seine Hand bedeckte ihre und verstärkte den Druck ihrer Finger. „Wenn du es wärst, hätte ich dich schon vor Tagen fortgeschleppt und gefickt."

Oh ja. Seine Berührungen waren viel besser als ihre. Mutiger. Größer. Stärker. Sie presste ihre Hüften gegen ihre ineinander verflochtenen Hände und nur der neugierige Teil in ihr klammerte sich mit verbissener Entschlossenheit an das Gespräch. „Was soll das jetzt wieder bedeuten?"

„Das bedeutet, dass du meine Gefährtin bist. Wenn es so weit ist, werden wir es beide wissen. Entweder wirst du mich willkommen heißen, oder ich sterbe bei dem Versuch, deine Meinung zu ändern, aber das werden wir später herausfinden." Er unterstrich seine Aussage, indem er ihr Knie ergriff, es weit nach oben drückte und den Weg, den ihre Finger genommen hatten, nun mit der Spitze seines Schwanzes verfolgte.

Später war gut. Sehr gut. Denn im Moment wollte sie ihn nur noch in sich spüren. Den Rest dieser Konversation konnten sie abhaken; sie wollte nur noch zu dem viel primitiveren Part gelangen.

Seine Schwanzspitze glitt in ihrer Spalte auf und ab, bedeckte sich mit ihrer Nässe. „Du wolltest mich sehen, *mihara*. Nun, hier bin ich." Er drückte mit der Eichel gegen ihren Eingang, hielt lang genug inne, um ihre Hüften zu packen und zu knurren. „Sieh zu, wie ich meine Gefährtin in Besitz nehme."

Zusehen? Guter Gott, es war so viel mehr, als nur zuzusehen. Eher, wie neugeboren zu werden. Auferstanden von einem halben Leben, wie sie es gekannt hatte, und einzutreten in eine blendend helle Zukunft.

Zentimeter für Zentimeter nahm er sie, schob seine dicke, schöne Länge mit einer schmerzenden Langsamkeit in sie, die regelrecht nach Besessenheit roch.

Es war unglaublich. Befreiend. Die Dehnung und Fülle, als er immer tiefer in sie eindrang und das Feuer sich in alle Richtungen ausbreitete. Seine dunkle straffe Haut verschwand mit jeder Bewegung immer mehr in ihr, köstlich explizit. Der Gipfel von Intimität.

Fasziniert ließ sie ihre Finger über seine Bauchmuskeln gleiten und genoss die kraftvolle An- und Entspannung bei jedem Stoß. Ein dünner Schweißfilm breitete sich auf seiner heißen Haut aus.

„Priest." Es kam andächtig heraus. So ehrfürchtig und benommen, wie sich die Verbindung zwischen ihnen vertiefte.

„Richtig so, Kätzchen. Fühle es." Er verstärkte seinen Griff an ihren Hüften und passte seinen Winkel an, glitt erneut tief in sie hinein, bis seine Eichel perfekt in ihr steckte. „Nimm, was ich dir gebe, und mach es dir zu eigen."

Es war völlig verrückt. Niemand konnte solche Empfindungen besitzen. Ebenso wenig, wie sie einen heftigen Sturm oder den tosenden Ozean ihr Eigen nennen konnte. Aber sie konnte darauf reiten. Darauf reiten und sich mit erhobenen Händen in die neue Realität gleiten lassen.

Sie passte ihre Bewegungen jedem seiner Stöße an, schlang ihre Beine um ihn und drückte ihre Fersen in seine Flanken, um ihn noch tiefer zu drängen. „Wie wäre es, wenn du mir mehr gibst?"

Das Geräusch, das aus ihm kam, war eine Mischung aus schmutzigem Lachen und Knurren, und seine Augen verdunkelten sich zu der Farbe von aufziehenden Gewitterwolken. „Da ist sie. Meine unartige Gefährtin tanzt gern nah am Abgrund."

Himmel, seine Stimme war so verrucht. Wie ein hitziger Schlag gegen ihre ohnehin überreizten Sinne. „Ich bin nicht unartig."

„Oh doch, das bist du. Du siehst es vielleicht nicht, aber ich." Er steigerte das Tempo seiner Stöße und rollte seine Hüften bei jedem Eintauchen – in der sündhaft schönsten Zurschaustellung von Männlichkeit, die sie je gesehen hatte. Priest strich mit den Händen an ihren Seiten und ihren Schulterblättern entlang, und ein klangvolles Schnurren ertönte aus seiner Brust. „Und ich werde es beweisen."

In der einen Sekunde war er über ihr, und in der nächsten war sie obenauf, ihre Beine um seine Taille geschlungen und ihre Pussy auf seinem herrlichen Schwanz aufgespießt. Verschwunden war der Mann, der jeden seiner Schritte sorgfältig bedachte, ersetzt durch ein Tier, das nur von niederen Instinkten getrieben war und beschlossen hatten, sie zur Raserei zu bringen und all die ordentlichen Ideen auszulöschen, die sie für wahr gehalten hatte.

Immer wieder klatschte sein Becken gegen ihres, ihr Busen wackelte mit jedem Stoß an seiner festen, schweißnassen Brust, und ihr Haar neckte sanft die zarte Haut entlang ihrer Schultern. Nie hatte sie sich lebendiger und verbundener gefühlt als in diesem Moment.

Mit einer Hand direkt über ihrem Hintern und die andere in ihrem Haar vergraben, neigte er ihren Kopf zur Seite und kratzte mit seinen Zähnen an ihrer Kehle entlang. „Dir gefällt das."

Das war tatsächlich so. Alles davon. So sehr sogar, dass ein erneuter Höhepunkt in ihr anschwoll, sich von ihren Zehen aus ausbreitete und tief in ihrem Unterleib zusammenballte, bereit, zu explodieren. Sie wimmerte und klammerte sich an seine Schultern, um den gnadenlosen Ritt durchzuhalten.

„Ich weiß, dass es so ist, weil du für mich geschaffen wurdest." Er hielt ihr Becken in Position und rieb seine Hüften bei jeder Aufwärtsbewegung gegen ihre Klitoris. „Wir sind füreinander gemacht."

Seine Hand strich über ihren Hintern, glitt zwischen ihre Körper, und er ließ seine Finger dort entlanggleiten, wo sie miteinander verbunden waren. „Es gibt nichts, was ich dir nicht geben würde. Keine Grenze, die ich nicht überschreiten werde, denn du gehörst mir." Ihre Nässe bedeckte seine Fingerspitzen und glitt mit der Hand wieder zurück zu ihrem Po. „Alles von dir."

Er umkreiste ihren Anus, und sie zuckte gegen ihn, grub ihre Fingernägel tief in seine Haut. „Das würdest du nicht tun."

„Oh, und ob ich das tun würde." Er kehrte zu ihrem Geschlecht zurück, nahm mehr von ihrer Nässe auf und widmete sich mit weiteren neckenden Berührungen erneut ihrem Hintern. „Und ich werde."

Ein heftiges Beben erfasste ihren Körper und die sich aufbauende Erlösung breitet sich immer mehr in ihrem Innern aus. Eine Anspannung, die der Energie einer Sprungfeder, die bis zum Anschlag gespannt war, gleichkam. „Priest."

Mehr und mehr bereitete er sie vor, umhüllte sie mit ihrer eigenen Essenz. Als sie sich endlich entspannte und ihn mit einer neuen Bewegung begrüßte, indem sie ihre Hüften anhob, summte und murmelte er an ihrer Haut: „Genau so." Er kreiste erneut, diesmal fester, durchbrach dabei jedoch kaum die Oberfläche. „Lass es raus."

Sobald er das gesagt hatte, wich er zurück. Eine kurze Atempause, die sie ihre Fäuste frustriert ballen ließ und ihr ein Stöhnen aus der Kehle riss. Priest kniff ihr in den Nacken und nahm den Druck wieder auf, nach dem sie sich gesehnt hatte. „Heiß es willkommen." Er schob sich an der Barriere vorbei und trieb gleichzeitig seinen Schwanz bis zum Anschlag in sie. „Komm für deinen Gefährten."

Wie auf Befehl gehorchte ihr Körper. Sie war auf eine Art und Weise erfüllt und besessen, von der sie nie geglaubt hatte, dass sie es willkommen heißen würde, und vor ihr öffnete sich die ganze Welt. Sie blühte in kühnen Farben, so wunderschön, während ihre Pussy um sein Geschlecht zuckte. Sie war die seine. Er war das fehlende Glied, das die leeren Räume in ihr zusammenhielt und den Gesamtplan sinnvoll machte. Ein sicherer Ort, an dem das, was sie wollte, nicht nur akzeptiert, sondern auch gefördert wurde.

Er knurrte gegen ihre Schulter, pumpte seine Finger in ihren Hintern, ebenso wie seinen Schaft in ihr Geschlecht, um ihrer Pussy eine Wehe nach der nächsten abzuringen. „Fuck, ja. Meine Frau." Er leckte und saugte die Stelle, wo sich ihre Schulter und ihr Nacken trafen, und stieß tiefer. „Meine. Verfickte. Gefährtin."

Er drang bis zum Anschlag in sie ein, zog sie auf sich nieder und versenkte gleichzeitig seine Zähne in ihrem Nacken. Ein triumphierendes Gebrüll ertönte, als sein Schwanz in ihr zu zucken begann und heftige Nachbeben in ihr auslöste.

Sie hielt sich fest, ihre Arme zitterten, als eine Welle nach der nächsten durch ihren süchtigen Körper rollte und die kühle Luft des Raumes über ihre feuchte Haut tanzte. Abgesehen von der weltbewegenden Körperlichkeit war dies mehr als Sex. Mehr als Chemie und Kompatibilität.

Es war magisch. Sinnlich. Fleischlich. Und ja, vielleicht

ein bisschen schmutzig, aber trotzdem absolut schön. Und ausnahmsweise wollte sie nicht verstehen, wie oder warum es funktionierte. Nur, dass es so war und dass es ihr gehörte. Dass dieser Mann derjenige war, der sie nicht nur dorthin geführt, sondern sich auch geschworen hatte, ihr mehr zu geben.

Sie strich mit ihren Händen über seinen Nacken und rieb ihre Wange an seiner Schläfe. „Das war …“ Gott, was sollte sie sagen? Sosehr sie auch etwas sagen wollte, kein Wort fühlte sich richtig an. Keins war dem würdig, was er ihr gegeben hatte.

„So, wie es sein sollte.“ Er küsste die zarte Stelle, wo er sie gebissen hatte, streichelte mit den Händen über ihre Wirbelsäule und berührte sie so, wie sie am ersten Morgen seinen Panther angefasst hatte. „Und wie es immer sein wird.“

Es war perfekt. Eine Zusammenfassung, die sie allein nie gefunden hätte, die jedoch die riesige Welt, die sie gerade geöffnet hatten, ins richtige Licht rückte. Beides erregte und erschreckte sie zugleich.

Er hielt sie, einen Arm um sie geschlungen, an sich gepresst, beugte sie vor, legte sie auf den Rücken und drückte ihr einen ehrfürchtigen Kuss auf die Lippen. „Danke, *mihara*.“ Den nächsten Kuss platzierte er direkt unter seinem Amulett und einen weiteren über ihrem Herzen.

Sie genoss seine dichten Haare zwischen ihren Fingern und das samtige Gleiten seiner Lippen, während er seinen Oberkörper weiter hinunter bewegte. „Ich bin mir nicht sicher, warum du mir dankst.“

Sein Schaft schlüpfte aus ihr heraus, und sie wimmerte leise, weil der Verlust greifbarer war als nur auf rein körperlicher Ebene.

„Weil du das Risiko eingegangen bist.“ Als ob er seinen Standpunkt verdeutlichen wollte, fuhr er mit der Fingerspitze durch die vermischten Säfte, die aus ihrem

Geschlecht sickerten. „Du hattest Angst und bist dennoch gesprungen.“

Sie schluckte schwer. Die Realität stürmte schneller auf sie ein, als sie es zulassen wollte. „Ich habe immer noch Angst.“ Das ehrliche Eingeständnis kam ihr über die Lippen, gestützt von seiner Nähe und der absoluten Gewissheit, dass er ihr helfen würde, egal was ihr bevorstand. „Das fühlt sich riesig an. Größer als alles, womit ich umzugehen weiß.“

Priest atmete tief ein und rieb mit seinen befeuchteten Fingern über ihren Hügel. Als würde er sie auf eine viel primitivere Art und Weise markieren und sichtbare Beweise für seine Inbesitznahme hinterlassen wollen.

Langsam hob er seinen Blick zu ihrem Gesicht und verlagerte sich so, dass er neben ihr lag und sich auf einen Ellbogen stützte. Er berührte den Anhänger an ihrer Kehle. „Vielleicht erscheint es zu groß, weil du es aus dem falschen Blickwinkel betrachtest.“

Von allem, was er hätte sagen können, war eine logische Erläuterung das Letzte, was sie erwartet hatte. Insbesondere in einem so ergreifenden Moment. „Nun, es fühlt sich an, als würde ich es direkt ansehen.“

Er lächelte darüber, ein sanftes Lächeln, das man nur mit jemanden teilte, mit dem man intim war, und schlang seinen Arm um sie. „Du siehst es falsch herum, *mihara*. Das ist nicht das Ende. Und auch keine Fessel, die du ertragen musst.“ Er schob ein Bein zwischen ihre, rollte sich auf den Rücken und zog sie mit sich, hielt sie fest umarmt. Als seine Lippen ihren Kopf streiften, spürte sie es überall. Segen und Versprechen in einem. „Das ist der Anfang.“

KAPITEL 21

Es war noch zu früh. Selbst im Halbschlaf bestand Priests Geist darauf, dass es noch nicht an der Zeit war, sich dem Tag zu stellen. Aber um fair zu bleiben, sein Gehirn könnte auch durch den sanften, einladenden Druck von Kateri neben ihm und ihrem flüsternden Atem an seiner Brust voreingenommen sein.

Er streichelte ihren nackten Rücken, tätschelte ihren süßen Hintern, während jedes spektakuläre Detail der letzten Nacht wie ein wolkenloser Sonnenaufgang in seinem Verstand aufstieg. Sie erneut zu nehmen, war sehr verlockend. Verwirrend sogar. Aber nach ihrer ersten wilden Vereinigung und den beiden zarteren im Laufe der Nacht musste sie wund sein. Von der Erschöpfung ganz zu schweigen.

Er umarmte sie fest, schmiegte sich an ihren Kopf und versuchte, wieder einzuschlafen. Er hoffe, dass der Körperkontakt das lindern würde, was ihn geweckt und seinen Panther hatte unruhig werden lassen.

Doch der mentale Stoß kehrte zurück, diesmal eindringlicher – und diesmal war die Quelle unverkennbar.

Seine Augen öffneten sich in dem dunklen Raum vor der Morgendämmerung, und der innere Kompass, auf den er sich verlassen hatte, richtete sich auf das zerrende Gefühl.

Eine Seelensuche.

Verdammt.

Das beschissene Timing war das Schlimmste. Ja, Kateri war eine vernünftige Frau. Mehr noch als viele andere, die er kannte. Doch die letzte Nacht war etwas Enormes für sie gewesen. Ein Schritt in etwas völlig Unbekanntes. Vernünftig oder nicht, die Chancen standen gut, dass sie sauer werden würde, wenn sie am Morgen danach vollkommen allein aufwachen würde. Verdammt, er selbst war sauer, und er war noch nicht einmal fort.

Priest rollte sich auf den Rücken und raufte sich die Haare. Wer auch immer auf der Suche war, derjenige erreichte die Anderswelt sehr schnell. Weit schneller als üblich. Entweder das, oder er war so mit seiner Gefährtin beschäftigt gewesen, dass er unbewusst die Augen vor der Realität verschlossen hatte.

Kateri lag still neben ihm und schlief so tief und fest, dass seine Bewegung sie nicht weckte. Es war seltsam, sie so zu sehen. Er hatte sich so sehr an das ununterbrochene intellektuelle Feuer gewöhnt, das in ihren graublauen Augen brannte, dass es ihm so vorkam, als würde er sie in einem intimen Moment ausspionieren.

Aber er mochte es. Er liebte es, wie unschuldig sie aussah, wie selbst im Schatten ihre freche Nase, der Amorbogen ihrer Lippen und die hohen Wangenknochen ihn an eine schlafende kecke Elfe erinnerten.

Ja, definitiv beschissenes Timing. Das erste Mal, seit der Hüter ihn zum Hohepriester ernannt hatte, bedauerte er es.

Er stützte sich auf den Ellbogen und strich mit seinen Lippen über ihre. Ihr Mund öffnete sich nur ein klein wenig und ein leises Seufzen entglitt ihr, doch sie schlief weiter. Interessant, denn bei jedem anderen Kuss, den er ihr gegeben hatte, war sie augenblicklich wach geworden, und in ihren Augen war deutlich das Bewusstsein erkennbar gewesen, dass sie ihn nicht nur nah bei sich, sondern auch nackt vorfand.

Er lachte leise, zog die Decke über ihre Schultern und stieg aus dem Bett. Offensichtlich hatte er sie härter rangenommen, als er gedacht hatte. Er schnappte sich seine Jeans vom Boden am Fußende des Bettes und zog sie über. Der raue Denim war im Gegenzug zu Kateris seidiger Haut unangenehm.

Scheiß auf die Seelensuche, drängte die Dunkelheit ihn. *Bleib bei ihr. Wir haben es uns verdient. Sie hat es verdient.*

Er zögerte an der Tür zu seinem Zimmer und umfasste den Knauf so hart, dass er fast Schaden anrichtete.

In die Decke eingewickelt, sah sie so zierlich aus, von der Größe seines Bettes verschlungen und schmerzlich allein. Nachzugeben war verdammt verlockend, nahezu eine Qual. Aber es wäre die falsche Wahl. Nicht einmal Kateri würde das von ihm verlangen.

Priest zwang sich, in Bewegung zu kommen, schritt über den Flur, der sein Schlafzimmer von den restlichen Zimmern trennte, und ging in Richtung von Tates Raum. Mit jedem Schritt wurde die Dringlichkeit stärker, als ob die Distanz, die er zwischen sich und seiner Gefährtin schaffte, den Suchenden näher an die Anderswelt heranführte.

Doch das konnte nicht stimmen. Kateri hatte ihn physisch akzeptiert, aber noch nicht ihre Verbindung. Er hätte es gespürt. Jeder Mann, mit dem er gesprochen hatte und der jemals eine Bindung mit seiner Gefährtin eingegangen war, hatte darauf bestanden, dass die Verschmelzung unverkennbar war. Es war wie ein willkommener Bund, der sogar weit über das hinausging, was man bei der Aufnahme seines Begleiters erlebte. Und selbst wenn Kateri ihrer Bindung letzte Nacht zugestimmt hätte, würde eine Seelensuche sie nicht involvieren.

Es sei denn, die Suche wäre ihre.

Er blieb an Tates Zimmertür stehen und stützte beide Hände rechts und links am Rahmen ab, als ihn dieser Gedanke durchfuhr.

Sicher nicht. Sie hatte keinerlei Anzeichen gezeigt. Definitiv keine, die so eindeutig waren wie bei Alek. Aber Frauen taten das selten. Sie waren besser darin, ihre Emotionen zu lenken, besser darin, mit den wechselnden physischen Veränderungen umzugehen, die eine bevorstehende Suche oft begleiteten.

Aber Kateri war keine durchschnittliche Frau. Und sie

war gestern Nacht hochemotional gewesen. Widersprüchlich. Sie hatte nicht nur mit der Vorstellung eines Schicksalsgefährten und der damit verbundenen überwältigenden körperlichen Reaktion gekämpft, sondern auch mit dem Tod ihrer Eltern.

Und sie war fast totenstill neben ihm gewesen und hatte nicht auf seinen Kuss reagiert.

Fuck.

Ohne anzuklopfen, stürmte er in Tates Zimmer. „Alek, steh auf."

In der Mitte auf Tates Ausziehsofa und kaum von einem Laken bedeckt, grunzte Alek und verbarg seine Augen unter dem Unterarm.

Tate hatte stets einen leichten Schlaf. Er stützte sich in seinem Bett an der gegenüberliegenden Wand auf einen Unterarm und rieb sich mit dem Handballen ein Auge. „Stimmt etwas nicht?"

„Nicht ganz, nein. Aber wenn ich die Zeichen richtig deute, stehe ich vor einer höllischen Herausforderung." Er schüttelte Alek nicht gerade sanft an den Schultern. „Ich brauche dich, Primo. Jetzt."

„Was zum Teufel?" Alek stützte sich auf die Ellbogen, blinzelte in die Schatten und tastete neben dem Sofa am Boden nach seinem Handy. „Mann, es ist noch nicht einmal sechs Uhr. Wir sind erst vor drei Stunden nach Hause gekommen."

„Dem Hüter ist es egal, wie spät es ist, und deiner Großmutter auch. Du bist Kateris Bruder. Es ist deine Aufgabe, Naomi zu wecken und bei ihr zu bleiben, während ihr wartet."

„Heilige Scheiße", grummelte Tate, der zwei und zwei zusammenzählte. Er glitt aus dem Bett und knipste das Licht an.

Entweder lag es an der Dringlichkeit in Tates Stimme, oder an der Geschwindigkeit, mit der er angefangen hatte, Klamotten zusammenzuraffen, dass Aleks schlaftrunkener Geist endlich begriff und seinen gesamten Körper in Alarmbereitschaft versetzte. „Mit ihr *worauf* warten?“

„Kateris Seelensuche“, antwortete Tate, ehe Priest es tun konnte.

Alek zögerte nur einen Moment, um Priests Gesichtsausdruck zu studieren, dann schoss er aus dem Bett. „Heilige Scheiße, sie wird ausflippen.“

Zufrieden, dass beide Männer nun auf dem richtigen Weg waren, gab Priest dem Bedürfnis nach, zu Kateri zurückzukehren, und schlenderte auf die Tür zu. „Wie ich schon sagte, ich stehe vor einer Herausforderung.“

„Du denkst doch nicht, dass sie sie ablehnen wird, oder?“

Aleks Frage ließ Priest innehalten, und die Angst, die dahintersteckte, hallte seine eigene wider. Ja, sie hatte sich geöffnet. Sie hatte angefangen, die Frau zu umarmen, die sie als Kind tief in sich vergraben hatte. Aber der Hüter war nicht für Feinsinn bekannt. Er war eher wie ein Zirkusdirektor, der sich damit wohlfühlte, jedes tiefe, dunkle Geheimnis einer Person ins Scheinwerferlicht zu zerren und es direkt anzusprechen. Als Methode, um dem Suchenden Magie und Begleiter zuzuordnen, war das perfekt. Bei Kateri jedoch konnte die Sache leicht nach hinten losgehen. „Um ihretwillen hoffen wir mal, dass sie es nicht tun wird.“

Der Weg zurück in sein Schlafzimmer war wie verschwommen. Die drängende Absicht, sich um seine Gefährtin zu kümmern, und das eskalierende Ziehen aus der Anderswelt waren die einzigen Dinge, die sein Verstand verarbeiten konnte. Als er dort angekommen war, hatte sie sich immer noch nicht bewegt.

Nicht einmal einen Zentimeter. Aber gerade war die Sonne draußen aufgegangen, und das Licht zeigte, wie blass Kateris Haut geworden war und dass sich ein feiner Schweißfilm an ihrem Haaransatz gebildet hatte.

Er entledigte sich seiner Jeans und zog eine seiner bequemen Jogginghosen an. Priest wünschte sich verzweifelt, er könnte unter die Decke kriechen und sie nackt umarmen, während er sie durch ihre Suche führte.

Das war jedoch keine Option. Naomi würde sich während der ganzen Sache zweifellos neben dem Bett aufhalten, wie es auch ihr Recht war, und Alek würde bei aller Besonnenheit, die er in der letzten Zeit an den Tag gelegt hatte, wahrscheinlich wie ein eingepferchtes Tier auf und ab laufen. Ihr Clan mochte von Natur aus keine Schamhaftigkeit, aber es kam nicht infrage, seine Gefährtin zu entblößen. Ganz zu schweigen davon, dass Kateri ihn töten würde, wenn sie herausfinden würde, dass er so etwas zugelassen hätte.

Eilig, ehe jemand kam, kramte er sein größtes und weichstes T-Shirt aus dem Schrank und zog es ihr behutsam über. Keine leichte Aufgabe, wenn man bedachte, dass ihr Körper ohnmächtig war. Gerade hatte er den Saum über ihre Hüften gezogen, als sich eine Menge Schritte und gedämpfte Stimmen auf dem Flur näherten.

Außer Atem und von einem Ohr zum anderen lächelnd, war Naomi die Erste, die ins Zimmer kam, gefolgt von Tate, Alek und Jade. „Wie nah ist sie? Brauchst du etwas, ehe du dich ihr anschließt? Wasser? Etwas zu essen?"

Priest grinste, obwohl das beharrliche Ziehen von Sekunde zu Sekunde stärker wurde. Naomi schien davon auszugehen, dass ihre Enkelin ihre Gaben bereitwillig annehmen würde, und plante im Kopf offensichtlich bereits Kateris Feier. „Keine Zeit dafür. Sie bewegt sich zu schnell."

Er stapelte Kissen auf seiner Seite des Bettes, hielt dann jedoch inne und nagelte Tate und Alek mit einem harten Blick fest. „Niemand betritt dieses Haus, bis ich wach bin. Niemand! Keine Clanmitglieder und definitiv keine Fremden, egal was sie sagen, wer sie sind.“

Beide nickten kurz, aber während Tate ganz professionell blieb, war Alek abgelenkt, und die Sorge in seinem Gesicht spiegelte Priests eigene wider. „Ich hätte ihr mehr erzählen sollen“, sagte Alek. „Wie unsere Magie ist. Wie es sich anfühlt. Ich möchte nicht, dass sie das aufgibt.“

„Du hast deine erste Verwandlung mit ihr geteilt. Sie hat gesehen, wie es war, aber die Entscheidung liegt bei ihr.“ Darauf bedacht, sie nicht zu viel zu bewegen, nahm Priest Kateri in die Arme und lehnte sich gegen den Kissenstapel, während er sie an sich drückte.

„Du traust ihr einfach nicht genug zu“, sagte Naomi. „Keiner von euch.“

Es schien ihr nicht im Geringsten unangenehm zu sein, in wessen Zimmer sie sich befand. Naomi setzte sich auf das Bett und strich Kateri eine verirrte schweißnasse Strähne von der Wange. „Unser Mädchen ist vielleicht langsam erwacht, aber sie ist nicht dumm. Sie wird zu neugierig sein, um sich diese Chance entgehen zu lassen. Egal welchen Unsinn mein Sohn ihr in den Kopf gesetzt hat.“

In dieser Hinsicht hatte sie recht. Kateri war zu neugierig. Es war eher ihre Bereitschaft, sich den nächsten Stunden zu stellen, um die er sich Sorgen machte. Dennoch hatte Naomi recht. Wenn er nicht an sie glaubte, würde er ihr nicht gerecht werden. Weder als ihr Hohepriester noch als ihr Gefährte.

Er zwang sich dazu, langsam und tief zu atmen, und konzentrierte sich auf den leichten Jasminduft, der ihrer Haut anhaftete. Ebenso wie auf jeden ihrer Atemzüge, die gegen seine Brust flatterten. „Sie wird die Entscheidung treffen, die sie für richtig hält.“ Er schloss die Augen und das Grau der Anderswelt eilte ihm entgegen „Und wie auch immer diese aussehen mag, ich werde zu ihr stehen.“

KAPITEL 22

Katy war schon seit Jahren nicht mehr im Zirkus gewesen, geschweige denn, dass sie davon geträumt hatte, aber sie liebte ihn. Das war immer so gewesen. Die Scheinwerfer, die farbenfrohen Kostüme und die majestätischen Tiere, die es hier zu sehen gab. Das Gelächter der Menge und die dröhnende Stimme des Zirkusdirektors, die durch die Soundanlage schallte. Das alles in einem schwarzen Kokon, während Hunderte von Menschen zusahen.

Von ihrem Platz hoch oben auf der Tribüne nahm sie all das in Augenschein. Die Bank, auf der sie saß, war ansonsten leer, ebenso wie einige der Reihen darunter, aber der Rest des Zeltes war brechend voll. Alle Augen waren auf die Darsteller gerichtet, die sich für die Show aufwärmten.

Hinter ihr ertönte die amüsierte Stimme von Priest, nah und viel deutlicher als die Geräusche von unten. „Na, das ist doch mal ein interessanter Ort."

Durch die Mischung von Überraschung und Freude klopfte ihr Herz schneller und sie drehte sich auf der Bank zu ihm um. „Du bist hier."

In der Reihe hinter ihr sitzend, die Ellbogen auf die Knie abgestützt und die Hände locker ineinander verschränkt, neigte er seinen Kopf. „Natürlich bin ich hier. Wo sollte ich sonst sein?"

„Nun, wenn man bedenkt, dass ich zwölf Jahre alt war, als ich das letzte Mal von einem Zirkus geträumt habe, bist du nicht gerade jemand, von dem ich erwarten würde, dass mein Unterbewusstsein dich einbauen würde." Kaum hatte sie das gesagt, erinnerte sie sich an den letzten Traum, den sie zusammen verbracht hatten und der ihr ein ganz anderes Lächeln auf die Lippen zauberte. „Es sein denn, dass dies einer *dieser* Träume ist. Allerdings muss ich sagen – kürzlich entdeckte verruchte Seite oder nicht –, ein Zirkus wäre für mich dann doch etwas seltsam."

Die Heiterkeit in seinem Gesichtsausdruck verschwand und er strich mit den Fingern über ihre Wange. Als er sprach, klang seine Stimme sanft. Eine vorsichtige Übermittlung, die ein warmes Kribbeln auf ihrer Haut verursachte. „Es ist kein Traum, Kätzchen."

Sie musterte die Menge. Die drei Manegen und die Darsteller darin. Die Luft war schwer von den Gerüchen der Tiere, dem Dreck und dem Popcorn. War ihr Geruchssinn jemals zuvor in einem Traum so intensiv ausgeprägt gewesen? Das hatte sie mit Priest erlebt, aber das war eine andere Art von Traum gewesen, der nicht von ihrem schlafenden Verstand, sondern von ihm geführt worden war. „Aber das kann nicht wahr sein. Ich meine, ich kenne Eureka Springs nicht so gut, dennoch habe ich keinen Veranstaltungsplatz gesehen, der einen Zirkus beherbergen könnte. Und wir waren letzte Nacht bei dir zu Hause."

Mit den Fingern auf ihrer Schulter drückte er sanft zu und brachte sie dazu, ihn anzusehen. Erst als sie ihren Blick von den Aktivitäten unten abwandte, redete er. „Das ist auch nicht die Realität. Zumindest nicht so, wie du sie kennst." Er musterte ihr Gesicht; ein weiser Mann, der abwägte, wie gut sie den Rest von dem, was er zu sagen hatte, aufnehmen würde. „Wir sind in der Anderswelt und dies hier ist deine Seelensuche."

Trotz der Wärme, die von der Menge und den Scheinwerfern unten erzeugt wurde, flüsterte eine unheimliche Kälte über ihre Haut, und ihre Rücken- und Bauchmuskulatur verkrampfte sich. Sie wirbelte auf der harten Metallsitzfläche der Bank herum. Es gab keine Ausgänge, keine Menschen, die um die Manegen herum oder irgendwo an den Seiten des Zeltes herumschwirrten.

Es gab kein Entkommen.

Sie stand auf und drückte Priests Unterarm. „Wir müssen zurück. Du musst mir helfen. Ich bin noch nicht bereit."

„Der Hüter denkt, dass du es bist." Er befreite sich von ihrer Hand, erhob sich und stieg mit einer katzenhaften Anmut, voller Zuversicht, zu ihrer Reihe hinab. Priest umfasste mit beiden Händen ihr Gesicht, beugte sich vor und erklärte: „Ich glaube auch, dass du bereit bist."

Tat er das? Denn im Moment fühlte sie sich so gut vorbereitet wie eine Rechtshänderin, die mit der linken Hand ihre Abschlussarbeit schreiben musste.

„Nun, ich würde sagen, dass du eine viel höhere Meinung von mir hast als ich. Ich brauche mehr Zeit. Am liebsten mit einem Studium und Übungsstunden."

„So läuft das nicht. Du bekommst nur einen Versuch. Eine Chance, dich dem zu stellen, wer du bist, und dein Geburtsrecht einzufordern."

Etwas hinter ihr erregte seine Aufmerksamkeit, und seine Finger an ihrem Gesicht verkrampften sich und hinderten sie daran, sich umzudrehen. Was auch immer es war, es brachte die Unbeschwertheit zurück in seine Mimik, ehe er sanft auf sie herabblickte und sagte: „Du wolltest wissen, in welcher Form der Hüter zu dir kommen würde." Er legte seine Hände auf ihre Schultern und drehte sie um. „Ich denke, es ist an der Zeit, dass du deine Antwort erhältst."

Eine Frau.

Eine wunderschöne noch dazu, gekleidet in die Akrobaten-Version eines Damen-Reitoutfits mit einer eleganten schwarzen Reithose, die im Licht schimmerte, einem perfekt sitzenden efeufarbenen Mantel, der bis zu ihren Oberschenkeln mit schwarzen Paspeln an Saum und Revers versehen war, und kniehohen Reitstiefeln. Ihr Haar war dunkel und glänzend und zu einer dieser glatten Frisuren arrangiert, die von Filmgöttinnen getragen wurden. Auf ihrem Kopf war ein altmodischer Seidenzylinder in einem frechen Winkel festgesteckt. Ihr Make-up war das einer erfahrenen Künstlerin; die satte Farbe ihres Lidschattens spiegelte das Efeugrün ihres Mantels wider und der schwarze Eyeliner gab ihr ein temperamentvolles Aussehen.

Kateri sprach, ohne bewusst darüber nachzudenken. „Ich erinnere mich an dich. Wir sind uns schon einmal begegnet."

„Tatsächlich. Wo?" Ihre Stimme war so göttlich wie ihr Aussehen, warm, mit dem Mitgefühl einer Mutter, und doch mit einer Kraft, die zu komplex war, um sie zu beschreiben.

„Du warst hier." Katy wandte ihren Blick von der Frau ab und konzentrierte sich auf die Blondine, die auf einem weißen Pferd in der linken Manege im Kreis galoppierte. „Du warst dort unten. Ich habe meinen Vater überredet, in der Schlange zu warten, um die Darsteller nach der Show zu treffen."

Später hatte er es bereut, dem zugestimmt zu haben, hatte es für schlechtes Urteilsvermögen seinerseits erklärt, dass er ihren agilen Geist einem solch verdorbenen Nährboden ausgesetzt hatte.

Katy schüttelte die hässliche Erinnerung ab und ließ die Anderswelt vor ihren Augen verschwimmen, während sie sich stattdessen auf den Tag vor so langer Zeit konzentrierte. Wie liebevoll die Frau auf sie herabgeschaut hatte, und wie ihr Rappe eifrig den Kopf gesenkt hatte, damit Katy seine Nüstern streicheln konnte. „Ich war zehn. Du hast mich angelächelt und gesagt, ich sei hübsch. Dass mein Haar der Stoff ist, aus dem Sonnenschein und Sternen sind."

„Ich glaube nicht, dass das alles ist, was ich dir gesagt habe."

Die Erinnerung verschwand und die reale Welt – oder was auch immer die Anderswelt war – kehrte in ihren

Fokus zurück. An den Rest ihres Gespräches an diesem Tag konnte sie sich beim besten Willen nicht mehr erinnern. Nur daran, wie berührt Katy von ihrem strahlenden Lächeln gewesen war. „Vielleicht nicht. Aber es ist mindestens dreizehn Jahre her. Das ist eine zu lange Zeit, um sich an alle Details zu erinnern."

„Willst du dich an sie erinnern?"

Da war sie wieder. Die geflüsterte unheilvolle Kälte auf ihrer Haut. Mit einer simplen Frage war der Scheideweg erreicht. Derselbe entscheidende Punkt, an dem sie schon so viele Male gestanden, den sie aber nie überschritten hatte.

Priest drückte sanft ihre Schultern, eine subtile Aufforderung, die die Bedeutung der Frage bestätigte.

Du bekommst nur einen Versuch. Eine Chance, dich dem zu stellen, wer du bist, und dein Geburtsrecht einzufordern.

Ihr ganzes Leben lang hatte sie sich umgedreht, war lieber den gewohnten statt den unbekannten Weg gegangen. Aber ihr Bruder hatte dies nicht getan. Ihre Großmutter ebenfalls nicht. Oder Priest. Sie alle waren ein Risiko eingegangen und schienen mit dem Ergebnis nicht nur glücklich zu sein, sondern es auch zu genießen.

Sie bedeckte Priests Hand mit ihrer und hielt sich daran fest, als könnte sie durch die verzweifelte Berührung Kraft von ihm beziehen. „Ich möchte mich erinnern."

Eine Sekunde später war sie dort und beobachtete, wie ihr zehnjähriges Ich voller Bewunderung zu der Frau hochsah. „Ich möchte so sein wie du", sagte ihr jüngeres Ich mit völliger Gewissheit und betonte dabei jedes Wort. „Ich werde ohne Sattel reiten und auch hübsche Kostüme tragen. Ich möchte nur, dass mein Pferd grau ist. Glänzend grau mit schwarzer Mähne und schwarzem Schweif."

Die Frau beugte sich zu ihr hinunter und strich ihr eine Haarsträhne hinter das Ohr. „Du kannst sein, was immer du willst, süßes Mädchen. Umarme deine Träume fest und lass sie dich hintragen, wo immer du hingehen willst." Sie öffnete ihre Arme, um Katy zu drücken, aber ihr Vater riss sie fort und führte sie durch die Menge zum Ausgang.

Katy bemühte sich, die Frau im Blick zu behalten, aber so klein, wie sie war, verschlangen die drängenden Körper der Menge die Frau in Sekundenschnelle.

Und dann war sie zu Hause. Die späte Nachmittagssonne schien schräg auf die dicke elfenbeinfarbene Decke, unter die sie gekrochen war. Ihr Arm lag auf einem Kissen neben ihr und steckte in einem Gipsverband. Ein leises Pochen pulsierte im Takt ihres müden Herzschlags von ihrer Schulter bis zu den Fingerspitzen, aber ihrem Vater waren ihre Schmerzen wohl gleichgültig. Ebenso wie ihre Müdigkeit.

Er schritt an der Seite ihres Bettes auf und ab. Ihre Mutter saß schweigend neben ihr, als hätte sie zu viel Angst, sich einzumischen. „Bist du von Sinnen? Es hätte noch viel Schlimmeres passieren können. Du hättest tot sein können."

„Es war ein Unfall, Daddy. Ich habe nur geübt. Die Dame sagte …"

„Kein Wort mehr, Katy." Er starrte unbarmherzig auf sie nieder und blieb neben dem Bett stehen. „Diese Dame war eine Zirkusartistin. Verstehst du? Das bedeutet, dass sie von Gehaltsscheck zu Gehaltsscheck lebt. Das bedeutet auch, dass sie nie mehr als vielleicht ein paar Wochen im Voraus planen kann. Ich erwarte Besseres von dir. Jetzt wirst du diese dumme Idee vergessen und es hinter dir lassen." Er wirbelte herum und stolzierte aus dem Raum, jedoch nicht, ehe er noch hinzugefügt hatte: „Ich wünschte, ich hätte dich nie mitgenommen."

Immer und immer wieder kamen Szenen. In jeder

standen Priest und die Dame neben ihr und erlebten mit ihr jede Diskussion mit ihrem Vater und das konsequente schrittweise Aufgeben ihrer Träume. Ebenso wie ihrer Leidenschaft.

Sie erlebte erneut den Tag, an dem sie mit ansehen musste, wie ihre Mutter und ihr Vater sich stritten, weil Mom nachgegeben und sie zu ihrem ersten Turnkurs gebracht hatte. Und zwei Jahre später, als der Trainer sie gebeten hatte, dem Turnteam beizutreten – nur um dann zu hören, wie ihr Vater darauf bestand, dass sie sich lieber auf Wissenschaft und ihren Mathekurs konzentrieren sollte, für die er sie stattdessen angemeldet hatte. Sogar am Abend der Premiere des Highschool-Musicals, in dem sie die Hauptrolle gespielt hatte, waren nur Alek und ihre Mutter aufgetaucht.

Sie beobachtete jede einzelne Erinnerung. Wie ein schattenhafter Zuschauer, während sich die hässliche Wahrheit, die sie tief in sich vergraben hatte, ihren Weg an die Oberfläche bahnte, getrieben von einer verzehrenden, aufkeimenden Wut.

Sie hatte ihre Träume aufgegeben. Immer wieder. Hatte sich verändert und angepasst um des lieben Friedens willen.

Die Umgebung wandelte sich ein weiteres Mal und sie kehrten zurück in ihr Zimmer. Die Wände waren nicht mehr in dem Kirschblütenrosa gestrichen, um das sie als Kind so gebettelt hatte, sondern in einer weicheren, akzeptableren Version davon. Eine blasse Teerosenfarbe, die nur noch von den Vorstellungen flüsterte, die sie hinter sich gelassen hatte. Sie saß allein an ihrem Schreibtisch, aber der hitzige Streit zwischen ihrem Vater und ihrem Bruder, der aus dem Wohnzimmer durch ihre offene Tür drang, reichte aus, um den Raum zu erfüllen.

Sie blätterte eine Seite in dem abgegriffenen Buch auf ihrem Schoß um, und die eskalierenden Schreie ließen ihre Hand zittern, als sie den Titel oben auf der Seite berührte.

Tarzan bei den Affen

Es war nicht die großartigste Geschichte, die sie je gelesen hatte, aber sie hatte alle möglichen schönen Bilder in ihrer Fantasie erschaffen. Die Tiere. Der Dschungel. Die Wildheit und das unaufdringliche Versprechen von Romantik. Sie hatte aufgehört, zu zählen, wie oft sie es gelesen und wie oft sie sich selbst als Jane vorgestellt hatte, die lernte, wie Tarzan mit all den unterschiedlichen Wildtieren zu interagieren.

Zwischen zwei Seiten steckte eine von vielen Reisebroschüren, die sie über die Jahre aufbewahrt hatte. Safaris, Kreuzfahrten, Kulturstätten und Expeditionen. Sie hatte mindestens ein Dutzend davon gesammelt, von denen jede Einzelne sie daran erinnerte, wohin sie wollte. Vor einer Woche hatte sie ihren Abschluss gemacht. Ihre Einschreibung an der Universität von Colorado war erledigt. Doch was sie wirklich wollte, war, sich zwei Freundinnen anschließen, die sie eingeladen hatten, mit ihnen durch Europa und Afrika zu reisen und zu arbeiten. Ein Jahr zum Erkunden, um zu leben und all die Dinge zu sehen, von denen sie gelesen hatte. Um Bilder aus dem wahren Leben gegen die zu ersetzen, die sie in ihrem Kopf gemalt hatte.

Die Stimme ihres Vaters drang durch den Flur in ihr Zimmer, so als würde er direkt neben ihr stehen. „Verdammt noch mal, Alek. Zwei Jahre College wirft man nicht einfach weg. Dafür haben deine Mutter und ich gespart. Das Mindeste, was du tun kannst, ist, das zu beenden, was du angefangen hast, und wenigstens einmal in deinem Leben vernünftig zu sein."

„Du nennst es vernünftig", feuerte Alek zurück, „ich nenne es sicher. Und nichts für ungut, aber Strafrecht ist das, was du für mich willst. Ich will etwas anderes. Etwas, das zu mir passt."

Es ging weiter. Hin und her.

Sie lächelte auf das Buch hinab, aber es fehlte der übliche Stolz, den sie sonst für ihren Bruder empfand. Er gab nie nach, stand stets dazu, wer er war und was er wollte.

Sie zog die Broschüren aus dem Buch, und die einzigen winzigen Fragmente von Hoffnung, die sie damit verbunden hatte, kamen an die Oberfläche. Sie schloss das Buch und starrte auf ihren Nachttisch. Jahrelang hatte sie diesen Roman in ihrer Nähe behalten, in Reichweite. Diesmal stand sie auf, ging zum Bücherregal und schob ihn neben die Lehrbücher, die sie zum Nachschlagen bereitgestellt hatte. Sie strich mit den Fingern den Buchrücken entlang, ein trauriger Abschied, der etwas in ihrem zuschauenden Ich zerbrechen ließ.

„Nein!" Ihr körperloses Selbst trat vor und versuchte, sie aufzuhalten. „Nein, leg es zurück."

Aber ihr jüngeres Ich reagierte nicht. Es wandte sich nur ab, warf die Broschüren in den kleinen Papierkorb neben ihrem Schreibtisch und ging den Flur entlang.

„Nein!" Katy stürmte sich selbst hinterher. „Das willst du nicht. Du wolltest gehen. Du solltest gehen."

Wie im richtigen Leben machte die alte Katy weiter, schnappte sich ihre Handtasche und schlüpfte leise durch die Haustür hinaus.

Im Wohnzimmer tobte der Streit weiter, ihr Vater skizzierte nun jede dumme Entscheidung und jedes verantwortungslose Verhalten seines Sohnes.

„Hör auf!", rief Katy, und all die Wut und all der Schmerz, die sie in ihrer Kindheit vergraben hatte, brach mit der Wucht eines furchtlosen Sturms los. Sie stampfte auf und stellte sich zwischen die beiden, und obwohl keiner von ihnen ihre Anwesenheit zur Kenntnis nahm, strömten die Worte nur so aus ihr heraus. „Er will nicht tun, was du willst. Ich will es auch nicht.

Es ist unser Leben. Nicht deins. Du hattest deine Chance und hast sie nicht genutzt. Du hast uns bestohlen, weil du Angst hattest, und dafür *hasse* ich dich."

Gnadenlos schossen die Worte nur so aus ihr heraus. Ungefiltert.

Ehrlich und voll von der aufgestauten Qual, die vor sich hin geeitert war, bis sie fest geworden und sich wie ein harter Dorn in ihren Eingeweiden festgesetzt hatte. Dabei strömten die Tränen über ihr Gesicht. Ihre Kehle brannte von den Emotionen, die sich ihren Weg bahnten.

Sie wusste nicht, wie lange sie geredet hatte, wusste nur, dass sie ihren Gedanken freien Laufen geben musste. Ebenso wie jeder Last, bis sie fort war.

Sie hieß es willkommen, ließ sogar die Erinnerungen, die ihr nicht gezeigt wurden, in sich aufsteigen und sich im Licht der Wahrheit auflösen, bis nichts mehr davon übrig war.

Priests Arme um sie herum waren ein Trost. Ebenso seine harte Brust unter ihrer Wange und seine starken Hände, die an ihrer Wirbelsäule auf und ab streichelten, während sie offen die Träume beweinte, die sie verloren hatte.

„Nicht verloren, *mihara*." Er berührte ihren Hinterkopf und schmiegte seine Schläfe gegen ihre. „Einfach nur versteckt. Eine Möglichkeit für dich, neue zu schaffen. Wie auch immer sie aussehen mögen."

Sie schniefte, und ein Schluckauf setzte sich in ihrem Oberkörper fest, ein hässliches Geräusch, das zu dem passte, was wohl das hässlichste Heulen des Jahrhunderts war. Sie wagte es nicht, den Kopf zu heben, aus Angst, wie fleckig ihr Gesicht wahrscheinlich war oder wie rot und geschwollen ihre Augen aussahen. Sie rieb sich mit den Handrücken über ihre Wangen, um so viele Tränen wie möglich wegzuwischen. „Du bist wieder in meinem Kopf."

„Ich mag es, in deinem Kopf zu sein. Es ist eine komplexe und wunderschöne Landschaft.“

„Und eine, die nun frei von all dem Unkraut ist, das einst die Herrlichkeit erstickt hat.“

Die Hüterin.

Sie war noch immer da. Wartete.

Und jetzt, wo Katy lange genug in ihrem Weinkrampf innegehalten hatte, um ihre Umgebung zu betrachten, bemerkte sie, dass sie längst nicht mehr im Wohnzimmer ihrer Eltern stand. Die Luft war schwer, duftete nach fruchtbaren Böden und nach Blumen mit süßen Ködern eines unberührten Lebensraums.

Vorsichtig hob sie ihren Kopf von Priests Brust.

Der Dschungel.

Alles unberührt und in allen möglichen Grünvarianten gemalt. Der Boden unter ihren Füßen hatte die Farbe von dunkler Schokolade und war übersät mit Laub, Rinde und Reben.

Die Hüterin wartete geduldig auf einem umgestürzten Baumstamm, der so groß war wie ihr erstes Auto, und beobachtete sie.

„Du hast mich hierher gebracht.“

„Es scheint nur passend, dass eine Frau, die sich ihrer dunkelsten Wahrheit stellt, für ihre Mühe belohnt wird.“

Lieber Gott, sie hatte sich befreit, hatte alles von sich abgeworfen, ohne die geringste Rücksicht darauf, was dabei herauskommen würde. Aber sie war nicht allein gewesen. Priest und die Hüterin hatten alles mitverfolgt.

„Ich habe meinen Vater geliebt.“

„Das weiß ich“, antwortete die Hüterin.

Stille erstreckte sich zwischen ihnen, lang und stoisch, als würden sogar die Bäume und Büsche darauf warten, ihr schmerzliches Geständnis zu hören. „Aber ich habe ihn auch gehasst. Ich habe ihn dafür gehasst, dass er uns nicht einfach so sein lassen konnte, wie wir waren.“

Noch immer redete niemand.

Katy schluckte, was eigentlich einfach sein sollte, doch das Unterfangen wurde durch den dicken Kloß in ihrem Hals erschwert. Als sie wieder sprach, kam es nur als Flüstern heraus. „Aber ich habe mich selbst dafür gehasst, dass ich ihm gegeben habe, was er wollte, und noch mehr.“

Mit dem Arm, den Priest um ihre Schulter gelegt hatte, zog er sie fest an sich, um ihr auch ohne Worte zu sagen, wie stolz er auf ihre Ehrlichkeit war.

„Man findet keinen Frieden darin, so zu sein, wie andere uns haben wollen“, erklärte die Hüterin. „Und es gibt keine größere Ungerechtigkeit uns selbst gegenüber.“

Sie stand auf und schlenderte auf sie zu. Ihre Zirkuskleidung wirkte bizarr deplatziert und doch irgendwie passend, wenn man darüber nachdachte, auf welchen Ritt sie Katy mitgenommen hatte. Mit der gleichen mütterlichen Freundlichkeit, die sie an jenem Tag gespürt hatte, als sie zehn gewesen war, wischte die Hüterin die Überreste von Katys Tränen fort.

Die sanfte Berührung reinigte sie. Sie hatte das Gefühl, wieder zehn Jahre alt zu sein. Eine leere Leinwand, auf die Katy malen konnte, was sie wollte.

„Keine leere Leinwand“, sagte die Hüterin. „Das Leben hat dir einfach mehr Farben gegeben, um die feineren Details zu füllen. Inwiefern du das Design änderst, liegt bei dir.“ Sie sah Priest an. „Das Schicksal hat dich mit einer klugen und mitfühlenden Gefährtin gesegnet. Eine würdige Partnerin für einen Hohepriester. Bist du bereit, ihr beizubringen, mit welchen Gaben sie bedacht wurde?“

Es war deutlich, dass Priest sich in Gegenwart die Hüterin viel wohler fühlte als Katy. Er trat hinter seine Gefährtin und legte einen Arm um ihre Taille. Angesichts seiner Größe und der Gestalt, die die Hüterin gewählt hatte, überragte er sie beide. „Ich würde ihr alles geben. Alles, was sie will.“

„Das bezweifele ich nicht.“ Die Hüterin neigte seinen Kopf nachdenklich zur Seite. „Du solltest nur darauf achten, dass dein Gelübde dich nicht eines Tages zu weit gehen lässt.“

Ehe Katy oder Priest fragen konnten, was sie damit meinte, drängte die Hüterin sich näher an Katy und umfasste ihr Gesicht mit beiden Händen. Ihre Stimme, voller unermesslicher Geheimnisse und unergründlicher Macht, flüsterte durch Katy hindurch. „Wirst du die Gaben, die ich dir geben möchte, annehmen?“

Sie hatte gedacht, sie würde ins Stocken geraten, wenn dieser Moment kommen würde. Dass der Schritt in die ungewöhnliche Welt, von der sie einmal gesagt hatte, dass sie unmöglich existieren konnte, mehr Mut von ihr fordern würde. Aber nach allem, was sie gesehen hatte – allem, was sie gefühlt und losgelassen hatte –, war es einfach. Als hätte sie die Vergangenheit abgeschüttelt und damit mehr Raum für Glauben gelassen; als hätte sie den Funken Hoffnung entstaubt, sodass er wieder hell strahlte. „Ja.“

„Dann denke immer daran“, sagte die Hüterin. „Diejenigen, die offen für ihre Emotionen sind – flexibel in ihrer Lebenseinstellung –, sind am stärksten. Nutze die Werkzeuge, die ich dir geben werde, und lasse das Leben durch dich hindurchfließen.“

Die Hüterin beugte sich vor, ihren Mund auf Katys Lippen gerichtet.

Priest schloss den Arm fester um sie und hielt sie für den Kuss fest.

Sie spürte den Kontakt für eine ganze Sekunde – das weiche Wunder ihrer Lippen war da und schneller wieder verschwunden, als Katy atmen konnte. Ersetzt durch eine Flut von Farben und Gefühlen. Sie hatte keinen Körper mehr, nur einen Puls. Einen Herzschlag, lebendig in allen Violetttönen und schimmernd mit dem zarten Zwinkern des Mondlichtes auf einem sanft gewellten See. Es wirbelte und verschmolz auf einmal und warf sie zurück an die Oberfläche der Realität ... oder der Anderswelt.

Sie riss die Augen auf und keuchte, Luft strömte in ihre Lungen, als wäre sie stundenlang unter Wasser gewesen. Vor ihr erstreckte sich der Dschungel üppig und ruhig in alle Richtungen. Hinter ihr hielt Priest sie noch immer fest.

Aber die Hüterin war fort.

„Was ist gerade passiert?"

Katy checkte jeden Baum, jeden Strauch und den umgestürzten Stamm, wo sie die Hüterin zuvor gesehen hatte, und wartete auf eine Erwiderung von Priest.

Erst nach einigen Sekunden antwortete er und leise Ehrfurcht grollte in seiner Stimme. „Was passiert ist ... der Rausch und die Farbe ... das war deine Magie."

Immer wieder ballte sie ihre Hände zu Fäusten und streckte ihre Finger aus. Sie glitt aus Priests Umarmung und ging vorwärts, drehte ihre Hände hin und her, als könnte sie dadurch eine Erklärung für das sanfte Summen finden, das unter ihrer Haut tanzte. „Es fühlt sich unglaublich an. Wie eine Nacht mit zwölf Stunden ununterbrochenem Schlaf und einer dreifachen Dosis Vitamin B12."

Sie drehte sich um, hüpfte auf den Zehenspitzen, um zu sehen, ob ihr Körper so beschwingt war, wie er sich anfühlte. Katy grinste Priest an. „Ich weiß, dass ich nicht annähernd die Fähigkeiten von Alek habe, aber denkst du, du könntest mir wenigstens beibringen, wie ich ihm ein paar Steine in den Weg legen kann? Ich meine, ich würde nie etwas tun, was ihn als Krieger schlecht aussehen lässt, aber seien wir ehrlich, jede kleine Schwester will ihren großen Bruder ab und zu foppen.“

Priests Mund verzog sich zu seinem schiefen Schmunzeln. „Oh, ich denke, du wirst jetzt kein Problem mehr damit haben, ihm ein paar zu verpassen.“

Der mysteriöse Unterton in seiner Stimme ließ sie innehalten und sie musterte ihn. Anstatt sie direkt anzusehen, schien sein Fokus von ihrem Kopf auf ihre Schultern zu wandern. Als würde er mit seinen Augen ihre Körperumrisse erfassen. „Was? Glaubst du, er wird Angst haben, mir wehzutun?“

Er lachte auf und erwiderte endlich ihren Blick. „Er wird dir nicht wehtun, Kätzchen. Er hat keine Chance gegen dich.“

„Aber er ist doch der Primo. Ich dachte, der Einzige, der ihn besiegen kann, bist du.“

„Ich“, sagte er und trat vor, „oder ein Magier mit deiner Stärke.“

Sie erstarrte, trotz der feuchten Wärme des Dschungels bis ins Innere vereist, und zitterte unter einem Ansturm von Angst. „Meine Familie gehört zum Haus der Krieger.“

„Deine Familie gehört überwiegend dem Haus der Krieger an. Aber deine Großmutter ist eine Seherin, und jetzt haben sie eine Zauberin. Angesichts der Tiefe deiner Aura eine sehr mächtige dazu.“

Sie schluckte schwer und zwang ihre Angst an die Oberfläche. Ihre Stimme war kaum mehr als ein Kratzen. „Draven ist ein Magier.“

„Und der Einzige, den ich je gekannt habe, der die Dunkelheit umarmt hat.“ Als seine Worte verstummten, erreichte er sie, umfasste fest ihre Schulter und drehte ihr Gesicht mit der anderen Hand zu sich. „Du bist das Licht, Kateri. Fürsorglich. Nachdenklich. Clever. Nichts von dem, was mein Bruder war, bevor und nachdem er seine Gaben verbogen hat. Die Magie, die dir geschenkt wurde, ist nicht nur eine Ehre, sondern auch der Beweis für den Glauben der Hüterin an dich. Nimm es als Segen und Kompliment, so wie es gemeint ist."

Ein Segen? Basierend darauf, was Jade und Tate ihr erzählt hatten, waren die Magier das am meisten verehrte und mächtigste Haus ihres Clans. „Aber du hast mich gesehen. Hast gesehen, wie wütend ich geworden bin. Was ist, wenn ich zulasse … ich kann nicht die Person sein, die ihre Gaben so missbraucht, wie er es getan hat."

„Und genau deshalb wirst du es nicht tun. Du hast dich deiner Vergangenheit gestellt. Du hast es dir eingestanden. Und jetzt bist du in der Lage, uns zu helfen, das Chaos zu beheben, das mein Bruder angerichtet hat."

Hinter ihr ertönte ein Knurren, dessen Tiefe eher ein Gruß oder eine höfliche Unterbrechung war als etwas Unheilvolles.

Katy grub ihre Fingernägel ins Priests Unterarm, aber Priests Augen richteten sich auf eine Stelle direkt hinter ihr. Für einen kurzen Moment schwebte ein Schatten von Verärgerung über sein Gesicht, ehe sein Mund sich zu einem erfreuten Lächeln verzog.

Okay, also keine schlechte Entwicklung. Was gut war, denn außerkörperliche Erfahrungen und unerwartete Gaben hatte sie mehr als genug. Langsam drehte sie sich zu dem Geräusch um, wobei sie darauf achtete, dass ihr Körper dicht bei Priest blieb.

Keine drei Meter entfernt stapfte eine Löwin langsam in ihre Richtung. Ihr Fell passte fast zu der Weizenfarbe ihres eigenen Haares, und ihre Augen waren unglaublich nah an dem Blaugrau, das Katy und Naomi teilten. Und sie war riesig.

Nicht ganz so groß wie Priests Panther, aber groß genug, dass die beiden problemlos nebeneinander hergehen konnten.

„Oh mein Gott!", flüsterte sie, „ist es das, was ich denke?"

„Dich Kätzchen zu nennen, war wohl passender, als ich dachte." Priest lachte auf, legte seine Hände auf ihre Schultern und drückte ihr sanft einen Kuss auf die Schläfe. „Kateri Falsen, sag Hallo zu deiner Begleiterin."

KAPITEL 23

Nicht ein erkennbarer Unterschied. Weder in ihrem Gesicht noch an ihrem Körper. Doch egal wie lange Katy ihr Spiegelbild anstarrte, sie konnte die Frau, die sie da sah, nicht mit der Person in Einklang bringen, die sie sonst jeden Tag ihres Lebens gesehen hatte. Als hätte sich in den letzten vierundzwanzig Stunden unter der Oberfläche so vieles verändert und als hätte sie so viel Schrott abgeladen, dass sie sich nun zum ersten Mal sah. Die wahre Katy. Und nicht die Mängel, nicht die Einschränkungen, sondern da war die echte Frau zu sehen, mit all ihren Hoffnungen und Träumen.

Sie stützte ihre zitternden Hände auf die Marmoroberfläche des Waschtisches und beugte sich weiter nach vorn, musterte die Umrisse ihres Kopfes und ihrer Schultern auf die Aura hin, von der Priest ihr versichert hatte, dass sie da war.

„Du wirst sie nicht sehen." Priest trat hinter sie und tauchte im Spiegelbild auf, stellte ein Glas Wasser auf den Waschtisch und umfasste ihre Schultern. Wie ihres war sein dunkles Haar noch feucht von der Dusche, die sie nach dem Aufwachen gemeinsam genommen hatten. Anstatt, wie sonst zu Hause üblich, mit nacktem Oberkörper herumzulaufen, hatte er ein eng anliegendes T-Shirt zusammen mit einer Jogginghose angezogen. „Spiegel funktionieren bei Objekten ganz gut, jedoch nicht so sehr bei Magie." Er küsste sie auf den Kopf und lächelte. „Aber sie ist schön."

Wenn ihre Aura dem leuchtenden Silber, das Priest umgab, nahekam, glaubte sie ihm, doch sie wollte sie trotzdem gern selbst sehen. „Sie ist lila?"

„Lila wird dem nicht wirklich gerecht. Es ist tief. Kräftig, aber weich wie die Farbe kurz bevor die Sonne sich der Nacht hingibt."

Und kräftig bedeutete mächtig.

Was in ihrem Fall so war, als würde man einer Zweijährigen eine brennende Lötlampe in die Hand drücken. Sie richtete sich auf und ballte ihre Hände, wie sie es immer wieder getan hatte, seit sie in Priests Armen aufgewacht war. Egal wie oft sie das tat, die pulsierende Lebendigkeit unter ihrer Haut blieb bestehen. Als wäre das Einzige, was sie in den letzten Stunden zu sich genommen hatte, eine riesige Portion Schokoladentorte, mit der man eine ganze Klasse voller Sechsjähriger hätte füttern können, und eine Kiste Energydrinks.

Priest lachte auf, bedeckte eine ihrer Hände mit seiner und drückte sie sanft. „Du musst aus diesem Raum raus und dich bewegen. Deine Wildkatze will raus und wird dich so lange nicht in Ruhe lassen, bis du sie lässt. Aber bis du einiges von dieser Nervosität loswirst, wird das nicht passieren."

Die Übersetzung davon war: kein Verstecken mehr vor der Familie. Auch wenn sie den Sprung von Priests Balkon ein paarmal ins Auge gefasst und überlegt hatte, ob sie ihn in menschlicher Form schaffen würde, um die Reaktionen der Familie und die daraus resultierenden Fragen gänzlich zu umgehen. Zumindest für eine Weile länger.

„Hast du es ihnen gesagt?"

Er drehte sie um, umfasste ihr Gesicht mit festem Griff und zwang sie dazu, ihn anzusehen. „Du bist eine Zauberin, Kateri. Keine Abscheulichkeit. Nichts, was man fürchten muss. Schon gar nicht deine Familie."

Richtig.

Kein Fluch, sondern ein Segen. Ein wirklich verflucht starkes Exemplar ohne Bedienungsanleitung oder angebrachte Warnschilder.

„Aber nein", sagte er nüchtern. „Ich habe es ihnen nicht gesagt. Nicht ihnen und nicht den anderen fünfzig oder sechzig Leuten, die Wind davon bekommen haben, dass meine Gefährtin ihre Seelensuche hatte und die draußen auf dem Grundstück campen, um dich zu sehen."

Sie befreite sich aus seinem Griff und stürmte zu der Glasschiebetür, die auf den Balkon führte. „Sie sind hier? Und warum auf dem Grundstück?"

„Ja, hier", gab er in einem wesentlich langsameren Tempo und mit einer gehörigen Portion Amüsiertheit zurück. „Es ist eine große Sache, wenn die Schwester eines Primos ihre Seelensuche hatte. Es ist eine noch viel größere, wenn es sich dabei um die Gefährtin des Hohepriesters dreht. Und sie sind auf dem hinteren Grundstück, weil ich Alek und Tate damit gedroht habe, ihnen die Nüsse abzureißen, wenn sie jemanden ins Haus lassen, ehe ich aus der Anderswelt zurück bin." Er zuckte mit den Achseln und grinste. „Als das passierte, war die Menge so groß, dass es draußen raummäßig mehr Sinn ergab und zu einer Party wurde."

Sie gab es auf, durch die Vorhänge zu spähen, und stellte sich auf die Zehenspitzen, um besser sehen zu können, aber bei der Höhe des Balkons und der Tiefe der Schlucht konnte sie nur ein paar umherstreifende Männer erkennen, die in der Ferne redeten. Beide hatten jeweils ein Bier in der Hand und hatten es sich offenbar auf lange Sicht gemütlich gemacht. „Ich kann das nicht."

„Sicher kannst du das." Priest löste den schweren schokoladenfarbenen Vorhang aus ihrer Hand. Er fiel wieder zurück an seinen Platz und blockierte das sanfte Abendlicht. „Es gibt keine Seele da draußen, die nicht weiß, was du gerade durchgemacht hast. Sie verstehen, dass du erst einmal etwas Dampf ablassen und deiner Begleiterin etwas Zeit in dieser Welt gönnen musst. Keiner von ihnen wird dich daran hindern oder mehr als einen kurzen Auftritt von dir erwarten." Er runzelte die Stirn, als wäre ihm gerade eine Idee gekommen.

„Was?“

Seine Lippen verzogen sich, als könnte er sich nicht entscheiden, ob er grinsen oder eine Grimasse ziehen wollte. „Okay, es gibt da jemanden, der mehr als einen kurzen Auftritt erwartet. Naomi hat mich in die Enge getrieben, als ich dir ein Glas Wasser geholt habe, und sie hat mich schwören lassen, dass ich dich dazu überreden würde, dass du ihr nach dem Wandel deine Begleiterin zeigen wirst.“

„Hast du ihr von meiner Katze erzählt?“

Dieses Mal lächelte er so breit, dass er seine schönen weißen Zähne entblößte und stolz wirkte. „Ich werde die Überraschung doch nicht ruinieren, Kätzchen.“ Er kam näher und zog sie an sich, während sie errötete. Seine Stimme klang wie ein leichtes Grollen. „Sie ist perfekt für dich.“

„Du wirst dich jetzt nicht wieder über meine Krallen beschweren, oder? Denn die, die ich seit heute habe, können wesentlich mehr Schaden anrichten als die, an die du gewöhnt bist.“

Er lachte darüber und schmiegte seine Nase gegen ihre. „Nein, ich meinte, was ich sagte. Eine Löwin ist eine wilde Jägerin, aber ihre wahre Fähigkeit besteht darin, sich um das Rudel zu kümmern. Diejenigen zu pflegen und zu versorgen, die sie zu ihrer Familie zählt.“

Ein angenehmes Flattern machte sich unter ihrem Brustbein bemerkbar, und sie hätte schwören können, dass ein zufriedenes Schnurren durch ihren Kopf hallte. „Heiliger Strohsack!“ Sie verstummte und konzentrierte sich auf das weite Ausdehnen von Priests Brust, während sie erneut auf das Geräusch lauschte. „Ich denke …“ Sicher nicht. Aber Priest hatte erzählt, dass ihre Gefährten hörten und fühlten, was sie taten. Und Alek hatte gesagt, dass er seinen Wolf gehört hatte. Sie fokussierte sich erneut auf Priest. „Ich glaube, ich habe sie gehört.“

„Ein Grund mehr, dich zu bewegen. Sie verdient eine Belohnung, und es gibt keine bessere, als sie in unserer Welt rennen zu lassen."

Das wollte sie. Sie wollte die Welt durch die Augen ihrer Begleiterin erleben und die einzigartige Verbindung spüren, die sie erlebt hatte, als ihre Löwin mit ihrem Geist verschmolzen war. Wollte es sogar so sehr, dass es das wert war, sich ihrem ganzen Clan zu stellen, wenn das nötig war.

Sie nahm einen tiefen Atemzug und nickte. „Okay, lass es uns tun."

Fünf Minuten später näherte sie sich dem Fuß der Treppe. Priests Finger waren eng mit ihren verschränkt, während er sie vorwärts führte. Im Haus drinnen war alles seltsam still, aber hinter der offen stehenden Glasschiebetür erschallte das fröhliche Geplapper und Gelächter derer, die sich in der offenen Weite unterhalb versammelt hatten.

Priest schob die Fliegengittertür beiseite. „Atme, *mihara*. Alles, was du tun musst, ist, nach draußen zu gehen und sie sehen zu lassen, dass du sicher und glücklich bist. Und dann werden wir uns einen schönen langen Auslauf gönnen, um dich auszugleichen."

Gott, ja, bitte. Ein Lauf klang perfekt. Und wenn die Vibrationen unter ihrem Brustbein ein Hinweis darauf waren, dachte ihre Katze genauso. Das Quietschen der sich öffnenden Fliegengittertür ließ die Stimmen unten fast vollständig verstummen und Priest drückte aufmunternd ihre Hand.

Schritt für Schritt kam die Menge unten in Sicht, und alle Augen waren auf sie gerichtet. Für eine Sekunde dachte sie daran, abzuhauen, sich wieder zurück ins Haus zu schleichen oder zumindest zur Haustür hinaus, um allein joggen zu gehen. Doch dann raubte der Regenbogen aus Auren um die Wartenden ihre Aufmerksamkeit. Rot für die Krieger. Gold für die Seher. Grün für die Heiler.

„Ich bin die Einzige." Von der Menge strahlte keine einzige violette Farbe aus. Priest hatte erzählt, dass er keine lebenden Magier kannte, aber bis zu dieser Sekunde hatte es bei ihr noch nicht Klick gemacht. Sie hatte nicht ganz verstanden, wie wichtig ihre Gabe für ihren Clan sein könnte. Und wenn sie deren Auren sehen konnte, dann konnten diese mit Sicherheit auch ihre Aura sehen.

„Wie ich bereits sagte, ein Segen, kein Fluch." Er dirigierte sie die Holztreppe hinunter zu der wartenden Menge.

Es überraschte nicht, dass Naomi schneller am Fuß der Treppe war als sie, obwohl sie dabei unterwegs beinahe zwei Männer und eine ahnungslose Frau umgerannt hätte. „Sieh dich an!" Ehe Katy etwas darauf erwidern konnte, zog Nanna sie in ihre feste Umarmung und wiegte sie hin und her. „Ich wusste, dass du deine Gaben annehmen würdest. Und auch noch eine Zauberin!"

„Sie wird eine tote Zauberin sein, wenn du den Würgegriff nicht lockerst, Nanna." Alek legte seine Hand fest auf Naomis Schulter, schaffte es irgendwie, sie wegzuhebeln, und zog Katy seinerseits in die Arme. Anders als die fröhliche und unverschämt kühne Stimme ihrer Großmutter waren Aleks Worte leise und nur für sie bestimmt. „War ja klar, dass du einen Weg findest, deinen Bruder als Primo zu übertrumpfen."

Typisch Alek. Er nutzte wie immer seinen Humor, um die Spannung abzubauen. Und weder er noch Nanna schienen Angst vor ihr zu haben. Sie wirkten nicht besorgt darüber, welchem Haus sie angehörte oder wie stark ihre unerprobten Kräfte waren. Selbst als sie sich einen Weg durch die Menge bahnte und Umarmungen, ein paar Wildblumen von einigen Kindern und Glückwünsche entgegennahm, sah sie jeder einfach nur glücklich an.

Währenddessen blieb Priest stumm, aber unterstützend an ihrer Seite. Wenn jemand versuchte, ihn in ein Gespräch zu verwickeln, umging er es subtil und stellte sicher, dass der Fokus auf ihr und ihrem glücklichen Moment lag. Die einzige Ausnahme war, als sie sich einem silberhaarigen Mann näherten, der am Rand der Menge gewartet hatte.

Ein Krieger, von dem sie wusste, dass er viel Zeit mit Alek verbracht hatte, seit er sich seinen Platz als Primo verdient hatte. Allerdings konnte sie sich nicht an seinen Namen erinnern.

Priest schlang einen Arm um Katy und streckte dem Krieger die Hand entgegen. „Garrett."

Jetzt erinnerte sie sich wieder. Er war einer der Ersten gewesen, der als Zeichen der Unterstützung in die Gegend gezogen war, nachdem er erfahren hatte, dass Priest sich hier niedergelassen hatte. Er war einer der letzten noch lebenden Krieger aus Großmutters Generation.

Garrett schüttelte die angebotene Hand, klopfte Priest auf die Schulter und grinste auf eine Weise, die nur zwei Männer verstehen würden. „Ich bin mir nicht sicher, wer von euch beiden das Schulterklopfen mehr verdient hat. Du, weil du deine Gefährtin endlich einfangen hast, oder deine Gefährtin, weil sie einen mächtigen Eindruck bei dem Hüter hinterlassen haben muss." Er richtete seinen scharfen Blick auf Katy, und die Wärme in den blassgrünen Tiefen ließ die Überreste ihrer Sorgen dahinschmelzen. Er war in der Nacht da gewesen, als Draven seine dunkle Magie benutzt hatte, hatte aus erster Hand erfahren, welche Verwüstung ein abtrünniger Magier anrichten konnte. Und doch lag da nicht nur echtes Glücksgefühl in seinem Gesichtsausdruck, sondern auch Hoffnung. „Es ist gut, zu sehen, wie eine weitere aus unserem Clan ihren Weg zurück in die Familie findet. Noch besser ist es, zu sehen, dass in das Haus der Magier etwas Leben kommt."

„Ich bin mir nicht sicher, ob ich mich dabei wohlfühle, die Erste zu sein, die es wieder betritt, aber Priest hat gesagt, dass er mir helfen wird."

„Wir werden dir alle dabei helfen", erwiderte Garrett. „Das macht den Clan aus. Alles, was du tun musst, ist fragen."

„Apropos fragen …" Priest deutete mit dem Kopf auf die Menge hinter ihnen, die keinerlei Anzeichen zeigte, sich in nächster Zeit aufzulösen. „Macht es dir etwas aus, hierzubleiben und mitzuhelfen, wenn Alek oder Naomi Hilfe brauchen?"

Garrett grinste und schüttelte den Kopf. „Du machst wohl Scherze, oder? Beide könnten ein ganzes verdammtes Bataillon führen und dabei nicht einmal mit der Wimper zucken. Aber ja, natürlich bleibe ich." Er zwinkerte Katy zu. „Außerdem habe ich Gerüchte gehört, dass bald ein neues mysteriöses Tier im Wald seine Runden drehen wird. Ich möchte die große Enthüllung nicht verpassen."

Gott, ihre Großmutter würde noch ihren Tod bedeuten. Sie war kaum eineinhalb Stunden aus der Anderswelt zurück, und schon schaffte Naomi es, ein Publikum zusammenzutrommeln, wenn sie zum ersten Mal in Tiergestalt auftreten würde. Bloß keinen Druck aufbauen oder so.

„Ja, nun, lasst uns einen Schritt nach dem anderen machen", erwiderte Katy. „Ich muss zuerst herausfinden, wie die Dinge funktionieren. Dann werden wir sehen, ob ich mit meiner neuen und verbesserten Hälfte eine Runde drehen kann."

„Du wirst das schon schaffen", sagte Garrett mit der Zuversicht eines Mannes, der so einige Feiern in seinem Leben gesehen hatte. „Geh. Hab Spaß. Wir werden dafür sorgen, dass jeder einen großen Bogen um euch macht.“

Ehe er davonschlendern konnte, platzte es aus Katy heraus: „Wozu einen großen Bogen?“

Garrett blieb stehen, warf Priest ein wissendes Schmunzeln zu und drehte sich dann wieder um, um sich der Menge zuzuwenden. „Ich denke, ich überlasse es deinem Gefährten, darauf zu antworten.“

KAPITEL 24

So fühlte sich Frieden an. Umgeben zu sein von guten Menschen, deren Lachen durch die Luft wirbelte wie die Flammen der Fackeln um sie herum, während seine Gefährtin inmitten seiner Leute glücklich ihre neu gefundene Begleiterin erkundete.

Priest hatte in den letzten fünfzig Jahren nur einen flüchtigen Blick auf diese Art von Zufriedenheit erhalten. Einfache Erfahrungen, die er gemacht hatte, als Jade und Tate aufwuchsen, oder wenn er in seiner Pantherform verweilte, aber es war nichts im Vergleich zu heute Abend. Sie hatten nicht annähernd die Stille gehabt, die sich gerade hinter seinem Brustbein ausbreitete.

Neben ihm öffnete Garrett den Deckel der Kühlbox, zog eine neue Flasche Bier aus dem langsam schmelzenden Eis und lehnte sich wieder träge gegen den dicken Baumstamm, zu dem die beiden sich zurückgezogen hatten, um Kateri dabei zu beobachten, wie sie mit dem Clan interagierte. „Sie hat sich problemlos verwandelt, nehme ich an?"

„Es ging so schnell, wie ich selten gesehen habe. Dazu sei jedoch gesagt, dass sie bei Aleks erster Verwandlung dabei gewesen ist, also könnte es gut sein, dass sie sich etwas von ihm abgeschaut hat."

Garrett nickte, behielt dabei jedoch Kateri in Löwengestalt im Auge. Sie hatte sich zwischen zwei Mädchen auf dem Bauch ausgestreckt, die es sich offensichtlich zur Aufgabe gemacht hatten, Kateri in eine Trance zu kraulen. „Es könnte gut sein?"

Als ob Garrett nicht wüsste, woran es tatsächlich gelegen hatte. Er hatte in den vielen Jahren seines Lebens viele Alphagefährten erlebt und kannte die Herausforderung, die sie darstellten. Nichts war wichtiger, als bei der ersten Verwandlung die menschliche Kontrolle über das Tier zu erlangen. Und egal wie bereit Kateris Begleiterin auch gewesen war, diese Welt zu betreten, bestand eine hohe Wahrscheinlichkeit, dass ihre Löwin ihr die Kontrolle streitig machen würde. „Also schön, die Chancen stehen gut, dass ihre Katze eine Alpha ist."

„Ja, der Hüter wird einer Magierin mit Kateris Macht keine Beta geben." Garrett lachte und warf seinen Kronkorken in die Tasche, in der er sein Leergut verstaut hatte. „Ich muss ehrlich zugeben, ich bin ein bisschen deprimiert, dass ich keine Fliege an der Wand sein kann, wenn es Zeit für sie ist, sich zurückzuverwandlen."

Was so viel bedeutete, wie dass Priest seine Befugnisse als Hohepriester einsetzen musste, um ihre Verwandlung zu erzwingen – eine Handlung, die zweifellos Frau und Löwin gleichermaßen verärgern würde. Er hatte es nicht gemocht, als der vorherige Hohepriester es ihm aufgezwungen hatte, und er hatte tatsächlich gewusst, was passierte.

Wenn es jedoch darum ging, Dinge zu erzwingen, zählte Priest auf die Nachwirkungen ihrer ersten Verwandlung, um den Schlag abzumildern. Bei Gott, als er gesehen hatte, wie schnell Kateri ihre Katze willkommen geheißen hatte, konnte er es kaum erwarten, ihre Rückverwandlung zu ihrem menschlichen Selbst und den damit verbundenen fleischlichen Rausch mitzuerleben. Nun, es wäre ziemlich scheiße, wenn sie ihre Frustration in einem Kampf auslassen oder einfach nur versuchen würde, ihn mit bloßen Händen zu kastrieren.

„Wo wir gerade davon sprechen, ich muss die Dinge jetzt in Bewegung bringen." Priest erhob sich, trank sein eigenes Bier aus und schob die leere Flasche in Garretts fast volle Tasche. „Wünsch mir Glück."

„Wirst du nicht brauchen. Der Hüter hätte sie dir nicht gegeben, wenn du nicht mit ihr umgehen könntest." Er grinste und hob seine Flasche zum Gruß. „Ich werde allerdings für dich trauern, wenn du heute Abend wieder auf dem Sofa landest."

Richtig. Eher würde sein Liebesleben den Platz an der Spitze aller Klatsch- und Tratschgeschichten behalten. Das war das Ding mit einem wachsenden Clan – jeder kannte die Angelegenheiten der anderen. Eine Tatsache, die er hassen würde, wenn es nicht so verdammt schön wäre, alle wieder zusammen zu sehen.

Er wanderte über die Lichtung und hielt hier und da inne, um denen zu danken, die Essen gebracht und geholfen hatten.

Die zwei Mädchen, die sich zu beiden Seiten von Kateri niedergelassen hatten, tauschten Pros und Kontras von *Ever-After-High*-Puppen und *Littlest-Pet-Shop*-Tieren von Hasbro aus. Persönlich hatte er keine Ahnung, wovon die beiden redeten, aber hin und wieder richteten sie Fragen an Kateri und warteten, ob sie sich mit einer Meinung einmischen würde.

Obwohl sie vielleicht nicht den Anschein erweckte, zu wissen, wo er war, als er auf sie zukam, hob Kateri den Kopf und blinzelte verschlafen, sobald er drei Meter von ihr entfernt war. Er hockte sich vor sie und die beiden kleinen Mädchen und legte seine Unterarme auf seine Knie. „Zeit zu gehen, *mihara*."

Kateri gähnte, gab einen Laut von sich, der klang wie eine Mischung aus Grummeln und Stöhnen, und legte dann ihr Kinn auf ihre Pfoten.

Das dunkelhaarige Mädchen kicherte und kraulte Kateri hinter einem Ohr, als könnte sie absolut mit ihr mitfühlen. Die Blondine hingegen nahm es auf sich, Kateris Haltung direkter zu beschreiben. „Sie ist glücklich bei uns."

Priest konnte nicht anders. Er hatte Kateri Raum gelassen und zugesehen, wie die anderen eine halbe Stunde lang um sie herumgeschwärmt waren, aber jetzt war es an ihm, seine Gefährtin zu streicheln und mit ihr zu spielen. Er strich mit dem Daumen über die Stelle oberhalb von Kateris Augen, die sein Panther so liebte. „Das sehe ich. Aber ihre Begleiterin hatte genug Zeit. Ich will meine Gefährtin zurück."

Kateris Augen öffneten sich, und dieses Mal klang es eher nach einem gereizten Knurren, das in ihrem Rachen rumorte.

„Siehst du", sagte das dunkelhaarige Mädchen. „Jetzt hast du ihr schlechte Laune gemacht."

Oh, er hatte noch gar nicht angefangen, ihr schlechte Laune zu machen. Dieser Teil würde erst später kommen, besonders dann, wenn er sie an ihre Grenzen drängen und sie dazu bringen würde, ihre Magie zum ersten Mal einzusetzen. Glücklicherweise ertönte hinter ihm Naomis unbeirrbare Stimme, bevor er sich gezwungen sah, irgendwelche Argumente zu finden, die für kleine Mädchen sinnvoll erscheinen könnten. „Shara, Anni. Kommt, ihr beiden, und helft euren Müttern und mir, das Dessert zu verteilen. Kateri hatte einen langen Tag und muss sich jetzt zurückverwandeln, damit sie sich ausruhen kann."

Die beiden Mädchen gehorchten, jedoch erst, nachdem sie sich herzlich von Kateri verabschiedet und Priest mit einem missbilligenden Stirnrunzeln bedacht hatten.

Offenbar war auch Kateri verärgert, denn ihr Schwanz schwang kräftig genug hin und her, um eine Handvoll Blätter beiseitezufegen.

Er konnte es ihr nicht verübeln. Mit der Gestalt eines Tieres kam eine emotionale Atempause, wie es sie für Menschen nicht gab. Es war wie eine vorübergehend gedrückte Pausetaste, die es dem Geist einer Person ermöglichte, einfach zu sein und das Gleichgewicht zu finden. Nach allem, was sie durchgemacht hatte, seit ihre Eltern ermordet worden waren, war geistige Ruhe zweifellos eine starke Droge. „Du bist süß, Kätzchen, doch du vergisst, dass ich das schon eine Weile mache. Ich weiß, es fühlt sich gut an, aber du bist deiner Katze damit kein gutes Beispiel."

Sie öffnete das Maul und schnaubte wütend. Es klang nicht ganz wie ein Fauchen, aber es war nahe genug dran, dass sein Panther sich sträubte.

Verflucht süß. So süß sogar, dass ihm ein Lachen entglitt, ehe er es zurückhalten konnte. „Mach nur so weiter und ich lasse meinen Panther los. Ich garantiere dir, er wird deiner Katze die Flausen schon austreiben."

Sie verband ein unziemliches Schnauben mit einem weiteren Schwanzschlagen, stemmte sich auf die Pfoten und tappte auf die Lichtung zu. Ihr Kinn war hoch erhoben mit dem universellen Trotz einer Frau, die mächtig angepisst war.

Oh ja, total süß. Und von Kopf bis Fuß randvoll mit Attitüde.

Dennoch hielt sie außerhalb der Sicht ihrer Besucher inne und wartete darauf, dass er ihr den Weg durch den Wald wies.

Er nutzte seine kriegerische Kraft und Geschwindigkeit und nahm die schwierigste Route, die in menschlicher Form möglich war. Nachdem sie ihre private Bucht erreicht hatten, atmeten beide schwer. Was eine gute Sache war, wenn er daran dachte, dass er ihre Energie so niedrig wie möglich halten wollte, falls er ihre Rückverwandlung erzwingen musste. Es gab auf dieser Welt nicht viele Dinge, die härter waren, als wenn ein Mann sich mit einer angesäuerten Löwin anlegte.

Er zog sein T-Shirt aus, warf es auf einen nahe gelegenen Felsen und ging auf sie zu. „Gut. Genau wie beim letzten Mal. Konzentrier dich auf die Verbindung zwischen euch beiden. Es ist so einfach, wie den Platz miteinander zu tauschen. Zeig ihr, was du beabsichtigst, und versichere ihr, dass du sie wieder rufen wirst."

So müde sie auch vom Rennen war, alles, was sie von

sich gab, war ein Schnauben, und es zeigte, dass sie sich weigerte.

Priest hockte sich vor sie und milderte seine Stimme. „Du kannst dich jetzt nicht mehr verstecken, *mihara*. Ich weiß, dass deine Katze sich sicher fühlt. Und sie wird für dich da sein, wann immer du sie brauchst. Aber jetzt ist es an der Zeit, dass du zu mir zurückkommst."

Sie sah weg und seufzte.

Fuck. Er wollte, dass sie es von sich aus tat. Es war ihr schon genug aufgezwungen worden, zu viel und zu schnell. Tod. Ihre ganze Welt war auf den Kopf gestellt worden, und ein schicksalhafter Gefährte war noch dazugekommen. Eine weitere Sache ihrer Kontrolle zu entreißen, kratzte an seinem Gerechtigkeitssinn.

„Tu es für mich, Kateri. Schau mir in die Augen. Ich warte auf dich." Er umfasste ihren Nacken und strich mit seinen Fingern durch ihr dickes Fell. Die Berührung war jetzt beruhigend. Aber wenn sie sich weiterhin weigerte, würde ihm keine andere Wahl bleiben, als ihr Genick zu packen und sie festzuhalten, damit er seine Magie wirken lassen konnte. „Komm zurück zu mir und lass mich dir zeigen, wie stolz ich bin, dich als meine Gefährtin zu haben."

Er wartete. Jede Sekunde, die verstrich, ließ die Anspannung steigen und reizte ihn dazu, auf und ab zu laufen. Er wollte gerade seinen Griff in ihrem Nacken festigen und den Einfluss des Hüters auf sich ziehen, als Kateri ihren massiven Kopf drehte und seinen Blick erwiderte.

Da ist sie. Aus den Tiefen der Augen der Löwin leuchtete die Intelligenz seiner Gefährtin. Angst war auch zu sehen. Vermischt mit Verwirrung und etwas, das wie ein Flehen wirkte.

„Du kannst das." Er ging das Risiko mit der launischen Löwin ein, rieb seine Schläfe an ihrer und murmelte leise: „Ich brauche dich, Kateri. Das tun wir alle."

Er spürte es, ehe er es sah – die knisternde Energie unter der Haut der Löwin und die aufgeladene Bewegung in der Luft um sie herum. Eine Sekunde später erwachte ein sanftes lavendelfarbenes Leuchten zum Leben. Eine pulsierende Schwingung, die sich nach und nach in der Farbe vertiefte.

„Genau so." Er wich weit genug zurück, um ihr in die Augen sehen zu können. „Fühle es. Übernimm die Kontrolle und setz dich durch. Komm zu mir."

Ein tiefes Violett blitzte in der Dunkelheit auf, gefolgt von einem gedämpften Grollen von bedeutender, aber ungezähmter Macht.

Und dann stand sie vor ihm, herrlich nackt mit nichts als dem Mond über ihr, der ihre makellose Haut beschien. Sie zitterte und schlang ihre Arme um ihren Oberkörper. „Wwwo sssind mmmeine Kkklamotten?"

Herrlicherweise im Eifer des Gefechts verschwunden.

Obwohl das nicht die klügste Antwort war. Nicht nach dem, was sie alles hatte aufbringen müssen, um sich gegen den sturen Willen ihrer Löwin durchzusetzen. Er erhob sich und nahm sein T-Shirt vom Felsen. „Sich bei der Rückverwandlung daran zu erinnern, wo man seine Kleidung gelassen hat, braucht etwas Zeit."

„Du meinst, sie sind weg?"

So verlockend es auch war, seinen eigenen Körper zu nutzen, um sie zu wärmen, zog er ihr sein Shirt über den Kopf. Außerdem würde in etwa einer Minute die Gegenreaktion erfolgen, und sie würde alle Hitze haben, die sie brauchte. „Ich habe keine Ahnung, wo sie landen. Aber ich habe so eine Vermutung, dass der Hüter das größte Fundsachen-Sammelsurium von erstmaligen Wandlern besitzt."

Überraschenderweise ließ sie zu, dass er ihre Hände in jeweils ein Armloch führte, und starrte ihn einfach nur mit einer Mischung aus Verwunderung und Freude an. „Deswegen hast du heute Abend ein Shirt getragen."

Er zog den Saum nach unten, der bis zur Hälfte ihrer Oberschenkel reichte, und umfasste ihr Gesicht. „Ich habe noch nie erlebt, dass ein Wandler beim ersten Mal in mehr als seiner Haut zurückgekommen ist. Ich wollte auf keinen Fall riskieren, dass du nach Hause gehst, ohne dass etwas für dich da ist."

Ihr Blick wanderte zwei Sekunden lang über sein Gesicht. Nach was sie suchte, konnte er nicht sagen.

Und dann küsste sie ihn.

Keine Finesse. Kein Auftakt oder schüchterne Blicke. Nur der volle, eifrige Kuss einer Frau auf dem Höhepunkt einer sexuellen Welle.

Er wollte mitmachen, um den vollen Vorteil zu nutzen und die Fantasie zu beenden, die sie in dieser ersten Nacht in ihren Träumen begonnen hatten. Er wollte sie von hinten nehmen, ihren Körper reizen und vorbereiten, bis sie ihre Erlösung in den sternenübersäten Himmel schrie.

Allerdings er konnte nicht. Noch nicht. Ja, sie war seine Gefährtin und sie benötigte eine Befreiung, aber sie brauchte ihren Hohepriester mehr. Sie brauchte ihn, um sich ihren Gaben zu stellen und das Wunder ihrer Magie zu erleben, ehe ihre Ängste weitere Gründe finden konnten, ihrem Schicksal zu entgehen.

Er löste seine Lippen von ihren, ergriff ihre Unterarme und zog sie von seinem Nacken. „Ruhig, Kätzchen. Ich weiß, was du willst, und ich werde es dir geben."

Sie kämpfte gegen ihn, versuchte, die geringe Distanz zwischen ihnen, die er geschaffen hatte, zu überbrücken. „Neck mich nicht. Nicht jetzt."

„Kein Necken." Er drehte sie herum und schlang seine Arme um ihre Taille, hielt ihren Rücken fest an seiner Vorderseite. „Nur ein Aufschieben, bis wir eine letzte Sache erledigen können."

Sie wackelte mit ihrem frechen Hintern an seinem Schwanz wie eine rollige Katze – bis das Wort *Aufschie-*

ben endlich in ihren Verstand gesickert war. Sie versuchte, sich weit genug zu befreien, um sich umdrehen zu können, aber er hielt sie fest. „Ich habe heute genügend erledigt. Ich habe mich zurückverwandelt. Für dich."

Verdammt, das tat weh. Er hatte es sich jedoch verdient und würde wahrscheinlich noch mehr abbekommen, bevor er ihr gab, wonach sie sich sehnte. „Das hast du und es war wunderschön. Aber das wird ebenso sein. Vertrau mir einfach."

Stöhnend ließ sie ihren Kopf gegen seine Schultern sinken und bog sich, als ob der Körperkontakt ihre Qual lindern könnte. „Priest, du verstehst nicht. Ich brauche dich. Bitte."

Oh, und wie gut er sie verstand. Die erste Rückverwandlung in die menschliche Form kam immer mit einer fast überwältigenden Hitze. Nicht anzunehmen, was sie anbot, war wie ein verhungernder Mann, der ein volles Büfett ablehnte.

Er hielt ihre Handgelenke fest an ihrer Taille und presste seinen schmerzenden Schwanz gegen ihren Arsch. „Ich brauche dich auch. Dein Duft ist überall. Voll und schwer." Er liebkoste ihren Nacken; Mann, Biest und Dunkelheit verlangten nach mehr. „Ich will dich schmecken. Dich lecken und mit dir spielen, bis du auf meiner Zunge kommst, und dann will ich meinen Schwanz in deiner engen Möse vergraben."

„Ja, bitte." Verzweifelt nach Erleichterung suchend, wollte sie ihre Hände zwischen ihre Schenkel zu schieben. „Lass uns das zuerst machen. Dann versuche ich es."

„Nein, *mihara*. Du versuchst es zuerst, dann gebe ich dir, was du brauchst."

„Ich kann nicht."

„Du kannst. Konzentriere dich einfach auf deine Gedanken." Große Worte von einem Mann, der kaum mehr klar denken konnte, besonders, weil ihr süßer

Moschusduft von Sekunde zu Sekunde stärker wurde. „Du willst, dass ich dich loslasse? Dann bring mich dazu. Greif nach deiner Magie. Erzwing es."

Ein leises, gutturales Stöhnen kroch ihre Kehle empor. Sie krümmte sich und drückte ihre erregten Brustwarzen fest gegen die Baumwolle, die sie bedeckte. Ihre Augen waren zugekniffen, und etwas, was wie Schmerz aussah, zeichnete jeden ihrer Gesichtszüge.

„Tu es, Kateri. Die Magie ist da. Benutz sie. Befreie dich. Mach es möglich."

Das Geräusch, das aus ihrem Mund kam, lag irgendwo zwischen einer Bitte und einem Schrei, aber eine gewaltige Magiewelle flammte kühn und hell auf. Die Kraft dahinter war so intensiv, dass er vor lauter Überraschung den Halt verlor.

„Das ist es. Fühl es. Benutz es. Jetzt."

Ihre Magie verschmolz zu einem unaufhaltsamen Stoß, der ihn durch die Luft schleuderte. Er knallte gegen eine alte Eiche am Rand der Bucht, ehe er den Schlag mit seinen eigenen Kräften abfedern konnte. Eine Sekunde später lag er mit dem Gesicht nach unten auf dem Boden und ihm tat von Kopf bis Fuß alles weh.

„Oh mein Gott." Kateri kauerte sich neben ihn und ihre zitternden Finger strichen über seinen Rücken. „Das wollte ich nicht. Ich meine … ich wollte es schon, aber ich wollte dir nicht wehtun."

Seltsam. Sie hatte ihn gerade gründlicher durchgeschüttelt als jeder andere in den letzten fünfzig Jahren, und alles, woran er denken konnte, war ihr Geruch. Und sein Schwanz war immer noch hart und bereit, sie auf jede erdenkliche Weise zu nehmen und zu bedienen. Und das, so lange sie wollte.

„Das mache ich nicht noch einmal", flüsterte sie.

„Oh doch, das wirst du." Er ging auf die Knie und schnappte sich ihr Handgelenk. „Ehrlich gesagt, jetzt, wo du weißt, wie die Dinge funktionieren, denke ich, dass ein härteres Spiel angebracht ist."

„Nein."

„Doch." Er zerrte sie aus dem Gleichgewicht, packte ihren Oberkörper und rollte sie zu Boden, dann bettete er seine Hüften zwischen ihren weichen Schenkeln. „Noch einmal. Jetzt. Denk nicht zu viel darüber nach."

„Ich habe dich verletzt."

Er drückte sein Becken gegen ihres. „Fühlt es sich so an, als wäre ich verletzt?"

Sie zischte und grub ihre Fingernägel in seine Schultern, ihre Worte kamen mit schweren Atemzügen. „Aber es ist gefährlich."

„Nein, ist es nicht." Er presste ihre Hände auf den Boden und knabberte an ihrer Unterlippe. „Vertrau mir, Kätzchen. Du hast mich ein Mal überrascht. Es wird nicht wieder vorkommen, und ich kann alles einstecken, was du austeilen kannst."

Sie wimmerte, aber ihr Gesicht war gerötet, und das Bedürfnis, zu kämpfen oder zu ficken, eskalierte und zerriss sie innerlich fast.

Er strich mit seinen Lippen über die zarte Stelle, wo sich ihr Nacken und ihre Schulter trafen. „Spiel mit mir, Kateri. Lass es raus. Werde dir darüber bewusst, wer du bist." Damit gab er seinem Panther, was er wollte, und biss in das sensible Fleisch unter seinen Lippen.

Ihr Schrei war halb Mensch, halb Löwin, aber die purpurne Kraft, die gegen ihn prallte, kam von der Zauberin in ihr, die kämpfte und an die Grenzen ihrer Kontrolle stieß.

Sein Körper flog nach oben, aber dieses Mal war er bereit, den Stoß mit einer Drehung auszubalancieren, sodass er auf seinen Füßen landete und sich erneut zum Angriff rüstete. „Noch mal."

Mühelos stellte sie sich auf, und die Kraft ihrer Magie war so stark, dass sie fast das Gleichgewicht verlor. Anstatt zu zögern, holte sie aus zu einem Schlag, der ihn hätte ohnmächtig werden lassen, wenn er nicht in letzter Sekunde ausgewichen wäre. Ein pulsierender Strom der Macht versengte die Luft, als der Schlag an ihm vorbeiströmte und ein Loch in einen dicken Baumstamm sprengte, der keinen Meter hinter ihm lag. „Da ist sie."

Ihre Stimme klang so weich und zerbrechlich wie der Rauch, der die Einschlagstelle umwehte. „Oh mein Gott."

„Beeindruckend, nicht wahr?" Er stapfte auf sie zu und nutzte ihr verblüfftes Staunen und den vorübergehenden sexuellen Aufschub, den die Freisetzung ihrer Magie ausgelöst hatte, um sich ihr zu nähern.

Obwohl das Raubtier auf sie zu schlich, ließ ihr Blick keine Sekunde von dem Schaden ab, den sie angerichtet hatte. „Ich kann nicht glauben, dass ich das getan habe."

„Ich schon." Mit einer Geschwindigkeit, die er noch nie zuvor bei ihr angewendet hatte, umarmte er sie und warf sie auf den Boden, wobei er ihren Hinterkopf mit der Hand abfederte, ehe er aufschlug. „Und ich glaube, es ist an der Zeit, dass ich dir diese Belohnung gebe."

KAPITEL 25

Nur wenige Zentimeter. Das war alles, was Katy davon abhielt, Priests neueste Herausforderung zu meistern, nämlich zehn mittelgroße Steine zu einem ordentlichen Haufen zu stapeln. Mit ihren Händen hätte es wenige Sekunden gedauert.

Mit Magie war es nicht so leicht.

In der letzten Stunde hatte sie jeden Stein akribisch hochgehoben, geführt und sorgfältig aufgestapelt – eine Aufgabe, die sie schnell gelernt hatte und die vergleichbar mit dem Anzünden einer Kerze mit einer Lötlampe war. Als Priest sie vor fünf Tagen zum ersten Mal herausgefordert hatte, hatte sie ihm ins Gesicht gelacht. Immerhin hatte sie, ohne nachzudenken, ein Loch durch einen dicken Baumstamm gelasert. Dann hatte sie versucht, zu tun, was er verlangte, und erkannt, dass das Schwierigste daran, eine Magierin zu sein, nicht darin bestand, die Macht zu rufen, sondern sie zu kontrollieren.

Eine einzelne Schweißperle rann ihren Rücken hinab und hinterließ ein Schaudern auf ihrer Haut.

Der in der Luft schwebende Stein zitterte, als hätte sich ihre körperliche Reaktion durch ihre Magie manifestiert.

„Nein", flüsterte sie und der Stein bewegte sich nicht mehr.

Hinter ihr, in einem Adirondack-Stuhl ausgestreckt, den er zur Demonstration ganz leicht vom Balkon auf den Erdboden hatte schweben lassen, lachte Priest. „Du weißt, dass es mehr um deine mentalen Gedanken als um Worte ging, die deinen Arsch gerettet haben, oder?"

Ignorier ihn. Konzentrier dich einfach auf den verfluchten Stein.

Sie atmete langsam durch den Mund aus und lenkte vorsichtig den Stein zu den anderen. Sie war so kurz davor, sie wollte es auf keinen Fall jetzt noch versauen.

Fünf Zentimeter von der Spitze des Haufens entfernt öffnete sie ihre mentalen Finger – und der Stein schoss über die Lichtung. „Ugh!“ Katy wirbelte zu Priest herum und hielt sich davon ab, mit dem Fuß aufzustampfen. „Das hast du mit Absicht gemacht.“

Sie musste ihm zugutehalten, dass er wenigstens versuchte, sein Grinsen zu verbergen, indem er sich mit den Fingern über die Lippen rieb, aber er hielt seine grauen Augen fest auf sie gerichtet. „Es ist meine Aufgabe, es dir beizubringen, Kätzchen. Die reale Welt wird nicht schweigen.“

„Nein, aber du könntest mich das wenigstens mal in Ruhe fertig machen lassen.“

Er stand auf und ging auf sie zu. „Du hast recht.“

Allein das Eingeständnis machte sie sprachlos. Gepaart mit seinem nackten Oberkörper und der Art und Weise, wie seine Hose das V an seinen Hüften betonte, sorgte es dafür, dass sich all ihre Gedanken in alle möglichen Richtungen zerstreuten. Sie konnte nur noch daran denken, wie nah er ihr war und dass sie allein waren. Was vollkommen verrückt war, wenn sie darüber nachdachte, wie intim sie seit ihrer ersten gemeinsamen Nacht waren. Aber ob sanft und süß oder hart und schnell, sie konnte einfach nicht genug von ihm bekommen.

Ihre Kraft und wie es sich anfühlte, zu rennen und die Welt in Löwengestalt zu erleben, machte süchtig. Aber mit Priest zusammen zu sein … das war einfach alles. Und sosehr es sie auch erschreckte, sie hatte begonnen, zu verstehen, was ihre Großmutter damit gemeint hatte, als sie sagte, dass ein Gefährte eine Erweiterung von einem selbst war. Doch anstatt dem Bedürfnis nachzugeben, kämpfte sie dagegen an. Es war, als müsste sie dringend joggen gehen, würde sich allerdings weigern, ihre Beine zu benutzen. Oder dass sie fast verdurstete, sich jedoch vom Brunnen abwandte.

„Ich fordere dich härter als jeden anderen, aber das liegt daran, dass ich das Potenzial in dir sehe." Er zog sie an sich und umfasste ihr Gesicht. „Du hast die Verwandlung in kürzester Zeit geschafft. Deine Macht ist enorm und deine Begleiterin ist fast so dominant wie mein Panther. Du bist vielleicht kein Primo, aber du wirst diesen Clan an meiner Seite führen."

Ihre Magie prickelte unter ihrer Haut. Ein federleichtes Kitzeln, das von etwas Unausgesprochenem flüsterte. „Das ist nicht der einzige Grund, warum du mich forderst, oder?"

Für den Bruchteil eines Momentes flackerte Angst in seinen Augen. Er überspielte sie recht schnell, doch die Verletzlichkeit erschütterte sie. „Bis du dich von mir markieren lässt, könnte Draven dich verfolgen. Wenn du mich das nicht tun lässt, will ich, dass du dich gegen ihn behaupten kannst."

Hinter ihrem Brustbein begann ein Flattern, und trotz der warmen Mittagssonne über ihnen kroch eine Gänsehaut über ihren Körper. Seit dem Tag nach ihrer Seelensuche war er dahinter her, ihr seine Magie in ihre Haut einzuarbeiten. Ein Teil von ihr wollte es. Sogar sehr. Aber dieses restliche Stück Unabhängigkeit sah sie als das letzte Glied in der Kette, als den letzten Schritt, um ihre Verbindung zu akzeptieren.

Sie strich mit ihren Händen über seine Brust. „Es ist nicht so, dass ich nicht will. Ich …"

„Ich muss dich in Sicherheit wissen, Kateri. Von allen Leuten, die mein Bruder gegen mich einsetzen könnte, bist du die ultimative Waffe. Du hast keine Ahnung, wie weit ich gehen würde, um dich zu beschützen. Bis in welche Tiefen die Dunkelheit in mir sinken würde. Nichts würde mich aufhalten. Nichts und niemand."

Schwere Schritte auf dem über ihnen liegenden Holzbalkon unterbrachen die Spannung. „Priest." Alek streckte seinen Kopf über das Geländer, das er mit den Händen umklammerte. Er hatte eine Dringlichkeit in seinem Gesichtsausdruck, die Katy seit dem Tag, an dem sie ihre Eltern ermordet aufgefunden hatten, nicht mehr gesehen hatte. „Du musst hochkommen.“

Trotz seines ruhigen Äußeren schloss Priest Kateri fester in die Arme. „Was ist los?“

„Mein Freund vom College hat gerade angerufen.“

„David“, sagte Katy und befreite sich aus Priests Umarmung. „Er hat gesagt, er würde sich melden, wenn er etwas gefunden hat.“

Im Haus schlenderten Jade und Tate gerade die Treppe hinunter, als Priest und Katy durch die Hintertür hereinkamen. Garrett, der seit Katys Seelensuche fast täglich zu Gast war, stand mit verschränkten Armen mit dem Rücken an der gegenüberliegenden Wand. Wie schon mehrmals in den letzten Tagen hatte er sich im Raum direkt hinter Naomi positioniert, die in Priests überdimensionalem Clubsessel saß. Schon einige Male hatte Katy darüber nachgedacht, Priest zu fragen, ob er auch bemerkt hatte, wie viel Zeit die beiden miteinander verbrachten, aber der Sex mit Priest und das Üben ihrer neuen Gaben lenkten sie stets davon ab, darüber zu reden.

„Was ist los?“ Jade streckte sich auf dem Sofa aus und Tate stand mit einer Hand an seiner Hüfte neben ihr.

Alek wartete, bis Katy am anderen Ende des Sofas saß und Priest Garretts schützende Position hinter ihr widerspiegelte. „Ihr wisst ja, dass Katy David angerufen und ihm von der Spur erzählt hat, die die Seher in Butte La Rose gefunden haben.“

„Bitte sag, dass er jemanden gefunden hat“, flehte Katy.

Er sah zuerst Priest an, dann erwiderte er Katys Blick. „Er hat eine Spur gefunden, ja. Eine Familie mit dem Namen Ralston, die mit einigen der historischen Informationen in Verbindung steht, die wir ihm über die alten Primo-Familien gegeben haben.“

„Die alte Heiler-Primo-Familie nannte sich Rallion“, sagte Garrett.

Katy spürte mehr, als dass sie sah, wie Priest näher an sie herantrat. „Ähnlich wie ihr alter Name, aber immer noch anders genug, um sich zu verstecken.“

„Genau“, stieg Alek darauf ein. „Und ehrlich gesagt haben wir Glück, denn der einzige Nachkomme der letzten Generation war eine Frau. Aufzeichnungen zeigen, dass sie vor dreiundzwanzig Jahren ein Kind hatte. Eine Tochter namens Elise, aber die Eltern scheinen nie geheiratet zu haben. Beide Elternteile der Mutter sind verstorben.“

Katy drehte sich zu Priest um und sah, dass er Alek finster anstarrte. „Also fahren wir hin und reden mit ihr. Wir stellen uns vor und finden heraus, ob sie irgendetwas über uns weiß.“

„Was hat dein Freund noch herausbekommen?“, fragte Priest, ohne den Blickkontakt zu Alek zu unterbrechen.

Eine einfache Frage. Aber damit verlagerte sich die Energie im Raum. Eine gesteigerte Aufmerksamkeit oder Wachsamkeit, die ihre Magie aufrührte.

Alek stand noch immer in der Mitte des Zimmers und erwiderte Priests Blick. Die Intensität, die sich zwischen ihnen bewegte, war voller unausgesprochener Gefahr und Angst. „David war heute bei uns zu Hause, um die Post abzuholen.“ Sein Blick glitt zu Katy. „Unsere Wohnung ist verwüstet.“

„Draven“, murmelte Jade.

Naomi nickte. „Er sucht nach etwas, mit dem er euch verfolgen kann. Etwas Persönliches.“

„Nun, er kann Alek nicht finden, selbst wenn er es wollte“, sagte Tate. „Nicht mit Priests Markierungen.“

„Nein, aber er kann Kateri finden.“ Als ob er den

Kontakt bräuchte, um sich zu erden, legte Priest eine Hand auf Katys Schulter. „Wann war dein Freund das letzte Mal da?“

„Sonntag“, antwortete Alek.

Garrett war immer pragmatisch und warf das Offensichtliche direkt in den Raum. „Vier Tage, um sie aufzuspüren.“

Die Magie in Katy prickelte. Oder vielleicht war es die Verbindung zwischen Priest und ihr, die sie spürte. Was immer es auch war, es zog sie mit einer magischen Anziehungskraft zu Priest. Das hätte sie nicht ignorieren können, selbst wenn sie es gewollt hätte. Sie erhob sich, drehte sich zu Priest um und strich mit den Händen sanft über seine angespannten Bizepse und die verkrampfen Schultern. „Er kann mich hier nicht kriegen. Ich bin sicher.“

„Ich hasse es, darauf hinweisen zu müssen“, warf Jade ein, „aber Draven ist nicht mehr der Einzige mit Tracking-Fähigkeiten. Katy kann Dravens Amulett genauso gut benutzen, um ihn zu finden, wie er sie mit etwas Persönlichem verfolgen kann. Lass uns einfach sehen, wo er ist, und wir kümmern uns um ihn.“

„Nein.“

Diese resolute Antwort kam von Garrett, Naomi und Priest gleichzeitig, aber es war Priest, der fortfuhr: „Sie ist zu neu darin. Zu anfällig für seine Tricks.“

„Dann bring es mir bei“, forderte Katy. „Ich kann es lernen. Ich werde härter arbeiten.“

Eine Traurigkeit, die sie tiefer durchdrang, als jede körperliche Wunde sie jemals hervorrufen könnte, bewegte sich über sein Gesicht. „Du bist gut, Kateri. Mein Licht. Das wusste der Hüter. Deshalb hat er dir so viel Magie anvertraut. Das Letzte, was ich will, ist, dir etwas beizubringen, was auch nur annähernd dem entspricht, das die Seele meines Bruders gestohlen hat.“

„Magier sind an das Gesetz des ultimativ Guten gebunden." Garretts Stimme war leise und respektvoll, aber voller Weisheit und Erfahrung. Ein Mann, der aus erster Hand erlebt hatte, was mit Magiern geschah, die verbotene Grenzen überschritten. „Jede Handlung, die nicht im besten Interesse des Lebens oder des Universums erfolgt – und das mit einem guten Herzen –, bringt die Person der Dunkelheit näher."

„Selbst wenn du es versuchen würdest", ergänzte Naomi, „es besteht die Möglichkeit, dass Draven sein Amulett mit Magie manipuliert hat. Deshalb habe ich nie gewagt, es anzufassen. Und ohne direkten Kontakt kannst du ihn nicht finden."

„Also schön." Sie konzentrierte sich auf Priest. „Dann bleiben wir bei unserem Plan und besuchen Elise. Wenn Draven so verbissen ist, ist auch sie in Gefahr. Sie verdient es, zu wissen, was los ist. Vor allem, wenn sie wie Alek und ich ist und nichts über unsere Rasse weiß."

„Sie hat ihre Seelensuche noch nicht gehabt", sagte Priest. „Ich wüsste es, wenn dem so wäre. Das bedeutet, dass Draven sie nicht so leicht finden kann wie dich. Glaubst du wirklich, ich würde es zulassen, dass du gesichertes Territorium verlässt, wenn ich weiß, dass er dich überall finden kann?"

Und da war sie wieder. Die Markierung. Der einzige Akt, bei dem ihre Instinkte davon ausgingen, er würde ihre Bindung festigen. Er würde sie zu einer zusammenhängenden Einheit verschmelzen lassen, statt zwei unabhängig voneinander schlagende Herzen zu sein.

Und was ist daran so falsch?

Der Gedanke war flüsterleise, doch er hallte mit der Wucht eines Vorschlaghammers bis in ihre Eingeweide wider. In den letzten fünf Tagen hatte sie sich ausgeglichener gefühlt als je zuvor in ihrem Leben. Sie fühlte sich vollständig und unterstützt auf eine Weise, die alles übertraf, was sie je für möglich gehalten hatte.

Das Einzige, was noch fehlte, war Akzeptanz.

Er ist ein Teil von dir.

Naomis Worte. Die Worte einer Frau, die erlebt hatte, wie es war, einen für sich bestimmten Gefährten zu haben. Sie verstand den Zusammenhang wirklich. Und von allen Menschen in ihrem Leben waren Alek und Naomi die beiden, die stets ihr wahres Ich gesehen hatten und die sich immer Zeit nahmen, sie zu fragen, was sie wollte.

Ich will meinen Gefährten.

„Dann markiere mich", platzte es plötzlich mit einem Adrenalinschub aus ihr heraus. „Er kann mich nicht finden, wenn du mich markierst."

Er senkte seine Stimme. „Kateri, ich biete meine Magie nur als Geschenk an. Wenn du mein Zeichen nimmst, möchte ich, dass es so ist, weil du es willst. Nicht, weil mein Bruder es erzwungen hat."

So viel Schmerz lag in seiner Stimme. Eine Ungewissheit, die sie noch nie zuvor bei ihm gespürt hatte.

Sie hatte das getan. Es war ihre Schuld. Alles nur, weil sie fürchtete, was ihre Instinkte ihr vom ersten Tag an gesagt hatten. Er gehörte ihr. Sie hatte es nach einer einzigen Berührung von ihm gespürt und mit einem Blick in sein Gesicht auf der grundlegendsten Ebene ihres Wesens gewusst.

Sie strich mit ihrer Hand über seine Brust, dort, wo sein Herz schlug. Ihre Finger verhedderten sich mit dem schwarzen Leder, das seine Amulette hielt. „Ich frage nicht wegen Draven. Ich frage, weil ich es will." Ihre Magie pulsierte unter ihrer Handfläche. Ein lebendiger, atmender Strom, der nach seiner anderen Hälfte suchte. „Ich will alles von dir."

KAPITEL 26

Das war es. Ob es nun Minuten oder Sekunden dauerte, bis Priest ins Badezimmer zurückkam, Katys Leben würde sich unwiderruflich ändern.

Sie hob ein Bein über die Wasseroberfläche und zeichnete mit dem Zeh den gewölbten Rand der Porzellanbadewanne nach. Das Dekor war hier ebenso präsent wie im Rest des Hauses, mit rustikalen Steinarbeiten, die die schönen Holzdetails akzentuierten. Im Vergleich zu der Badewanne in Standardgröße, die sie neben ihrem Zimmer im Haus ihrer Eltern gehabt hatte oder in der Wohnung, die sie sich mit Alek teilte, war diese hier riesig. Die Wanne war wie geschaffen dafür, dass ein Mann mit Priests Körpergröße sich bequem darin ausstrecken und verweilen konnte, wenn ihm danach war. Oder noch besser, wenn er *mit* jemandem dort verweilen wollte.

Nach heute Abend würde dieser jemand nur noch sie sein. Von jetzt an bis wann auch immer. Seltsamerweise war es so, dass der Gedanke sie nicht mehr so erschütterte, je länger sie sich an ihn gewöhnte. Und da Priest nun einmal der war, der er war, hatte er sie ganze vierundzwanzig Stunden warten lassen, um ihr genügend Zeit zu geben, falls sie ihre Meinung noch einmal ändern wollte.

Aber das würde nicht passieren. Selbst wenn ihr Herz wie das eines in Panik geratenen Kaninchens klopfte, würde sie nicht mehr von ihrem Weg abweichen, den sie selbst gewählt hatte. Oder besser gesagt, den das Schicksal für sie bestimmt hatte. Priest gehörte ihr. Die Bindung wurde stärker. Von der Sekunde an, als sie es ausgesprochen hatte, hatte sie es gespürt. Gefühlt, wie die Fäden, die tief in ihre Seele reichten, sich zwischen ihnen immer undurchdringlicher miteinander verwoben.

Eine gedämpfte Bewegung ertönte durch die geschlossene Badezimmertür. Eine sanfte Erinnerung daran, dass ihr Gefährte sie holen würde. Zu erfahren, dass er vorhatte, sie hier und nicht im Studio zu tätowieren, war ein Schock gewesen. Ein Zeugnis dafür, dass ihm heute Abend ebenso viel bedeutete wie ihr.

Er hatte ihr ein Bad eingelassen, das Wasser mit einem exotischen Öl versehen, das sie nicht richtig einordnen konnte, und hatte sie dann langsam, mit ehrfürchtigem Schweigen, ausgezogen. Die warme Umarmung des Wassers war genau das gewesen, was sie gebraucht hatte. Eine willkommene Erleichterung für die angespannten Muskeln, die sie sich durch einen Tag lang Training verdient hatte.

Obwohl sie heute ihre eigene Lehrmeisterin gewesen war. Priest hatte richtig damit gelegen, sie zu fordern. Da Draven ihre Primos jagte, brauchte sie jeden Vorteil, den sie bekommen konnte. Aber mehr als das, sie konnte seinen Schwur nicht abschütteln.

Du wirst diesen Clan an meiner Seite führen.

Er hatte es so gemeint. Die Wahrheit und das Verlangen in seinen Worten hallten mit einer Tiefe wider, die über jede Beschreibung hinausging. Kraftvoll und doch weich und einladend.

Der Türknauf drehte sich, das leise metallische Klicken, als sich die Verriegelung öffnete, war fast schon symbolisch in dem ansonsten stillen Raum.

Und dann war er da.

Mit einer katzenhaften und doch maskulinen Anmut schlich er auf sie zu, und der Anblick sorgte für ein Zucken in ihrem Geschlecht. Bei jeder Bewegung leckte das Kerzenlicht sein dunkles Haar und die Schatten streichelten liebevoll jeden definierten Muskel. „Wie fühlst du dich?“

Atemlos.

Schwerelos.

Gespannt und kurz davor, überzuschnappen.

Und dabei hatte er sie noch nicht einmal angefasst.

Er hockte sich neben die Wanne und zeichnete ihr Kinn nach. „Du musst das nicht machen. Nicht, wenn du nicht bereit bist dafür."

Sie bedeckte seine Hand mit ihrer und winzige Tropfen perlten dabei von ihrer Haut, was so klang, als ob ein leises Lied über die Wasseroberfläche flüsterte. „Ich bin nervös, aber ich werde meine Meinung nicht ändern. Ich bin bereit."

Er verschränkte seine Finger mit ihren und musterte sie eine Weile. Nicht, dass es ihr etwas ausmachte. Bei anderen Männern hätte ihr ein solch konzentriertes Betrachten wohl Unbehagen verursacht, aber bei Priest fühlte es sich besonders an.

Welche Antworten oder Erkenntnisse er auch immer gesucht hatte, er musste sie wohl gefunden haben, denn er nickte einmal, richtete sich auf und griff nach dem dicken Handtuch, das er neben der Wanne bereitgelegt hatte. „Dann lass uns dich mal vorbereiten."

Seine Hand zu nehmen, war einfacher, als sie erwartet hatte. Aber ehrlich gesagt würde keine Frau, die bei klarem Verstand war, einen Mann wie Priest abweisen. Am allerwenigsten sie.

Er trocknete sie mit größter Sorgfalt ab, wickelte sie in das flauschige Badetuch und löste die Klammer, die ihr Haar hochgehalten hatte. Ehe sie sich versah, führte er sie ins Schlafzimmer.

Der maskuline Überwurf, der zuvor sein Bett bedeckt hatte, war verschwunden und durch ein einzelnes schwarzes Seidenlaken ersetzt worden. Die Nachttische auf beiden Seiten des Bettes waren von allem befreit worden außer einer viel kleineren Tätowiermaschine als die, die er im Studio benutzte, und den Tinten und anderen Utensilien, die er zum Arbeiten brauchte. Kerzenlicht erfüllte den Raum und eine Mischung aus Düften von Patschuli bis Vanille regte ihre Sinne an.

Sie blieb am Fußende des Bettes stehen und hielt das Badetuch direkt über ihren Brüsten zusammen. „Brauchst du nicht mehr Licht?"

Er strich ihr das Haar aus dem Nacken und küsste die Stelle, an der sie es liebte geküsst zu werden, oben an ihrem Rückgrat. „Was ich dir gebe, kommt nicht von meinen Augen. Es ist eine Erweiterung von mir selbst. Alles, was ich für uns will. Alles, was ich für dich empfinde." Er bedeckte ihre Hand mit seiner und zog das Handtuch aus ihrem Griff. „Nichts an diesem Abend wird so sein wie das, was du zuvor gesehen hast, weil ich noch nie jemand anderem so viel gegeben habe."

Der flauschige Stoff rutschte von ihrem Körper und sammelte sich zu ihren Füßen. Bei geöffneter Glasschiebetür zum schwindenden Licht draußen war die Raumtemperatur angenehm. Frei von der künstlichen Kühle, die mit einer Klimaanlage einherging, und dennoch knackig genug, dass ihre Nippel hart wurden, wenn die Luft über ihre Brüste strich. „Wird es wehtun?"

Es war die einzige Frage, von der sie Angst gehabt hatte, sie zu stellen. Was angesichts der Intimitäten, die sie bereits miteinander geteilt hatten, völlig verrückt war. Aber das Letzte, was sie wollte, war, in seinen Augen zerbrechlich zu wirken. Schwach oder ängstlich.

Er strich mit seinen Händen über ihre Arme. „Ich kann dir deine Schmerzen nehmen, wenn du das willst." Er glitt mit seinen Lippen von ihrer Schulter hinauf zu ihrem Hals. „Aber je mehr du fühlst – je mehr du den Schmerz begrüßt –, desto stärker wird die Magie sein."

„Dann will ich es ertragen." Mutige Worte von jemandem, der keine Ahnung hatte, worauf er sich da einließ. Doch mit seinen Händen und Lippen, die sie einlullten, und der Hitze seines Körpers hätte sie eh allem zugestimmt. Sie hätte sogar einen Mord begangen, wenn er sie darum gebeten hätte.

„Wir werden dich langsam heranführen", sagte er. „Du musst nicht alles gleich auf Anhieb nehmen. Nur so viel, wie du willst." Er knabberte an ihrem Ohrläppchen und sein warmer Atem kitzelte die Haut an ihrem Hals. „Aber du wirst vielleicht feststellen, dass dir der Schmerz gefällt."

Ein Schauder durchlief sie. Die Vorfreude und die dunkle Erregung, die stets mit seinen Berührungen und Worten einherging, steigerten jedes Empfinden. Die sanften Klänge der Natur draußen. Das Kerzenlicht. Die Wärme seiner Haut und sein berauschender, männlicher Duft.

Er legte eine Hand um ihre Kehle und murmelte in ihr Ohr: „Bist du bereit?"

Mehr als bereit. Und doch auch ängstlich. Trotzdem schluckte sie und brachte ein zitterndes „Ja" zustande.

Er ließ sie los, aber die anhaltende Berührung, während seine Hände wegglitten, war an sich schon eine Versuchung. „Dann leg dich aufs Bett. Mit dem Gesicht nach unten."

Gesicht nach unten. Richtig. Einfach genug für den Anfang. Abgesehen davon kam es ihr so vor, als sie auf das Bett kletterte, als würde sie sich auf einen Altar legen, und das Unbekannte streckte sich vor ihr aus.

Das seidige Laken glitt glatt und einladend über ihre Haut. Die Kühle bildete einen starken Kontrast zu dem Feuer, das sich in ihr aufbaute.

Priest sammelte seine Sachen vom Nachttisch, legte sie auf ein kleines Edelstahltablett, stellte es neben ihrem Kopf auf das Bett und verschwand außer Sichtweite. Hinter ihr ertönte ein Rascheln und das Bett sank ein. „Du atmest nicht, *mihara*."

Als wäre sie gerade dabei erwischt worden, dass sie ihren Job nicht erledigte, weiteten sich ihre Lungenflügel bei einem tiefen Atemzug. „Es liegt nicht daran, dass ich das nicht will."

Er stützte seine Knie zu beiden Seiten ihrer Hüften ab und gab ihr sanft etwas von seinem Gewicht, während er sich rittlings auf ihren Hintern setzte. Nicht so viel, dass es Probleme bereitete. Nur gerade so viel, um einhundertprozentig klarzumachen, dass er nackt war. Seine Haut war ein heißes Eisen. Der schwere Druck seines Hodensacks entlang ihrer Pofalte und die Andeutung seines harten Schwanzes waren ein erotisches Versprechen darauf, was nach den Schmerzen kommen würde.

„Ich verstehe, dass du nervös bist." Er lehnte sich vor, fasste vorsichtig ihr Haar zusammen und schob es aus dem Weg. Der Winkel, mit dem er sich vorbeugte, drückte seinen Schaft gegen ihre Wirbelsäule, und ihre Wildkatze drängte sie dazu, ihre Hüften zu heben und sich ihm anzubieten. „Rede mit mir, atme, und sag mir, wenn es zu viel wird."

Anstatt nach der Maschine zu greifen, zeichnete er mit den Fingern ein Muster auf ihren Nacken und senkte die Stimme. „Konzentrier dich auf meine Berührung. Auf mich und was du fühlst. Nichts anderes."

Für einige ruhige Minuten war der bloße Kontakt alles, was er ihr schenkte. Ein langsamer, hypnotischer Weg, der ihre Anspannung löste und sie an einen tiefen und friedlichen Ort führte.

Und dann bewegte Priest sich. Metall klickte auf Metall, aber der sichere und weiche Kokon, den er in ihrem Kopf gestaltet hatte, ließ das Geräusch wie weit entfernt klingen. Distanziert und doch präsent auf einer Ebene mit einem fast spirituellen Bewusstsein.

„Nimm, was ich dir biete. Nimm mein Geschenk an. Alles, was ich bin." Die Tätowiermaschine summte einmal. Zweimal. Und dann spürte sie einen Druck in ihrem Nacken. Nicht schmerzhaft, nur die Präsenz.

Sie entspannte sich und schwebte in einer Art angenehmen Subraum.

Vor und zurück, ein Muster, das sich aufbaute. Das stetige Summen der Tätowiermaschine und die gemurmelten Worte von Priest, die sie nicht verstehen konnte, klangen wie eine Art Choral.

Langsam schlich sich der Schmerz ein. Zuerst spürte sie nur einen Nadelstich, der sich dann jedoch zu einem feurigen Brennen steigerte. Aber sie nahm es hin, atmete durch die schnellen Stiche der Nadeln und gab sich dem Prozess hin und der Mischung aus Lust und Schmerz, die durch ihren Körper zuckte. Als das Summen verstummte und Priest die Maschine beiseitelegte, versengte eine ungefähr fünf Zentimeter breite Schneise ihren Nacken und ihre Schultern und sie hatte jegliches Zeitgefühl verloren.

Mit sanften Streichen wischte Priest die überschüssige Tinte fort, beugte sich dann vor und küsste ihre sensible Haut. „Sprich mit mir, *mihara*. Sag mir, wie du dich fühlst.“

Roh.

Ausgeliefert.

An der Grenze zu etwas so Großem entlangzutänzeln, überstieg ihren Verstand.

Sie nahm einen langen, tiefen Atemzug. Das Adrenalin, das durch ihren Körper strömte, fügte dem leisen Geräusch ein leichtes Zittern hinzu. „Es tut weh, aber …“ Wie konnte sie es beschreiben? Jedes Wort, das ihr in den Sinn kam, wurde der Sache nicht gerecht. Die Kraft der Erfahrung fehlte. „Aber es ist auch erregend.“

Und das war der Part, den ihr Gehirn nicht in Einklang bringen konnte: Wie alles, was Schmerzen verursachte, gleichermaßen ein solch pulsierendes Verlangen erzeugen konnte, ohne dass eine Linderung in Sicht war.

Auch ohne, dass sie ihre Gedanken laut aussprach,

schien er zu verstehen, platzierte seine Fäuste zu beiden Seiten ihres Kopfes und folgte mit den Lippen der Linie ihres Kiefers. „Dreh dich um, Kätzchen. Lass mich dich jetzt auch den Rest des Weges führen."

Eine Sekunde verstrich, dann eine weitere und noch eine.

Er wartete, gab sich anscheinend zufrieden damit, ihr die Zeit zuzugestehen, die sie brauchte. Was gut war, denn sie brauchte diesen Moment tatsächlich. Diese Pause war nötig, um zu genießen und sich zu erinnern, um es tief in ihr Gedächtnis aufzunehmen und es in den kommenden Tagen und Jahren abzurufen.

Schließlich bewegte sie sich und rollte sich unter ihm auf den Rücken, bis sie ihm in sein ernstes Gesicht sehen konnte.

Mein.

Ob es ihr eigener Verstand war, der diesen Besitzanspruch geltend machte, oder die Projektion seiner eigenen Gedanken durch bloßen Willen, das Wort verschlang alles in ihrem Kopf. Es war beruhigend, obwohl es sie vollständig verzehrte.

Er küsste sie. Obwohl der Kontakt ihrer Lippen nur leicht war, brodelte er von einem ungebändigten Zwang, der mit köstlichen Funken knisterte und knackte. Sein Haar fiel in einem dunklen Vorhang um sie herum und verbarg sie beide vor allem außer diesem Moment. Als er den Kopf hob, funkelten seine grauen Augen mit derselben Pracht wie in der Anderswelt. Mystisch und durchdrungen von Macht.

Er ließ seine Finger über ihr Schlüsselbein gleiten und setzte sich aufrecht hin.

Ein dunkler Gott.

So sah er aus. Braune Haut und muskulös. Er saß rittlings auf ihr, während sein dicker Schwanz gegen ihren Bauch drückte. Eine verruchte und absolut ursprüngliche Gottheit, die kurz davorstand, sich ihrer neusten

Eroberung hinzugeben. „Kannst du mehr hinnehmen?“

Sie würde alles nehmen, worum er sie bat. So viel er wollte, so lange es auch dauerte, bis es mit ihm in ihr endete. Sie nickte einmal, denn der Kloß in ihrer Kehle war zu dick, um zu sprechen.

Er nahm die Tätowiermaschine in die Hand und das Summen setzte erneut ein.

Und so ging es weiter.

Noch mehr Schmerz, verwoben mit einer wachsenden Lust, die keinen Sinn ergab. Gemurmelte Worte und ein prickelndes Pochen, das sich entlang jeder Linie aufbaute, die er auf ihrer Haut hinterließ.

Eine Stunde nach der anderen saugte sie alles in sich auf.

Aber dieses Mal hatte sie den Vorteil, ihn dabei beobachten zu können. Sehen zu können, wie seine silberne Aura beim Arbeiten pulsierte und welch extreme Konzentration auf seinem Gesicht lag. Und währenddessen wurde das Design, das er in ihre Haut einarbeitete, ein Teil von ihr, dröhnte wie ein lebendiger Strom durch ihr Innerstes.

Als das Summen verstummte, existierte nichts auf dieser Welt außer sie beide. Er legte die Maschine beiseite und sah sie an. Erschöpfung und pure Lust zeichneten seine Mimik.

Er liebt mich.

Für den logisch arbeitenden Verstand ergab das keinen Sinn. Zwischen zwei Menschen, die sich gerade mal zwei Wochen kannten, war das einfach nicht möglich. Doch ihr Herz sagte etwas anderes. Es sah die Hingabe und Sorgfalt in jeder Aktion, nahm seine Entschlossenheit wahr, sich um ihre Bedürfnisse zu kümmern. Seit Tagen war die Enge hinter ihrem Brustbein angewachsen, wurde größer und breitete sich aus, als könnte ihr Herz nicht länger in ihrer Brust bleiben.

Doch in dieser Sekunde entfaltete es sich und griff nach dem Herzen des Mannes über ihr. Unter ihrer Haut sang ihre Magie, und ihr Herzschlag passte sich einem anderen an.

Seinem Herzschlag.

„Kateri.“ Ihr Name auf seinen Lippen klang wie ein Gebet. Ein Mann, der vor Kontrollverlust schwankte und verzweifelt damit rang, die Grenze überschreiten zu können. In seinen grauen Augen war ein urwüchsiger Hunger zu sehen, und jeder seiner Muskeln war angespannt.

„Die Bindung.“ Noch bevor ihre geflüsterten Worte verstummt waren, wusste sie, dass es wahr war. Er hatte es ebenso stark gespürt wie sie. Eine unsichtbare Verbindung, geschmiedet mit undurchdringlicher Endgültigkeit. Das leichte Sträuben seiner Härchen entlang seiner muskulösen Oberschenkel kitzelte ihre Handflächen, während sie diese zu seinen Hüften streichen ließ. Sie war begierig darauf, ihn näher zu sich zu drängen. „Du hast es auch gespürt.“

„Ich fühle alles. Deinen Schmerz. Deine Angst. Dein Verlangen.“

Er fesselte ihre Handgelenke mit seinen Händen und drückte sie fest. Sein Brustkorb hob und senkte sich, als würde ein gewaltiger Krieg in ihm wüten. Für einen Moment wirkte er desorientiert. Dann landete sein Blick auf dem unversöhnlichen Griff, mit dem er ihre Handgelenke festhielt, und er rollte sich vom Bett. „Ich muss mich verwandeln.“

Verwandeln? Jetzt?

Sie rappelte sich hoch und umklammerte seinen Arm.

„Nicht.“ Er versuchte sich, von ihr loszureißen.

Aber ihre Magie war zu stark, fesselte ihn an sie und öffnete ihre Augen für unvorstellbare Wahrheiten. Sie sah alles davon. Sie fühlte die pure Emotion, die ihn durchfuhr, sah die Sorge um die Zukunft seines Clans, spürte die herzzerreißende Scham, die er für sein Versagen ertragen hatte. Sie sah die Dunkelheit in ihm und wie diese jeden seiner Gedanken verfolgte und diesen unersättlichen Drang, ihren Körper ohne Zurückhaltung zu nehmen.

So viel Schmerz. Jahrelang.

Du bist gut, Kateri. Mein Licht.

„Du musst dich nicht verwandeln." Reiner Instinkt trieb sie näher, und sie strich mit einer Hand über seine Brust, während ihre Kraft sie beide umschloss. „Du musst nachgeben."

Er vergrub seine Hand in ihrem Haar und das tiefe Knurren seines Panthers rumpelte in seiner Kehle. „Du weißt nicht, was du da tust."

„Nein, das weiß ich nicht. Aber mein Herz weiß es." Sie verließ sich auf ihre Magie, um ihn bei sich zu behalten, lockerte ihren Griff um seinen Unterarm und ging langsam vor ihm auf die Knie. Sein Schwanz ragte groß und stark geädert vor ihr auf und sein erdiger Duft rührte das Biest in ihr.

Sie verstand es jetzt.

Was er gemeint hatte, als er erzählt hatte, was ihm die heutige Nacht bedeutete. Denn jetzt war sie an der Reihe, zu geben. Sich gänzlich zu entblößen und sich hinzugeben.

„Was immer du willst, will ich." Als er ihr ins Gesicht sah, packte sie seine Hüften, beugte sich nah genug vor, damit ihr Atem gegen die Basis seiner Männlichkeit flüsterte, und sagte ihm die gleichen Worte, die er zuvor genutzt hatte. „Nimm, was ich anbiete. Nimm mein Geschenk an. Alles, was ich bin."

KAPITEL 27

Priest war gefangen, bewegungsunfähig; nicht durch die Magie seiner Gefährtin, sondern durch ihren warmen Atem und die weichen Lippen, die die Basis seines Schwanzes neckten.

Ja. Nimm sie. Sie gehört uns. Gibt freiwillig.

Er sollte dagegen ankämpfen, sollte Kateri an erste Stelle setzen und sie beschützen.

Sie ließ ihre Zunge gegen sein Fleisch schnalzen und folgte einer Ader vom Ansatz bis zur Spitze. Ein leises Stöhnen voller Anerkennung und Staunen füllte die angespannte Stille. „Ich brauche dich auch, Priest." Sie umkreiste seine Eichel und erwiderte seinen Blick unter schweren Lidern. „Vertrau mir, dass ich weiß, was ich will. Vertraue dem, was zwischen uns ist."

Ja, summte die Dunkelheit. *Vertrau uns.*

Sein Panther schnurrte zustimmend, und das nächste, was er bemerkte, war seine Hand an ihrem Hinterkopf, die dichte Seide ihres Haares zwischen seinen Fingern. „Kateri." Es war die einzige Warnung, die er bieten konnte. Das einzige Wort, das sein Mund formen konnte.

Die Lippen feucht und glänzend von ihrer Zuneigung, strich sie mit seiner Eichel ihre Unterlippe entlang. „Ich habe keine Angst. Nicht vor dir oder irgendeinem Teil von dir." Ihre Zungenspitze fuhr durch die Lusttropfen an der Spitze und ihre Worte flüsterten über den feuchten Film auf seinem Schwanz, den sie hinterlassen hatte. „Nimm deine Gefährtin. Mach uns vollständig."

Meine Gefährtin.

Alles Mein.

Stark genug. Bereit für das, was du brauchst.

Er knurrte und schob seine Eichel zwischen ihre Lippen, nahm ihren eifrigen Mund in Besitz und hieß die feuchte Hitze im Innern willkommen. „Nimm ihn." Er stieß tiefer. „Zeig mir, dass du mit dem umgehen kannst, was ich dir gebe."

Sie stöhnte und richtet sich auf den Knien aufrecht auf, was ihm ermöglichte, bis zum Anschlag in sie einzudringen. Ihre beschleunigten Atemzüge keuchten gegen seine Haut, und ihre Zunge strich mit jeder Bewegung ihres Kopfes dekadent an der Unterseite seines Schwanzes entlang.

Der kräftige Duft ihrer Erregung wurde stärker, der intensive Moschusgeruch, der ihn in den vielen Stunden, in denen er sie tätowiert hatte, gereizt hatte, sättigte nun die Luft um sie herum. Auf einer Seite seiner Hüfte krallte sie ihre Fingernägel in seine Haut, während sie um das Gleichgewicht rang, doch mit der anderen Hand hielt und streichelte sie seinen schweren Sack mit hingebungsvoller Dringlichkeit.

Sie hatte keine Angst, wollte ihn, brauchte ihn, genauso wie er war.

Sein Schaft schwoll an und wurde härter. Der Schmerz, gegen den er stundenlang angekämpft hatte, stieg nun zu einem fordernden Klopfen an. „Fass dich selbst an."

Sie ignorierte ihn, verstärkte ihren Griff um seine Nüsse und nahm seinen Schwanz tiefer in sich auf. Um ihn herum pulsierte ihre Macht vor Herausforderung. Eine Provokation, die ohne ein einziges Wort ausgesprochen wurde.

Seine Magie antwortete, stieg auf und umgab ihn und befreite ihn von den sinnlichen Fesseln, mit denen sie ihn versehen hatte. Er vermischte die Magie miteinander, formte sie zu einem Strom aus Violett und Silber und umschlang damit ihre Handgelenke. „Du hast keine Ahnung, was du gerade heraufbeschworen hast."

Mit einer fließenden Bewegung löste er sich aus ihrem Mund und fesselte ihr die Hände mit ihrer kombinierten Magie auf dem Rücken. Sein Schwanz zuckte und sein Panther knurrte wegen des Verlusts ihres heißen

Mundes, doch ihr erschrockenes Keuchen und die geöffneten Lippen, die von ihren Bemühungen ganz prall und glänzend waren, ließen die Dunkelheit in ihm schnurren.

„Priest." Sie wandte sich in den Fesseln und die plötzliche Bewegung ließ ihre Brüste schwanken. Dann versuchte sie, aufzustehen, und stellte fest, dass er sie ebenfalls mit Magie beschwert hatte. „Verdammt." Sie kämpfte härter. Die Muskeln in ihren Schultern und Armen spannten sich an, während sie frustriert den Kopf hin und her warf. „Lass mich frei."

„Oh nein, Kätzchen. Ich habe dir eine Chance gegeben. Ich habe dir gesagt, du sollst mich gehen und mich mein Gleichgewicht wiederfinden lassen, aber du hast mich gedrängt." Er hockte sich neben sie und benutzte seine Magie, um ihre Knie weiter auseinander zu drücken.

Der Duft ihrer Erregung umhüllte ihn, leckte über seine Haut und ließ sein Geschlecht mit einem unerbittlichen Puls pochen.

Mit den Fingerspitzen strich er an den Innenseiten ihrer Schenkel entlang. „Du hast gesagt, du vertraust mir. Du kannst mir sagen, dass ich aufhören soll, oder du kannst es nehmen. Kein Hin und Her." Priest bewegte sich, sodass sein Oberkörper ihren Rücken bedeckte, hielt eine ihrer Brüste in seiner einen Hand und neckte mit den Fingern der anderen die kurzen Löckchen auf ihrem Venushügel. „Sag mir, dass ich aufhören soll, *mihara*. Sag es und ich werde mich zurückziehen."

„Nein." Scharf. Ohne zu zögern. Wenn überhaupt klang das Wort eher nach einem Betteln nach mehr. Sie ließ ihren Kopf gegen seine Schulter sinken und bewegte ihre Hüften gegen seine Hand. „Bitte hör nicht auf."

Das bisschen Kontrolle, das er sich behalten hatte, bröckelte weiter, und er glitt mit den Fingern tiefer, berührte die Nässe, die ihn erwartete, mit langsamen, bedächtigen Bewegungen. „Hm. Schon feucht und bereit." Er umkreiste ihre Klitoris und hielt sich zurück, den Druck zu verstärken, von dem er wusste, dass sie ihn eher bevorzugte. „Ich glaube, du magst es, gefesselt zu sein. Ist es das? Du wolltest deinen Gefährten sticheln und reizen, bis er die Kontrolle verliert und dich wie das Tier fickt, das er ist, nicht wahr?"

„Oh mein Gott, Priest!" Sie bog ihren Rücken durch, um noch mehr von seinen verruchten Berührungen zu erhalten, doch er entzog ihr seine Finger. Sie wimmerte. „Bitte." Sie rollte ihren Kopf zur Seite, um seinen Hals mit ihrer Stirn zu streicheln. „Bitte hör nicht auf."

„Gib es zu. Das ist kein Opfer, oder? Du willst es. Willst das Biest."

„Nichts, was dich betrifft, ist ein Opfer." Solch süße, verzweifelte Worte flüsterte sie ihm gegen seinen Hals. „Ich will dich. Alles von dir."

Ja. Tu es. Nimm sie. Jetzt.

Impulsive Gedanken, gespiegelt von seinem Panther. Aber er hielt sich zurück und packte ihre Hüften.

Sie stöhnte und wand sich gegen ihn.

Schnell, ehe sie seine Absicht erraten konnte, klatschte er auf ihre Pussy, und die Feuchtigkeit, die ihre Schamlippen bedeckte, fügte dem scharfen Klatschen einen dekadenten Tenor hinzu. „Still jetzt."

Sie beruhigte sich sofort, aber ihr Keuchen war die ultimative Einladung, es erneut zu tun. Es war der verführerische Klang einer Frau, die in einer köstlichen Überraschung schwelgte.

„Das hat dir gefallen, nicht wahr? Genauso, wie du den Schmerz mochtest."

Ihre Erwiderung war ein zittriges Wimmern. Ein Geräusch so voller Begierde, dass es sich wie eine Faust um seinen Schwanz anfühlte. Er strich mit seinen Händen über ihr Fleisch, um den Stich zu lindern, und kratzte mit den Zähnen über ihren Hals. Das Verlangen zu beißen, brannte durch sein Innerstes. Ein grundlegender Drang, der älter war als die Zeit selbst. Aber er konnte dem nicht nachgeben. Ihre Haut war zu wund von seinen Zeichen. Zu verletzlich. Der Rest von ihr jedoch … der Rest von ihr gehörte ihm. „Mach dir keine Sorgen. Ich gebe dir mehr." Er strich mit einer Hand über ihre Wirbelsäule. „Ich werde deine Haut zum Brennen bringen und deinen Körper kommen lassen." Er packte sie am Nacken, beugte sie vor, bis ihre Hände den Boden berührten und noch weiter, sodass ihre Wange auf dem Teppich ruhte. Er verlagerte seine Magie, fesselte sie dort, ihre Knie weit auseinander und die Hüften angehoben, damit er sie in Ruhe betrachten konnte.

Ihre schneller werdende Atmung spürte er mehr, als dass er sie hörte. Der unregelmäßige Rhythmus in ihrem Brustkorb und das zarte Zittern ihres Körpers erfüllten zugleich Mann, Biest und Dunkelheit mit einer ursprünglichen Lust.

Er ließ seine Hand an der Rückseite von einem ihrer Oberschenkel entlanggleiten und benutzte die Schwielen seiner Innenfläche, um ihre Haut zu reizen. „Du solltest zusehen, was ich tue. Wie deine süße Pussy sich für mich öffnet. Rosa und geschwollen. Nass und bereit."

„Dann nimm mich endlich!" Ein Stöhnen und Ausruf in einem. Ihre Fingerspitzen krallten sich in das weiche Schafsfell und sie hob ihm ihre Hüften entgegen. „Bitte, Priest."

Nichts klang besser als dieses Wort *Bitte* auf ihren Lippen. Nichts, außer wenn sie die Luft mit seinem Namen erfüllte, während sie kommen und um ihn herum zucken würde. „Das habe ich vor." Er stand auf, umkreiste sie und ließ die Distanz mit dem Wissen wirken, dass er sie beobachtete und dass sie das nur noch mehr erregte. „Es wird keine Stelle an deinem Körper geben, wo du mich nicht fühlen wirst. Wo du dich nicht nach meiner Berührung sehnen wirst."

Nachdem er seine Umrundung beendet und sich aus ihrem Blickfeld entfernt hatte, wackelte sie mit ihrem Hintern wie eine rollige Katze.

Er nahm das Öl, das er für sie zubereitet hatte, vom Nachttisch und kniete sich schweigend neben sie.

„Priest?"

„Mmm?"

„Was machst du da?"

Seine Hände waren eingeölt und bereit. Er berührte beide Seiten ihres Geschlechtes und strich mit beiden Daumen über ihre Schamlippen, öffnete sie weiter. „Ich werde die Möse meiner Gefährtin lecken und sie mit meiner Zunge ficken."

Vor seinen Augen verkrampften sich ihre Muskeln, ein visuelles Verlangen nach mehr, während ein kleines Schluchzen über ihre Lippen drang.

Er musste sich zusammenreißen, um langsam vorzugehen. Jeden Zentimeter von ihr mit zielstrebiger Absicht zu genießen, anstatt zu verschlingen, was ihm gehörte, sie komplett in Besitz zu nehmen, sie für sich zu beanspruchen und sie so zu vernaschen, wie sie es mit ihm getan hatte.

Bei ihrem Geschmack stöhnte er und ließ seine Zungenspitze gegen ihre Klitoris schnalzen. „Frag mich, was ich als Nächstes tun werde, *mihara*. Frag mich, welche dunklen Dinge ich dir antun werde, während du gefesselt und hilflos bist."

Sie drängte sich seinem Mund entgegen, und für eine Sekunde dachte er, sie wäre bereits jenseits von Gut und Böse und würde seine Worte überhaupt nicht mehr registrieren. „Was?"

Er stieß seine Zunge in sie, fickte sie so, wie er es am liebsten mit seinen Fingern getan hätte oder mit seinem Schwanz. Erst als sie sich seinem Rhythmus hingab, glitt er mit einem Finger zu ihrem Hintern und umkreiste den engen Schließmuskelring. „Ich werde dich hier nehmen. Dich füllen und dehnen, wie du noch nie zuvor gefüllt worden bist."

„Oh mein Gott." Sie drehte den Kopf von Seite zu Seite, die Stirn fest auf den Boden gedrückt, und ihre Atmung kam in scharfen und schnellen Zügen. „Priest, das habe ich noch nie …"

„Sag mir, ich soll aufhören. Sag mir, ich soll aufhören oder dich nehmen."

Ihre Hüften drängten sich ihm entgegen. Hätte er seine Hand nicht dort platziert, hätte er es kaum bemerkt. Ebenso wie seinen Mund, der sich gierig an ihrem Geschlecht labte. „Ich will dich auf diese Weise nehmen."

Langsam überwand er die Barriere, drang mit einem Finger in den engen Ring ein und glitt Stück für Stück immer tiefer. „Mein Geschenk. Mein süßes Licht, das die Dunkelheit liebt." Die Verzweiflung danach, das Zucken an seiner Zunge auch an seinem Schwanz spüren zu können, stieg und er richtete sich auf, ohne den sich aufbauenden Rhythmus des Hinein- und Herausgleitens seines Fingers in ihrem Po zu unterbrechen. Er drückte seine Schwanzspitze gegen ihre Öffnung, drang nur mit der Eichel in sie ein und zischte leise wegen der brütenden Hitze, die ihn begrüßte. „So bereit und willig, mir zu geben, was ich brauche."

Er füllte sie. Mit einem gnadenlosen Stoß drang er bis zur Wurzel in sie ein und ließ seinen Schaft tief in ihr zucken. Es war die Erlösung, nach der er sich seit Monaten gesehnt hatte und die nun dazu führte, dass seine Eier sich zusammenzogen.

„JA!" Sie rollte ihr Becken und versuchte, ihn damit anzuspornen, bemühte sich, mehr von der süßen Reibung zu erzeugen, die sie brauchte.

Das Bedürfnis, in sie zu hämmern, zerrte an jedem Instinkt und jedem Muskel in ihm, aber er hielt sich bewegungslos zurück, abgesehen von der stetigen Pumpbewegung seines Fingers in ihrem Hintern. „Willst du mehr, Kätzchen?"

Die Muskeln in ihren Schultern und im Rücken spannten sich an, während sie versuchte, sich gegen ihn zu stemmen, und ihre Antwort kam mit einem Knurren. „Du weißt, dass es so ist. Ich will mich bewegen."

Er träufelte mehr Öl in ihre Spalte und fügte einen weiteren Finger hinzu.

Sie schauderte und stöhnte. Das Geräusch war so leise und abgehackt, dass er gedacht hätte, der Schmerz wäre zu intensiv, wenn ihr Geschlecht sich nicht um seinen Schwanz zusammengezogen hätte.

„Du willst dich bewegen?" Er griff fest nach ihrer Hüfte und ließ seine Magie fallen. „Dann tu es. Fick dich mit meinem Schwanz und fingere dich genau so, wie du es willst. Zeig mir deine dunkle Seite."

Kein Zögern. In der Sekunde, als seine Magie verschwand, wiegte sie sich gegen ihn. Zuerst zaghaft, dann ansteigend. Lange, kraftvolle Stöße, bei denen ihre Pobacken gegen sein Becken klatschten. Und bei jedem Schlag hielt er dagegen, um ihre Klitoris mit seinem Hodensack zu treffen.

Er löste den schraubstockähnlichen Griff an ihrer Hüfte und strich mit einer kaum spürbaren Berührung ihre Wirbelsäule entlang. „Das reicht nicht, nicht wahr?"

„Nein!"

Er ließ einen weiteren Finger in ihren Po gleiten, um sie vorzubereiten, sie zu reizen. „Du willst meinen Schwanz hier, nicht wahr? Du willst, dass ich dich hier so dehne, wie ich deine Möse fülle."

Ein Stocken. Ein winziges Zögern, bevor ihr Kopf zurückschnellte und ihr leises Geständnis den Raum erfüllte. „Ja."

Ihr Haar fiel ihr um die Schultern, golden und schimmernd im Kerzenlicht. Sie bog ihren Rücken und gab alles, was sie war, in der schönsten Darbietung auf. Trotz des Gedankens, wie eng und verrucht sich ihr ungeübter Hintern um ihn herum anfühlen würde, brachte ihn das Herausziehen aus der heißen Hülle fast um. Bis sie ihre Schenkel weiter spreizte und ihm einen Blick über ihre Schulter zuwarf.

Sie war verschwunden, die getriebene, aber verlorene Seele, die er vor Wochen kennengelernt hatte, und war ersetzt worden durch eine reine Verführerin. Eine mutwillige Göttin, die bereit und willens war, alles auszukosten, was das Leben zu bieten hatte. Schweiß stand auf ihrer Stirn und ihre Lider waren schwer. Der Blick ihrer schönen blauen Augen war auf ihn gerichtet und ihr Geschlecht zog sich um seinen Schwanz zusammen, während er noch mehr Öl in ihrer Poritze verteilte. Kein Fünkchen Angst zeichnete ihren Gesichtsausdruck. Nur Lust und Neugier.

Der letzte Rest seiner Selbstbeherrschung geriet ins Schwanken, purer Instinkt wischte alles beiseite, außer der Notwendigkeit zu vögeln und zu dominieren. „Wange auf den Teppich!"

Sie öffnete den Mund, um zu widersprechen.

„Jetzt!" Sein Panther untermauerte den Befehl mit einem leisen, tödlich klingenden Grollen, und seine Magie sträubte sich auf seiner Haut, ein Drängen seines Tieres nach Freilassung.

Sie hielt seinem Blick stand, schloss den Mund und senkte den Kopf.

Sein Panther schnurrte und die Dunkelheit murmelte ihre Zustimmung, aber beides waren Hintergrundgeräusche bei dem Anblick seines Schaftes, der ihre Spalte entlangstrich, und wie sich ihr Anus beim ersten Drücken seines Schwanzes zusammenzog.

Ein klein wenig mehr. Ein paar kostbare Minuten Selbstbeherrschung, damit sie sich daran gewöhnen konnte und um ihr den dunkeln Abstieg zu erleichtern. Dann konnte auch er loslassen, endlich einmal sein, wer er war. „Meine verruchte kleine Gefährtin." Er glitt tiefer und sie wimmerte. Der enge Ring, den er gedehnt und vorbereitet hatte, zitterte bei seiner Invasion.

Er hielt sie mit einer Hand an ihrer Hüfte fest, griff mit der anderen um sie herum und streichelte ihre Klitoris. „Gib dich hin. Lass mich dich dominieren."

Weiterhin seinen Blick erwidernd, gab sie einen bebenden Atemzug von sich und ihre Muskeln entspannten sich um ihn herum, hießen ihn willkommen.

Er sank tiefer und schob sich Stück für Stück in sie hinein, was langsam den Rest seiner Selbstbeherrschung aufrieb. Als seine Hüften sich bündig gegen ihren Hintern pressten, zitterten seine Arme von dem Schraubstockgriff an ihren Hüften, und Schweiß bedeckte seinen Oberkörper.

„Kateri." Es war nicht mehr als ein stöhnendes Flüstern. Ein letzter Versuch, ihr den Rückzug zu ermöglichen, ehe der Urtrieb, der ihn bei lebendigem Leib aufzufressen drohte, überhandnahm.

Ein Knurren war das Letzte, was er erwartet hatte. Ihre schimmernde Magie noch weniger. Aber beides blähte sich regelrecht auf, als sie sich auf ihre Hände hob und ihre Macht wie eine erotische Peitsche über seine Haut zuckte. „Jetzt, Priest. Tu, was du versprochen hast, und fick mich."

Mein!

Ein Gebrüll erfüllte den Raum. Ihres, seines oder sogar das von ihnen beiden, dessen war er sich nicht sicher. Er wusste nur, dass Gewissen, Sorge und Zweifel nicht mehr existierten. Nichts außer der Enge ihres Arsches um seinen Schwanz zählte mehr. Der berauschende Duft nach Jasmin und Sex. Das Klatschen von Haut auf Haut und das nasse Geräusch des Öls, während er in sie hineinpumpte.

Erst als ihre Finger seinen straffen Sack streiften, als er zustieß, erhob sich sein Verstand weit genug aus seinem Brunftnebel, um zu erkennen, dass sie sich bewegt hatte und mit ihrer Klitoris spielte. Er vergrub seine Hand in ihrem Haar, riss ihren Kopf hoch und ergriff ihre Finger. „Oh nein, das machst du nicht. Diese Pussy gehört mir." An ihrer Klit vorbei drang er mit zwei Fingern in ihr nasses Geschlecht ein, wobei er mit den Stößen in ihren Hintern abwechselnd in ihre Möse drang. „Du nimmst, was ich dir gebe. Unterwirf dich und komm durch meine Hand."

Der Ton, der über ihre Lippen glitt, war wunderschön. Erleichterung und Frustration vermischten sich zu einem zerknirschten Stöhnen, während sie sich zwischen seiner Hand und seinen Hüften bewegte. „Mehr. Ich brauche mehr."

„Du willst Erlösung, Kätzchen?" Eine Drohung hätte weniger einschüchternd geklungen, aber er war bereits zu weit jenseits von Gut und Böse, um seinen Tonfall abzumildern. Pure Verruchtheit und ungezähmter Instinkt trieben jede Handlung und jeden Gedanken an. „Willst du mit meinem Schwanz in deinem Arsch kommen?"

„JA! Härter! Bitte! Ich bin so verdammt nah dran." Sie bog ihren Körper, und ihre Brüste ragten nach vorn und wackelten, als er immer härter in sie hämmerte. Ihre Fingernägel gruben sich in seine Flanken, während sie sich mit allem, was sie hatte, festhielt. Jede Stelle, an der ihre Haut die seine berührte, brannte wie ein weiß glühendes Brandmal.

Seine eigene Erlösung drohte, ließ seine Nüsse sich zusammenziehen und pochte an der Wurzel seines Schaftes. Doch es gab nur einen Weg, wie er nachgeben würde. Nur ein Gefühl, bei dem er zulassen würde, dem Höhepunkt nachzugeben. „Dann komm für mich, *mihara*. Komm und nimm mich mit dir." Er entzog ihr seine

Finger und ließ seine Hand auf ihr Geschlecht klatschen. Einmal. Zweimal. Dann drang er erneut mit den Fingern in sie ein und rieb seine Handballen gegen ihre Klitoris.

Sie bäumte sich auf und schrie, ihre Muskeln umklammerten seine Finger und seinen Schwanz in einem gnadenlosen Griff. „Priest!"

„Fuck, ja. Meine Gefährtin. Alles! Gehört! Verfickt noch mal! Mir!" Er bohrte sich bis zum Anschlag in sie und ließ sich gehen. Seine Erlösung schoss mit einer Kraft durch ihn hindurch, die seinen Schwanz in ihr zucken ließ.

Fünfzig Jahre hatte er darauf gewartet. Danach gesucht, in Sorge darüber, ob es überhaupt irgendjemanden geben würde, der alles, was er geworden war, akzeptieren könnte. Sowohl das Gute als auch das Hässliche, das in ihm eingeschlossen war.

Aber Kateri hatte ihn nicht nur akzeptiert, sie hatte ihn willkommen geheißen. Sie hatte sich für ihn geöffnet und seine Dunkelheit umarmt, und das mit einer strahlenden Hingabe, die ihn befreit und ganz gemacht hatte.

Er löste den brutalen Griff, mit dem er ihr Haar gehalten hatte, umkreiste ihre Kehle und sank zurück auf seine Unterschenkel. Er hielt sie dabei fest an seine Hüften gedrückt, während er sie langsam von dem Hoch herunterholte. Mit seinen Lippen genoss er den pochenden Puls an ihrem Hals, er schwelgte in den winzigen Nachbeben ihres Geschlechts um seine Finger und seinen Schaft.

Abgesehen von dem trägen Rollen ihrer Hüften, während sie noch in den letzten Wellen ihres Höhepunktes schwelgte, saß seine Gefährtin weich und anschmiegsam auf ihm. Sie war noch immer vollständig von ihm gefüllt. Ihren Kopf an seiner Schulter ruhend, hatte sie die Augen geschlossen und besaß die Gesichtszüge einer zufriedenen Frau.

Keine Angst.

Keine Reue.

Keine Zweifel.

Er entzog ihr die Finger, legte jedoch seine Hand besitzergreifend über ihren Venushügel; seine andere Hand umschlang noch immer ihre Kehle. „So sollte es eigentlich nicht passieren.“

Ihre Lippen verzogen sich langsam zu einem nahezu verschlagenen Lächeln, doch ihre Lider blieben geschlossen. „Welcher Teil? Die Tatsache, dass wir auf dem Boden gelandet sind oder dass ich in jeglicher Hinsicht keine Jungfrau mehr bin?“

Oh, Letzteres hatte er definitiv geplant. Nur nicht so wild und ohne den Anschein von Kontrolle. Er glitt mit den Lippen über ihre Schulter. „Ich wollte sanfter zu dir sein.“

Sie drehte den Kopf und öffnete die Augen. Die Aufrichtigkeit in ihrem Blick war ebenso verblüffend wie das Graublau ihrer Iriden im Kerzenlicht. „Ich wollte nur, dass du du selbst bist.“ Sie bedeckte seine Hände mit ihren, was irgendwie demonstrierte, dass sie weitaus mehr verstand als die Dreifaltigkeit in ihm. „Ich liebe alles an dir, Priest. Selbst die Parts, von denen du Angst hast, sie freizulassen. Du magst neu in meiner Realität sein, aber innerlich glaube ich, dass meine Seele dich schon immer gekannt hat, sie immer auf dich gewartet hat. Es hat nur eine Weile gedauert, bis mein Verstand aufgeholt hat.“

Alles in ihm verstummte. Keine Unruhe. Kein Unbehagen. Nur stille Zufriedenheit.

Selbst von der Dunkelheit.

„Du hast sie gezähmt.“ Noch während er die Worte aussprach, hallte die Wahrheit tiefer nach. „Die Magie meines Bruders war noch nie so still. So ruhig.“

Ihr freches Lachen wärmte ihn und zerstreute, was

von seiner Sorge und Beunruhigung übrig geblieben war. „Sie aalt sich wahrscheinlich im Nachglühen, wie wir es tun."

So leicht. Nach Jahren der düsteren Hässlichkeit der Scham, die ihn belastet hatte, stieg seine Stimmung. Da war eine Freiheit, die er seit den Tagen nicht mehr gespürt hatte, bevor er sich die Magie verdient hatte, die sich in seinem Brustkorb ausbreitete. „Nein. Es ist nicht das Nachglühen." Er hielt sie fest, bewegte sich vorwärts und legte sie sanft auf ihren Bauch, entzog sich ihr vorsichtig.

Sie stöhnte, rollte sich auf den Rücken und starrte ihn mit einer bezaubernden Mischung aus Verspieltheit und Schläfrigkeit an, die nach der wilden Art, wie er sie genommen hatte, eigentlich nicht mehr möglich sein sollte. „Und jetzt? Soll das heißen, es geht nur darum, deine hässliche Seite auszulaugen? Ich bin mir nicht sicher, ob das ein Kompliment ist oder…"

„Die Dunkelheit liebt dich, *mihara*." Er stützte sich über ihr auf einen Unterarm und strich eine verirrte Haarsträhne von ihrer schweißnassen Stirn, wobei seine Hand bei dieser einfachen Handlung zitterte. „Sehr sogar. Aber nicht so sehr wie ich."

Tränen füllten ihre Augen, aber ihr zärtliches Lächeln flüsterte durch ihn hindurch wie ein Segen.

„Ich wusste, dass du mein Licht bist", sagte er, „aber ich wusste nicht, dass du auch meine Erlösung sein wirst."

Sie presste ihre Lippen aufeinander, doch sie bebten immer noch. Eine Träne lief über ihre Schläfe und ihre Stimme war kaum mehr als ein Wispern. „Das ist ziemlich schwerer Stoff nach einer so intensiven Nacht."

„Nicht schwer. Ein Segen. Einer, von dem ich nie gedacht hätte, dass ich ihn haben könnte." Er küsste sie. Ein sanfter Lippendruck, von dem er hoffte, dass er mindestens ein Zehntel der Ehrfurcht und Dankbarkeit vermittelte, die ihn durchströmten.

„Ich habe dich noch nie süß und sanft erlebt“, murmelte sie gegen seinen Mund.

Er hätte nicht auflachen sollen, aber er konnte nicht anders. Schließlich war es schon ewig her, dass er sich süß oder sanft gefühlt hatte. Geschweige denn aus solch einen Impuls hin gehandelt hatte. „Dann sollte ich vielleicht aufhören, dich am Boden festzunageln und dich ins Bett bringen, wo ich mich um deinen Körper kümmern kann.“

„Ach, ich weiß nicht so recht. Ich mochte den an Ort und Stelle gepinnten Teil.“ Sie schlang ihre Beine um seine Hüften, umfasste mit beiden Händen sein Gesicht und grinste. „Und ich stimme einem Kuscheln im Bett nur zu, wenn ich zuerst meine Markierungen sehen darf.“

So perfekt. Alles, wovon er je bezüglich seiner Gefährtin geträumt hatte, und noch viel mehr. Er schmiegte seine Nase an ihre und schwor ihr: „Alles für dich, Kateri. Alles, was du willst.“

KAPITEL 28

Der Anblick, der sich Priest bot, war ansprechend und hätte gut und gern auf ein Postkartenmotiv aus dem tiefen Süden gepasst. Ein altes, gut erhaltenes, weißes Landhaus mit grünen Fensterläden, abseits von der Schotterstraße. Dahinter verlief ein dichter mit Moos bedeckter Hain aus Weiden und Zypressen. An den Grenzen des Grundstückes wehte hohes Gras im Wind, das von kleinen weißen und goldenen Blumen unterbrochen wurde, und der schwere, feuchte Duft des nahe gelegenen Bayou lag in der Luft. Das einzige andere Haus, das sie auf der Fahrt hierher gesehen hatten, war ein blaues, einstöckiges Gebäude, das dringend einen neuen Anstrich gebraucht hätte. Die drei Autos, die auf der geschotterten Einfahrt geparkt waren, passten dazu. Doch dieses Haus hier war eine Schönheit. Friedlich. Gemütlich. Ein geradezu einladender Anblick, der zu einem trägen Samstagnachmittag verführte.

Und doch, noch nie hatte er einen Ort schneller wieder verlassen wollen als diesen.

Alek rutschte auf der Rücksitzbank von Priests Tahoe nach vorn und lehnte seine Unterarme zwischen die beiden Frontsitze. „Ist das nicht der richtige Ort?"

Laut der Hausnummer auf dem verwitterten weißen Briefkasten waren sie richtig, aber etwas stimmte hier nicht. Allerdings konnte er einfach nicht sagen, was es war.

„Priest?"

Ein Wort seiner Gefährtin und sein Zögern zerstreute sich, allein der Klang ihrer Stimme zog ihn zurück in sein geerdetes Zentrum. Zum fünften Mal, seit sie vor dem Grundstück angehalten hatten, betrachtete Priest die Straße vor ihnen, das Feld gegenüber von Elises Haus, dann drehte er sich um, um die Strecke hinter ihnen zu überprüfen. „Irgendetwas stimmt hier nicht."

Alek nahm sich die Zeit, dasselbe zu tun, doch sein Gesichtsausdruck zeigte, dass er nicht verstand, was Priest triggerte.

„Was stimmt nicht?", wollte Kateri wissen.

Verdammt, wenn er das wüsste. Keiner der Gerüche, die durch die geöffneten Autofenster drangen, deutete auf eine Bedrohung oder etwas Verdächtiges hin, und jeder Blick versicherte ihm, dass es nichts zu befürchten gab. Doch die Dunkelheit in ihm war unruhig. „Keine Ahnung. Es fühlt sich einfach so an, als würde ich etwas übersehen."

„Möchtest du dich zuerst zurückziehen und die Sache ausloten?", fragte Alek.

Priest beäugte den weißen Honda und den knallblauen Nissan in der Einfahrt. Beides waren ältere Modelle, mit einer dünnen Staubschicht von der Straße überzogen, aber die Wagen waren ansonsten in einem guten Zustand. Er schüttelte den Kopf. „Ich spüre die Menschen im Innern. Es ist besser, das zu tun, wofür wir hergekommen sind, solange wir es noch können. Bleibt wachsam und seid auf alles vorbereitet."

Er stieg aus seinem Auto, umrundete auf dem Weg zu Kateris Beifahrertür die Vorderseite seines Pick-ups und wünschte sich, er hätte länger darüber nachgedacht, Verstärkung mitzunehmen. Zu dem Zeitpunkt war es ihm sinnvoller erschienen, mit wenigen Leuten herzukommen, um einen weniger überwältigenden Eindruck in einer unbekannten Situation zu machen.

Jetzt würde er viel für Garretts Erfahrung und Tates Kraft geben, die sie eventuell unterstützen könnten.

Wie die Fensterläden war die alte holzgerahmte Fliegengittertür in Grün gestrichen. Sie schirmte eine weiß getünchte Haustür ab, deren oberer Teil aus Buntglas mit einer Vielzahl von Wildtieren in einem Wald bestand. Priest klopfte an den Rahmen der Fliegengittertür und das Geräusch hallte unter der Veranda durch.

Kateri kam näher und senkte ihre Stimme. „Bist du sicher, dass jemand drin ist?"

„Zwei", antwortete Alek, der hinter ihnen stand. „Weiblich."

Kateri warf Alek einen Blick über die Schulter zu und grummelte: „Ich möchte nicht einmal wissen, woher du das weißt."

„Es ist eine Wolfssache."

„Oder ein arrogantes Bruder-Ding."

Ehe Alek mit einer pfiffigen Erwiderung zurückschlagen konnte, öffnete sich die Haustür gerade so weit, dass man eine Frau sehen konnte, die Anfang bis Mitte vierzig sein konnte.

Im Vergleich zu Priest, Kateri und Alek war sie ein winziges Ding – höchstens eins fünfzig, und selbst das war wahrscheinlich noch übertrieben. Irgendwann einmal muss ihr kinnlanges Haar schokoladenbraun gewesen sein, aber mit der Menge an Grau darin wirkte die Farbe wie ausgewaschen. Ihre Augen waren jedoch im Gegenzug verblüffend groß in diesem klassischen ovalen Gesicht, das die Weisheit vieler Jahren erkennen ließ.

Sie musterte die drei und lächelte unsicher, aber einladend. „Kann ich Ihnen helfen?"

„Wir suchen die Familie Ralston", sagte Priest. „Ich glaube, sie hat sich früher Rallion genannt."

Ihr Gesichtsausdruck wurde leer, aber in ihre Augen schlich sich Vorsicht ein. „Und Sie sind?"

Priest zog seinen Arm, die er um Kateris Hüfte gelegt hatte, fort und bot der Frau seine Hand an. „Man sagt Priest zu mir, aber dort, wo ich aufgewachsen bin, nannte man mich Eerikki Rahandras."

Ihr Blick fiel auf das Hohepriestermedaillon, das über seinem Brustbein lag, und ihre Lippen öffneten sich zu einem fast stummen Keuchen. „Oh mein Gott. Du bist es." Sie bedeckte ihren Mund, als ob sie die Worte damit wieder zurücknehmen konnte, dann bemerkte sie, dass er immer noch darauf wartete, dass sie seine Hand schüttelte. Obwohl sie so klein war, war die Kraft in ihrem Händedruck fast verzweifelt. „Ich hätte nicht gedacht …“ Sie warf einen Blick über ihre Schulter zu dem Eingang hinter sich und senkte dann ihre Stimme zu einem leisen Flüstern. „Bist du wegen Elise hier? Ich habe meine Suche nicht angenommen, aber mein Vater hat mir versichert, dass du ihr helfen würdest, wenn ihre Zeit gekommen ist. Ich dachte immer, du triffst sie in der Anderswelt. Ist es Zeit? Ich habe nach Anzeichen Ausschau gehalten, aber es schien ihr gut zu gehen.“

Hinter Priest stieß Alek ein Husten aus. „Das beantwortet wohl die Frage.“

Priest ignorierte Alek und konzentrierte sich auf Elises Mutter. „Ich treffe sie in der Anderswelt. Und ich helfe jedem, der den Ruf zu seiner Seelensuche erhört. Aber es ist noch nicht Elises Zeit. Heute jedenfalls nicht. Wir sind aus einem anderen Grund hier.“ Priest ließ ihre Hand los und wandte sich Kateri an seiner Seite zu. „Das sind meine *mihara*, Kateri, und ihr Bruder Alek Falsen.“

Sie begrüßte die beiden per Handschütteln, hielt aber ihre Stimme gedämpft und kontrollierte bei jedem Hallo schnell den Flur hinter sich. „Ich bin Jenny Ralston. Meine Familie nennt sich schon seit meiner Kindheit nicht mehr Rallion.“ Als sie von Alek wegtrat, heftete sich ihr Blick auf das Medaillon um dessen Hals, und ihr Mund verzog sich zu einem zittrigen Lächeln. „Das ist das Kriegermedaillon, nicht wahr? Ich meine, ich bin ein wenig eingerostet in all den Dingen, die mein Vater mir beigebracht hat, aber ich denke, dass es das ist.“

„Alek ist unser Krieger-Primo, ja.“ In Anbetracht dessen, dass sich noch niemand hinter ihr hatte blicken lassen, nutzte Priest die Gelegenheit, sie alle von dieser Veranda zu schaffen. „Ich weiß, dass wir dich damit überfahren, aber würde es dir etwas ausmachen, wenn wir reingehen und mit dir und deiner Tochter sprechen könnten?"

Das Lächeln auf ihrem Gesicht verschwand.

Kateri spannte sich neben ihm an. „Stimmt etwas nicht?"

Jenny wischte sich eine Handfläche an ihrer Jeans ab und versuchte, ihr Zögern mit einem wenig überzeugenden Lächeln zu überspielen. Sie trat auf die Veranda hinaus und schloss die Haustür hinter sich. „Nein, alles in Ordnung. Es ist nur unangenehm." Sie warf erneut einen Blick hinter sich. „Elise glaubt nicht an unseren Clan oder an unsere Magie. Mein Vater war der Einzige, der noch lebte, als Elise geboren wurde, aber sie war noch zu klein, um sich daran zu erinnern, wenn er sich verwandelte. Da ich meine Gaben nie angenommen habe, kann ich es nicht beweisen."

„Sie denkt, du erfindest das?", fragte Alek.

In ihren haselnussbraunen Augen blitzte ein roher, tief sitzender Schmerz auf. „Schlimmer noch. Sie macht mein Beharren auf unsere Magie dafür verantwortlich, dass ihr Vater und ich nicht mehr zusammen sind. Ich war jung, als ich Tommy traf. Dumm. Er lachte immer über meine Geschichten, wenn ich ihm von unserem Clan erzählt habe. Hat mir gesagt, es wäre ein Haufen Unsinn."

„Du hast deine Seelensuche abgelehnt, weil er dir nicht geglaubt hat", beendete Priest für sie den Satz. Es war nicht das erste Mal, dass ein Mensch einen Volán vom Weg abgebracht hatte, und es würde auch nicht das letzte Mal sein. Priest hasste es einfach wie die Hölle, dass es ihrer Heilerlinie passiert war.

„Ich war in ihn verliebt. Wollte mein Leben mit ihm verbringen." Sie blickte Priest mit einem solchen Bedauern an, dass er die Emotion dahinter fast körperlich spüren konnte. „Es war die schlimmste Entscheidung, die ich je in meinem Leben getroffen habe.“

„Wo ist Tommy jetzt?“, wollte Kateri wissen.

„Er lebt in Lafayette, spricht aber regelmäßig mit Elise.“ Eine Wärme kroch wieder in ihre Augen und ihr Lächeln milderte ihre Gesichtszüge. „Meine Tochter glaubt vielleicht nicht an Magie, aber mit ihrer Liebe zur Natur ist sie eine klassische Volán. Egal, wie oft Tommy versucht hat, sie davon zu überzeugen, näher zu ihm zu ziehen, sie gibt einfach nicht nach.“

„Wärst du offen dafür, wenn wir mit ihr reden?“, bot Kateri an. „Du kannst vielleicht nicht beweisen, dass unser Clan existiert, aber ich wette, wir können den Job erledigen.“

Für eine Sekunde dachte Jenny darüber nach, runzelte dann die Stirn und konzentrierte sich auf Priest. „Wenn du nicht wegen Elises Seelensuche gekommen bist, warum bist du dann hier?“

Eine knifflige Frage, auf die er sich noch keine Antwort zurechtgelegt hatte. Zumindest keine, die nicht so weit hergeholt klang wie ein magischer Clan für Elise. „Wie viel von unserer Geschichte aus der Generation deiner Eltern kennst du?“

Ihr Blick glitt zur Seite, entrückt, als würde sie sich durch längst vergrabene Erinnerungen wühlen. „Ich weiß, dass meine Familie irgendwo in Colorado gelebt hat. Sie ist hierhergezogen, als ich noch ein Baby war.“ Sie richtete ihren Blick wieder auf ihn. „Warum?“

„Hat dein Vater dir jemals erzählt, warum er angefangen hat, einen anderen Nachnamen zu tragen? Oder wie deine Mutter gestorben ist?“

Sie schüttelte den Kopf. „Er hat mir viel über Mom erzählt. Dass sie eine Heilerin war und dass ihr Begleiter ein seltener weißer Falke gewesen ist. Aber über ihren Tod zu reden, war ein Tabu.“ Sie zuckte mit den Achseln. Ein wenig von dem verwirrten Kind, das sie gewesen sein musste, als sie aufgewachsen war, blitzte an die

Oberfläche. „Was auch immer passiert ist, was sie ihm weggenommen hat, es hat ihn sehr geschmerzt. Also habe ich nie darauf gedrängt.“

Na großartig. Und er hatte gedacht, dass es eine beschissene Aufgabe wäre, ihr mitzuteilen, dass sein Bruder noch lebte und Jagd auf die Primo-Linien machte. Jetzt hatte er zudem die zweifelhafte Ehre, den Tod ihrer Mutter erklären zu müssen. „Elise ist zu Hause?“

Jenny nickte, runzelte aber dabei die Stirn; ein Aufflackern von Verstehen legte sich in ihren Blick. „Du weißt, wie meine Mutter gestorben ist, nicht wahr?“

Kateri schob sich dicht neben Priest und drückte seinen Bizeps.

Priest ließ die stumme Ermunterung tief in sich sinken und wappnete sich für die kommenden Minuten. „Ich weiß, wie sie gestorben ist. Noch wichtiger ist, dass ich weiß, wie sie gelebt hat.“ Er nickte in Richtung Tür. „Wenn du es mir erlaubst, teile ich mein Wissen mit dir und erkläre dir, was uns heute hierher gebracht hat.“

KAPITEL 29

Kateri kannte diesen Blick. Sie hatte die aufgewühlte Verwirrung und den völligen Schock, den Elise auf ihrem Gesicht trug, am eigenen Leib erfahren. Es hatte sich angefühlt wie dicker, hartnäckiger Schlamm, der sich in deinen Adern dreht und herumwirbelt, während all das, was du jahrelang für wahr erachtet hast, auf den Kopf gestellt und mit der Kraft eines Erdbebens durchgeschüttelt wird.

Die Kinnlade schlaff, stand Elise stocksteif und still da. Ihr erschrockener Blick heftete sich auf Aleks Grauwolf, der sich keinen Meter entfernt vor ihnen befand. Wie ihre Mutter war auch sie zierlich, aber ihre Haare waren eher sandfarbenes Gold, das in sanften Wellen auf ihre Schultern fiel.

Allein die Größe des Wolfes hätte jeden erstarren lassen, aber gepaart mit dem granatroten Blitz, der mit seiner Verwandlung einherging, der Nähe des Wolfes und der schieren Intensität in seinem Blick aus den bernsteinfarbenen Augen, zögerte selbst Katy, sich zu bewegen.

Zwei Wochen waren inzwischen vergangen, seit sie an Elises Stelle gewesen war, und es hatte sich so viel verändert. Ein unechtes Leben, das sich der Wahrheit und neuen Möglichkeiten ergeben hatte. Ein Gefühl von Zugehörigkeit, das über alles hinausging, was sie je für möglich gehalten hatte. Und sie hatte einen Gefährten, den sie nun ihr Eigen nennen konnte. Jemand, der das Gewicht der Verantwortung und seiner Entscheidungen in der Vergangenheit geschultert hatte, ohne zu zeigen, welche Last es gewesen war.

Doch nun erkannte sie diese Lasten. Sie sah die Spannung, die seinen Oberkörper und seine Kinnpartie erfasste, während er neben Katy stand und Elises Reaktion abschätzte. Sie konnte es in dem sorgfältig modulierten Tonfall seiner Stimme hören, als er ihr die Wahrheit über ihren Clan erklärte. Sie konnte den pochenden Schmerz des Bedauerns durch ihre Verbindung spüren.

Und er hatte noch nicht die hässliche Realität mit ihnen geteilt, warum sie wirklich hier waren.

Elise ballte die Fäuste an ihren Seiten und sprach schließlich mit gebrochener Stimme. „Du hast es nicht erfunden.“

„Nein, Liebes.“ Die sanfte Antwort einer Mutter, die sich offensichtlich nicht nur nach ihrer Tochter sehnte, sondern die auch die unveränderlichen Entscheidungen bedauerte, die sie in jungen Jahren getroffen hatte. Jenny näherte sich ihrer Tochter und legte zaghaft eine Hand auf Elises Schulter. „Unser Clan ist echt. Kraftvoll und schön.“

„Es ist dein Erbe“, erklärte Priest. „Eins, das du für dich selbst beanspruchen oder aufgeben kannst, wie deine Mutter es getan hat. Niemand wird dich dafür verurteilen, wenn du dich dazu entschließen solltest, dich abzuwenden. Aber ich hoffe, du wartest ab und triffst deine Entscheidung erst, nachdem du mehr über uns erfahren hast. Mehr über deine Familie und ihre Rolle im Clan.“

„Du hast …“ Elise schüttelte langsam den Kopf. „Es ergibt immer noch keinen Sinn. Das ist nicht möglich.“

„Das habe ich auch gedacht“, warf Katy ein. „Unser Vater hat uns nie von unserem Clan erzählt. Er hatte zu viel Angst vor unserer Magie und unserer Geschichte. Aber unsere Großmutter hat eingegriffen und uns gezeigt, wer wir sind.“

Schließlich löste Elise ihren Blick von Alek, trat einen zittrigen Schritt zurück und richtete ihre großen Augen auf Katy. „Wenn er ein Krieger und ein Wolf ist, was bist dann du?“

Seit Katys Löwin in der Anderswelt auf sie zugetrottet war, hatte sie sich kein einziges Mal eine andere Begleiterin gewünscht. Aber als sie in Elises angsterfülltes Gesicht starrte, hätte sie viel dafür gegeben, etwas Unschuldigeres zu sein. Etwas weniger Bedrohliches. „Meine Begleiterin ist eine Löwin. Sie ist stark und wunderschön, beschützend." Sie lächelte bei der Erinnerung an die beiden Mädchen, die sich nach ihrer ersten Verwandlung um sie gekümmert hatten. „In unserem Clan gibt es zwei kleine Mädchen, die mir gesagt haben, sie möchten mich mit zu sich nach Hause nehmen, waren sich aber nicht sicher, ob der Bär ihres Vaters Katzenhaare im Haus dulden würde."

Elise runzelte die Stirn und sah Priest an, als hätte er eine Erklärung dafür. „Deren Vater hat einen Bären?"

„Deren Vater *ist* ein Bär", erklärte Priest mit einem leisen Auflachen. „Für die beiden Mädchen sind Verwandlungen normal. Ein alltäglicher Teil ihres Lebens."

Elise blickte zurück zu Katy, schluckte und senkte ihren Kopf in Katys Richtung. „Und deine Magie?"

Die Logik bestand darauf, dass sie mit Worten antwortete, aber der immer noch fremde Schub ihrer Instinkte trieb sie dazu, stattdessen zu handeln. Angesichts der Macht hinter ihrer Magie war es ein wenig riskant. Trotz all der Arbeit, die sie in den letzten Tagen investiert hatte, hatte sie es zumindest geschafft, die Macht für die Hälfte der Zeit unter Kontrolle zu behalten. Die anderen Male … nun, irgendwann würden die Bäume, die sie auf der Lichtung hinter Priests Haus umgestürzt hatte, nachwachsen.

Sie hielt die Hand mit der Innenfläche nach oben vor sich, konzentrierte sich auf ihre Magie und sammelte sie langsam in ihrem Handteller. Ranken von einer fast rauchähnlichen Qualität wirbelten und verdichteten sich in ihrer Handfläche, und ihre satte Pflaumenfarbe vermischte sich mit den hellen Energiefunken, als die Kraft von einer Fingerspitze zur anderen übersprang. Sie formte die Macht, zwang sie zu einem festen Ball zusammen und führte ihn höher in die Luft.

„Als meine Nanna es mir zum ersten Mal erzählte, dachte ich immer, dass hinter allem ein Trick steckt“, sagte sie und hielt ihre Augen auf die aufsteigende Macht gerichtet. „Dass es ein Traum ist, aus dem ich aufwachen würde. Oder ein Streich meiner Familie. Selbst nachdem mir klar wurde, dass dies nicht der Fall war, war ich immer noch zu stur, um zuzugeben, dass das alles wahr sein könnte.“ Sie wagte es, Elises Blick aus weit aufgerissenen Augen zu erwidern. „Aber ich versichere dir, es ist sehr real.“

Damit lockerte sie ihren mentalen Griff an der eng gewundenen Energie und ließ diese auf die Bäume in der Ferne zurauschen. Sie krachte gegen einen kleinen Baum entlang der Frontlinie und erschütterte die Lichtung zwischen ihnen mit einem Knall, der einem Schuss gleichkam. Als das abprallende Geräusch verstummte, stieg eine feste schwarze Rauchwolke in den wolkenlosen blauen Himmel auf und die obere Hälfte des Baumes fehlte.

„Oh mein Gott.“ Ohne darauf zu achten, dass Alek immer noch in ihrem Weg stand, machte Elise ein paar Schritte auf den Wald zu und kam dann taumelnd zum Stehen. „Wie hast du das gemacht?“

„Ich bin eine Zauberin. Meine Großmutter ist eine Seherin und mein Großvater war vor Alek der Primo der Krieger.“

Elise musterte Katy eine Weile, dann Alek, danach richtete sie ihren Blick auf Priest. „Und was machst du?“

Mit weit weniger Lichtshow, als er sich in seinen Wolf verwandelt hatte, kehrte Alek in seine menschliche Form zurück, zum Glück mit all seinen Klamotten. „Er ist der Hohepriester unseres Clans. Er kann alles, was jedes Haus kann.“

„Ich verfüge über dieselbe Magie“, stellte Priest klar,

„aber nicht immer so stark wie meine Primos. Meine Aufgabe ist es, den Clan zu unterrichten und anzuführen, aber in der Kriegsführung bin ich am stärksten. Ich werde derjenige sein, der dich leitet, wenn du auf deine Seelensuche gerufen wirst.“

„Verwandelst du dich auch?“

„Das tun wir alle“, sagte Priest. „Der Hüter gibt jedem von uns einen Begleiter, der am besten zu uns passt. Einen Partner, der sich mit uns unserem Schicksal stellt.“

„Deine Großmutter war ein Falke“, warf Jenny leise ein. Fast so, als hätte sie Angst, dass ihr Einmischen in das Gespräch die Fortschritte, die sie bei Elise gemacht hatten, vermasseln könnte. „Mein Vater hat erzählt, dass sie gerne geflogen ist. Der Großteil ihres Körpers war schneeweiß, mit weichen, nerzfarbenen Bögen, die über ihre Flügel und ihren Rücken verteilt waren.“

Elise legte erneut die Stirn in Falten und musterte ihre Mutter. „Ich verstehe es nicht. Warum hast du dich von dem abgewendet, was du bist?“

Ein trauriges Lächeln umspielte Jennys Lippen. Der Schmerz und die Reue über ihre Entscheidung spiegelten sich gleichermaßen in ihren schönen Augen wider. „Weil dein Vater mir auch nicht geglaubt hat. Ich dachte, die einzige Möglichkeit, mit ihm zusammen zu sein, wäre, mein Erbe aufzugeben. So zu sein wie er.“

„Und doch seid ihr nicht mehr zusammen.“

„Nein.“ Sie hielt lange genug inne, um einen belebenden Atemzug zu nehmen. „Mir wurde später klar, dass wir sehr unterschiedliche Menschen sind. Aber ich bereue meine Entscheidung nicht, Elise. Ich kann nicht. Wenn ich ihn verlassen hätte, nachdem er meine Geschichten über unseren Clan ins Lächerliche gezogen hatte, und wenn ich meine Gaben nicht aufgegeben hätte und bei ihm geblieben wäre, dann hätte ich dich nicht. Kein Gefährte, keine Macht wäre jemals wertvoller, als dich in meinem Leben zu haben.“

Sie standen schweigend da; Priest, Alek und Katy respektvoll regungslos an der Seite des Geschehens, während zwischen Elise und Jenny etwas Schönes und Zerbrechliches erblühte.

Verstehen.

Hoffnung.

Vergebung.

Selbst umgeben von großer Schönheit pulsierten diese drei Emotionen, als ob der Rest der Welt aufgehört hätte, zu existieren.

„Ich hätte auf dich hören sollen“, flüsterte Elise mit einer zerbrechlichen Bitte um Vergebung in den vorsichtig ausgesprochenen Worten.

„Du hast das Beste aus dem gemacht, was ich dir zeigen musste, Liebling. Ich mache dir für deine Reaktion keinen Vorwurf, ebenso wenig wie deinem Vater.“

Elises Augen füllten sich mit Tränen, und das Schimmern ließ die haselnussbraune Farbe so glänzen wie die ihrer Mutter im Sonnenlicht, bevor sie sanft über ihre Wangen rollten. „Erzählst du mir davon? Von deinen Eltern und was du über unser Erbe weißt?“

„Ich kann dir von dem erzählen, was ich weiß“, erklärte Jenny. „Aber ehrlich gesagt, diese Leute werden dir mehr sagen können als ich. Sie sind den Weg gegangen, den ich nicht beschritten habe. Sie kennen unseren Clan auf eine Weise, die ich nie beschreiben könnte.“

Elise sah einen nach dem anderen an und ihr Blick blieb schließlich an Priest haften. „Was immer du mir erzählen kannst, ich will es wissen. Alles davon. Diesmal höre ich zu.“

Das war alles, was Priest brauchte. Mit der gleichen unerschütterlichen Zuversicht, die er Katy und Alek in den ersten Tagen entgegengebracht hatte, winkte er alle zu den bequemen Gartenstühlen auf der schattigen Veranda und begann mit den Grundlagen. Die einzelnen Häuser des Clans. Das Alter, in dem man für gewöhnlich auf die Seelensuche gerufen wurde. Dass jede Suche und die Magie jeder Person ihre eigenen Nuancen hatte. Jedes Detail, jeden einzigartigen Aspekt ihrer Natur erklärte er voller Stolz und Geduld.

Fast eine Stunde und endlose Fragen von Elise später küsste die Sonne die Baumkronen am Rand des Grundstückes und begann ihren sanften Abstieg in die Nacht. Die Anspannung und Unbeholfenheit, die mit ihrer Ankunft und dem anschließenden Zeigen und Erklären einhergegangen waren, waren lange verflogen. Sie waren ersetzt worden durch eine zaghafte, aber offene Neugier von Elise und Jenny, die so sanft und beruhigend wie die Abendbrise über die Lichtung strömte.

„Also, die Primos von jedem Haus sind Anführer", wiederholte Elise mit einem schnellen Blick zu Alek. „Wie eine Art Rat, der mit dir zusammenarbeitet, um den Clan zu führen."

„Ganz genau." Priest stellte das jetzt leere Glas Limonade, das Jenny ihm gegeben hatte, auf den Gartentisch aus Korb und Glas, stützte seine Ellbogen auf seine gespreizten Knie und verschränkte die Hände zwischen ihnen. Hätte Katy die schleichende Angst nicht durch ihre Verbindung gespürt, wäre die Art und Weise, wie sein Daumen sich hin und her bewegte, ihr einziger Hinweis gewesen, wohin das Gespräch nun führen würde. Er konzentrierte sich auf Jenny. „Deine Mutter war die Prima unserer Heiler."

Der Schock in Jennys Gesicht bewies, dass diese Information das Letzte war, was sie erwartet hatte. „Mein Vater erzählt, dass sie mächtig war. Mächtiger als er, aber er hat nie davon gesprochen, dass sie die Prima war."

„Das war sie", sagte Priest. „Sie hat das Haus der Heiler mindestens zehn Jahre angeführt, bevor mich der Hüter zum Hohepriester ernannt hat, aber der ganze

Clan liebte sie. Jeder respektierte ihre Magie und ihren Sinn für Fairness und ihren guten Willen." Er hielt kurz inne und verkrampfte seine gefalteten Hände. „Sie verloren zu haben, ist etwas, für das ich mir selbst die Schuld gebe."

„Du warst dabei, als sie gestorben ist?"

Katy wollte mehr als alles andere eingreifen, das Gespräch unterbrechen und davon ablenken, was er sagen wollte, auch wenn es das Unvermeidliche nur hinauszögern würde.

Aber Priest, so wie er nun einmal war, fuhr fort: „Ja, ich war da. Darüber hinaus war es mein Mangel an Aufmerksamkeit, der ihren Tod verursacht hat."

„Oh nein!" Katy erhob sich und platzte damit heraus, ehe er mehr erzählen konnte. Sie konnte ihn vielleicht nicht davon überzeugen, die Verantwortung, die er fühlte, loszulassen, aber sie würde den Teufel tun und zulassen, dass er die Schuld für all das auf sich lud. „Du bist der Hohepriester. Selbst mit etwas Sehermagie bist du nicht allmächtig. Du hast gelernt, was du lernen solltest, wenn der Hüter es wollte. Du hast so schnell gehandelt, wie du konntest. Der Einzige, der für diese Todesfälle verantwortlich ist, ist dein Bruder."

„Todesfälle?", wollte Elise wissen und blickte zwischen Priest zu Katy hin und her.

Priest runzelte die Stirn. „Lass mich das händeln, Kateri."

„Du händelst es nicht, du gibst dir die Schuld dafür. Wieder einmal." Sie drehte sich zu Jenny um. „Priest hat einen älteren Bruder namens Draven. Ein Magier wie ich. Nur anscheinend ist er ein gieriger Arsch und der Hüter wusste das, also ernannte er anstelle von ihm meinen Gefährten zum Hohepriester. Das ärgerte Draven dermaßen, dass er gegen das Gesetz des ultimativen Guten verstieß und seine Magie missbrauchte. Dinge damit anstellte, die er nicht hätte tun sollen."

„Kateri …“

„Er wollte Priest stürzen“, warf Alek ein, „aber die Primos wollten sich nicht gegen ihn stellen. Als alle an einem Ort versammelt waren, versuchte Draven, ihnen ihre Magie zu stehlen. Priest lenkte die Dinge um, ehe Draven diesen Handel abschließen konnte, doch die Primos starben dabei. Priest wäre fast selbst gestorben und wäre es wahrscheinlich auch, wenn einige der Clanmitglieder ihn nicht geheilt und beschützt hätten.“

Mit zusammengepresstem Mund, als könnte er sich nicht entscheiden, ob er Alek danken oder ihm die Zunge herausreißen sollte, hielt Priest lange genug inne, um ein paar Atemzüge zu nehmen, ehe er mit leiser, aber fester Stimme fortfuhr. „Ich wusste, dass mein Bruder wütend war. Ich habe gewusst, dass er meine Pläne gehasst hat, unsere Rasse zu modernisieren und uns mit den Singura zu vermischen, aber ich dachte, ich könnte ihn überzeugen.“ Er holte tief Luft. „Deine Mutter und die anderen Primos haben den Preis für mein übersteigertes Selbstvertrauen gezahlt.“

Immer noch fassungslos sagte Jenny nichts. Sie saß einfach neben Elise auf dem Korbsofa und hielt die Hand ihrer Tochter fest in ihrer.

Elise hingegen zögerte nicht. „Was ist mit deinem Bruder passiert?“

„Bis vor ein paar Wochen dachte ich, ich hätte ihn getötet.“

Sie blickte zu Alek und Katy. „Ihr sagtet, ihr hättet vor zwei Wochen von unserer Rasse erfahren.“

Und das war es. Der langsame Hieb, der zu einem noch größeren Schlag gegen das Leben, das sie bisher kannten, ansetzte.

Priest öffnete den Mund, um weiterzureden, aber er erstarrte, ehe irgendwelche Worte herauskamen. Er neigte den Kopf zur Seite, als hätte er etwas in der Nähe gehört.

Alek sprang ein. „Vor knapp einem Monat haben Katy und ich unsere Eltern ermordet aufgefunden. Meine Großmutter war auch bei uns und fand eins der Medaillons, die Draven neben dem Körper meines Vaters zurückgelassen oder verloren hat.“

„Er lebt noch“, sagte Elise.

„Er lebt und versucht, zu beenden, was er begonnen hat“, ergänzte Priest, aber seine Stimme klang ebenso abgelenkt, wie seine Aufmerksamkeit es war. Er erhob sich, lief am Geländer der Holzveranda auf und ab und beobachtete den Wald in der Ferne.

Kateri folgte seinem Blick und untersuchte die Baumgrenze nach Hinweisen darauf, was seine Aufmerksamkeit erregt hatte. „Priest?“ Sie legte eine Hand auf seine Schulter und zuckte fast zusammen, als sie die Anspannung der Muskeln unter ihrer Handinnenfläche spürte. Sie hörte es mehr, als dass sie sah, wie Alek aus seinem Sitz emporschoss und kurz darauf hinter ihnen auftauchte. „Männlich. Irgendwo südlich.“

„Was?“ Katy drehte sich zu ihrem Bruder um und dann zu Priest. „Wer?“

„Bring sie hier weg“, sagte Priest zu Alek und ignorierte ihre Fragen komplett. „Nimm auch Kateri mit. Den ganzen Weg zurück zu meinem Haus, wenn es sein muss. Halt nicht an, bis du weißt, dass sie sich in einem geschützten Gebiet befinden.“

Alek blinzelte nicht einmal, ehe er sich in Bewegung setzte, Kateris Schulter ergriff und sie zum Haus führte.

Doch Kateri war nicht mehr so leicht zurückzuhalten. Vor allem dann nicht, wenn die Verbindung zwischen ihrem Gefährten und ihr mit einem dunkeln und beunruhigenden Summen pulsierte. Mit ihrer Magie löste sie sich aufs Aleks Griff und eilte Priest hinterher, in Richtung Wald. „Ich gehe nirgendwohin. Erst, wenn du mir sagst, was los ist.“

Er blieb so abrupt stehen, dass sie ihm beinahe in den

Rücken gerannt wäre, aber der Schmerz und die Wildheit, die sich in sein Gesicht eingraviert hatten, ließen
sie erschrocken zwei Schritte zurücktreten.

„Er ist uns gefolgt. Wahrscheinlich hat er dich gefunden, bevor ich dich markiert habe, und ist uns den ganzen Weg hierher gefolgt. Es riecht nicht nach ihm. Es
fühlt sich nicht wie er an. Aber die Dunkelheit ist erwacht, und auf die eine oder andere Art werde ich das
beenden.“

KAPITEL 30

In Panthergestalt und schneller, als jede normale Wildkatze rennen konnte, ließ Priest seinem Tier freien Lauf und betete, dass Alek es irgendwie geschafft hatte, Kateri in Sicherheit zu bringen. Die Dunkelheit regte sich und prickelte in ihm, aufgebracht in einem Ausmaß, wie er es seit der Nacht des Betrugs seines Bruders nicht mehr gespürt hatte. Es war wie ein fast magnetisches Ziehen, das darauf bestand, zu finden, was oder wer auch immer es erweckt hatte.

Eines stand außer Frage. Wenn er die nächsten paar Minuten, Stunden oder wie lange es auch brauchte, um das aufzuspüren, was seine Dunkelheit aufgerührt hatte, würde er eine ganze Weile Kateris Hintern küssen müssen. Der Ausdruck auf ihrem Gesicht, als er seine Kräfte eingesetzt hatte, um ihre Gaben vorübergehend zu betäuben und sie an die Erde zu fesseln, war rohe weibliche Wut gewesen. Und diese Wut bedeutete nichts anderes, als dass sie ihn nicht nur bei lebendigem Leib häuten würde, sollte sie ihn einholen, sondern dass sie dazu auch noch Verstärkung rufen würde.

Aber sie auf diese Jagd mitzunehmen, war keine Option. Sollte Draven sie jemals gefangen nehmen, gäbe es keine Grenzen, die Priest nicht überschreiten würde, um sich ihre Sicherheit zu verdienen. Er würde sogar sein Leben opfern – und das jedes einzelnen Mitglieds seines Clans.

Das vibrierende Terrain von Bayou La Rose verschwamm zu beiden Seiten von ihm. Wo die mit Moos bedeckten Zypressen zuvor einladend gewirkt hatten, waren sie jetzt nur noch ein Streifen von sattem Grün. Auf dem Bayou flogen die Knie der Bäume, die knapp über der Wasseroberfläche hinausragten, mit hoher Geschwindigkeit wie eine gestrichelte Linie auf der Autobahn vorbei.

Aber der Geruch, der die Aufmerksamkeit seines Tieres fesselte, war der, der direkt über dem feuchten, schlammigen Duft schwebte, der das Land umgab. Derselbe scharfe Biss, der all seine Sinne in der Nacht erfasst hatte, in der er Dravens schwarze Magie in sich aufgenommen hatte.

Innerhalb von Sekunden veränderte sich der Zwang, der ihn vorwärtsgedrängt hatte, und verlief im Kreis, änderte erneut die Richtung und kam dann abrupt zum Stillstand.

Priest hielt inne, sein Brustkorb arbeitete heftig nach dem Sprint, den er seinem Biest abgefordert hatte. Direkt vor ihm erstreckte sich eine unförmige Lichtung, die nicht mehr als sieben Meter maß. Zu seiner Linken war das leise Rauschen des Bayous kaum durch das Geräusch seines angestrengten Atmens zu hören, und nur der Wind flüsterte durch die Weiden und Zypressen zu seiner Rechten.

Eine Falle?

Vielleicht. Wenn es jedoch bedeutete, die Sache mit seinem Bruder ein für alle Mal zu beenden und die Sicherheit seiner Gefährtin und die seines Clans zu gewährleisten, dann würde er mit Freude hineintappen.

Über ihm ertönte ein tiefes Kreischen und die bloße Herausforderung darin sorgte dafür, dass sich das Fell seines Panthers von den Schulterblättern bis zum Schwanz stäubte. Viel zu leicht machte sein Tier die Quelle ausfindig. Ein Virginia-Uhu, groß genug, dass die Spannweite seiner Flügel fast zwei Meter erreichte. Im Gegensatz zu den Standardfarben der meisten sah der, der auf ihn herabblickte, eher schwarz als weiß und braun aus. Eine tiefviolette Aura umgab ihn, ähnlich kräftig wie die von Kateri, nur mit einer schwarzen Aureole. Dieselbe Aureole, die seinen Bruder umgeben hatte.

Der Uhu beobachtete ihn, reizte seinen Panther mit seiner ruhigen Stille.

Es ergab keinen Sinn. Draven war ein Puma und ein Begleiter änderte sich nicht. Nicht nur das, der Geruch, den sein Tier von der Eule wahrnahm, war völlig falsch. Es war definitiv nicht der Geruch seines Bruders, aber durch den gleichen ätzenden Gestank der schwarzen Magie seines Bruders befleckt.

Den Blick auf den Uhu geheftet, machte Priest sich bereit, etwas zu unternehmen. Er bewegte sich am Rand der Lichtung auf und ab. „Du hast meine ganze Aufmerksamkeit, also verwandele dich und sag mir, was du willst.“

Keine Bewegung. Nicht einmal ein Blinzeln mit den goldenen Augen.

Die Dunkelheit spannte sich unter seiner Haut an, ein impulsiver Griff nach der Eule, der Priest beinahe aus dem Gleichgewicht brachte. Aber warum? Konnte die Person, die sie die ganze Zeit verfolgt hatten, ein anderer Magier gewesen sein, der abtrünnig geworden war?

Nein, das machte auch keinen Sinn. Außer Kateri hatte ihr Clan keine lebenden Magier mehr. Er hätte es erfahren, als sie zu ihrer Seelensuche gerufen wurden. Er wäre da gewesen, als sie sich ihre Magie verdienten.

Der unerwartete Ruf der Anderswelt.

Die Finsternis.

Die nicht gefundene Seele.

Vielleicht war er gerufen worden, aber jemand anderer war schnell gewesen, als derjenige gewartet hatte. Wie, konnte er sich nicht vorstellen. Niemand außer dem Hohepriester wurde jemals in die Seelensuche eines anderen aufgenommen.

Es sei denn, Draven hatte einen Weg gefunden, einzugreifen oder die Suche eines Volán zu erzwingen. Angesichts von Jades Vision, dass jemand aus dem Haus der

Magier gejagt wurde, ergab das Sinn.

Er bündelte seine Magie, schöpfte aus der reinen Quelle der Anderswelt und vermischte sie mit den einzigartigen Gaben, die ihm als Hohepriester verliehen worden waren. Er würde vielleicht keine Antwort von dem Uhu erhalten, aber er würde sie von einem Menschen bekommen – egal, was dazu nötig wäre.

Über die Lichtung hinweg und den dicken Zypressenstamm hinauf, den die Eule sich als Sitzplatz gewählt hatte, schickte Priest vorsichtig seine Magie, deren Präsenz vom Wind verdeckt und von seinem Befehl geleitet wurde. „Wer hat dich bei deiner Suche geführt?"

Da er sich fast sicher war, die Antwort bereits zu kennen, diente seine Frage mehr der Ablenkung.

Der Uhu schüttelte den Kopf, eher eine instinktive Handlung als etwas, was auf Verständnis basierte. Es schien, als wollte er antworten, wäre aber zu fest in einem mentalen Griff, um es zu tun.

Priests Magie hallte durch die Spitze des Baumes, flüsterte durch die Blätter und über die Eule.

Der Vogel raschelte mit seinen Federn und streckte seine Flügel aus, entweder instinktiv die Gefahr spürend oder das schwache Prickeln der Macht um sich herum fühlend. Er sprang nach oben, bereit, zu fliehen, gerade als sich Priests Magie um den Körper der Eule wickelte wie eine eiserne Kralle. Vorsichtig, um den Vogel nicht zu verletzen, ließ Priest die Kreatur näher zu sich schweben.

Sein hektisches Kreischen ertönte im immer dunkler werdenden Abendhimmel. Je näher er Priest kam, desto verzweifelter bemühte der Uhu, sich zu befreien.

„Ruhig", säuselte Priest, als er sich dem aufgeregten Tier annäherte. Er kämpfte sich durch den wütenden Strudel der Dunkelheit in ihm hindurch und füllte seine Magie mit der wenigen Ruhe, die ihm noch geblieben war. Er drängte die Eule, sich niederzulassen und sich seiner Macht zu ergeben. „Ich will dich nicht verletzen. Ich möchte dir helfen.“

In der Sekunde, in der er den Oberkörper des Vogels mit beiden Händen umfasste, brach die Dunkelheit in ihm auf und brannte unter seiner Haut.

Der Uhu kreischte bei dieser Berührung und versuchte, mit seinem Schnabel ein Stück aus Priest Unterarm zu reißen, aber Priest hielt ihn niedriger und seine Magie war zu stark. Seine einzige Verteidigung waren diese ohrenbetäubenden Schreie, die er in die Nacht ausstieß, und jeder einzelne davon peitschte die Hässlichkeit in Priest zu ungezähmter Wut.

Kateri.

Die Verbindung, die er mit ihr teilte, pulsierte als Antwort, und die Wut in ihm zögerte. Sie war sein Licht. Sein Fundament. Solange die Verbindung stark blieb — seine Seele mit ihrer Güte verbunden war —, konnte der Makel der Magie seines Bruders nicht überhandnehmen. Geist und Herz wurzelten in der Bindung zu seiner Gefährtin, und Priest konzentrierte sich auf seine Magie. Er fokussierte sich auf die Eule, die in seinem Griff kämpfte, und die Seele, die sich darin befand. „Kämpfe nicht dagegen an. Je mehr du es tust, desto mehr wird es wehtun.“

Noch ein Schrei. Dieses Mal war er voller Schmerz und Verzweiflung, aber auch mit dem des gequälten Mannes darunter verbunden.

Priest verstärkte seinen Griff und bohrte seine Kräfte tief in den Vogel und grub sein silbernes Licht in das Herz des Uhus. Sein Panther fauchte über die brennende Gegenreaktion aus der Dunkelheit, aber Priest drängte sich durch und steckte alles, was er hatte, in die Verbindung.

„Gib auf. Stell dich deinem Priester.“

Ein tiefes und trübes Amethystlicht explodierte um sie herum und die Eule verwandelte sich in einen Menschen.

Definitiv nicht sein Bruder, und niemand, den er je zu Gesicht bekommen hatte. Nur mit zerschlissenen Jeans bekleidet, trug der Fremde am Oberkörper die gefährlichen und verbotenen Spuren, die er bei der Recherche über seinen Bruder viel zu spät entdeckt hatte, und es wirkte wie getrocknetes Blut. Dunkle blaue Flecken übersäten Bauch, Arme und Schultern, einige davon frisch und andere in dem fauligen Grün, das Tage nach einer Verletzung erschien.

Priest verstärkte seinen Griff um die Kehle des Mannes und füllte seine Stimme mit jedem erdenklichen Druck, den er aufbringen konnte. „Dein Name!"

Die Augen des Mannes weiteten sich, Verwirrung und eine fast greifbare Angst zeichneten sich in seinen braunen Augen ab. Sein dunkles Haar war noch länger als das von Priest und hing zu beiden Seiten seines schweißnassen Gesichtes herab. „Jerrik."

Kaum hatte die Erwiderung den Mund des Mannes verlassen, verkrampfte sich Jerriks ganzer Körper. Sein Rücken und Nacken neigten sich, als ob ein Blitz aus dem Boden und durch sein Fleisch geschossen wäre. Sein gequälter Schrei ertönte laut und lang gezogen in der Stille des Bayous. Reiner Schmerz und reine Qual. Erst als der Schrei verstummte, richtete er seinen Kopf auf, und sein Körper zitterte, als wäre er mit mehr Energie gefüllt, als er ertragen konnte. Eine Wildheit erfüllte seine Augen, und das Braun, das einst seine Iriden gefärbt hatte, wurde zu purem Schwarz.

Eine Sekunde.

Eine krasse, lähmende Sekunde, und die Dunkelheit überwältigte Priest, erstickte ihn und hielt ihn wie erstarrt, jeder Muskel steif und unversöhnlich wie Stein.

Jerrik rollte mit dem Kopf, ließ seine Schultern kreisen; die träge Tat eines Mannes, der aus einem langen, tiefen Schlaf erwacht war. Als er seinen schwarzen Blick auf Priest richtete und sprach, war die Stimme nicht mehr die des Mannes, den er zuvor gehört hatte, sondern eine, die Priest nur allzu gut kannte. „Hallo, Bruder.“

KAPITEL 31

Dumme, kurzsichtige, dickköpfige Männer! Katy wehrte sich gegen den unbarmherzigen Griff ihres Bruders, trat dorthin, wo es hoffentlich höllisch wehtat, und fügte ein wenig von der Magie hinzu, die nach der Attacke von Priest langsam wieder zurückkehrte.

Er hatte sie über seine Schulter geworfen, was die Hebelwirkung höllisch schwer machte, aber ihre Kräfte kehrten langsam zurück an die Oberfläche und er würde sie nicht mehr lange halten können.

Alek sprintete fast auf das Auto zu. Elise und Jenny rannten direkt vor ihnen her. „Verflucht, Katy, wenn ich dich hier nicht wegschaffe, wird Priest mich umbringen."

„Er wird dich nicht töten können, weil ich ihn zuerst umbringe." Aus ihren Handflächen feuerte sie einen harten Schlag ab und zielte auf Aleks Füße.

Er stolperte mitten im Laufschritt und lockerte seinen Griff gerade so weit, dass sie sich mit Schwung bewegen und von seiner Schulter rollen konnte. Sie fiel unvorteilhaft zu Boden.

Leider erholte sich Alek schneller als sie und stürzte auf sie zu.

Katy handelte, ohne nachzudenken, und schoss einen Schlag Magie vor seine Füße.

Alek sprang zurück, kurz bevor er gegen die elektrische Wand prallte. „Meine Güte, Katy. Würdest du bitte mal für eine Sekunde nachdenken? Priest muss dich in Sicherheit wissen."

„Ich denke. Ich fühle auch. Er braucht mich. Jetzt. Auf gar keinen Fall wirst du mich in dieses Auto kriegen."

„Das kann jetzt nicht dein Ernst sein. Du hast nicht trainiert."

„Ich meine es todernst." Sie richtete sich aus ihrer Kampfhaltung auf und ballte ihre Faust gegen ihr Brustbein. „Ich fühle es, Alek. Er ist in Schwierigkeiten."

Alek zögerte lange genug, um Elise und Jenny an Priests Tahoe zu mustern, dann verzog er sein Gesicht und richtete seinen unentschlossenen Blick auf sie. „Na schön. Dann wirst du sie hier wegbringen. Ich werde Priest folgen."

„Er braucht nicht dich, er braucht mich." Damit ging sie zur Rückseite des Hauses und der Baumgrenze, wo Priest verschwunden war.

„Katy, du weißt nicht, was du tust."

„Ich werde wissen, was ich brauche, wenn ich es muss", schoss sie über ihre Schulter zurück. Oder zumindest hoffte sie, dass sie es tun würde. Zum ersten Mal in ihrem Leben waren Instinkte das Einzige, was sie antrieb. Instinkte, die darauf bestanden, dass sie ihren Arsch bewegte, ehe es zu spät sein würde.

Alek legte eine Hand auf ihre Schulter, brachte sie dazu, stehen zu bleiben, und drehte sie mit solcher Kraft zu sich um, dass sie beinahe das Gleichgewicht verlor. „Ich glaube nicht, dass du es verstehst. Du könntest sterben."

Eine Gewissheit, die über das hinausging, was sie empfunden hatte, als sie sich der Verbindung mit Priest hingegeben hatte, erfüllte sie mit Heftigkeit, und ihre Stimme senkte sich zu einem rauen Kratzen. „Wenn ihm etwas passiert, bin ich sowieso so gut wie tot."

Mit diesen Worten rannte sie los, der unaufhörlichen Forderung folgend, die durch ihre Verbindung drang. Aleks Fluchen und das Fehlen von Schritten hinter ihr waren die einzigen Anzeichen dafür, dass er endlich ihren Wünschen nachgegeben hatte.

Ihre Löwin war unruhig und knurrte und verlangte, dass sie sie freiließ. Logisch betrachtet, ergab es Sinn, sich zu verwandeln, aber die Angst hielt die Tür zu ihrem anderen Ich fest verschlossen. Seit ihrer Seelensuche hatte Priest zu oft eingreifen müssen, um sie wieder in ihre menschliche Gestalt zurückzubringen. Wenn Priest sie so dringend brauchte, wie es ihr Instinkt sagte, wäre es nicht gut, mit ihrer Begleiterin um die Kontrolle kämpfen zu müssen.

Du kontrollierst dein Biest. Nicht umgekehrt.

Bei der Erinnerung an Priests Worte stieß ihr Tier ein scharfes Grunzen aus, ein Einverständnis und ein Versprechen der Unterstützung in einem.

Richtig. Sie hatte die Kontrolle. Nicht ihre Wildkatze. Nicht ihr Vater oder sonst jemand.

Die Verwandlung geschah augenblicklich. Ihre menschliche Gestalt wich den angespannten Muskeln ihrer Löwin mitten im Laufschritt und die Sinne ihrer Begleiterin übernahmen vollständig. Wie ein Kompass führte die Verbindung sie beide noch immer, aber jetzt war da mehr. Eine Mischung aus dem Geruch von Priest, dem schlammigen Bayou und etwas unangenehm Penetrantem. Unter den massiven Pranken ihrer Löwin summte eine fremde Energie durch die feuchte Erde.

Etwas Gefährliches.

Unnatürlich.

Böse.

Sie raste vorwärts, überließ ihrer Begleiterin die Kontrolle, während sie durch die Verbindung versuchte, Priest zu packen. Für eine Sekunde spürte sie seinen Griff. Eine schwache, aber verzweifelte mentale Berührung.

Ein qualvoller Schrei schnitt durch die Luft. Ein tiefer, herzzerreißender Laut, der nur männlich sein konnte, jedoch nicht nach Priest klang.

Die dichten Zypressen blitzten verschwommen vorüber, der Laserblick ihres Biestes war fokussiert und richtete sich auf einen einzigen Punkt direkt vor ihnen.

In der Ferne kam eine Lichtung in Sicht. In ihrer Mitte standen sich zwei Männer gegenüber, keine drei Meter voneinander entfernt.

Nein, nicht einfach zwei Männer. Priest und ein Mann, den sie noch nie zuvor gesehen hatte. Während der Fremde zerrissen und benommen wirkte, war Priest stocksteif und still wie ein Stein. Gefangen und leblos. Zwischen ihnen wirbelte und drehte sich eine tintenschwarze Wolke, deren schlangenartige Gestalt sich zusammengerollt und aufgerichtet hatte, kurz davor, zuzuschlagen.

Jetzt.

Es war eine einfache, allumfassende Anweisung ihrer Katze, aber das war alles, was sie brauchte. Sie bewegte sich, kanalisierte all ihre Magie in einem festen, unbarmherzigen Feuerball und ließ ihn fliegen. Er krachte nur wenige Zentimeter von Priests Mund entfernt in die Schwärze. Doch anstatt ihr Ziel zu vernichten, zerstreute sich die Substanz in ascheähnliche Partikel, die in der Luft herumwirbelten und dann in den Mund des benommenen Fremden strömten.

Keuchend, als wäre er zu lange unter Wasser gewesen und gerade aufgetaucht, suchte der unbewegliche und unfokussierte Mann das Gelände ab und richtete seinen schwarzen, bösartigen Blick auf Katy. Sein Lächeln war nur böse und seine Stimme voller Bedrohung. „Ah, die Gefährtin meines Bruders. Bist du hergekommen, um den Spaß mitzuerleben?"

Es war also Draven. Seltsam, denn obwohl ihr Haar eine ähnliche Farbe und Länge hatte, sah das Gesicht des Mannes Priests gar nicht ähnlich. Während Priests Gesicht kantig und robust erschien, besaß dieser Mann eher klassische Gesichtszüge. Definitiv nicht jemand, den sie als Priests Fleisch und Blut betrachten würde.

„*Besessen.*" In ihrem Kopf klang das Wort nicht wie

klar ausgesprochen, sondern mehr wie ein geflüsterter Gedanke. Ein Gefühl, das nicht unähnlich dem war, wenn ihr Gefährte ihr seine Wünsche mitteilte, aber von einer anderen Quelle. *„Bruder."*

Ihre Verbindung. Priest nutzte sie. Er kämpfte gegen alles, was ihn unbeweglich machte, und verwendete die Bindung, um sie zu führen.

Um Dravens Aufmerksamkeit von Priest abzulenken, füllte Katy verzweifelt ihre beiden Handflächen mit mehr Energie und entfernte sich in Kreisen von ihrem Gefährten. „Was hast du mit Priest gemacht?"

„Mit ihm gemacht?" Draven wandte sich zu ihr um und drehte Priest den Rücken zu. Das konnte nur bedeuten, dass er sich recht sicher war – mit welchen Mitteln auch immer er Priest festhielt. Das zu wissen, war nicht viel, aber immerhin etwas. „Ich will mir nur zurücknehmen, was er mir genommen hat. Meinen Clan. Meine Magie. Alles davon."

Die Magie, die in ihren Handflächen lag, wurde schwerer. Heißer. Sie kribbelte in ihren Fingerspitzen und verbrannte ihre Unterarme, begierig drauf, das zu tun, wofür sie sie gerufen hatte. Aber falls der Mann vor ihr tatsächlich nur eine Hülle für Draven war, dann konnte sie nicht zuschlagen, wenn sie dabei nicht einen Unschuldigen verletzen wollte.

Dravens Blick wanderte zu der dunklen Energie, die in ihren Händen wirbelte, und er lachte. „Wirf sie. Du wirst mich auf keinen Fall allein besiegen, aber du wirst sehen, wie gut es sich anfühlt."

„Dunkelheit."

Es war eine Warnung von Priest. Oder vielleicht ein Hinweis. Mehr als alles andere wollte sie ihn ansehen, um in seinen Augen lesen zu können und ihm jede mögliche nonverbale Versicherung zu geben, aber sie wagte es nicht, ihren Blick von Draven abzuwenden. „Ich muss andere Menschen nicht verletzen, um mich gut zu fühlen. Ich muss nichts stehlen, was mir nicht gehört, um mich würdig zu fühlen."

Dravens Grinsen verschwand. Der Ekel auf seinem Gesicht zeigte, dass sie damit einen wunden Punkt getroffen hatte. „Du bist eine selbstgerechte kleine Schlampe, nicht wahr? Genau wie mein Bruder."

Er neigte den Kopf zur Seite. „Ich frage mich: Wenn ich meine Dunkelheit benutze, um ihn zu übernehmen, wirst du dann meine Schlampe? Oder wirst du einfach nur leiden, weil du weißt, dass dein Gefährte nur mein Gefangener und meine Marionette ist?"

Ohne eine Vorwarnung schlug er zu, schoss einen hässlichen magischen Blitz direkt auf ihren Kopf ab. Katy ließ sich zu Boden fallen, rollte sich ab und konterte den Angriff mit einem eigenen Magieschuss. Aber Draven wehrte ihn mit einer gleichgültigen Bewegung seines Handrückens ab. In ihr schwankte die Verbindung zwischen Priest und ihr, und das Licht, das in ihr pulsiert hatte, verdunkelte sich zu einem blassen Grau.

Dunkelheit.

Besessen.

Marionette.

Darum ging es also. Wenn Draven Priest in Besitz nehmen konnte, würde er die Primos nicht mehr brauchen. Er würde über alle Gaben des Hohepriesters verfügen. Und da die Dunkelheit bereits in Priest war, wusste nur Gott allein, unter welcher Knechtschaft er Priest halten konnte.

Sie stellte sich auf die Füße und umgab sich mit einer schützenden Wand aus schimmernder Magie. „Du wirst mir meinen Gefährten nicht nehmen und ich werde verdammt noch mal garantiert nicht deine Schlampe sein."

Sie feuerte. Einen kurzen, belanglosen Knall nach dem anderen. Keiner davon zielte darauf ab, den armen Mann zu verletzen, der Draven zum Opfer gefallen war, aber es reichte, um ihn zu beschäftigen.

Schließlich war Draven nicht der Einzige, der mit der Dunkelheit umgehen konnte.

Die Dunkelheit liebt dich, mihara. *Sehr sogar.*

Sie hoffte, dass es der Wahrheit entsprach, denn sie setzte auf diese Liebe, zählte darauf, dass sie eine Wahl traf und sie alle rettete.

Sie kanalisiert all die Liebe, die sie durch ihre Verbindung erreichen konnte, und griff nach seinem Schatten-Ich. *„Er sagte, dass du mich auch liebst. Dass du mich wolltest. Wenn du mich willst, musst du gegen ihn kämpfen. Bleib bei mir. Kämpfe für mich.“*

Draven lachte. Die unheimliche Schärfe darin ließ es ihr eiskalt den Rücken hinunterlaufen, obwohl Schweiß ihre Haut bedeckte. Er schlich vorwärts. „Glaubst du, sie würde dich mir vorziehen?“ Er wehrte ihren nächsten magischen Schlag ab und peitschte einen bösartigen Blitz direkt auf ihren Solarplexus.

Im Bruchteil einer Sekunde schwankte ihr Schutzschild. Eine schwarze Ranke schlängelte sich durch die Ritzen und schlang sich um ihren Hals.

Hinter Draven weiteten sich Priests Augen. Sein Gesicht war grimmig und rot, und die sichtbaren Muskeln an seinem Hals und seinen Armen spannten sich gegen die unsichtbare Kraft, die ihn festhielt.

Ihre Lungen brannten vor Luftnot und ihre Schläfen pochten in einem fordernden Schlag, aber die Bindung in ihr wurde wieder stärker. Sie warf die dunkle Hülle ab, die begonnen hatte, ihre Fäden zu verflechten, und anfing zu leuchten.

„Hilf mir. Wähle mich.“

Draven grinste, umkreiste sie und schlang einen Arm um ihren Kopf. Die perfekte Haltung, um ihr das Genick zu brechen. Seine abscheuliche Stimme war wie ein fieses Gurgeln an ihrem Ohr. „Es wird ihr schwerfallen, dich zu wählen, wenn du tot bist.“

Sie spannte sich an, während die Schwärze ihre Sicht übernahm, selbst als sie ihren Blick auf Priest richtete.

Und dann war sie frei.

Flach auf dem Rücken, aber frei, und sie starrte in den frühen Abendhimmel. Frische Luft, befleckt von Dravens beißender Magie, durchflutete ihre Lungen, und in ihren Ohren klangen tausend Basstrommeln.

Nein.

Keine Trommeln.

Ein Kampf.

Sie zwang ihre zitternden Muskeln, zu agieren, und rollte sich auf die Seite.

In der Mitte der Lichtung standen sich Priest und Draven gegenüber. Ein beeindruckender Anblick. Zwei nahezu ebenbürtige Raubtiere, die gewinnen wollten.

Nur war Priest im Nachteil. Während Draven nicht zögern würde, seinen Bruder zu töten, würde Priest es nicht riskieren, Dravens Leihkörper umzubringen, wenn er es vermeiden könnte. Vor allem nicht, falls der Mann der Magier-Primo war, den sie brauchten, um die Magie der Erde in Balance zu halten.

Ihr Instinkt kribbelte und brachte sie wieder zurück auf ihre Füße. Priest war vielleicht nicht bereit, einen unschuldigen Mann zu verletzen, aber er könnte ihn vom Geist seines Bruders reinigen, wenn sie ihm genug Zeit verschaffte, um daran zu arbeiten.

Langsam richtete sie sich auf, sammelte sich durch die Erde und die Luft um sie herum. Sie zog ihre Kraft nach innen und befeuerte sie mit all den Emotionen der letzten Wochen. Dem Schmerz, ihre Eltern zu verlieren. Dem Schock, von ihrem Erbe zu erfahren. Der Freiheit, herauszufinden, wer sie war, und der Liebe, die ihr das Schicksal schenkte. Jedes bisschen davon erfüllte sie und peitschte ihre Magie in eine furchterregende Raserei.

Priest wich einem Angriff von Draven aus und wirbelte herum. Draven folgte ihm, warf aber einen Blick über seine Schulter, während er sich umdrehte.

Eine Sekunde. Ein Herzschlag der Erkenntnis in Dravens Augen.

Ihre Magie schoss nach vorn.

Aber es war zu spät.

In einer Explosion von Farben verschwand Draven — oder wer auch immer sein Leihkörper war —, und ein Uhu, so groß wie ihre Löwin, erhob sich in den Himmel; eine violette Aura, die von Schwarz umrandet war.

Und dann war sie verschwunden.

Von der dunkler werdenden Nacht verschluckt, als hätte es sie nie gegeben.

Ohne den Blick vom Himmel zu nehmen, stolperte Katy auf Priest zu. „Wo ist er hin?"

Er packte sie mit den Händen an ihren Schultern, als er zwei Schritte auf sie zugegangen war, wirbelte sie herum und zog sie an sich. „Er ist weg." Seine Arme zitterten vor Erschöpfung und sein schwerer Atem keuchte neben ihrem Ohr, aber er lebte. Er war müde und schweißgebadet, doch sein starkes Herz schlug in einem lebensbejahenden Rhythmus. „Er hat deine Macht gespürt. Er wusste, dass er nicht gegen uns beide kämpfen kann. Er wird nicht wiederkommen. Nicht, ehe er die Chance hatte, sich wieder zu sammeln."

Sie zog sich nur so weit zurück, dass sie ihm in die Augen sehen konnte. „Was meinst du damit, er hat es gespürt?"

Seine Hand an ihrem Hinterkopf wurde fester. Ein verräterisches Zeichen dafür, dass selbst die geringste Distanz, die sie geschaffen hatte, seinen Beschützerinstinkten widerstrebte. „Du hast noch nicht einmal ein Zehntel von dem gelernt, wozu du fähig bist. Geschweige denn, wie man es verbirgt. Ich wusste, was du da tust. Dass du versucht hast, ihm eine Falle zu stellen und ihn abzulenken, aber deine Magie war zu intensiv.

Zu groß, als dass er sie nicht bemerken könnte."

Ein Gewicht, das weitaus stärker war als Müdigkeit oder Enttäuschung, lastete auf ihren Schultern, und ihre Stimme brach, als sie sprach. „Ich habe es vermasselt."

Sein Gesicht wurde ganz weich, echte Sorge und Stolz zeichneten seine strengen Züge trotz ihrer Fehltritte aus. Er drückte eine Hand fest auf ihren Rücken, umfasste ihr Gesicht und beugte sich näher. Seine rauen, aber sanften Worte waren eine tröstende Liebkosung. „Nein, *mihara*. Du hast mich befreit. Hast mich gerettet, als es absolut niemand anderes hätte tun können, und du hast uns die Zeit verschafft, die wir brauchen, um uns neu zu formieren."

„Aber jetzt ist er frei." All die Emotionen, die sie in Schach gehalten hatte, stiegen aus ihrer Bauchhöhle hoch und ließen Tränen über ihre Wangen laufen. „Er hat diesen armen Mann bereits in Besitz genommen. Was ist, wenn er ihn tötet? Oder jemand anderen verletzt?"

„Mein Bruder wird seinen Leihkörper nicht aufs Spiel setzen. Der Mann ist zu mächtig. Wahrscheinlich unser Magier-Primo. Draven braucht seine Stärke. Wer auch immer er ist, wir werden ihn finden, und den Rest unserer Anführer und wir werden uns dann um Draven kümmern." Er fuhr mit dem Daumen über ihre Wange und wischte ihr die Tränen fort. „Wir werden es gemeinsam tun."

Sie versteifte sich in seinen Armen, als sie sich an die Wut erinnerte, die neben dem ganzen anderen Aufruhr in ihr getobt hatte, als er einfach im Wald verschwunden war. „Du hast mich verlassen."

Er zog sie nahe an sich, um seine Stirn an ihre zu lehnen, aber die Aktion war nicht schnell genug, um das Lächeln zu verbergen, gegen das er ankämpfte. „Das habe ich."

„Du hast mich gebraucht."

„Das stimmt." Die Hand, mit der er ihren Nacken umfasst hatte, drückte sanft zu und er nahm einen tiefen, zitternden Atemzug. „Ich werde dich trainieren, dir alles beibringen, was du wissen musst."

„Und das nächste Mal wirst du mich nicht zurücklassen."

Er hob den Kopf. In seinen dunklen Augen brannten die Ehrfurcht und Feierlichkeit, die sie nicht nur zu schätzen gelernt hatte, sondern denen sie auch vertraute und die sie liebte. Ein Schwur von einem Gefährten an den anderen. „Wenn wir das nächste Mal meinem Bruder gegenüberstehen, wirst du genau da sein, wo du sein solltest. Bei allem, was ich tue, direkt an meiner Seite. Bei jedem Schritt des Weges."

KAPITEL 32

In einer Woche konnte viel passieren. Oder in zwei. Oder drei. Wenn jemand wusste, wie schnell die Wendungen des Lebens die Dinge neu ordnen konnten, dann war es Katy, aber Elise und Jenny bekamen ebenfalls einen Crashkurs.

Katy besetzte eine Ecke der veralteten, aber urigen Küche, kramte in einem der Kartons herum und wickelte vorsichtig das letzte Teil von Jennys hastig eingepacktem Geschirr aus. „Weißt du, Priest hat gesagt, er hat eine Klausel in den Mietvertrag einsetzen lassen, die es euch erlaubt, die Wohnung so einzurichten, wie es euch gefällt. Der Clan platzt noch nicht gerade aus allen Nähten von Leuten in der Nähe, aber ich bin mir sicher, dass jeder helfen würde, wenn ihr alles auf Vordermann bringen wollt, bevor wir die Abschlussdokumente fertig haben.“

Falls Elise Katys Angebot mitbekommen hatte, zeigte sie es nicht. Sie starrte nur aus dem Erkerfenster des Esszimmers mit Blick auf den Vorgarten und sah zu, wie die Männer systematisch die Unmengen an Möbeln ausluden. Die Melancholie war verständlich, besonders bei dem Stapel an Fotoalben, die sie in der Umzugskiste vor ihr entdeckt hatte. Eine allzu starke Erinnerung daran, wie einseitig ihre Sicht der Geschichte gewesen war.

Jenny hingegen ließ keine Sekunde verstreichen. „Ach, ich weiß nicht.“ Sie hob den Stapel schlichter weißer Keramikteller von der taubengrauen Arbeitsplatte und schob sie ordentlich in den Schrank neben der Küchenspüle. „Ich mag einige der alten Sachen. Sie erinnern mich an unser Häuschen, als Dad und ich dort eingezogen sind. Es war schön, uns Zeit zu nehmen und gemeinsame Projekte zu machen. Obwohl es mir nichts ausmachen würde, das Avocadogrün im großen Badezimmer eher früher als später loszuwerden."

„Ich melde mich freiwillig für diesen Job." Naomi schnitt das Klebeband am Boden des Kartons durch, den sie gerade geleert hatte, faltete die Box zum Aufbewahren zusammen und stellte sie an die lange Wand, die den Essbereich vom gemütlichen Wohnzimmer mit seinem nackten Steinkamin trennte. „Das Abkleben und Abdecken ist mühsam, aber das Streichen ist eine Freude. Eine Chance, mein Gehirn abzuschalten und meinen Gedanken freien Lauf zu lassen, wo immer sie hinwandern wollen."

Schnelle Malerarbeiten oder längere Projekte – Elise und Jenny hatten die Zeit, die sie brauchten, das war sichergestellt. Priest hatte hartnäckig darauf bestanden, die Mietkaufraten für den Vertrag, den er mit dem Verkäufer ausgehandelt hatte, zu übernehmen, bis Jennys Haus verkauft war und sie diese Immobilie zu ihrem Eigentum machen konnten. Natürlich hatte er einen Zugang zu dem Cottage, das er in ihrer Bucht bauen wollte – ein Zugeständnis, das Jenny im Austausch für ihr neues und wesentlich besser beschütztes Leben gern gemacht hatte.

Priest kam mit zwei übereinandergestapelten Kisten herein und Jade war mit einem Umzugskarton hinter ihm. Beide meisterten den Hindernisparcours aus Packpapier und Pappe ohne das geringste Zögern. „Dies sind die letzten, die mit Küche gekennzeichnet sind." Er schob seine Kartons auf den alten Landhaustisch, den sie vom Pick-up abgeladen hatten, und nahm Jades Kiste entgegen. „Elise, die Männer sind so weit, deine Schlafzimmersachen hereinzuschleppen. Hast du dir schon ein Zimmer ausgesucht?"

Die Frage schaffte es schließlich, Elise aus ihrem Gedankengang zu reißen. Allerdings zeigte die Art, wie sie bei Priests Frage blinzelte, deutlich, dass sie kein Wort verstanden hatte.

„Dein Zimmer“, stellte Jade klar. „Ich weiß, das mit dem Waldblick ist größer, aber ich würde das mit dem Blick auf den See nehmen.“

Nachdem sie sich zuerst mit einem Blick zu ihrer Mutter rückversichert hatte, aber nur ein ermutigendes Lächeln bekam, nickte Elise und schaute erneut aus dem Fenster. „Der Blick auf den See ist gut, denke ich.“ Sie runzelte die Stirn und neigte den Kopf. „Hey, wer ist das neben Alek?“

Priest umrundete den Tisch und legte leger den Arm um Katys Taille, gerade als Jade sich über die Tischplatte beugte, um einen besseren Blick durchs Fenster werfen zu können.

„Na endlich!“, sagte Jade. „Ist wieder typisch Tate, dass er die letzten Stunden des Umzugs verpasst hat.“ Sie drehte sich um, um nach draußen zu gehen, hielt aber lange genug inne, um Elise ein Grinsen zuzuwerfen. „Tate ist so was wie mein Bruder. Eine totale Nervensäge, aber für alle andern ein anständiger Kerl.“ Damit war sie aus der Tür und ging nur Sekunden später über den Rasen.

Der Zeitpunkt *war* günstig gewesen. Aber um fair zu bleiben, er und Garrett waren losgezogen, um in Wyoming einer Spur zu folgen, bevor Priest, Alek und Katy Elise und Jenny über die Bundesstaatengrenze von Louisiana gebracht hatten. Spuren, die leider mehr Fragen als Antworten zu der vermissten Seherfamilie eingebracht hatten.

„Ist er ein Krieger wie Alek?“, fragte Elise. Es war nicht überraschend, dass die Kategorisierung, zu welchem Haus jede Person gehörte und welchen Begleiter sie hatte, in den letzten Tagen ganz oben auf ihrer Prioritätenliste stand. Das und übermäßig viel Zeit mit Jade und Naomi zu verbringen und sie zu allen Dingen bezüglich der Volán auszufragen.

„Das ist er“, antwortete Priest ein wenig zerstreut,

während er sie beobachtete, wie sie Tate musterte. „Sein Begleiter ist ein Bergkojote." Sein Blick wanderte zum Fenster; Tate ging mit einem Arm um Jades Schulter zum Haus.

Trotz Tates legerer Haltung war sein Gesichtsausdruck pure Konzentration. Ein Blick, den auch Alek teilte, der mit einer schlichten Mappe in der Hand mit Tate und Jade Schritt hielt.

Katy beugte sich dicht zu Priest und murmelte: „Warum habe ich das Gefühl, dass sie nicht hier sind, um beim Abladen zu helfen?"

Priest schüttelte alles ab, was ihm eine Pause verschafft hatte, drückte beruhigend ihre Hüfte und gab ihr einen sanften Kuss auf die Schläfe. „Wenn sie Neuigkeiten haben, ist es mir egal, ob sie je wieder einen Finger rühren."

Das war die größte Veränderung der letzten Woche. Obwohl sie bezweifelte, dass irgendjemand ihren Gefährten jemals als etwas anderes einstufen würde als das wilde und einschüchternde Raubtier, das er war, herrschte jetzt Stille in ihm. Eine Gelassenheit, die alle einst inkongruenten Teile von ihm miteinander verwoben und ihn ganz gemacht hatte. Stärker und beeindruckender aufgrund der Nuancen, die ihn zu dem machten, der er war, anstatt von ihnen behindert zu werden.

Nanna musste seine zärtliche Geste mitbekommen haben, denn sie warf Katy ein kurzes Grinsen zu, senkte dann den Kopf und schnitt eine neue Schachtel auf. Sie hatte darauf bestanden, dass es Katy war, die die Veränderung in Priest verursacht hatte. Dass sie ihn für alles, was er war, einfach akzeptiert hatte, hatte die zerbrochenen Teile zu einem undurchdringlichen Schild zusammengeschweißt. Einem, der ihren Clan stärker machen würde.

Vielleicht lag es an ihrer Akzeptanz.

Oder vielleicht war es auch nur ein Nebenprodukt von

zwei Menschen, die zusammenkamen und sich gegenseitig unterstützten, während sie sich den schwierigsten Teilen ihrer Vergangenheit stellten.

Was auch immer es war, sie fühlte sich zum ersten Mal in ihrem Leben richtig. Als wären ihre Hoffnungen und Träume endlich ein Teil ihrer Realität geworden und nicht mehr nur ferne Kindheitserinnerungen. Sie war eine Frau, die vollständig in der Gegenwart lebte, anstatt nur zu existieren und von einem Lebensziel zum nächsten zu trotten.

Das Geräusch von Schritten war nur Sekunden zu hören, bevor Alek durch den breiten Eingangsbogen trat. „Hey, Priest, hast du mal eine Minute?"

Jade drehte sich hinter Alek um und schlug ihm auf dem Weg zu dem veralteten Küchenschrank gutmütig auf die Schulter. „Meine Güte, sag doch erst einmal Hallo. Vielleicht holst du dir ein Bier und begrüßt Jenny und Elise."

Priest lachte. „Wo ist Tate hin?"

„Wurde umgeleitet, um den Jungs zu helfen, ein Kopfteil die Treppe hinauf zu manövrieren", erwiderte Jade. „Er wird in einer Minute hier sein. Will sonst noch jemand ein kaltes Bier?"

„Wir alle haben uns eins verdient", sagte Alek. „David hat mit einem Hinweis auf die Seherfamilie angerufen." Er warf die Mappe auf den Esstisch und öffnete sie. „Der sieht aus wie der Typ, den ihr bei Elises Haus gesehen habt."

Priest löste seinen Arm um Katys Taille, ging zum Tisch und drehte die Mappe so, dass er besser sehen konnte. „Das ist er."

Er war es. Obwohl der Mann auf dem Foto viel gesünder und glücklicher aussah als der Mann, dem sie auf der Lichtung begegnet waren. „Wer ist er?"

„Jerrik Aucourte. David hat einen Bericht über ein älteres Ehepaar gefunden, das um die Zeit, als Priest diese seltsamen Rufe aus der Anderswelt wahrgenommen hat, ermordet worden ist. In Blacksburg, West Virginia. Dieser Typ ist ihr Sohn, aber seit dem Mord ist er verschwunden. Die Polizei hält ihn für einen Verdächtigen."

„Blacksburg ergibt Sinn." Priest glitt mit dem Finger am Rand des Fotos entlang. „Die Appalachen und viel Wald."

Naomi kam näher, um einen Blick auf das Bild zu werfen. „Besteht die Chance, dass David Hinweise darauf gefunden hat, wo Jerrik jetzt sein könnte?"

„Nein. Und ich bezweifle, dass Draven in der Nähe von West Virginia bleiben würde. Nicht mit der Polizei im Nacken, die nach seinem Leihkörper sucht."

Alek nahm das Bier, das Jade ihm reichte, und deutete auf Priest. „Wir müssen uns allerdings eine andere Informationsquelle besorgen. Einen Privatermittler oder so. David stellt viel zu viele Fragen, als wir noch wegerklären können."

„Es ist kacke, dass Tate nicht wenigstens etwas gefunden hat, um mit der Seherfamilie weiterzumachen", sagte Katy. „Sie zu finden, würde diese Jagd viel einfacher machen."

„Wir werden sie finden", erwiderte Priest. „Beide."

Tate kam um die Ecke und blieb mitten im Kücheneingang stehen, offen verblüfft über das Chaos, das sich vor ihm ausbreitete. „Verdammt, ich sollte beim Schleppen von schweren Dingen bleiben. Dieses Haus ist ein Chaos."

Jenny lachte und stellte ein paar gelbe Keramiktassen in den Schrank. „Die Küche braucht am längsten, aber wir arbeiten daran." Sie schloss die Schranktür und streckte die Hand aus. „Du musst Tate sein."

Die neue Stimme und der direkte Kommentar rissen Tate so weit aus seinem verwirrten Anstarren des Chaos, dass er es schaffte, einem Stapel noch zusammenzufaltender Kartons auszuweichen und die Hand zu schütteln, die sie anbot. „Tut mir leid. Ja, Tate Allen."

Mit einem Lächeln, das nicht nur leicht, sondern aufrichtig schien, ließ Jenny seine Hand los und nickte Elise zu. „Priest hat uns viel über dich erzählt. Ich bin Jenny Ralston und das ist meine Tochter Elise."

Seit sie in Eureka Springs angekommen war, hatte Elise bei der Vorstellung der restlichen Clanmitglieder mit Schüchternheit oder Unbeholfenheit reagiert. Dieses Mal aber stand sie auf, legte das Fotoalbum beiseite, das auf ihrem Schoß gewesen war, und wischte sich die Hände an ihrer Jeans ab. Ihre Lippen hoben sich zu einem zaghaften Lächeln. „Hey."

Es war eine süße Begrüßung. Der Stoff, aus dem Highschool-Verknalltheit, Unschuld und Hoffnung gemacht sind.

Also hatte Katy es recht schwer, ihren Schock zu verbergen, als Tates Blick auf den von Elise traf und seine legere Haltung verblasste. Anstatt sie ebenso herzlich zu begrüßen, wie er es bei ihrer Mutter bereits getan hatte, oder zumindest zu winken, stand er einfach nur mit einem verblüfften Gesichtsausdruck da.

„Hey, Dummkopf." Jade schlug ihm viel härter auf die Schulter, als sie es bei Alek getan hatte, und zeigte mit der Bierflasche, die sie gerade geöffnet hatte, auf Elise. „Sei kein Arsch und sag Hallo."

Tate zuckte zusammen, löste seinen Blick von Elise, sah Jade stirnrunzelnd an, als wüsste er nicht genau, warum sie in Schlagdistanz stand, und erwiderte dann Priests Blick.

Verwirrung.

Terror.

Hoffnung.

Entschlossenheit.

Wie so viele verschiedene Emotionen auf einmal miteinander verschmelzen konnten, konnte Katy nicht begreifen, aber sie waren für alle sichtbar. Zumindest waren sie es, bis Tate zwei große Schritte zurücktrat, sich räusperte und fast knurrte: „Ich muss gehen."

Priest senkte seinen Kopf, um ein Grinsen zu verbergen, und nickte. „Ja, ich verstehe das." Er rieb sich lange genug mit dem Handrücken über das Kinn, um sich zusammenzureißen, dann sah er auf. „Geh. Ich werde dich finden."

„Richtig."

Und damit war er fort, wich Kisten und dem zerknitterten Papier aus, das auf dem Boden verstreut war, wie ein barfüßiger Mann, der eilig durch die Hölle schritt.

Jade starrte auf die leere Öffnung, durch die er verschwunden war, und drehte sich dann zu Elise um. „Oh Junge."

„Was?" Elise sah jeden im Raum an. „Habe ich etwas falsch gemacht?"

Plötzlich war Naomi ganz geschäftig und wühlte in einer der Kisten, die sie zuvor zielstrebig aufgegeben hatte.

Alek wusste offensichtlich nicht, was er denken sollte, und warf Priest einen Blick zu.

Ach nein.

Sicher nicht.

Katy drehte sich zu Priest um. „War das …"

Naomi tauchte aus ihrer Kiste auf, warf die Hände empor und unterbrach sie allzu eifrig, ehe Katy ihrem Verdacht Ausdruck verleihen konnte. „Weißt du, was wir jetzt brauchen?" Sie wischte sich die Hände ab und wartete nicht auf eine Antwort. „Pizza! Es gibt einen tollen Laden in der Stadt, den wir vor ein paar Tagen ausprobiert haben, und Pizza bedeutet, dass wir die Küche nicht so schnell fertig machen müssen." Sie winkte Katy zum Eingang. „Komm schon, Kateri. Wir nehmen Garrett und Alek mit und überlassen es Priest, sich darum zu kümmern."

Wow. Es war genau das, was sie dachte. Nichts anderes auf dieser Welt brachte ihre Nanna so schnell in den Verkupplungsmodus, wie Zeuge davon zu werden, wie ein fassungsloser Volán-Mann seine Gefährtin findet. Sie grinste Priest an. „Sich darum kümmern, in der Tat.“

Er scheute sich nicht im Geringsten, seine Zuneigung vor Zuschauern zu zeigen. Er kam näher und drückte ihr einen anhaltenden Kuss auf die Lippen. „Beeil dich mit dem Essen, *mihara.* Plötzlich fühle ich mich an etwas erinnert.“ Er schlug ihr mit der flachen Hand auf den Hintern und schlenderte hinter Tate her, aber nicht bevor er ihr ein Zwinkern und einen Abschiedskommentar zugeworfen hatte. „Ich habe Lust, mich um etwas ganz anderes zu kümmern, sobald ich nach Hause komme.“

DANKSAGUNGEN

Dieses Buch fertigzustellen, war eine heftige und holprige Fahrt. Wohlgemerkt, nicht wegen der Geschichte. Meine Charaktere sind oft Quelle des Trostes in guten wie in schlechten Zeiten. Aber das Leben war, während die Geschichte sich freigestrampelt hat, nun ja, das Leben. Es gab jedoch einige Menschen, die mich nicht nur festhielten, sondern mich auch aufgerichtet und immer wieder an das Gute auf dieser Welt erinnert haben.

An Lucy Beshara, Duane Magnauck und Jennifer Mathews – vielen Dank für eure unerschütterliche Unterstützung.

Wie immer schulde ich Angela James eine Menge dafür, dass sie mich nicht nur auf eine Art und Weise coacht, mit der ich mich identifizieren kann, sondern dass sie mich stets dazu bringt, mich auf das große Ganze zu konzentrieren. Nicht viele Menschen können gleichzeitig eine solide Lehrerin und unermüdliche Cheerleaderin sein, aber sie lässt es ganz einfach aussehen. Es vergeht kein Tag, an dem ich nicht Gott und jedem Glücksstern da draußen danke, dich an meiner Seite zu haben.

Und natürlich ein großes Lob an Cori Deyoe, Juliette Cross, Kyra Jacobs, Audrey Carlan, Dena Garson und meine tollen Töchter.

Das hier ohne euch zu tun, würde nicht annähernd so viel Spaß machen.

AUTORIN

Die aus Oklahoma stammende Mutter zweier hübscher Töchtern ist attestierte Liebesromansüchtige. Ihr bisheriger Lebenslauf spiegelt ihre Leidenschaft für alles Neue wider: Rhenna Morgan arbeitete u.a. als Immobilienmaklerin, Projektmanagerin sowie beim Radio.

Wie bei den meisten Frauen ist ihr Alltag von morgens bis abends vollgepackt mit allerlei Verpflichtungen. Um ihrem anstrengenden Alltag zeitweise zu entkommen, widmet sie sich in ihrer Freizeit dem Liebesromangenre. Egal, ob zeitgenössisch oder übersinnlich – in Rhenna Morgans Liebesgeschichten stecken stets neue aufregende Welten und starke Helden, die um die Frauen ihres Herzens kämpfen.